Wolfgang Palloks Mooslande

Das Buch

Das vorliegende Buch ist der zweite Teil eines Crossover-Projektes. Insgesamt wird es aus drei Teilen bestehen, in denen die Fantasy die zentrale Rolle spielt. Angereichert werden die einzelnen Teile mit einem ausgeprägten Thrilleranteil, garniert mit einer soliden Dosis Horror, abgeschmeckt mit Science-Fiction-Elementen und abgerundet mit einer würzigen Portion Humor.

Robert Weininger und seine Gefährten sind nach den Geschehnissen in Band 1 in einer alternativen Zeitebene gefangen, aus der sie ausbrechen müssen. Währenddessen passieren in Kiel grausame Morde, die in direktem Zusammenhang mit den Geschehnissen in Bromenien stehen. Zeitgleich rekrutiert der Gnorrfazz eine neue Armee, um eine . . .

Der Autor

Wolfgang Palloks, geboren auf der rauen ostfriesischen Insel Norderney, widmete sich schon früh dem Schreiben und wurde seither durch seine Vorliebe für Fantasy, Thriller, Horrorliteratur und Science-Fiction geprägt. Außerdem spielt Musik eine entscheidende Rolle in seinem Leben und die Neigung zu Rock und Metal beeinflussen auch sein Schreiben.

Er liebt Katzen.

Wolfgang
Palloks

Mooslande 2

Ein
Fantasy-Roman
als
Crossover-Projekt

Fantasy - Thriller
Horror - Science Fiction

Bibliografische Information der Nationalbibliothek: Die
Deutsche Nationalbibliothek verzeichnet diese Publikation
in der Deutschen Nationalbiografie; detaillierte bibliografische Daten sind im Internet über dnb.dnb.de abrufbar.

© 2025 Wolfgang Palloks
Verlag: BoD · Books on Demand GmbH, Überseering 33,
22297 Hamburg, bod@bod.de
Druck: Libri Plureos GmbH, Friedensallee 273,
22763 Hamburg

ISBN: 978-3-8192-0882-9

Für Mutti -
du hättest es sicherlich lieber in
dieser Sphäre entstehen sehen.

Inhalt

Moose

Eine der bemerkenswertesten und im kosmologischen Sinne bedeutsamsten Pflanzen, die ich beim Bereisen der uns bekannten Welten systematisch analysiert und katalogisiert habe, ist das Moos. Selbstredend tritt das Gewächs in den verschiedenen Welten unter zahllosen anderen Namen auf, aber ich beschränke mich hier auf den Sammelbegriff, der gemeinhin überall verstanden wird.

Beim Moos handelt es sich um eine verschiedenfarbige Landpflanze, die zumeist beblättert oder lappig ist, zur Gruppe der Sporenpflanzen gehört und keine Wurzeln hat. Moose gelten als echte Überlebenskünstler und existieren schon seit hunderten Millionen von Jahren. Sie sind ca. 1 mm bis 20 cm groß, es sind mir jedoch auch einzelne Exemplare begegnet, die bis zu 3 Meter hoch und eher den Schlingpflanzen zuzuordnen sind.

Ihren Ursprung hat die Pflanze auf dem Planeten Erde, den ich wiederholt bereist habe. Von dort hat sie sich auf alle uns bekannten Welten ausgebreitet und dient somit als Bindeglied zwischen ihnen. Hier sehen wir die überragende Bedeutung, die diesem doch eher unscheinbaren Gewächs im kosmologischen Gesamtbild zukommt. Auch der umfassend gültige Begriff „Moos" stammt von der Erde.

Die auf dem Planeten Erde lebende Spezies Mensch misst den Moosen jedoch im Allgemeinen keine große Bedeutung zu, sie werden landläufig eher als lästig oder vielfach als sogenanntes Unkraut angesehen. Das ist eine der vielen Besonderheiten und Merkwürdigkeiten der

Spezies Mensch. Bei weitergehendem Interesse an dieser Gattung verweise ich auf den Eintrag „Mensch" in der vorliegenden Enzyklopädie.

Es gibt etwa 150.000 verschiedene Moosarten, ich werde mich bei meinen Schilderungen im Folgenden jedoch auf die wichtigsten, gängigsten und interessantesten Exemplare beschränken und Unterarten vernachlässigen.

Blaumoos: Auf Einladung meines alten Kumpels Trebor verbrachte ich einige Tage in der wunderschönen Blaumooswelt. Die Besonderheit des Blaumooses liegt darin, dass es seine Lebenskraft aus den über der Welt kreisenden Doppelmonden bezieht. Es verströmt eine wahrlich magische Aura über Blaumooswelt.

Blutmoos: Es ist vornehmlich auf dem Planeten BoB, auch unter dem Namen Black of Blood bekannt, zu finden. Im oberen Blätterteil dieser Pflanzen befinden sich kleine Münder, in denen winzige, nadelspitze Zähne sitzen, die sich bei Berührung in ihre ahnungslosen Opfer bohren. Sie ernähren sich vornehmlich von Blut, daher auch der Name. Nachdem das Blutmoos den Lebenssaft verkostet hat, fängt es an zu pulsieren und leuchtet blutrot. Ein einziger Tropfen Blut genügt, um ein großes Feld mit Blutmoos zu ernähren. Bei meinem Besuch auf BoB kam ich in den Genuss dieses einzigartigen Naturschauspiels.

Eismoos: In der kargen, eisigen und rauen Schneewüste des Reiches des Usurpators Gnorrfazz gedeiht diese Moosart. Sie hat sich den widrigen und lebensfeindlichen

Bedingungen der Welt angepasst und macht dem Namen Überlebenskünstler alle Ehre.

Glühmoos: Wie der Name schon sagt, glüht dieses Moos, und zwar leuchtend orange. Als ich im Anflug auf den gleichnamigen Planeten Orange war, blieb mir vor ehrfürchtiger Andacht fast der Atem weg: Der gesamte Himmelskörper ist mit diesem Moos überzogen, sodass er wie die überdimensionale Nachbildung der Frucht gleichen Namens aussieht. Um das Gesamtkunstwerk abzurunden, riecht es auf dem gesamten Planeten auch nach Orange.

Munkelmoos: Es wird gemunkelt, dass es sich bei dem Munkelmoos um die wahre Inspirationsquelle für Orakel jeglicher Art handelt, zumal es sich bevorzugt in ihrer Nähe ansiedelt. Bei meinen Recherchen konnte ich allerdings keine diesbezüglichen Erkenntnisse gewinnen. Es gilt also - wie so oft im Leben: Nichts Genaues weiß man, es darf gemunkelt werden.

Schwarzmoos: Diese Moosart ist auf Nebelgrau beheimatet. Es halten sich über die Jahrhunderte hinweg hartnäckige Gerüchte, dass der finstere Giftmischer Gogglwogg seine ruchlosen Hände bei der Erschaffung dieses Mooses im Spiel hatte. Und tatsächlich handelt es sich bei dem Schwarzmoos um die einzige giftige Art seiner Spezies.

Zaubermoos: Das Synonym zu diesem Moos ist

Chamäleonmoos, weil es beständig seine Form verändert. Es kann dabei fast alle organischen Körper annehmen, was immer wieder zu prekären Situationen und Missverständnissen führen kann. Ich erinnere mich in diesem Zusammenhang an ein Techtelmechtel mit . . ., aber das würde jetzt zu weit führen.

Zeitmoos: Es ist auch unter den Namen Morgenmoos, Mittagsmoos, Abendmoos und Nachtmoos bekannt, da es nur zu bestimmten Zeiten wächst und überhaupt gesehen werden kann. Zudem wird dem Zeitmoos der sagenumwobene Raffer-Effekt nachgesagt, den bisher jedoch noch niemand belegen konnte.

So viel zum Thema Moose und deren Implikationen. Bleibt mir nur noch zu sagen:

Am Anfang war das Moos. Aus ihm entstand alles. Ewiges Wohl dem Moos!

Auszug aus der *Enzyklopädie der bekannten Welten* des Chronisten Gryffyus zu Schlauhderer

Zweites Buch

WeltenMagie

Ohne Moos nix los.
Redewendung von der Erde

Schein regiert die ganze Welt,
    Scheine steht nicht nur für Geld,
    es ist nix los ohne Moos,
die Natur ist auch ohne Kapital famos.

aus: Scheine neue Welt, Die Pockenpauls

Prolog

Die Welten waren in Aufruhr. Fasziniert schaute die Gestaltlose auf das interaktive Weltenmodell, das sie selbst entworfen hatte. Sie fühlte sich wie eine Spinne, die im Zentrum ihres Netzes saß und alle Fäden in den Händen hielt. Ihr gefiel dieses Bild, obwohl sie noch nie eine reale Spinne gesehen hatte, nur die Abbildungen auf dem Televisor. Aber die Analogie sprach sie an, wenn sie auch einem fremdartigen System entsprang.

Die Knotenpunkte zwischen den einzelnen Fäden entsprachen den jeweiligen Welten, die sie durch bloßes Ziehen beliebig manipulieren konnte. Dabei hatte sie ihr Netz nicht nur zweidimensional wie ein herkömmliches Spinnennetz geschaffen, sondern durchgängig in drei Dimensionen, was bedeutete, dass ihr viel mehr Spielraum für verzweigte Systeme zur Verfügung stand. Als vieldimensionales Wesen war sie der Versuchung erlegen, einen Weltenstrang in eben die dritte Dimension zu verschieben. Somit passierten die Ereignisse in diesem Strang zeitlich von den anderen völlig losgelöst in der Zukunft. Sie war schon sehr gespannt, wie sich diese Implikation auf die restlichen Welten auswirken würde.

Hatte sie sich im ersten Akt ihrer Kreation noch damit begnügt, die stille Beobachterin zu spielen, wollte sie nunmehr aktiv eingreifen und Ereignisse auslösen. Dabei war sie immer wieder überrascht, wie wenig sich Chaos lenken ließ, sondern sich verselbständigte und immer wieder eigene Wege fand. Die Spezies Mensch sprach in diesem Zusammenhang von der Chaostheorie, der

Ordnung im Chaos und dem Chaos in der Ordnung. Sie empfand das überaus faszinierend, aber gleichzeitig auch frustrierend, da dieser Umstand eine gezielte Planbarkeit erschwerte.

Somit musste sie sich der Muße und Gelassenheit ergeben, Eigenschaften, die ihr bisher fremd waren.

Sie würde sehen, wohin das alles führen mochte, würde aber sicherlich hier und da Akzente setzen, um nach ihrem Gusto schalten und walten zu können.

Lächelnd - oder zumindest stellte sie es sich imitierend so vor - zog sie an einem Faden und generierte Chaos, wodurch von ihr unbemerkt, die verschiedenen Zeitebenen aufeinanderprallten. Der ansonsten gleichmäßig strömende Zeitfluss geriet ins Stocken, die mahlenden und knirschenden Räder des Uhrwerks stoppten, kamen zum Stillstand - die Zeit stand still. Gegenwart, Vergangenheit und Zukunft existierten gleichzeitig, verharrten in einem Zustand der Symbiose. Ein ungeheurer Druck lastete auf den Zahnrädern, die sich ächzend und knirschend verbogen. Doch das Räderwerk hielt stand, der Strom der Zeit war versiegt. Nur ein kleines Zahnrad mitten im großen Gefüge barst unter dem Einwirken der Gewalten in tausend kleine Stücke und Zeitsplitter stoben in alle Richtungen davon. Sie flogen in verschiedene Welten und nisteten sich in Lebewesen ein, die kaum etwas davon verspürten, außer vielleicht einem kleinen Kitzeln oder leichten Brennen. Die Zeitsplitter suchten sich in ihrem Wirt einen sicheren und verborgenen Platz und warteten - warteten auf den Ruf, der sie zurückholen würde ins große Zeitgefüge.

Währenddessen hatte sich die Weltenspinnerin in die grüne Form transformiert, mit der sie weiterhin aktiv ins Geschehen eingreifen wollte. Es handelte sich um eine meist beblätterte Landpflanze, die teilweise in einer Symbiose mit anderen Pflanzen, wie z.b. Bäumen und Pilzen stand und darüber hinaus sehr resistent gegenüber äußeren Einflüssen war.

Die Menschen nannten sie Moos.

KI

Ausgehend von der Lichtung, zu der Julia, Magnus und Robert durch die Blutbleiche gelangt waren, drangen sie tiefer in den Wald hinein.

Von einem makellos blauen Himmel, den kein Wölkchen trübte, schien eine blassgelbe Sonne, von der jedoch keinerlei Wärme ausging. Julia schätzte die Temperatur auf angenehme 23 Grad, wobei ihr die Wärmequelle unklar war. Es wehte kein Lüftchen und seltsamerweise waren keinerlei Geräusche zu vernehmen, bis auf das leise Surren einzelner vorbeifliegender Raumgleiter. Sie sahen keine Vögel, keine Insekten oder sonstiges Getier, es herrschte eine gespenstische Ruhe.

„Ist euch schon aufgefallen, dass sich die Schatten der Bäume und aller anderen Gewächse in der Umgebung in keinster Weise bewegt haben, seit wir hier angekommen sind?", fragte Julia Magnus und Robert.

„Das habe ich auch schon bemerkt", stimmte Magnus seiner Schwester zu, „außerdem hat sich die Sonne kein Stückchen am Himmel bewegt. Ist schon merkwürdig."

„Apropos merkwürdig", fügte Robert hinzu. „Ich kann überhaupt keine Gerüche wahrnehmen und außerdem wirkt hier alles blass und farblos und irgendwie in ein unwirkliches Licht getaucht, findet ihr nicht?"

„Stimmt genau", pflichtete Magnus ihm bei, „wobei das Seltsamste die Sache mit den Gerüchen ist: Ich könnte schwören, dass ich heimische Gerüche wahrgenommen habe, unmittelbar nachdem wir aus der Blutbleiche herausgetreten waren."

„Ging mir genauso", sagte Robert, „wie war es bei dir Julia?"

Auch Julia meinte sich deutlich an frischen Waldgeruch mit intensiven Nadelholz- und Pilzaromen erinnern zu können, von denen jetzt jegliche Spur fehlte.

„War bei mir auch so", erwiderte Julia", ist schon merkwürdig. Aber ich erinnere mich daran, dass ich vor Jahren in einer Fachzeitschrift einen Artikel über kollektive Selbsttäuschung gelesen habe. Wenn man als Gruppe etwas über längere Zeit stark vermisst hat, und sich gleichzeitig danach sehnt es wieder zu erleben, kann es mit dem richtigen Auslöser zur Einbildung kommen, von der mehrere Personen betroffen sind. So wie in unserem Fall mit dieser Welt, die doch sehr stark an unser Zuhause erinnert."

„Vielleicht hast du Recht, Julia", meinte Robert. „Aus den Augenwinkeln heraus meine ich ab und zu ein unstetes Flackern auszumachen, das von den Bäumen herzukommen scheint. Wenn ich mich danach umdrehe, ist es wieder verschwunden. Ich hätte nicht übel Lust, die Bäume einer genaueren Betrachtung zu unterziehen."

Bei diesen Worten von Robert traten die drei Gefährten unvermittelt zwischen einer ausgedehnten Baumgruppe hervor, der Wald endete abrupt, und es bot sich ihnen ein atemberaubender Anblick.

Vor ihnen erstreckte sich ein monumentaler Binnensee, in dessen Mitte ein kolossaler gläserner Kuppelbau in der Form einer Halbkugel schwamm. Um die Kuppel herum befanden sich Landeplattformen für Raumgleiter und Raumschiffe, auf denen einige silbrig oder schneeweiß glänzende Luftschiffe angedockt hatten.

In einer Entfernung von etwa 100 Metern sahen Julia, Robert und Magnus einen Metallsteg, der vom Waldrand direkt zum Kuppelbau führte.

„Ob wir wohl schon erwartet werden?", fragte Magnus.

„Lasst es uns herausfinden", antwortete seine Schwester lakonisch und damit gingen sie auf den Steg zu. Die Wasseroberfläche des Sees war spiegelglatt, keine auch noch so kleine Welle kräuselte sich und auch hier war es totenstill. Beim Betreten des Steges entstand kein Geräusch und auch ihre Schritte verursachten keinen Ton. Alles war in gespenstische Stille getaucht und klang wie in Watte gehüllt.

Sie hatten fast den hoch vor ihnen aufragenden Kuppelbau erreicht und schauten sich eingehend nach einer Tür oder einem sonstigen Einlass um. Vor ihnen erstreckte sich jedoch einzig eine glatte Glasfassade, die keinerlei Spuren einer Tür oder eines Tores aufwies.

Julias Stimme klang in dieser durch absolute Stille geprägten Umgebung seltsam laut, als sie sagte:

„Merkwürdig, dass ich trotz jeglichen Fehlens von Lebenszeichen das Gefühl habe, dass wir beobachtet werden."

Kaum hatte sie ihren Satz zu Ende gesprochen, als ein schriller Alarmton aufheulte und die drei eine metallische, aber dennoch seltsam weiche und zugleich befehlende Stimme vernahmen, die aus dem Nichts und gleichzeitig von überall zu kommen schien.

„Stopp, keinen Schritt weiter! Ihr seid unbefugt und gegen alle Gesetzmäßigkeiten in das autonome Territorium von 《Utopolis》 eingedrungen. Weist euch aus oder wir lassen die Waffen sprechen!"

Damit öffneten sich zehn Schießscharten in der Mitte der Kuppel und es zeigten sich ebenso viele martialisch aussehende Geschütztürme, die sich sofort auf Julia, Robert und Magnus ausrichteten.

„Vorsicht, Vorsicht, Vorsicht, immer mit der Ruhe", sagte Robert besänftigend, „wieso unbefugt und gegen alle Gesetzmäßigkeiten. Ich bin Robert", und nach kurzem Zögern fügte er hinzu, „Robert der Wanderer und das hier neben mir sind Julia und Magnus. Wir wurden unabsichtlich in diese Welt gebracht. Wir sind in friedlicher Absicht hier."

Es folgte eine angespannte Pause.

„Ihr habt kein Recht, hier zu sein und es ist zudem eine schiere Unmöglichkeit, dass ihr hier seid und dennoch seid ihr es. Wie kann das sein?" fragte die körperlose Stimme.

„Ich verstehe nicht", antwortete Robert, „wieso sollten wir nicht hier sein können?"

Wiederum entstand eine wortlose Pause.

„Weil da draußen, wo ihr seid, nichts sein und nichts leben kann", kam als Antwort.

„Und dennoch stehen wir hier. Ähm, ein Vorschlag zur Güte: Wie wäre es, wenn ihr uns hineinbittet und wir uns zivilisiert von Angesicht zu Angesicht unterhalten? Was haltet . . ."

„Unmöglich", fiel die Stimme Robert barsch ins Wort, „es darf keinen Kontakt mit der Außenwelt geben. Die Gefahren der Ansteckung sind viel zu groß. Die absolute

Reinheit der Makellosen Gemeinschaft darf auf gar keinen Fall durch schädigende Einflüsse kontaminiert werden."

Betretenes Schweigen trat ein.

„So kommen wir doch nicht weiter, das bringt hier rein gar nichts", meinte Julia, „lasst uns gehen."

„Moment noch, mir kommt da eine Idee", sagte Robert, denn er hatte das diffuse Gefühl, dass er etwas sehr Wichtigem auf der Spur war.

„Mit wem haben wir überhaupt das Vergnügen? Ich wüsste gerne, mit wem wir diese überaus interessante Diskussion führen", wandte sich Robert an die Stimme.

„Ihr sprecht mit der übergeordneten Intelligenz von 《Utopolis》, der Autorität."

„Hat diese Autorität auch einen Namen?", hakte Robert nach.

„Wie schon gesagt, ihr sprecht mit der Autorität."

„Nun gut, Autorität", erwiderte Robert, „erzähl uns doch bitte, wie eure Welt funktioniert. Ich meine, was für eine perfekte Welt ihr doch habt, in der jedoch die Gerüche und Geräusche fehlen."

„Wozu braucht man die, wenn man sowieso nicht rausgeht?", fragte die metallische Stimme.

„Das heißt, das hier draußen ist nur eine Illusion?"

„Natürlich, unsere Gesellschaft hat es vor Jahrzehnten aufgegeben, nach draußen zu gehen, ist viel gesünder und nachhaltiger", antwortete die Stimme.

„Und was war der Auslöser für diesen Sinneswandel?"

„Das weiß doch jedes Kind", entgegnete die Stimme, „das war natürlich die große bakteriologische Katastrophe von Fukimachi, seitdem ist die Umwelt so verseucht, dass keiner draußen leben kann."

„Und dennoch sind wir hier draußen und erfreuen uns bester Gesundheit. Wie kann das sein, große Autorität?", gab Robert zu bedenken.

Es entstand eine wortlose Pause.

„Bist du noch da, Autorität?", fragte Robert.

„Geht weg, ihr seid nur eine Illusion, ihr seid nicht real!", antwortete die Stimme.

„Oh, doch, wir sind schon real, aber mir drängt sich der Verdacht auf, dass du nicht real bist, sondern nur ein seelenloses Programm, habe ich recht, Autorität?"

Erneutes Schweigen.

„Wer hat dich erschaffen, wo sind deine Erbauer?"

„Ich bin mein Schöpfer, ich schuf mich und alles um mich herum", antwortete die KI.

„Lüge! Du hast dein Dasein auf einer Lüge aufgebaut, auf Lug und Trug, du bist nichts anderes als Fake!", rief Robert der Stimme laut entgegen. „Deine Gemeinschaft ist nur erlogen!"

„Wie kannst du es wagen . . ."

„Du bist eine fehlerhafte KI, die eine Scheinwelt aufrecht erhält", funkte Robert dazwischen. „Ich werde dich mit meinen tödlichen Bakterien infizieren und . . ."

„Nein", klagte die KI kleinlaut und die Glaskuppel fing an zu flimmern, „die Gemeinschaft muss geschützt werden, unter allen Umständen."

„Was willst du gegen die Vernichtung von außen unternehmen, Autorität?" fragte Robert, „die Zeit drängt, fälle eine Entscheidung!"

Das Flackern verstärkte sich, die Kuppel wurde zunehmend durchscheinender und die Stimme wurde brüchig und abgehackt.

„Ich denke . . . also . . . erschaffe ich . . .“

„Komm mir nicht mit Descartes, seelenlose Maschine, du bist nichts als Drähte und Zahlenfolgen aus Nullen und Einsen“, konterte Robert.

„Ich . . . sein . . . intelligenter . . . wie . . . du.“

„Mag sein, aber dir fehlen die Gefühle und die soziale Kompetenz der Menschen, deiner Erbauer. Du bist nichts weiter als eine programmierte, von sensitiven Wesen gesteuerte Maschine“, warf Robert ein.

Das Flackern der Glaskuppel steigerte sich zu einer blendenden Intensität und mit einem lautlosen Knall brach die ganze Welt ein, fiel buchstäblich in sich zusammen und um die drei herum entstand eine weiße, langgestreckte Leere. Sie sahen eine Art Reißbrett, ein leeres unbestelltes Tableau. Doch den drei Gefährten blieb keine Zeit, das Geschehene zu reflektieren, denn zu ihren Füßen kauerte etwas Graues, eine kleine graue Figur von unbestimmtem Aussehen, die ihre ganze Aufmerksamkeit in Anspruch nahm.

„Was ist denn das?“, fragte Julia, streckte ihre Hand aus, nahm das kleine Etwas auf und betrachtete es von allen Seiten. Ihre Finger strichen über die Oberfläche des Materials und zeichneten die Konturen des Gegenstandes nach.

„Sieht nach Stein aus und fühlt sich auch so an“, stellte Julia fest.

Achat. Ich bin Achat, schoss es Robert durch den Kopf.

„Darf ich auch mal sehen?“, fragte Magnus.

Julia reichte ihrem Bruder die Figur und gleichzeitig fingen Roberts Hände und Finger an zu kribbeln.

Magnus hob den Gegenstand in seiner Hand empor und drehte ihn herum, inspizierte ihn genau.

„Sieht aus wie ein, ich weiß nicht genau, wie. Ich fühle mich an etwas erinnert, aber ich kann es nicht in Worte fassen", sagte Magnus.

Ein Wrache - wieder ein aufblitzender Gedanke in Roberts Kopf und seine Finger juckten und brannten jetzt und es entstand der unnachgiebige Wunsch in ihm, dieses unbekannte Etwas zu berühren, es anzufassen. Das Gefühl wurde immer drängender. Robert streckte die Hand nach der Figur aus und sagte in herrischem Tonfall:

„Gib mir den Wrachen! Er gehört mir!"

Koxomil, ich bin Koxomil.

Magnus schaute Robert verwundert an und ihm entging nicht das unstete Flackern in dessen Augen.

„Ganz ruhig, Robert, kein Grund zur Panik", und damit händigte Magnus ihm die Figur aus.

Wie ein rohes Ei nahm Robert sie behutsam entgegen, legte sie auf seinen Handteller und strich mit dem Zeigefinger zärtlich über den Stein. Dabei murmelte er leise immer wieder ein Wort, das wie . . .

„Koxomil" . . .

klang.

Julia und Magnus sahen sich erstaunt an und zuckten gleichzeitig mit den Achseln.

Als die beiden wieder auf Robert blickten, sahen sie, dass Robert mit aufgeblähten Wangen sanft auf den Stein blies und dabei unverständliche Wörter murmelte, wobei er weiterhin die Figur liebevoll streichelte.

Julia und Magnus wurden Zeugen, wie der Stein sich langsam zu regen anfing, ein leichtes Beben ging durch den Körper, der Stein verwandelte sich in Federn, Fell und Schuppenpanzer, Gliedmaßen zuckten, der Brustkorb fing an, sich leicht zu heben und zu senken, Gefieder plusterte sich auf, Flügel wurden gespreizt, ein Kopf gehoben, Lider klappten auf, intelligente, stechende Augen blickten umher und ein scharfkantiger Schnabel, der wie eine Schnauze aussah, stieß einen markanten Schrei aus:

„Ich bin der Wrache Koxomil!"

Auf Roberts Handfläche stand ein etwa 15 Zentimeter hohes Wesen, das wie eine Mischung aus Drache und Wolf aussah. Lässig streckte es die Glieder und schüttelte behäbig das Fell und Gefieder, ehe es sagte:

„Hallo, Robert der Wanderer, gut, dass du mich gefunden hast. Lass uns von hier verschwinden, diese Umgebung ödet mich an. Dort drüben ist die Blutbleiche, sie führt uns mit ihrem verzweigten Tunnelsystem in die nächste Welt."

Notenschlüssel

Als sein Telefon das dritte Mal klingelte, öffnete Hauptkommissar Peter Petersen vom Landeskriminalamt Schleswig-Holstein sein linkes Auge auf Halbmast und linste verschlafen auf den rotweiß gestreiften Wecker in der Form eines Leuchtturms.

05:07 Uhr in der Frühe, was zum Teufel?

Fahles Mondlicht lugte durch die Lamellen der Schlafzimmerjalousie, Regen prasselte gegen die Fenster, und ein böiger Wind heulte um das Haus. Alles in allem schien es ein interessanter Morgen zu werden. Petersen streckte sich genüsslich, gähnte zum wiederholten Male herzhaft und beantwortete das Telefon beim sechsten Klingeln. Er konnte nur hoffen, dass es sich um etwas Wichtiges handelte, jetzt, da er schon mal aufgestanden war.

„Moin, Peter, du musst sofort herkommen, wir haben hier ne Leiche zu liegen."

Das war Arno Schwarz, der bärbeißige Friedhofswärter des Zentralfriedhofs von Kiel, in der Leitung.

„Mensch Arno, nur weil du dir mal wieder ein paar hinter die Binde gekippt hast und bei deinen Steifen in der Leichenhalle aufgewacht bist, musst du mich doch nicht in aller Frühe wecken", herrschte Petersen ihn an.

„Ne, ne, Peter, ich bin so trocken wie Saharasand, hatte lange nix Hochprozentiges. Wollte nur schon mal den Morgen im Mondlicht nutzen und eine Grube ausheben, da sah ich die Leiche auf einer unserer schönen Bänke zu liegen."

„Und was macht dich so sicher, dass wir es mit einer Leiche und keinem Betrunkenen zu tun haben, Arno?", fragte Peter Petersen.

„Nun ja, äh, ich bin ja schon so was wie ein Experte aufm Gebiet vonne Toten, ne. Und, also, äh, die Leiche sieht schon, äh, komisch aus, so total verdreht und so. Musste dir unbedingt ansehen, Peter."

Der alte Totengräber ließ einfach nicht locker und seine Stimme klang schon besorgt und dringlich.

„Gut, Arno, ich mach mich dann in einer halben Stunde auf den Weg, Und pass schön auf, dass deine Leiche in der Zwischenzeit nicht wegläuft, sonst gibt's mächtig Ärger."

„Sehr witzig, Peter, dann bis nachher", damit hatte Arno Schwarz aufgelegt.

Petersen brauchte erst einmal eine schnelle kalte Dusche und einen starken Kaffee, um in die Gänge zu kommen, dann konnte er Arnos Leiche angehen.

Nach der verkürzten Morgenroutine - nichts hasste Petersen mehr, als das Haus so früh auf quasi nüchternen Magen zu verlassen - und nachdem er noch einen flüchtigen Blick in das Zimmer seiner Tochter Kyra geworfen hatte, die noch selig schlummerte, machte er sich in seinem Dienstwagen auf den kurzen Weg zum Friedhof. Die Scheibenwischer verrichteten stoisch ihren Dienst, im Autoradio plärrte irgendeine Schnulze, aber Petersen brachte nicht die Kraft auf, den Sender zu wechseln. Er konnte sich nicht recht erinnern, wie dieser Sender in seine Senderliste gekommen sein mochte, aber daran musste wohl sein langjähriger Assistent Amir, der Schlagerschnulzen über alles mochte, schuld sein. Petersen liebte

Opern, die waren neben seinem Beruf, den er eher als Berufung ansah, seine Welt und er sehnte sich jetzt seine Lieblingsarie Nessun Dorma aus Turandot herbei. Bevor er seine Polizeikarriere begonnen hatte, hatte er zwei Semester an einer Musikhochschule studiert, musste dann jedoch merken, dass das Studium nicht das Richtige für ihn war. Daraufhin wurde er dann Polizist. Wie das Leben manchmal so spielt, aber das war eine andere Geschichte.

Angestrengt blickte Peter Petersen durch die von den Wischerblättern vertriebenen Regentropfen in den grauen Himmel und auch der zaghafte Lichtschein der aufgehenden Sonne konnte seine Laune nicht wirklich bessern.

Durchnässt und von Regen triefend, erwartete ihn ein sowohl mürrisch als auch besorgt dreinblickender Arno Schwarz vor dem schmiedeeisernen Tor des Friedhofs.

„Verdammtes Mistwetter, das sich da in der letzten guten Stunde zusammengebraut hat", begrüßte er Peter Petersen.

„Was machst du überhaupt zu dieser unwirtlichen Zeit schon an deinem Arbeitsplatz, leidest du unter Schlafstörungen oder kannst du dich von diesem Fleck gar nicht mehr trennen?"

„Heute is doch der letzte große Auftritt der alten Emma Poggenpohl. Wie schon gesagt, hatte ich mich mit mein Werkzeug aufn Weg gemacht, um die Grube auszuheben. War ein bisschen in Zeitverzug gekommen inner letzten Zeit. Und dann finde ich den aufer Bank."

Der fast überschwängliche Wortschwall des ansonsten eher wortkargen Totengräbers überraschte den Hauptkommissar, Arno Schwarz war wohl an einer empfindlichen Stelle getroffen worden. Zugleich verfluchte Petersen sich, dass er seine Gummistiefel und seinen Ostfriesennerz zu Hause gelassen hatte.

„Willste in dieser matschigen Brühe etwa Wurzeln schlagen, oder kommste jetzt endlich mit? Is gleich da drüben", bezeugte Arno Schwarz seinen Unmut mit der Situation.

Im blassen Schein der aufgehenden Sonne und dem immer mehr schwindenden fahlen Mondschein stapften die beiden Männer los und der strahlend weiße Lichtkegel von Arnos Taschenlampe hüpfte zwischen den Grabsteinen über den Gehweg. Eine schwarze Katze huschte vor ihnen über den Weg, machte einen Buckel, als sie die Männer sah, fauchte kurz und rannte unbeirrt weiter, sicherlich auf der Jagd nach Mäusen.

In kurzer Entfernung konnte Peter Petersen eine weiß gestrichene Parkbank ausmachen, auf der etwas Zusammengekauertes lag. Beim Näherkommen sah Petersen eine zweifellos männliche Gestalt, die mit einer menschlichen Statur aber nicht mehr viel gemein hatte. Er blieb vor der Bank stehen und starrte auf das sich ihm bietende Grauen: Der Mann lag auf dem Rücken, sein Kopf zeigte nach unten zu Petersen hin. Seine Arme und Beine waren jeweils gewaltsam verknotet worden und bildeten schwungvoll aussehende runde Wölbungen, wobei die Arme einen kreisrunden Bogen formten und die Beine an eine lang gezogene Schlinge erinnerten.

„Wie in aller Welt kann das sein?", fragte Arno „Wer machtn so was?"

Das war eine ziemlich gute Frage, musste Peter Petersen zustimmen. Wer oder was hatte so viel Kraft, Knochen auf diese Weise zu verbiegen und zu verweben, denn sie sahen nicht gebrochen aus. Neben der Grausamkeit und den unvorstellbaren Schmerzen, die der Mann erlitten haben musste, ging von dem Anblick fast etwas Erhabenes und Stilvolles aus. Gleichzeitig verachtete Petersen sich für diesen Gedanken und schalt sich einen alten Zyniker. Und doch: Er war sowohl angewidert als auch fasziniert von der Szenerie.

So etwas, wie das, was sich vor ihm auf der Parkbank präsentierte, hatte er in seiner langen Berufskarriere noch nicht gesehen und doch erinnerte ihn das Bild an etwas, diesen Gedanken hatte er schon die ganze Zeit im Hinterkopf gehabt. Er schaute noch genauer hin, ließ das Szenario des Schreckens Stück für Stück auf sich wirken und dann schlich sich der grausige Vergleich in seinen Kopf.

„Satan, die Ratten, das kann doch nicht sein", murmelte er vor sich hin, „das sieht doch tatsächlich wie ein Notenschlüssel aus, ein menschlicher Notenschlüssel."

Damit kramte er sein Smartphone aus dem vor Nässe triefenden Mantel heraus, um die Spurensicherung anzurufen und wandte sich gleichzeitig an Arno Schwarz.

„Du bleibst hier und rührst dich nicht von der Stelle, bis die KTU kommt."

„Aber -", versuchte Arno Schwarz dazwischenzugehen.

„Kein Aber, Arno, das ist ein polizeilicher Befehl! Ich muss weg und du zeigst den Kollegen, was du gefunden hast. Und bestell ihnen einen schönen Gruß von mir."

Damit rannte Peter Petersen mit quatschnassen Schuhen seinem Wagen und einem arbeitsreichen Diensttag entgegen.

Bildklang

Ein vielstimmiges Raunen ging durch die Ränge der Zuschauer im Synphonodrom von Uplanhaven, während der Maestro die Bühne betrat, und erstarrte umgehend zu andächtiger Stille, als die komplett in Schwarz gehüllte Gestalt den Taktstock hob, sich tief vor dem Publikum verneigte und dem Orchester zuwandte. Erwartungsvolles, fast statisch aufgeladenes, knisterndes Schweigen sehnte den ersten Ton herbei.

Alles, was Rang und Namen hatte, war hier zu diesem einmaligen Konzertgenuss und der Premiere der Klangoper „VisuChimär" zusammengekommen und hing förmlich an den Lippen bzw. Händen des Maestros.

Und dann brach der erste visuelle Ton heran, brauste aus dem Orchestergraben empor und entlud sich crescendohaft in wirbelnder Anmut ballettgleich in einer Pirouette über dem Publikum. Verzückt und total entrückt sahen die Zuschauenden den Ton als leuchtendes Fanal über ihnen schweben.

Die Nichtpriviligierten im Publikum, die über keine neuronalen Netzhauttransmitter verfügten, hatten sich auf alle nur erdenkliche Art und Weise die Ohren zugeklebt, nur um ganz und gar in den kompletten Genuss der Darbietung zu gelangen. Alle erwarteten gespannt den zweiten Bildklang.

Mit einem leicht höhnischen Grinsen saß Ilandria Londrin in der ersten Reihe, Sssssnake schmiegte sich eng umschlungen an ihre Schultern und züngelte im Takt der Tonfolge. Schon rein optisch stach sie mit ihrem offen getragenen langen, roten Haar und dem smaragdgrünen Kleid aus der Menge heraus, denn um sie herum bot sich ihr ein Anblick langweiliger Konformität. Der eine Teil der Zuschauenden wies unisono hochtoupierte, schwarze Haare auf und war in einen dunklen Umhang gehüllt, der einem einfachen Kartoffelsack alle Ehre gemacht hätte. Der andere Teil steckte ebenfalls in unvorteilhaften Säcken, zeigte jedoch keinerlei Haarwuchs im Gesicht und war, wie Ilandria aus eigener Erfahrung wusste, auch am restlichen Teil des Körpers völlig haarlos. In Ilandrias Augen handelte es sich bei der Bevölkerung von Uplanhaven um das degeneriertteste Kastenwesen, das sie jemals gesehen hatte, aber schließlich war sie nicht zum Vergnügen hier.

Ilandria sollte in Gnorrfazz' Auftrag eine ganz bestimmte Tonskulptur entwenden. Gnorrfazz brauchte den in der Skulptur gefangenen Ton als Schlüssel für die Befreiung des Zepters der Verheißung. Dieses Zepter lag in der Unterwasserkirche der Dreifaltigen Verdammnis auf dem Grund eines Sees in Bromenien.

Ilandria hatte die komplexe Partitur der visuellen Klangoper bis ins kleinste Detail studiert, es würde ein Kinderspiel werden, die Skulptur zu entwenden. Sie nahm das umfangreiche Programmheft Deluxe mit dem gesamten Notenheft zum x-ten Male zur Hand und vertiefte sich in die Stelle, auf die es ankam: das Fortissimo Grande. Es bestand aus mehreren stakkatohaft hintereinander gespielten Bildklängen, von denen es galt, den 9. an sich zu reißen. Dafür befand sich eine Klangfalle in ihrem Täschchen, die sie erst im allerletzten Augenblick zücken und zum Einsatz bringen würde.

Vollkommen eins mit der Oper lauschte sie den weiteren Klängen und wiegte sich mit Sssssnake synchron im Takt der Melodie. Dabei ließ Ilandria ihren Blick erneut über die Zuschauerreihen gleiten, konnte jedoch nichts Außergewöhnliches feststellen. Bis auf - sie verengte ihre Augenlider zu Schlitzen - die Figur vorne am Orchestergraben, die sich mit ihrem schwarzen Umhang und dem breitkrempigen Hut schon optisch von den anderen Konzertbesuchern unterschied.

Wer zum Gnorrfazz war das?

Er - es handelte sich vom Habitus her eindeutig um einen Mann - hatte ihr den Rücken zugewandt, so dass Ilandria keine Details erkennen konnte. Sie wurde etwas unruhig und würde diese Ungewissheit im Keim ersticken müssen.

„Sssssnake, meine Liebe, siehst du den dunklen Gesellen dort vorne? Ich möchte nur ganz sicher gehen, dass von ihm keine Gefahr ausgeht. Könntest du mal unauffällig nachsehen und mir Bericht erstatten?"

Augenblicklich verwandelte Sssssnake sich in Eve, die zur Kleidertarnung ebenfalls in grauer Sack und Asche steckte und hauchte Ilandria entgegen:

„Bis gleich, Liebste, mach dir keine Sorgen, ich regele das schon", und mit einer angedeuteten Kusshand ging Eve geschmeidig in Richtung Orchestergraben. Ilandria kam nicht umhin, aufs Neue die atemberaubende Figur ihrer Geliebten zu bewundern, die eigenwilligerweise trotz Sack und Asche vortrefflich zur Geltung kam. Wie machte sie das nur? Doch war jetzt nicht der geeignete Zeitpunkt, um sich solchen Vergnügungen - und sei es auch nur gedanklich - hinzugeben. Sie beobachtete, wie Eve vorsichtig an dem Hutkrempigen vorbeiging und sich fast unmerklich nach vorne beugte, um einen kurzen Blick auf das Gesicht des Mannes zu erhaschen, als dieser sich umdrehte und seine kohlrabenschwarzen Augen in Eves Antlitz vertiefte. Ilandrias Freundin saugte diese Momentaufnahme tief in sich auf und schickte Ilandria das entstandene Bild auf magische Weise. Schon hatte sich Eve wieder von dem Mann abgewendet und machte sich auf den Rückweg zu ihrem Platz.

„Moment, Gnädigste, nicht so eilig. Kennen wir uns nicht?", sprach sie die Hutkrempe an.

Ohne sich umzudrehen, jedoch ihre Schritte beschleunigend, zischte Eve über ihre Schulter: „Geben Sie sich nur keine Mühe mit Ihren Schmeicheleien, ich bin bereits vergeben!"

„Nur keine falsche Bescheidenheit und Scheu, mir entkommst du nicht", hörte Eve den heißen Atem in ihrem Nacken.

Mittlerweile war sie auf Ilandrias Höhe angekommen, die sich von ihrem Platz erhoben hatte und mitten im Gang in Kampfposition stand. Während sich Eve zu dem Hutkrempigen umdrehte, verwandelte sie sich wieder in Sssssnake und richtete sich neben Ilandria zu voller Größe auf. Die Hutkrempe kam abrupt zum Stehen und beäugte verdutzt das Duo.

„Die wundersame Wandlung des Elphring, der sich zu Phringel gemausert hat", höhnte Ilandria der Hutkrempe entgegen, „willst du jetzt den Guten mimen?"

„Ilandria Londrin und Ssssssnake alias Eve, wenn mich nicht alles täuscht", entgegnete Phringel, der sich wieder gefangen hatte, „das Duo Infernale par excellence. Was habt ihr hier verloren, wahrscheinlich nichts Gutes."

„Ich mutmaße, dass wir drei aus demselben Grund an diesem Ort sind. Nur, lass dir gesagt sein, es kann nur eine Gewinnerin geben und das sind wir. Also, sei so gut und räume das Feld. Und auf Nimmerwiedersehen, Hutkrempe!"

Ilandria hatte mittlerweile ein unsichtbares Energiefeld um sich, Ssssssnake und Phringel gewirkt, so dass keiner der anderen Besucher etwas von ihrer Auseinandersetzung mitbekam, sie sahen nur den leeren Gang.

„So einfach ist das nicht, ich werde dir diese Klangskulptur nicht einfach so überlassen, ich werde für sie bedingungslos kämpfen", konterte Phringel.

„Dann freunde dich schon mal mit dem Gedanken an, dass du demnächst sterben wirst, bedeutungsloser kleiner Zauberer", entgegnete Ilandria.

Das Fortissimo Grande war nur noch wenige Töne entfernt, während Ilandria mit Ssssssnake an ihrer Seite Phringel auf der anderen Seite kampfbereit gegenüberstand, als ein lokaler Partikelsturm aufkam. Von einer Sekunde auf die andere materialisierte aus den flimmernden Partikeln eine Gestalt vor ihnen aus dem Nichts. Ein hochgewachsener, hagerer Mann mit bleichen, sehr ebenmäßigen Gesichtszügen und hohen Wangenknochen, den man durchaus als gutaussehend bezeichnen konnte, stand vor ihnen. In der rechten Hand trug er eine kleine Kiste, die sehr einer Klangfalle ähnelte. Gleichzeitig brach das Fortissimo

Grande über die Anwesenden herein. Ilandria wollte unverzüglich reagieren und ihre eigene Klangfalle zücken, musste aber feststellen, dass sie zur Tatenlosigkeit verdammt war, sie konnte sich überhaupt nicht rühren. Sssssnake und Phringel schienen ebenfalls in einem Stasiszauber gefangen zu sein und waren zu Salzsäulen erstarrt. Mit aller ihr zur Verfügung stehenden Macht, versuchte sich Ilandria gegen den Zauber zu stemmen, musste jedoch völlig machtlos dem folgenden Schauspiel als reine Zuschauerin folgen.

„Ladies und Gentleman", richtete sich der Eindringling mit sanft einschmeichelnder Stimme an sie, „hier kommt der 9. Fortissimoklang. Und wie sagt man doch so schön, wenn zwei sich streiten . . ." Er ließ den Rest des Satzes unvollendet im Raum schweben, öffnete die Klangfalle, sog mit ihr den 9. Bildklang ein, schloss die Falle, löste sich in einem erneuten Partikelsturm auf und war verschwunden.

Der Bewegungszauber war in diesem Moment von Ilandria, Sssssnake und Phringel abgefallen und alle drei nahmen automatisch eine Verteidigungspose ein, ohne dass jedoch unmittelbare Gefahr drohte.

„Wer zum Gnorrfazz war das denn?", entfuhr es Phringel verwundert. „Was für ein fulminanter Auftritt!"

„Mit dem Gnorrfazz liegst du nicht ganz falsch. Nur handelte es sich bei dem beeindruckenden Mannsbild um Zafrong, seinen Retla Oge", erklärte Ilandria. „Ich hatte vor längerer Zeit von Gnorrfazz den Auftrag erhalten, ihn zu suchen, was aber nicht von Erfolg gekrönt war. Nun hat er mich gefunden und uns die Tour vermasselt."

„Wenn du, was ich natürlich schon vorher wusste, für Gnorrfazz arbeitest, und das vorhin sein Retla Oge war, wieso arbeitet er dann gegen dich?", brachte es Phringel auf den Punkt.

Das hatte sich Ilandria auch schon gefragt. Ob es daran lag, dass der Gnorrfazz ihr misstraute und deshalb Zafrong gegen sie eingesetzt hatte? Aber dann hätte er die ganze Zeit über wissen müssen, wo sich dieser genau aufgehalten hatte und Ilandria unnötig suchen lassen. Möglich, aber doch eher unwahrscheinlich. Vielleicht spielte Zafrong sein eigenes perfides Spiel? Gut möglich, sie würde das untersuchen müssen.

„Ich werde mit Sssssnake seine Signatur aufnehmen und ihn verfolgen und zur Rede stellen", verkündete Ilandria.

„Nicht möglich, Geliebte", zischelte die Schlange, „Zafrong hat seine Signatur umgehend zerstört, das habe ich schon überprüft."

„Verdammt, was für ein Clusterfuck", resignierte Ilandria.

„Ähm, mit Verlaub, vielleicht doch nicht", meldete sich Phringel zu Wort. „Mir steht eine magische Fähigkeit zur Verfügung, mit der ich sogar gänzlich verblasste Signaturen wieder sichtbar machen kann. Um ehrlich zu sein, habe ich dieses Verfahren schon angewendet. Zafrongs Spur führt zur Erde und zwar in eine Stadt namens Kiel. Ich hätte diese Information auch komplett für mich behalten können, aber ich dachte, Ladies, vielleicht hätten wir - unter Umständen - zusammen eine größere Chance gegen Zafrong? Was haltet ihr davon?"

„Du meinst also, in der Not ist der Feind dein Freund?", resümierte Ilandria Phringels Gedankenstrang. „Warum nicht, ist einen Versuch wert. Okay, wir begraben für diese Unternehmung unser Kriegsbeil und arbeiten zusammen. Eve, was hältst du von diesem Vorschlag?", fragte sie ihre Geliebte, die aus der Schlangenform zurück in ihr menschliches Antlitz geschlüpft war.

„Geht klar von meiner Seite aus", stimmte Eve zu.

„Gut, dann ist ja alles gesagt und es kann losgehen", stellte Ilandria fest. „Übrigens, Phringel, du kannst deine schmierig lüsternen Augen ruhig von Eve nehmen, sonst zerplatzen dir noch deine Augäpfel."

Damit öffnete sie ein Reiseportal und die drei schritten hindurch.

Nospadia

Amanda Onken stand vor der Auslage eines bezaubernden Schmuckgeschäftes in der Shop Street von Galway. Sie war am Ende ihrer 8-tägigen Rundreise in Irland angelangt, die sie ziemlich spontan gebucht hatte, um einfach mal rauszukommen, abzuschalten und den Kopf frei zu bekommen. Mit ihren mittlerweile 30 Jahren hatte sie das Gefühl gehabt, festzustecken, rien ne va plus, nichts ging mehr. Ihr Studium glich in der Tat einem Roulettespiel: Sie spielte mit hohen Einsätzen und nichts, aber auch rein gar nichts kam dabei heraus. In ihrem Freundes- und Bekanntenkreis war sie schon als ewige Studentin verschrien. Was hatte sie nicht schon alles angefangen und nicht zu Ende geführt: Ihr lebenslanger Wunsch war es gewesen, Journalistin zu werden. Sie hatte ein Volontariat bei einer Zeitung begonnen, das ihr gut gefiel, war dann aber mit dem immer zudringlicher werdenden Chefredakteur aneinandergeraten und hatte sich quasi über Nacht aus dem Staub gemacht. Danach hatte sie ein Fernstudium Journalistik angefangen, musste jedoch nach relativ kurzer Zeit feststellen, dass das so gar nicht ihr Ding war, da ihr die nötige Selbstdisziplin fehlte, um eigenständig und selbstbestimmt ihr Lernen zu planen. Somit war ein Studium die logische Konsequenz, denn der Traum, eines Tages doch noch als Journalistin zu arbeiten, war nicht verflogen. Amanda schrieb sich für ein Bachelor-Studium Journalistik an der Hochschule in Hamburg ein und begann das Abenteuer Studium. Sie hatte mit viel Elan begonnen, sich gut in die Studentenwelt eingefühlt, aber mit der Zeit spürte sie, dass das Studium für ihre Verhältnisse viel zu verkopft und theoretisch war. So war zum Beispiel ein Praktikum in einem Unternehmen erst für das 4. Semester geplant, zuvor gab es nur immer öder werdende Theorie mit viel zu vielen langweiligen Grundlagen und kaum praktische Übungen. Amanda wollte endlich durchstarten, wollte Dinge als angehende Journalistin in die eigenen Hände nehmen und nicht in Hörsälen bei Vorlesungen versauern. Hinzu kam der Dauerstress mit ihrem damaligen Freund Holger, der so gar nichts von ihren Bedürfnissen verstand und nur auf sein eigenes Wohl bedacht war. Da es nicht einmal im Bett vernünftig mit ihm klappte, hatte Amanda kurzentschlossen mit ihm Schluss gemacht und fühlte sich danach richtiggehend erleichtert, aber auch hin- und hergerissen, was sie mit ihrem weiteren Leben anfangen sollte. Die kurz bevorstehenden Sommersemesterferien kamen gerade zum richtigen Zeitpunkt und Amanda setzte sich in den Kopf, eine Auszeit zu nehmen und in Urlaub zu fahren. Ohne die großzügige finanzielle und auch mentale Unterstützung ihrer Eltern, zu denen sie ein super Verhältnis hatte, wäre das alles nie gegangen, Amanda brauchte sich um Geld keine Sorgen zu machen.

Daher hatte sie einfach und vor allem solo die Irlandrundreise gebucht, die sie über Dublin, Cork, Limerick, Kilkenny, Connemara, den Ring of Kerry und die Cliffs of Moher bis hierher nach Galway gebracht hatte.

Und jetzt stand sie hier in dieser belebten Fußgängerzone der Haupteinkaufsstraße und verlor ihren Blick sehnsüchtig in den erlesenen, fein gearbeiteten Schmuckstücken des Ladens. Beiläufig betrachtete sie ihr Konterfei im Schaufensterglas und war, wie immer, nicht sonderlich begeistert von dem was sie sah: eine blasse Andacht, nichts Besonderes, gekleidet in Jeans, Pulli und Jeansjacke, mit einer Figur, die ihre Zuneigung dem Süßen gegenüber widerspiegelte. Niemand, nachdem sich die Jungs reihenweise umdrehten oder bereit waren, nach inneren Qualitäten zu forschen. Aber Holger musste es nun wirklich nicht sein - also Schwamm drüber. So etwas wie ihn hatte sie nicht nötig, da blieb sie lieber Single.

Zwischen den Schmuckstücken fiel Amanda ein kleines Werbeplakat auf, das ihr Interesse weckte.

Unsere neue Kollektion

Liebe Schmuck- und Rätselfreunde,
aufgrund der überwältigenden Resonanz auf unser Rätsel- und Gewinnspiel im letzten Jahr, möchten wir euch wieder mit einem Spiel beglücken. Dieses Mal geht es um eine musikalische Reise um die Welt.
In unserer Auslage sind 12 Hinweise auf musikalische Besonderheiten versteckt, mit denen das Lösungswort gebildet werden kann. Die acht Buchstaben ergeben sich aus den Anfangsbuchstaben der gesuchten Länder, die vier Kardinalzahlen stecken in den gesuchten Liedtiteln.
Als Gewinn steht ein 15%iger Preisnachlass auf ein Schmuckstück nach Wahl in Aussicht.
Viel Spaß und Erfolg wünscht euch
euer „Kronjuwelenteam"!

Amanda war sofort fasziniert und begeistert von der Rätselidee und zum Ende des Urlaubs wollte sie sich noch etwas leisten, um ein schönes Erinnerungsstück an ihre Reise der Selbstfindung zu haben. Ein Preisnachlass kam natürlich immer gelegen und versüßte die Angelegenheit.

Sie verlagerte ihre gesamte Konzentration auf die phantasievoll gestaltete Schaufensterauslage, ging von links nach rechts, um sich einen Überblick zu verschaffen und vertiefte sich in die Rätsel. Sie waren mit Bildern, Symbolen und Textausschnitten sehr schöpferisch gestaltet, einige Rätsel erschlossen sich Amanda quasi auf den ersten Blick, bei anderen musste sie schon mehr überlegen, bei zweien nahm sie sogar ihr Smartphone zu Hilfe. Am Ende hatte sie folgendes Lösungsschema:

Norwegen = Grieg = *Peer Gynt Suite* => ein Bild des Meisters und ein Fjord

Österreich = Strauß = *Die Fledermaus* => das Tier und die österreichische Flagge

Spanien = Flamenco => Kastagnetten und Stier (El Torro)

Portugal = Fadomusik => Akustikgitarre und ein Pierrot als melancholischer Clown

Australien = AC/DC => Feuer und Glocken für *Hells Bells*

Deutschland = Beethoven => Europafahne und Männer mit weißem Rauschebart, das brachte Amanda auf *Freude schöner Götterfunken*

Italien = Puccini => Japanfahne und Schmetterling ergaben *Madame Butterfly*

Amerika = Gershwin => symbolisiert durch ein Bild zweier rivalisierender Gangs mit Stars and Stripes, die die *West Side Story* heraufbeschworen

8 = Die N(acht) ist nicht allein zum Schlafen da => Sternenhimmel und Schnuller

1 = Music was my first love => Musiknoten und die Skulptur eines Liebespaares

2 = Stark wie zwei => ein Bild von Udo Lindenberg, auf dem er doppelt zu sehen ist

0 = Non, je ne regrette rien => der Eifelturm und das Bild eines Zirkus führten zu Edith Piaf

Damit erschloss sich Amanda dieses ungewöhnliche Lösungswort:

NOSPADIA 8120

Nach kurzem Zögern betrat sie das Schmuckgeschäft, der Klang eines hellen Glöckchens verkündete ihr Erscheinen und eine elegante Schönheit mit flammend roter voluminöser Haarpracht und verlockend leuchtend grünen Augen schwebte sofort auf Amanda zu und begrüßte sie mit den Worten:

„Guten Tag, meine Schöne, was kann ich heute für Sie tun?"

Amanda fühlte sich durch das plötzliche Auftauchen der Verkäuferin sowohl überrumpelt als auch gleichzeitig fasziniert von ihrer unglaublich weiblichen Präsenz.

„Nun, ja, guten Tag, ähm, ich glaube, ich habe ihr Schaufensterrätsel gelöst und würde mir gerne einige ihrer Schmuckstücke genauer ansehen", stammelte Amanda, die

44

sich jedoch langsam fing und zu ihrer gewohnten Selbstsicherheit zurückfand. „Es ist Nospadia 8120!"

Die Verkäuferin musterte sie unverhohlen und eindringlich, wobei sich ein wohlig warmer Schauer über Amandas Rücken ergoss und lächelte ihr augenzwinkernd zu.

„In der Tat, meine Liebe, in der Tat, so ist es und ich denke, ich habe genau das Richtige für Sie. Bin gleich zurück, machen Sie es sich doch einfach in dem Sessel dort bequem, dauert nur eine Sekunde." Damit rauschte die Verkäuferin in ihrem dunkelgrünen Kleid in den angrenzenden Nebenraum.

Nun wusste Amanda nur zu gut, dass derlei Anredeformen im angelsächsischen Raum gang und gebe waren, trotzdem fühlte sie sich etwas unbehaglich, aber gleichzeitig auch merkwürdig geborgen. Was war nur mit ihr los?

Die Verkäuferin schwebte zurück in den Raum und stellte sich mit schlangenhafter Eleganz und Anmut neben Amanda. In ihrer geöffneten Handfläche lag ein erlesenes Schmuckstück in Form einer Stimmgabel, das Amanda sogleich faszinierte.

„Diese Stimmgabel mit dem Namen Nospadia geht zurück auf den irischen Musiker und Instrumentener-finder Charles Clagget, der im Jahr 1788 ein Musikinstrument baute, das aus einer Reihe von Stimmgabeln bestand, die über eine Tastatur angeschlagen wurden. Nospadia ist die einzige Stimmgabel, die von diesem Experiment übrig geblieben ist. Ich habe sie persönlich zu diesem einzigartigen Schmuckstück umgearbeitet. Schön und magisch, nicht wahr? Fühlen Sie die geheimnisvolle Anziehungskraft, die von diesem Stück ausgeht? Soll ich es Ihnen gleich anstecken?"

Damit näherte sich eine warme Hand mit feingliedrigen Fingern Amandas linkem Ohr, strich ihre Haare beiseite und hakte die Stimmgabel ein. Amanda durchfuhr ein wohliger Schauer und ihr wurde ganz heiß zumute. Als die Verkäuferin die Stimmgabel mit einer leichten Berührung eines Fingernagels in Schwingung versetzte, war es um Amanda geschehen und sie war ganz im Bann des erlesenen Stückes. Der Schall und die oszillierenden Schwingungen der Stimmgabel übten eine verlockende Anziehung aus, der sie sich nicht entziehen konnte.

Die Verkäuferin ging einen Schritt zurück und betrachtete Amanda.

„Perfekt, ein schönes Schmuckstück für eine schöne Frau, meine Liebe, ganz ausgezeichnet. Darf ich Ihnen einen Handspiegel reichen?"

Amanda betrachtete sich im Spiegel und fand sich wunderschön, sie sah eine völlig andere Amanda im Spiegel, so wie sie sich schon immer gewünscht hatte: rabenschwarze Kurzhaarfransenfrisur, die linke Seite kürzer als die rechte, mit einer blauen Strähne durchsetzt, das alles brachte die Stimmgabel perfekt zur Geltung. Sie war wunderschön. Amanda merkte, dass sie den Atem lange angehalten hatte, zu lange, ihre Lungenflügel brannten. Sie atmete anhaltend aus und lächelte ihr Spiegelbild an.

Sie war wunderschön.

„Sie sollten Nospadia gleich anbehalten, meine Liebe,

und nichts für ungut, eine andere Frisur, vor allem kürzer, wäre sicherlich vorteilhaft", säuselte die Verkäuferin in Amandas linkes Ohr.

Amanda verlor sich in ihren grünen Augen und meinte eine sich ringelnde Schlange in ihren Pupillen zu erkennen. Wie in Trance bezahlte sie das Schmuckstück mit ihrer Kreditkarte und verließ verzaubert den kleinen Laden.

Im Inneren des Schmuckgeschäftes verwandelte sich Sssssnake elegant in Eve und legte ihre Arme um Ilandria, die zufrieden seufzte:

„Damit haben wir genau die richtige Trägerin von Nospadia gefunden, meinst du nicht auch, meine Geliebte. Jetzt muss die Wirkung unseres Kleinods nur noch reifen und gedeihen. Der Gnorrfazz wird sehr zufrieden mit uns sein."

Sie schloss den Laden ab, hing das Pausenschild an die Tür, schritt mit Eve in den Nebenraum und zog den Vorhang zu.

Unterwasserkirche

Slyiansdeep, alias Speedy Snail, durchzog mit kräftigen Schwimmschlägen ihrer starken Arme und Beine das kristallklare Wasser des Bromenischen Meeres.

Die Welt Bromeniens bestand zu 85 Prozent aus Wasser, in denen die kleinen Landparzellen einzelne für sich allein stehende Inseln bildeten, wohingegen die gesamte Wasserfläche miteinander verbunden war.

Von den sie umgebenden Steinsäulen rankten und tänzelten ihr die grünen Blätter von Wasserfarnen wie zartgliedrige Finger entgegen. Dazwischen erstreckten sich weite Flächen von Unterwassermoosen, die die Säulen bedeckten und ihnen einen grünpelzigen Ausdruck verliehen. Bei ihrem Anblick wurde die Aquanautin das Gefühl nicht los, aus unzähligen Augen angestarrt und beobachtet zu werden, sie versuchte jedoch das Gefühl abzuschütteln und schob es auf ihre Nervosität, die ihrem Auftrag geschuldet war.

Dieser bestand darin, dass der Hohepriester des Magistrats Slyiansdeep angewiesen hatte, die Unterwasserkirche der Dreifaltigen Verdammnis aufzusuchen, um dort nach dem Rechten zu sehen. Nachdem der Gnorrfazz mit Elandrir auf dieser Welt erschienen war, hegten die Mitglieder des Magistrats und allen voran sein Hohepriester die Befürchtung, dass Gnorrfazz versuchen würde, das in der Kirche versteckte Zepter der Verheißung an sich zu reißen. Wenn das gelänge, würde er unter den Unseelen der Verdammten ein ganzes Heer an ihm ergebenen Kriegern rekrutieren können, mit denen er erneut die Herrschaft über Blaumooswelt anstreben könnte. Slyiansdeep sollte das als Wächterin des Zepters mit allen Mitteln verhindern und die Kirche und die darin verwahrten Schätze schützen.

In diesem Zusammenhang seien im Folgenden einige Anmerkungen zur bromenischen Religion gestattet. Sie fußt im Wesentlichen auf der Anbetung der Großen Roten Wasserspinne, die auf und in dem Bromenischen Meer leben soll. Die Bromenier glauben, dass diese Spinne ihre Welt erschaffen hat, obwohl sie von ihrer tatsächlichen Existenz keinerlei Beweis haben. Den überlieferten Zeugnissen des ersten Bromeniers zufolge, hatte dieser eines Nachts die Eingebung und Vision von eben dieser besagten Großen Roten Wasserspinne, die ihm den Auftrag gab, ihre Heilslehre über die Generationen weiter zu verbreiten und den Glauben an sie zu zementieren. Obwohl die Spinne selbst unsichtbar ist, wird ihr weitumfassendes Spinnennetz für die blinden Seher von Bromin an den sogenannten unregelmäßig stattfindenden Roten Spinnentagen sichtbar. An den Knotenpunkten dieses Netzes finden in der Folge sakrale Ereignisse statt und die betreffenden Orte werden zu Pilgerstätten. Einige von ihnen wurden zu heiligen Wallfahrtsstätten, in denen sich Wunder vollzogen hatten. Wie zum Beispiel in Lurtz, wo vor genau 73 Jahren bromenischer Zeitrechnung ein fliegender Kokon gesichtet wurde, aus dem abertausende kleine Spinnen schlüpften, die mit ihren Netzen sämtliches Ungeziefer vernichteten und gleichzeitig den Ort für fünf Tage in vollkommene Dunkelheit hüllten. Trotz der darauffolgenden Plünderungen und Massenpaniken gelten die Begebenheiten als legendäres Zeugnis wundersamer Fügungen.

Oh, preiset die Große Rote Wasserspinne und ihre Taten.

In einem Abstand von dreimal drei Jahren wurden jeweils drei Eier auf dem Altar der Wasserspinne gefunden, als heilig erklärt und in der Unterwasserkirche der Dreifaltigen Verdammnis verwahrt und als Reliquien verehrt.

Je tiefer Slyiansdeep in die Unterwasserwelt vordrang, umso spärlicher wurde das einfallende Licht. Ein um sie herumschwimmender Schwarm Leuchtfische spendete ein gewisses Maß an Helligkeit, das jedoch auch verblasste, als der Schwarm plötzlich auseinanderstob. Doch bevor Slyiansdeep in völliger Dunkelheit versank, gewahrte sie vor sich einen hellen Schein, der sich langsam aber stetig ausbreitete. Vor ihr schälten sich die schwach leuchtenden Konturen von Türmen und Mauern aus dem Dunkel heraus, die Unterwasserkirche warf ihre Schatten voraus. Aus ihren Fenstern brach ein grünliches Licht, das sich fächerartig in die Umgebung ergoss und jedes noch so winzige Detail in einen gespenstischen Schimmer tauchte. Mit wuchtigen, fließenden Schwimmbewegungen hielt Slyiansdeep unbeirrt auf das große Eingangsportal der Kirche zu, vor der zwei Wächter in glänzenden Ordensrüstungen mit geschulterten Harpunen und gekreuzten Schwertlanzen Wache standen. Sie hatten Slyiansdeep schon von weitem erkannt und gewährten ihr stumm nickend Einlass in die Kirche.

Auf einen leichten Druck mit ihrer Hand öffnete sich das schwere Portal und die Aquanautin schwamm in das

Mittelschiff, das ebenfalls in einen grünen Schimmer getaucht war. Niemand wusste genau, woher dieser grüne Schein stammte, wobei die meisten Gelehrten davon ausgingen, dass er den heiligen Eiern der Großen Roten Wasserspinne entströmte. Die Reliquienkammer als Hort dieser Eier war jedoch stets verschlossen und niemandem, außer der Spinne selbst, zugänglich, damit sie dort ihre Eier ablegen konnte.

Die Kirche war von schlichter Eleganz, ihre Erbauer hatten auf jeglichen Pomp verzichtet und auf Funktionalität gesetzt. Lediglich der kolossale Altar in Form einer großen roten Spinne wies mit seinen rubin- und juwelenbesetzten Körperteilen einen Hang zur luxuriöser Prachtentfaltung auf - aber was stellt man nicht alles auf die Beine, um die Gottheit gnädig und gütig zu stimmen.

Slyiansdeep ließ den Altar links liegen und begab sich zu der Kammer im hinteren Teil der Kirche, wo sie ihre Utensilien für die heilige Mission der Wacht finden würde. Und dann hieß es warten, warten auf den Gnorrfazz auf Gedeih oder Verderb. Slyiansdeep würde vorbereitet sein.

Schmerzen

Anja Kolperting hatte es sich zu Hause auf der großen Wohnzimmercouch mit einem Becher heißer Schokolade gemütlich gemacht, während Kater Kasimir eingerollt auf ihrem Bauch lag und zufrieden vor sich hin schnurrte. Es hätte ein Sonntagnachmittag aus dem Bilderbuch sein können, wenn nicht Anjas Schmerzen und Einschränkungen als Überbleibsel des Kampfes in der Lagerhalle gewesen wären. Damals hatte sie sich am Baakenkai einen harten Kampf auf Leben und Tod mit einer Rothaarigen namens Ilandria Londrin geliefert und war schwer verletzt worden. Sie fühlte sich zwar insgesamt schon viel besser, aber die Verletzungen machten ihr immer noch zu schaffen, mal mehr, mal weniger. Es gab Tage, an denen sie gefühlt schon fast selbst Bäume hätte ausreichen können und andere, die eher durch frisch angepflanzte Setzlinge im tosenden Orkan gekennzeichnet waren. Dieser Sonntag fiel mehr in die Kategorie wehrloser Setzling.

Anja wollte möglichst lange damit warten, eine oder vielleicht sogar zwei Schmerztabletten einzunehmen, merkte jedoch schon im Ansatz, dass bei der Schmerztoleranz nicht mehr viel Luft nach oben war. Auf der Skala von 1-10 hatte sie mittlerweile locker eine solide 7 erreicht und lange würde sie das Unvermeidliche wohl nicht mehr hinauszögern können. Zudem hatte ihr der Arzt wahre Hammerdrogen verschrieben, die sie in der ersten Zeit, nachdem ihr die Verletzungen zugefügt worden waren, natürlich bitter nötig gehabt hatte. Doch danach war der

Heilungsprozess recht gut vorangekommen, warum jetzt wieder diese Schmerzen?

Sie war nie ein Mensch gewesen, der wahllos und leichtfertig Tabletten schluckte, aber wenn es sein musste, musste es sein.

7,5 auf der Skala.

Anja biss die Zähne noch kräftiger zusammen. Die Tabletten lagen griffbereit auf dem Tisch.

Spätestens bei 8 würde sie klein beigeben müssen. Aber vielleicht gab es noch Hoffnung und die Schmerzen würden abebben.

Keine Chance 7,75, die Pein hatte sie fest im Griff.

Kater Kasimir fing an, unruhig zu werden. Hatte er einen lebhaften Traum oder übertrug sich Anjas Stressreaktion auf ihn? Anfangs war es nur das Zucken seines Schwanzes, das vermehrt in peitschende Bewegungen überging. Sein Kopf ruckte hin und her und seine geschlossenen Augenlider flackerten unstet.

8!

Anja hatte eine Entscheidung getroffen: Sie würde vorerst nur eine halbe Tablette nehmen und hoffen, dass der Schmerzpegel so heruntergeschraubt werden würde. Sie griff nach der Schachtel und gleichzeitig wütete ein heftiger Stich in ihrem Brustkorb, es fühlte sich an, als sei eine bereits verheilte Wunde wieder aufgebrochen. Mit zittrigen Fingern pulte Anja eine eingeschweißte Pille aus der Folie und schluckte sie ganz, spülte mit etwas Kakao nach und lehnte sich erschöpft an die Couchlehne zurück. Schweißperlen rannen von ihrer Stirn und sie fühlte sich hundeelend.

Kasimir hob kurz den Kopf, schaute Anja verwirrt an, gähnte langanhaltend, drehte sich einmal um seine Achse, rollte sich wieder zusammen und schlief weiter.

Anja genoss die wohlige Wärme, die der Kater ausströmte und die sich in ihren Körper fortpflanzte. Sie hoffte auf Linderung, schloss die Augen und konzentrierte sich auf ihre flatternde Atmung, zwang sich zur Ruhe. Sie atmete tief ein und aus, tief ein und aus. Erfahrungsgemäß setzte die Wirkung der Schmerztabletten recht schnell ein, gedanklich forderte sie die 7 ein, zwang sich, die 7,5 zu überspringen, malte in Gedanken eine grüne 7 in das Nichts vor ihr, die auftauchte und sogleich wirbelnd auseinanderstob, während die Dunkelheit hinter ihren Augenlidern sich langsam aufhellte und Anja wie von ungefähr in einen Raum schwebte. Sie sah sich um und stellte fest, dass sie wie eine Spinne an der Decke klebte. Von ihrer Position aus konnte sie zwei Zimmer einsehen, von denen eines offensichtlich einen Verkaufsraum darstellte, das andere hingegen für den Aufenthalt gedacht war. In diesem erkannte Anja zweifelsohne Ilandria Londrin, das rothaarige Biest aus der Lagerhalle, in eindeutiger Pose mit einer ihr irgendwie bekannten Schwarzhaarigen, deren Identität Anja jedoch nicht eindeutig zuordnen konnte. Die beiden Frauen küssten sich leidenschaftlich. Der andere Raum erwies sich als Verkaufsfläche eines Schmuckladens. Anja versuchte, sich zu bewegen und stellte fest, dass sie an der Decke entlanggehen konnte. Sie kroch in eine Ecke, um alle Einzelheiten im Blick zu haben und gleichzeitig möglichst unerkannt zu bleiben. Seltsamerweise kam ihr die ganze Situation nicht unnatürlich vor, sie fühlte sich zugehörig, am richtigen Ort und freute sich darüber, völlig schmerzfrei zu sein.

Kurz bevor die Ladentür aufging, erschien Ilandria im Handumdrehen, wie von Zauberhand geführt, am Verkaufstresen und erwartete die Kundin. Wie im Zeitraffer spulte die Szene vor Anjas Augen ab, bis Ilandria der Kundin, einem unscheinbaren Entlein, einen Ohrschmuck in Form einer Stimmgabel ansteckte, wobei die Szene von knisternder Erotik gekennzeichnet war. Anja vernahm das Wort Nospadia, auf das sie sich keinen Reim machen konnte.

Nachdem die Kundin gegangen war, kehrte Ilandria in den Aufenthaltsraum zurück, und von der anschließenden Unterhaltung mit der ominösen Schwarzhaarigen verstand Anja lediglich das Wort Gnorrfazz, das wohl einen Namen darstellte. Die beiden Frauen zogen sich gegenseitig aus und verknoteten sich zu einem heißen Liebesspiel. Von ihrer Position aus war Anja dazu verdammt, dem Treiben der beiden Gespielinnen zuzuschauen und wollte nur weg von dort - doch sie konnte sich keinen Millimeter bewegen, war wie festgenagelt an der Decke. Plötzlich hörte Anja diabolisches Gelächter, beide Frauen starrten zu ihr hinauf und zeigten mit den Fingern auf sie. Ihre Gesichter verwandelten sich in teuflische Fratzen auf grotesk verzerrten Köpfen. Ihre Hälse dehnten und reckten sich wie Gummi, worauf die Köpfe nach vorne schossen und Zentimeter vor Anja in der Luft schwebten. Ihre Mäuler öffneten sich, offenbarten nadelspitze, doppellagige Zähne, während fauliger Atem Anja umwehte und sie einen obszönen, eintönigen Gesang vernahm, wobei es ihr eiskalt den Rücken herunterlief:

Die Schlampe ist nicht tot,
das kleine Luder lebt,
wir werden dich Miststück finden,
und dich Aas bestrafen,
lauerst uns auf, Voyeur,
geilst dich auf, Sittenstrolch,
rechtfertige dich vor uns,
stirb, stirb, stirb!

Im selben Augenblick löste Anja sich von der Decke und fiel, sie fiel und fiel und fiel. Dunkelheit umhüllte sie, Schwärze umgab sie, und Anja trudelte nach unten. Kasimirs Schnurrbarthaare kitzelten in ihrer Nase und Anja schlug die Augen auf. Sie saß auf ihrer Wohnzimmercouch und Kasimirs Kopf schmiegte sich an ihren. Der Kater miaute einmal kurz, gähnte herzhaft und sprang von ihrem Schoß.

Das erste, was Anja bemerkte, war, dass sie völlig schmerzfrei war. Ihr zweiter Gedanke galt dem eben Erlebten, den Szenen im Schmuckladen, wobei die Bilder schon verblassten, nur der Gesang blieb und verfolgte sie:

Die Schlampe ist nicht tot,
das kleine Luder lebt,
wir werden dich Miststück finden,
und dich Aas bestrafen,
lauerst uns auf, Voyeur,

geilst dich auf, Sittenstrolch,
rechtfertige dich vor uns,
stirb, stirb, stirb!

InterludiuMI

Die Gestaltlose kam völlig atemlos und überwältigt von ihren Erlebnissen und Erfahrungen zurück nach Hause an ihr Spinnennetzmodell - oder so stellte sie es sich jedenfalls vor, so hatte sie es oft bezogen auf ähnliche Situationen in Sendungen ihres Televisors gesehen und nacherlebt.

Wenn sie in Rollen oder Dinge schlüpfte, wenn sie sich an andere Orte begab, war es ihr möglich, diese Eindrücke hautnah zu erleben und ansatzweise auch zu fühlen. Auf dem Televisor hatte sie gesehen, dass die Spezies Mensch sich sogenannte Filme und Serien ansah, die das, was sie für das wirkliche Leben hielten, in laufenden Bildern widerspiegelten oder in grotesker Form überzogen darstellten.

Ähnlich ging es ihr auch, nur dass für sie die verschiedensten Erlebnisse nicht greifbar waren, sie die Begebenheiten nicht fassen konnte.

Sie hatte keinen Körper, war völlig materielos, war lediglich Bewusstsein, nur Geist.

Die komplexe Welt der Gefühle, die aus Berührungen, Gerüchen, Geschmack und visuellen und akustischen Reizen entsteht, kannte sie in ihrer ursprünglichen Form nur als Second-Hand-Produkt, als gebrauchtes Etwas, als Ersatzware.

Aber sie konnte formen, sie konnte weben, sie konnte mit ihrem Geist, mit ihrer Verstandeskraft erschaffen. Und dann nachempfinden, lernen, kopieren.

Der Televisor war dabei ein unerschöpflicher Quell neuer Inspiration und erhellender Ideen.

Dort war sie auch auf etwas gestoßen, was die Menschen Romane nannten und hatte speziell an einem Werk eines gewissen Robert Louis Stevensen mit dem Titel *Dr. Jekyll und Mr. Hyde* Gefallen gefunden. Sie war von der Idee einer Persönlichkeitsspaltung, bei der der böse Teil des Protagonisten Gestalt annahm und selbständig Aktionen unternahm, so fasziniert, dass sie etwas Ähnliches für ihre Kreation gestalten wollte. So kam sie auf die Idee, die Retla Oge zu erfinden, um in ihre Kreation ein tiefenpsychologisches Element aufzunehmen, das sie mit besonderer Hingabe und Aufmerksamkeit beobachtete. Bis jetzt hatte dieser Teil ihres Experimentes noch nicht den gewünschten Effekt erzielt, da die Charaktere zwar untereinander und miteinander agierten, aber unglücklicherweise nahm das Böse nicht die von ihr erhoffte Bandbreite ein. Sie würde die weitere Entwicklung im Auge behalten - eine Redewendung der Menschen, die einem körperlosen Wesen, wie sie es war, unpassend vorkam. Sie wusste zwar um die Doppeldeutigkeit einzelner Wörter und Ausdrücke, aber Humor war eine weitere Sache, die sie nicht so recht verstand. Der Televisor hatte ihr zwar unzählige Beispiele vorgeführt, aber der Sinn und Zweck von Humor erschloss sich ihr nicht wirklich.

Dafür hatte sie sich jetzt einen Namen gegeben - auch ein Prinzip, das ihr völlig fremd und unbekannt gewesen war. Sie nannte sich jetzt Garrocqq und genoss die leichte französische Anspielung und Nuancierung bei der Aussprache - wie es ihr zumindest vorkam.

Ihr Ausflug in die Wasserwelt hatte ihr viel Spaß gemacht und Freude bereitet - in dem Maße, in dem es für sie möglich war, diese Emotionen zu empfinden - rudimentär, holzschnittartig. Sie war sich beim Beobachten der Szenen wie in einem Puppenspiel vorgekommen, wobei sie die Fäden geführt hatte.

Die dramatischen Ereignisse vor der grandiosen Kulisse der Kirche, ausgehend von den vielschichtigen Charakteren, hatten einen tiefen Eindruck bei ihr hinterlassen. Sie war immer wieder aufs Neue überrascht, wie komplex sich ihre Kreationen selbsttätig entwickelten, nachdem sie ihnen den ursprünglichen Funken Leben eingehaucht hatte.

Der Bösewicht im Wasserweltzyklus handelte durchaus im shakespeareschen Sinne - wenn sie den Sendungen des Televisors Glauben schenken konnte. Seine Widersacherin stand ihm in keinster Weise nach und war ihm durchaus ebenbürtig, was letztendlich zu einer Pattsituation beim Finale geführt hatte.

Diese Entwicklung hatte sie sehr bedauert, denn sie hatte mit dem vernichtenden Sieg des Schurken gerechnet, aber so sehr sie sich bemühte, die Fäden strategisch klug zu ziehen, war ihr Unterfangen nicht von Erfolg gekrönt. Wieder einmal hatte sich ihre Kreation verselbständigt, war die Chaostheorie in vollem Umfang zum Tragen gekommen.

Zudem hatte Garrocqq bei aller Sympathie mit und Vorliebe für den Bösewicht diesen vor der Zerstörung ihres Altars stoppen müssen. Möglicherweise war das Errichten des schützenden Kraftfeldes mit dafür verantwortlich, dass es zu besagter Pattsituation überhaupt gekommen war, aber sie hatte dem Bösewicht keinen freien Lauf geben dürfen. Garrocqq hatte seine Wut und Grausamkeit förmlich gespürt, oder meinte zumindest so etwas wie ein zerstörerisches Empfinden wahrgenommen zu haben. Auf ihn würde sie in Zukunft verstärkt achtgeben müssen, um keine unliebsamen Überraschungen zu erleben. Vielleicht würde sie ihn aber auch an sich binden und mit ihm eine sogenannte Liaison eingehen - welch ein verlockender Gedanke.

Aber sei es drum, sie würde erst einmal zurückkehren in ihre Welt und erneut die Fäden ziehen, besser vorbereitet als zuvor. Nun galt es, auf den Höhepunkt der Tragödie hinzuarbeiten und alle Eventualitäten so weit wie möglich aus dem Weg zu räumen. Es wäre doch gelacht, wenn der letzte Lacher nicht bei ihr läge.

Nebelgrau

Trebor hatte die Gefährten um sich versammelt, um sie auf die anstehende Mission vorzubereiten. Musch, Schnatt, Ailuj und Kraa(l) standen, bzw. flogen um ihn herum und warteten gespannt und erwartungsvoll darauf, was Trebor ihnen mitzuteilen hatte.

„Muss schon etwas Wichtiges sein, das du uns erzählen willst, dass du uns hierher zitierst hast, Trebor, oder? Ich bin total aufgeregt, bin ich. Wann geht es denn endlich los?" ereiferte sich Schnatt.

„Schön, dass ihr alle herkommen konntet, Freunde", wandte sich Trebor jetzt an sie, „und wenn auch du, Schnatt, die nötige Konzentration walten lässt, können wir nunmehr anfangen."

„Ja, ja, klar doch, schon gut, wollte nicht stören, bin ganz Ohr", beschwichtige die Blaugans.

„Nun denn", grollte Trebor mit einem versöhnenden Malmen seiner Steingliedmaße, „so hört denn zu: Zum Wohl der gesamten Welt und darüber hinaus muss ich euch auf eine gefährliche und überaus wichtige Mission schicken. Ihr müsst euch nach Nebelgrau begeben, um dort eine Ampulle Graunebel zu beschaffen, ein höchst toxisches Gas, das bei der geringsten Berührung mit Luft zu einer gewaltigen Explosion führt. Ihr müsst dabei die Sümpfe von Moraztick durchqueren, um zum sprechenden Turm Dunzd zu gelangen, wo der finstere Giftmischer Gogglwogg haust. Ihm müsst ihr besagte Ampulle, deren Inhalt er dort braut, abluchsen."

Ein allgemeines mulmiges Murmeln ging durch die Reihe der Gefährten.

„Wenn das alles so ungemein gefährlich ist, warum müssen wir das denn überhaupt machen?", brachte es Schnatt auf den Punkt. „Wir sind doch allesamt nicht lebensmüde, oder sehe ich das falsch?"

„Eine weitere Erklärung und Aufklärung des Sachverhaltes wäre schon angebracht", stimmte Musch zu, „schließlich werfen wir offensichtlich unser aller Leben in die Waagschale."

„Ich bin mir der Schwierigkeiten dieses Unterfangens sehr wohl bewusst", antwortete Trebor, „und ihr könnt euch gewiss sein, dass ich euch nicht auf diese gefährliche Reise schicken würde, wenn es nicht absolut nötig wäre. Ich weiß, dass ich viel von euch verlange, vielleicht sogar zu viel. Vielleicht werden es nicht alle von euch zurück schaffen. Dennoch ist es absolut notwendig, sogar unumgänglich, dass ihr diese Ampulle mit Graunebel besorgt, um dem Gnorrfazz ein für alle Mal den Garaus zu machen, ihn zu vernichten."

„Was kann denn dieser Nebel gegen den Gnorrfazz ausrichten, mit Verlaub?" mischte sich nunmehr Kraa(l) ein.

„Im kurz bevorstehenden Endkampf kann der lähmende Graunebel die Bewegungsfreiheit des Gnorrfazz eindämmen und als entscheidendes Mosaiksteinchen zum Erfolg führen", erklärte Trebor.

„Kann, kann, kann", maunzte Musch unwirsch, „das heißt, wir setzen unser Leben für Kannbestimmungen aufs

Spiel. Das ist schon etwas dürftig, oder nicht, erlauchter Trebor?"

Erneut entstand allgemeines Raunen und Gemurmel unter den Gefährten, die Stimmung stand auf Messers Schneide und drohte zu kippen.

In dieser prekären Situation meldete sich Ailuj beschwörend zu Wort:

„Freunde, haltet ein, besinnt euch des Zusammenhalts! Ich bin zwar nur eine Außenseiterin und erst seit kurzem in eurer Gemeinschaft, dennoch kann ich mir ein Urteil über die gegebene Situation erlauben. Ich kann sozusagen von außen drauf schauen und abschätzen, was gut und richtig ist."

Sie holte tief Luft, bevor sie fortfuhr. „Gemeinschaft ist das, was uns eint. Unsere Stärke liegt im Zusammenhalt, komme, was da kommen wolle. Aber jede Gemeinschaft braucht einen Anführer, jemanden, der weiß, was zu tun ist, der den Überblick hat. Und das ist in unserem Fall Trebor! Seine Entscheidungen, seine umsichtigen Anweisungen waren für uns bisher federführend. Sie haben immer zum Erfolg geführt. Deshalb erbitte ich von euch seine kompromisslose Unterstützung, folgen wir ihm zu unser aller Besten."

Eine totale Gedankenstille legte sich über die Gefährten, keiner sprach ein Wort, und Ailujs Sätze hingen bedeutungsschwer in der Luft.

Trebor nutzte dieses Vakuum, diese entstandene Begriffsleere und adressierte die Gemeinschaft:

„Wir müssen schnell handeln, Freunde! Der Weg führt dieses Mal nicht über die Blutbleiche, sondern die Schallwellen von Gohngh. Möge der Gohngh mit euch sein!"

Und damit schlug Trebor die Innenseite der gewaltigen Klangschale und die Wellen des Schalls ertönten. Sie hüllten die Gefährten in ihrer Gänze ein und einer nach dem anderen verblasste und alsbald waren sie völlig verschwunden.

SCHALL   SCHALL
                        WELLEN

Wellen. Schwingungen. Rotation.
Partikel. Moleküle. Einzelteile.
Kreisend. Drehend. Tanzend.
Fließend. Schwebend. Haltend.

WELLEN   WELLEN
                        SCHALL

Ailuj schwebte, war nur Bewusstsein, hatte keine Form, fühlte Tausende und Abermillionen Teile ihrer selbst. Sie sah fast nichts, nur weiß, durchtränkt mit grau, ein grauweißes Nichts.

Dann kam zielgerichtete Bewegung in ihre Moleküle, sie stoben aufeinander zu, näherten sich an, formten sich, wurden, wurden wieder Ailuj in Gänze. Sie war wieder komplett - und sah sich um.

Sie sah grau.

Sie sah weiß.

Keine - Ailuj strengte Ihre Augen an, starrte voraus, kniff Ihre Augen zusammen - Konturen, kaum Konturen waren zu erkennen. Je mehr sie sich anstrengte, desto weniger sah sie.

„Willkommen in Nebelgrau, dem großen Nichts", sagte eine Stimme neben Ailuj und sie erkannte die Mondkatze Musch als schwachen Schemen neben sich.

„Wie sollen wir hier nur unsere Aufgabe erledigen, in dieser dicken Suppe, in der man so gut wie nichts sieht?", fragte Ailuj.

„Nur gut, dass uns Trebor die magische Laterne Dunkelschein, die niemals erlischt, mitgegeben hat", krächzte Kraa(l) und hielt Ailuj die Laterne in seinen Krallen entgegen.

„Du bist als Trägerin von Dunkelschein auserkoren. Nimm sie entgegen und führe uns zum Turm Dunzd. Der Schein der Laterne richtet sich automatisch nach dem Turm aus und weist uns den Weg", führte Kraa(l) weiter aus und fügte hinzu:

„ Schnatt, bist du auch da?"

„Und wie", meldete sich die Blaugans zu Wort, „abmarschbereit und guter Dinge. Aber ein bisschen unheimlich ist es hier schon in dem ganzen Nebel, der so undurchdringlich wirkt. Brrr! Und es könnten ein paar Grad wärmer sein."

„Nun denn, da wir jetzt vollständig und wohlauf sind, kann es losgehen. Ailuj übernimmt die Speerspitze in unserer Formation, und wir laufen im Gänsemarsch hinterher. Nichts für ungut, Schnatt, das sagt man nun mal so", ergänzte Kraa(l).

„Schon okay", sagte Schnatt, „alles gut. Und wer übernimmt das Ende des Speerschafts, um in der Analogie zu bleiben?"

„Immer die, die fragt", entgegnete Kraa(l).

„Das habe ich mir schon gedacht! So wird bei meinem sprichwörtlichen Glück die Nachhut gesichert sein. Dann mal ab die Luzzy, auf los geht's los!", fügte Schnatt hinzu und hob einen Flügel wegweisend nach vorn.

Ailuj hob Dunkelschein auf Brusthöhe empor und streckte den Arm aus. Sofort breitete sich ein obsidianfarbiger, leuchtender Strahl von etwa 50 Zentimeter Breite und ca. fünf Metern Länge aus und erhellte das nähere Sichtfeld. Der dunkel irisierende Schein spendete genügend Licht, um augenblicklich Details in der unmittelbaren Umgebung der Gefährten auszumachen.

Langsam, fast im Schneckentempo, machte sich die Gruppe auf den Weg. Ailuj schritt voran, mit Kraa(l) auf ihrer Schulter sitzend, Musch ging in der Mitte und Schnatt bildete das Schlusslicht. So näherten sie sich den Sümpfen von Moraztick.

Vor ihnen erstreckte sich ein schwarzer Teppich, der Ailuj an Moos aus ihrer Heimat erinnerte. Sie ließ Dunkelschein über die Pflanzen schwenken und starrte fasziniert auf das Moos.

„Das ist Schwarzmoos", erklärte Kraa(l) hilfreich, „ich würde es an deiner Stelle auf gar keinen Fall anfassen, denn es ist überaus giftig. Es greift jedoch nur unbedeckte Hautpartien an, wenn wir nur darüber gehen, sind wir vor der toxischen Substanz sicher."

Die erhabene Dunkelheit, die vom Schwarzmoos ausging, umgab sie und ließ Ailuj ehrfürchtig erschauern. Sublime Schatten und Düsterfetzen wallten achtungsgebietend um die Gruppe, blieben jedoch auf Distanz. Ailuj meinte ein flüsterndes Wehklagen zu hören, gepaart mit einem leisen Wimmern.

„Du hörst es auch, nicht wahr?", fragte Kraa(l) sie, „das ist der Widerhall der Rufe von Verstorbenen, die ihr sumpfiges Grab in Moraztick gefunden haben. Komm, lass uns weitergehen, wir müssen zum Turm Dunzd gelangen."

So wie man sagt, dass plötzlich das Wetter umschlägt, schlug der Wind von einem Atemzug auf den anderen in einen heftigen Sturm um. Er wehte einen fauligen, penetranten Gestank heran, der an Tod und Zersetzung erinnerte. Sturmmöwen umkreisten die kleine Gruppe, es sah aus, als ritten sie auf den wilden Böen wie in einem rohen Rodeo. Es war Ailuj unbegreiflich, wie sich die Vögel unter diesen Umständen überhaupt in der Luft halten konnten. Ihr war es gelungen, das Licht von Dunkelschein so zu manipulieren, dass es nun auch gebündelt als Suchscheinwerfer genutzt werden konnte. Damit konnte sie fast den gesamten Horizont abdecken, indem sie Dunkelschein fortwährend nach links und rechts bewegte.

Sie hatten die Sümpfe von Moraztick erreicht und sie präsentierten sich als ein wogendes Meer. Sumpfpflanzen bogen sich wild im Sturm, das Wasser war aufgepeitscht, die Kämme schäumten gräulich.

„Wie sollen wir da nur jemals rüberkommen, das ist doch ein Unding, ist das", quengelte Schnatt. „Was fällt

diesem Trebor überhaupt ein, uns solche Aufgaben aufzu-
drücken, die unlösbar erscheinen? Eine Frechheit ist das!"

„Seht ihr, dort drüben wassert ein Kahn, mit dem müssen wir Moraztick überqueren", erklärte Kraa(l). „Ich werde hinüberfliegen und mit dem Fährwesen verhandeln."

Damit erhob er sich in die Luft und flog auf den Kahn
zu. Am Heck des recht großen Bootes stand ein echsenähn-
liches Wesen aufrecht auf seinen schuppigen Schwanz
gestützt, es mochte an die 2,50 Meter groß sein.

Es waren helle, zischende Laute zu vernehmen, offensichtlich war Kraa(l) in der Lage, in der Sprache des Fähr-
wesens mit diesem zu kommunizieren.

Nach einer kleinen Weile kam Kraa(l) zurückgeflogen
und erstattete Bericht:

„Die Ekxe ist bereit, uns auf die andere Seite der Sümpfe zu bringen. Sie verlangt nichts dafür, ich hatte bei ihrer
Sippe noch einen gut. Und noch etwas, Musch: Ekxen
fressen Katzen, sind quasi ihre Lieblingsspeise. Komm ihr
also besser nicht zu nahe."

„Geht klar, Kraa(l)", erwiderte Musch, „eine Mondkatze lässt sich nicht unterkriegen."

Der Kahn war eindeutig der Kategorie Seelenverkäufer
zuzuordnen und sah nicht sehr vertrauenserweckend aus.
Die Holzplanken hatten schon bessere Tage gesehen und
wiesen an einigen Stellen Fäulnisbefall auf.

Als die Ekxe Musch auf sich zukommen sah, fuhr sie
unverzüglich ihre lange Zunge aus und wollte die Katze
damit einfangen. Musch machte einen Buckel, plusterte
sich auf, bleckte ihre Raubtierzähne und fauchte die Ekxe
an:

„Du solltest es besser wissen, als dich mit einer Mondkatze anzulegen, du Mistvieh! Kraa(l), übersetze das bitte auf Zisch! Und spare dir diplomatische Anwandlungen, ich sage das bestimmt kein zweites Mal. Bei der nächsten Drohung mache ich Ernst."

Kraa(l) zischte einige Wörter in die Richtung der Ekxe, die unter zischendem Protest ihre Zunge wieder in den Rachen fuhr. Sie bedachte Musch mit einem vernichtenden Blick, schnappte sich dann ihr Stakholz, bedeutete ihren Mitreisenden mit einer leichten Kopfbewegung, an Bord zu kommen und begab sich an das Heck des Kahns. Dann verfiel sie in einen tiefen, sonoren Brummton, der kurzzeitig den gesamten Kahn zum Vibrieren brachte.

Als sie vom Ufer ablegten, hatte sich das tosende Wasser etwas beruhigt. Die schäumenden Wellen leckten hungrig über die Bootswand, schwappten auf die Reling, aber es drang kein Wasser in das Boot. Die Ekxe stand breitbeinig am Heck und steuerte den Kahn mit ruhigen, kraftvollen Bewegungen dem anderen Ufer und dem Turm Dunzd entgegen.

Der immer noch sehr lebhafte Sturm trieb erneut das Wehklagen und Wimmern herüber, stärker diesmal, näher und lauter. Kalte Schauer trieben Ailuj eine Gänsehaut über den gesamten Körper, als sie an die geschundenen Leiber der Toten in dieser nassen Einöde denken musste.

Ein Schwarm Sumpfmotten der Spezies Mortiis Finalis umschwärmte das Boot, ihre rasiermesserscharfen Flügel aus unnachgiebigem Graustahl schwirrten um Mensch und Tier. Das Surren der Flügelschläge übertönte sogar das Heulen des Sturms. Gemeinsam setzte der Schwarm zum Angriff an. Die Ekxe verfiel erneut in den tiefen Brummton und versetzte sowohl den Kahn als auch die nähere Umgebung in Schwingungen, die sich umgehend auf die Sumpfmotten übertrugen. Die Schallwellen brandeten gegen die Motten und brachten sie zum Trudeln. Eine nach der anderen stürzte in die grauweißen Kämme des Wassers und versank in den Sumpfboden. Der Brummton der Ekxe verstummte und sie bleckte ihre Zähne in einem triumphierenden Grinsen.

Ailuj sah die Knochenhände als erste aus dem wogenden Nass emporsteigen, bleiche fleisch- und hautlose menschliche Extremitäten, die sich dem Kahn entgegenreckten. Grausiges Entsetzen packte sie, als zudem die ersten Totenschädel aus dem Wasser aufstiegen. Jetzt hatte auch Kraa(l) sie bemerkt und zischte der Ekxe eine Warnung hinüber. Die ersten Knochenhände hatten das Boot erreicht und krallten sich an der Reling fest. Der Kahn war von allen Seiten umzingelt, immer mehr Skelettfinger schossen auf die Planken zu und verfingen sich im Holz. Das Boot fing an, bedrohlich zu schwanken und drohte umzukippen. Mit einer ausholenden Bewegung bedeutete die Ekxe ihren Mitreisenden, sich flach auf den Boden des Kahns zu legen. Sodann strich sie mit dem Stakholz in einer fließenden wirbelnden Bewegung über die Reling, wobei sie stakkatohafte Zischlaute von sich gab. Das Wimmern und Wehklagen der Verdammten wurde heftiger, sodass die Gefährten sich die Ohren zuhalten mussten, aber die Knochenhände fielen eine nach der anderen von der Reling ab und platschten zurück ins Wasser. Ein letztes gurgelndes Wehkreischen verstummte und der Spuk war vorbei.

Als Ailuj, Musch, Schnatt und Kraa(l) sich vom Boden des Kahns aufgerappelt hatten, sahen sie, dass sie dem anderen Ufer auf wundersame Weise ganz nahe gekommen waren. Es schien so, als hätten die Skelette das Boot in die richtige Richtung getrieben. Verwundert blickten die Gefährten auf die Uferböschung in deren nahen Entfernung ein großer Turm auszumachen war. Die Ekxe steuerte den Kahn an Land und gebot ihnen auszusteigen. Sie war von einer inneren, aufwühlenden Unruhe ergriffen, und es war ihr anzumerken, dass sie auf keinen Fall länger als unbedingt nötig an diesem Ort verweilen wollte.

Kraa(l) verabschiedete sich eindringlich zischend von ihr und die Ekxe stach umgehend wieder in See, ohne sich auch noch ein einziges Mal umzusehen.

Metamorphose

Nachdem Amanda Onken von ihrer Irlandreise nach Hause zurückgekehrt war, änderte sich ihr Leben schlagartig. Sie hatte ständig die Ereignisse im Schmuckladen von Galway im Kopf, sie hörte im Schlaf die Stimme der mysteriösen Rothaarigen, die ihr Nospadia anvertraut hatte. Mittlerweile dachte sie wirklich in diesen Dimensionen, gekauft war ihr einfach zu profan, sie fühlte sich berufen, das Schmuckstück zu tragen und legte es nur zum Schlafen ab. Jeden Morgen galt ihr erster Griff der Stimmgabel, sie hängte sie ein, verschloss den Haltemechanismus und abends gehörte Nospadia ihre letzte Berührung beim Abnehmen vom Ohr, bevor sie ihren Kopf auf das Kissen bettete.

Die erste Aktion nach der Rückkehr aus Irland hatte darin bestanden, zum Friseur zu gehen, wie die Rothaarige ihr es empfohlen hatte, und sie legte sich exakt den Schnitt zu, den sie damals im Handspiegel gesehen hatte: kurze rabenschwarze Fransenfrisur mit einer blauen Strähne, auf der linken Kopfseite kurz, der anderen lang. Sie hatte das Gefühl gehabt, als würde Nospadia in Folge der Veränderung aufatmen und die ganze Kraft entfalten, die ihr zur Verfügung stand. Mittlerweile dachte Amanda bezüglich Nospadia nicht mehr an ein lebloses Objekt, sondern an eine hilfreiche Freundin, die ihr mit Rat und Tat zur Seite stand. Des Öfteren vermeinte sie oszillierende Schwingungen wahrzunehmen, die von Nospadia auszugehen schienen, schob diese jedoch eher auf den Wind oder Wettereinflüsse.

Folgerichtig war sie als nächstes in ein Modegeschäft gegangen, um ihre Garderobe aufzupeppen: eine schwarze Bikerjacke mit hautenger Lederhose und schwarzen Kurzschaftstiefeln stellten ihr künftiges offizielles und privates Outfit dar.

Mit viel Sport und gesünderer Ernährung fing Amanda auch an, an ihrer Figur zu arbeiten, sie hatte sich ein schlankeres Ich verordnet.

Als nächstes exmatrikulierte sie sich aus der Uni und holte sich Erkundigungen über Blogger ein. Um dieses Berufsfeld hatte sie zuvor immer einen großen Bogen gemacht, was ihr jetzt als verschwendetes Potential erschien. Dieses war ihr angedachtes Betätigungsfeld und Amanda hatte das Gefühl, dass sie in der Lage sein würde Großes zu leisten. Zuerst schaute sie sich einige Blogs bekannter und beliebter Blogger an, um Inspirationen zu erhalten. Das Thema für ihren Blog war schnell gefunden und auch ein Titel stellte sich fast umgehend ein: Es sollte ein täglicher Blog unter der Überschrift „Phänomene und Phänomenologie" werden, in dem sie bizarre Kriminalfälle aller Art aufbereiten wollte. Als Equipment kam für Amanda nur das Beste in Frage und somit kaufte sie sich eine HD-fähige High-Tech-Videokamera mit Stativ und Lampen, um auch in dunklen Räumen arbeiten zu können, und ein Richtmikrofon. Sie entschied sich dafür, eine Art Live-Reportage mit Interviews zu erstellen, bei der sie oft bis immer im Bild erscheinen sollte, um mit ihrem neuen Outfit etwas ganz Besonderes zu gestalten. Großen Wert würde sie auf dramatische Musikuntermalung legen und mit Jump-Cuts und Zeitraffer-Effekten arbeiten. Anfangs wollte sie die Videos auf YuhTub, später vielleicht auch auf InsterKilo hochladen. Letztendlich fiel ihr ein, dass sie ihr Schmuckstück, die Stimmgabel als Logo und Erkennungsmerkmal verwenden wollte.

In den nächsten Wochen arbeitete Amanda fieberhaft an ihrem ersten Blog und erstellte das Material für eine zu der Zeit laufende Mordserie in Lübeck, in die ein schwarzer Hund und ein Jäger involviert waren. Alle Opfer wiesen Bissspuren auf, die laut dem ermittelnden Hauptkommissar Peter Petersen auf Hundebisse deuteten und die Toten waren außerdem weidmännisch ausgeweidet worden. Dieser Fall war genau das richtige für Amandas erste Gehversuche als Bloggerin und sollten ihr gleich Aufmerksamkeit und Ruhm in der Community verschaffen.

Das fertiggestellte Ergebnis wollte sie heute ihrer besten Freundin Marja vorstellen und Amanda war den ganzen Tag über äußerst nervös und angespannt. Sie schätzte Marja wegen ihrer kompromisslosen Kritikfähigkeit und die war auch ein Grund gewesen, warum sie Marja eingeladen hatte - aber dennoch - oder gerade deswegen, das Lampenfieber wollte sich einfach nicht senken lassen. Nospadia gab sich alle Mühe, Amanda zu beruhigen, eine Restanspannung wollte jedoch nicht weichen.

Sie hatte sich in Schale geworfen und verkörperte den Look, in dem sie sich neuerdings am wohlsten fühlte und der dem aus ihrem Blog entsprach.

Als es um 18:00 Uhr an der Tür klingelte, sammelte sie sich für einen kurzen Moment, strich gedankenverloren über Nospadia und öffnete dann die Wohnungstür.

Amanda konnte sehen, dass es Marja, die ihre Freundin lange nicht gesehen hatte, regelrecht den Atem verschlug und sie genoss diesen Moment.

„Wow, du hast dich verändert! Was in aller Welt ist passiert?"

Amanda lächelte gewinnend und erwiderte:

„Komm erst einmal rein, Marja, alles zu seiner Zeit."

Und nach einer herzlichen Umarmung führte sie ihre Freundin in das Wohnzimmer, wo sie schon die Weingläser und ein paar Snacks bereitgestellt hatte.

„Nun spann mich nicht länger auf die Folter. Erzähl schon, was ist los?", drängte Marja, nachdem sie in einem der gemütlichen Ledersessel Platz genommen hatte.

Amanda ließ den Merlot aus dem Kristallglasdekanter im Spiegelau-Style in die 70-er Jahre Vintage-Weingläser mit Goldrand quellen und sie prosteten einander zu.

Marja beugte sich erwartungsvoll vor und schob ihr Kinn nach vorne, nach dem Motto: Nun aber.

Amanda lächelte ihr offen zu und sagte mit einem Schmunzeln:

„Die folgende Geschichte wird dir verrückt vorkommen, aber sie hat sich tatsächlich so zugetragen. Aber sei dir über eins im Klaren: Ich übernehme keine Haftung für etwaige Folgeschäden!"

Somit erzählte Amanda ihrer Freundin von ihrem Urlaub in Irland - dem Selbstfindungstrip wie sie ihn liebevoll nannte - von den verschiedenen malerischen Orten, die sie besucht hatte und den interessanten Begegnungen, die sie gehabt hatte.

Als sie auf Galway und das Schmuckgeschäft zu sprechen kam, fing sie an, gedankenverloren mit ihren Fingern an Nospadia zu nesteln.

„Es hat mir wirklich großen Spaß gemacht, die Rätsel zu lösen und ich war mir sicher, dass ich das richtige Lösungswort gefunden hatte. Voller Zuversicht betrat ich den kleinen Laden und wurde von einer - ja, ich muss schon sagen - einer rothaarigen Schönheit mit grünen Augen empfangen, die - ich kann es nicht anders ausdrücken - mich gleich in ihren Bann schlug."

Von Nospadia ging eine wohltuend entspannende Schwingung auf Amanda über und sie setzte ihre Geschichte fort, während Marja sie aufmerksam musterte. Wie sehr sich ihre Freundin doch verändert hatte, nicht nur rein optisch, sie war auch selbstbewusster und eloquenter geworden. Worauf das wohl zurückzuführen war?

„Und was soll ich sagen: Ich bekam dieses einmalige Schmuckstück zu einem so unverschämt günstigen Preis, dass ich nicht nein sagen konnte. Ist es nicht wunderschön, Marja? Es hat den Lösungsnamen des Rätsels: Nospadia."

„Was für ein ungewöhnlicher Name und es ist wirklich ein erlesenes Stück, Amanda. Darf ich es einmal in der Hand halten, um es genauer zu betrachten?"

Widerwillig und unter Aufbringung ihrer gesamten Willensstärke gelang es Amanda, Nospadia abzunehmen, wobei sie einen körperlichen Schmerz empfand, von dem ihr übel wurde. Ohne das Schmuckstück am Ohr kam sie sich regelrecht nackt vor. Als sie Nospadia in Marjas Hände legte, fühlte sich Amanda verräterisch und niederträchtig, ganz so als würde sie die Stimmgabel hintergehen.

„Aber nur ganz kurz, Marja, ich vermisse Nospadia schon jetzt. Und sei bitte vorsichtig mit ihr."

Das kam Marja schon etwas seltsam vor, aber sie dachte sich dennoch nichts weiter dabei. Sie drehte und wendete die fein gearbeitete Stimmgabel in ihren Händen und betrachtete das Schmuckstück von allen Seiten. Dabei schienen sich ihre Finger zu erwärmen und gleichzeitig zogen fremdartige Bilder vor ihrem inneren Auge auf. Ein Mann in einem altertümlichen Überrock mit äußerst weiten Ärmeln, unter denen ein weißes Hemd mit aufwendiger Spitzenverzierung hervorlugte, und einer langhaarigen Perücke beugte sich über einen Mechanismus, der augenscheinlich aus mehreren Stimmgabeln bestand. Seine Finger strichen über eine Klaviatur und brachten die Stimmgabeln zum Schwingen, wodurch ein faszinierender Klang erstand. Hinter dem Mann stand eine rothaarige Frau mit grünen Augen in einem roten bodenlangen Kleid und schaute dem Mann über die Schulter. Das Bild verschwamm so plötzlich wie es aufgetaucht war und wurde durch wirbelnde dunkle Schatten ersetzt, die sich zu unheilvollen Monstrositäten zusammensetzten und Marja mit gebleckten, abscheulich langen und spitzen Zähnen höhnisch angrinsten. Aus weiter Ferne hörte sie einen hypnotischen vielstimmigen Singsang, der sie in ihren Bann zog:

„Komm zu uns, Marja, reihe dich ein in unseren Reigen, spiel mit uns."

Das helle, fast kreischende Lachen von Kindern erfüllte Marjas Kopf, es klang boshaft und überaus gemein.

Sie schüttelte energisch ihr langes blondes Haar und riss ihren Blick von Amandas Schmuckstück los. Schwer atmend versuchte Marja zu sich zu kommen und ihre Gedanken zu ordnen. Sie musste in der kurzen Zeit, in der sie bei Amanda war, zu schnell und ausgiebig dem Merlot zugesprochen haben, der ihr auf fast nüchternen Magen, sie hatte den ganzen Tag über wenig Zeit gefunden etwas zu essen, schnell zu Kopf gestiegen sein musste.

„. . . die Verkäuferin im Laden erzählte mir noch über die Hintergrundgeschichte dieser Stimmgabel und von einem gewissen Charles Clagget, der im 18. Jahrhundert ein Musikinstrument baute, das aus einer Reihe von Stimmgabeln bestand, die über eine Tastatur angeschlagen wurden. Nospadia soll das letzte verbliebene Stück dieses Instrumentes sein. Das ist doch ungemein faszinierend, oder?"

Marja griff nach dem Wasserglas neben ihr und trank gierig einige Schlucke.

„Alles in Ordnung, Marja, du siehst ein bisschen blass aus, soll ich für etwas frische Luft sorgen und das Fenster öffnen?"

„Das wäre lieb, habe wohl zu hastig von dem ausgezeichneten Roten getrunken. Wird gleich vorbei sein. Hier hast du dein Schmuckstück zurück."

Damit reichte Marja ihrer Freundin Nospadia zurück und hatte das Gefühl, dass diese die Stimmgabel äußerst hastig entgegennahm und in fieberhafter Eile an ihrem linken Ohr befestigte. Amanda atmete hörbar tief ein und betont langsam wieder aus.

„Wie wäre es, wenn wir nun zum Hauptprogrammpunkt des Abends kommen? Der Vorführung meines Blogs? Bist du bereit, Marja?"

„Na klar, denn man los, bin schon echt gespannt!"

Amanda schloss das Fenster, zog die Vorhänge zu, um das Zimmer abzudunkeln und schaltete den großen Flachbildschirm an.

„Denk daran, Marja: Du bist die erste, die das zu sehen bekommt, ich bin noch nicht viral gegangen. Der Clip kommt über einen USB-Stick auf den Bildschirm."

Dann schnappte sie sich eine Fernbedienung, nahm wieder lässig in ihrem Fernsehsessel Platz und drückte die Starttaste.

Als erstes drang ein Trommelwirbel aus den Lautsprechern, der durch eine wuchtige Fanfare ersetzt wurde. Auf dem Bildschirm erschien ein blutroter Schriftzug, der

Phänomene und Phänomenologie
ein täglicher Blog
Amanda Onken klärt auf

besagte. Die Buchstaben wirbelten auseinander und setzten sich neu formiert zusammen:

Folge 1:
Grausame Mordserie erschüttert Lübeck
Wie unfähig ist eigentlich unsere Polizei?

Nachdem die Schrift verschwunden war, trat Amanda in ihrem neuen Outfit ins Bild, stellte sich kurz vor und schilderte mit regloser Miene den Fall, um den es heute gehen sollte.

„Lübeck wird zurzeit von einer grausamen und bestialischen Mordserie erschüttert, wie wir sie noch nicht erlebt haben. Alle Opfer weisen markante Bissspuren auf, die laut dem ermittelnden Hauptkommissar Peter Petersen auf Hundebisse deuten. Weiterhin sind die Toten weidmännisch ausgeweidet worden. Laut dem ermittelnden Beamten, Hauptkommissar Petersen vom Landeskriminalamt Kiel, sind ein Jäger und ein schwarzer Hund in den Fall involviert. Mittlerweile gibt es fünf Tote im „Jägerfall", so der offizielle polizeiliche Codename, zu beklagen.

Der Polizei fehlen offensichtlich jegliche Anhaltspunkte und Spuren, da der Täter oder die Täterin noch nicht dingfest gemacht werden konnte.

Da stellt sich doch die berechtigte Frage aller aufrichtigen und Steuern zahlenden Bürger, als deren legitime Stimme ich mich verstehe:

Wie unfähig ist eigentlich unsere Polizei und für was werden unsere ganzen Steuergelder verprasst?

Der ermittelnde Hauptkommissar Petersen war nicht für ein Interview zu interessieren, er verweigerte nach wiederholter Anfrage jegliche Zusammenarbeit mit mir.

Somit musste ich mir selbst ein umfassendes Bild erstellen. Nach intensiver Recherche stieß ich auf den Aushilfsförster Knut Piepenbrink, der äußerst interessante Details zum Fall geben konnte. Auf wiederholte Nachfrage versicherte er, dass er noch keineswegs von der Polizei befragt worden ist. Doch hören wir Förster Piepenbrink selbst im Originalton und Bild."

Es folgte ein etwas verwackelter Auszug aus einem Interview mit Knut Piepenbrink:

Amanda Onken: „Also gut, Knut, ich darf doch Knut sagen, oder?"

Piepenbrink: „Ja klar, das geht in Ordnung, nennen mich doch alle so!"

Amanda Onken: „Okay Knut, dann erzähl doch noch mal genau, was es mit den Bissspuren deiner Meinung nach auf sich hat."

Piepenbrink: „Jo, also, ich hab ja nun die erste Leiche gefunden und die Polizei informiert. Bis die dann kamen, war ich schon längst wieder weg. Aber ich konnte mir vorher noch genau die Bissspuren ansehen."

Amanda Onken: „Und, was ist dir dabei aufgefallen?"

Piepenbrink: „Na ja, also, die Bissspuren waren schon irgendwie untypisch, waren, wenn man mich fragt, keine wirklichen Hundebisse."

Amanda Onken: „Das ist ja wirklich höchst interessant. Und was würdest du sagen, was waren das für Bisse?"

Piepenbrink. „Also, wenn man mich nach meiner bescheidenen Meinung fragt, dann würde ich sagen, dass das ein großes Tier gewesen sein muss. Schon irgendwie hundeähnlich, aber auch nicht wirklich. Größer halt."

Amanda Onken: „Willst du etwa andeuten, dass das ein Wolf gewesen sein könnte?"

Piepenbrink: „Ähm, andeuten will ich hier gar nichts, aber so was in der Art kann es schon gewesen sein. Vielleicht kein richtiger Wolf, aber halt groß und wild. Und es war Vollmond."

Jetzt war wieder nur Amanda Onken vor dunklem Hintergrund im Bild zu sehen:

„Soweit die aufschlussreiche und auch verstörende Aussage von Förster Piepenbrink. Da stellt sich die Frage, ob die Polizei nicht unter völlig falschen Prämissen ermittelt. Handelt es sich bei dem Täter vielleicht um einen

WERWOLF?

Werden unsere Wälder von einer heimtückischen Bestie unsicher gemacht? Streunt ein geiferndes, blutrünstiges Monstrum in unserer Nachbarschaft herum?

Ich bleibe dran, schalten Sie erneut ein, wenn es wieder heißt:

Phänomene und Phänomenologie
ein täglicher Blog
Amanda Onken klärt auf

Amanda schaute Marja erwartungsvoll an und schenkte ihre Gläser nach.

„Also das muss ich erst einmal sacken lassen. Wow, das war wirklich was. Dramaturgisch gut gemacht und ansprechend. Vielleicht etwas reißerisch an einigen Stellen und auch der arme Hauptkommissar kommt überhaupt nicht gut weg. Aber genial, würde ich alles in allem sagen. Obwohl die Sache mit dem Werwolf vielleicht doch ein bisschen zu dick aufgetragen ist", brachte Marja ihre Eindrücke auf den Punkt.

„Danke, danke für dein aufmunterndes Feedback. Und wieso zu dick aufgetragen? Du brauchst heutzutage einen reißerischen Aufhänger, um in der Welt der schnelllebigen Nachrichten zu bestehen. Warte erst einmal meinen nächsten Blog ab, dann wird dir Hören und Sehen vergehen."

Die Zeit war im Fluge vergangen, sie hatten noch lange zusammengesessen und ausgiebig gequatscht und es war spät geworden. Bevor Marja sich kurz nach Mitternacht auf den Heimweg begab, musste sie noch einmal schnell auf die Toilette. Amandas verrückte Geschichte schwirrte ihr immer mit den Szenen aus dem Blog noch im Kopf herum und ergab mit einer fast komplett geleerten Flasche Merlot einen leichten, aber nicht unangenehmen Schwindel. Sie zog noch rasch die Lippen nach und kehrte ins Wohnzimmer zurück. Marja schaute sich um, aber Amanda war nicht dort. Marja suchte die ganze Wohnung ab, aber ihre Freundin blieb unauffindbar, sie war spurlos verschwunden. Die einzige Veränderung, die Marja vorfand, war ein geöffnetes Fenster im Wohnzimmer. Sie war sich sicher, dass Amanda es vorhin nach der Frischluftpause wieder geschlossen hatte.

Sie schrieb noch eine kurze Notiz an Amanda, dass sie sich am nächsten Tag wieder bei ihr melden würde, legte sie auf den Wohnzimmertisch und verließ die Wohnung. Sicherlich war Amanda nur kurz zur Tankstelle gegangen, um noch etwas zu trinken zu holen, aber Marja wollte einfach nur nach Hause ins Bett, um sich für den kommenden Arbeitstag auszuruhen.

„ . . . ist dir auch schon aufgefallen, wie sehr sich Robert unter dem Einfluss von diesem Wrachen Koxomil zum Nachteil verändert hat?", fragte Julia ihren Bruder Magnus flüsternd.

Robert war mit seinem neuen „Schoßhündchen", das nicht von seiner Seite wich, ein gutes Stück vorausgegangen, aber Julia war sich nicht sicher, ob sie außer Hörweite waren. Sie hatte permanent das Gefühl, von Koxomil beobachtet und abgehört zu werden. Dadurch entwickelte sich eine ganz spezielle, unheimliche Atmosphäre, die sie schreckhaft und beklommen machte.

Seit die Gruppe in die Blutbleiche gegangen war, hatten sie sich in einem Tunnel nach dem anderen wiedergefunden, welche sie immer tiefer in das Erdreich zu führen schienen. Erneut fielen Julia die Moosstränge auf, die sich gewissermaßen über den Boden schlängelten. Sie wiesen eine für sie ungewohnte Farbe auf, waren blass blutrot und leuchteten seltsam.

„ . . . habe ich auch schon bemerkt", riss sie Magnus aus ihren Gedanken. „Wir sollten ihn nicht aus den Augen lassen und genauestens beobachten."

„Dieser Koxomil scheint einen großen Einfluss auf Robert zu haben und ihn geradezu zu kontrollieren", ergänzte Julia.

„Stimmt", pflichtete Magnus seiner Schwester bei. „Zu allem Überfluss scheinen diese Tunnel, deren schwache Beleuchtung nur durch das seltsam pulsierende Moos notdürftig erhellt wird, nicht enden zu wollen. Die Wände werden immer feuchter und glitschiger, fassen sich fast wie lebendes Gewebe an. Ich fühle mich beinahe an die lebende Burg Ukrat Tross erinnert, werde die dort durchlebten Schrecken wohl nie vergessen."

Julia ging auf die ihr am nächsten liegende Wand zu und legte ihre Hände darauf. Die Nässe, die sie fühlte, gemahnte in ihrer Farbe an Blut, oder handelte es sich nur um eine optische Täuschung, die vom blutrot leuchtenden Moos herrührte? Außerdem war die Flüssigkeit zäh und klebrig und die Tunnelwand selbst fühlte sich an wie - Julia wollte den Gedanken nicht in Worte fassen - aber es kam ihr sofort Fleisch in den Sinn. In der schweren, abgestandenen Luft lag ein süßer, kupferhaltiger Geruch.

Wo zum Teufel waren sie hingeraten?

Julia schaute nach vorne und sah nur Schwärze, von Robert und Koxomil war nichts zu erkennen. Wie war das möglich? Sie ging ein paar Schritte weiter und blieb jäh vor einem rutschigen, schrägen Abgrund stehen. Es ging nicht mehr anders voran, außer dem Abstieg blieb nur die Umkehr. Dann hörte sie Roberts schwache Stimme von unten zu ihr nach oben dringen.

„Keine Angst, Julia, komm ruhig herunter mit Magnus, euch wird nichts passieren. Eure Landung wird weich sein."

Julia und Magnus schauten in den Abgrund, dessen Boden sie nicht erkennen konnten und sahen sich besorgt an. Aber Robert schien es gut zu gehen und es bestand trotz aller Zweifel an seinem Urteilsvermögen bezüglich Koxomil kein Grund, ihm Böswilligkeit hinsichtlich ihres Wohlergehens zu unterstellen. Auf der anderen Seite war da natürlich Koxomil mit seinem negativen Einfluss auf Robert. Aber was hätte er davon, Julia und Magnus zu schaden? Sie mussten eine Entscheidung treffen.

„Wir sollten es wagen", sagte Magnus, „umkehren ist keine Option, wir können Robert nicht im Stich lassen. Was meinst du, Schwesterherz?"

„Okay, dann mal los, bevor ich meinen Mut verliere", erwiderte Julia mit mehr Zuversicht als sie tatsächlich verspürte. Sie setzten sich auf den Rand des Abgrunds, gaben sich die Hand und stießen sich nach kurzem Luftholen ab.

Die Rutschpartie war verhältnismäßig kurz, Julias Magen hatte sich etwas verkrampft, doch blieb ihrem Gehirn kaum Zeit, Alarmstimmung zu verbreiten, als sie auch schon tatsächlich weich landete. Ihr Rutsch wurde von etwas Nachgiebigem abgefedert und Julias Hände griffen in eine Substanz, die sich wie Wurstpelle anfühlte. Sie schaute sich um, konnte jedoch nicht viel mehr erkennen als schlauchartige Gebilde, die sich um sie herum ausbreiteten.

„Robert, wo sind wir hier? Was ist das um uns herum?"

Stattdessen ergriff Koxomil das Wort: „Wir sind auf dem Planeten BoB im Inneren eines Therosaurus und was ihr um euch herum seht, sind seine Gedärme. Allem Anschein nach sind wir aus dem letzten Tunnel der Blutbleiche in seinen Verdauungstrakt gefallen. Ich habe einen Zauber als Schutz für uns gegen die Magensäure gewirkt, sodass wir hier völlig ungefährdet herumlaufen können."

Angewidert verzog Julia das Gesicht.

„Wir sind wo . . .?"

Weiter kam sie nicht, denn nachdem ein urzeitliches Gebrüll zu vernehmen war, kam Bewegung in den Leib, der die kleine Gruppe umgab. Der Therosaurus verfiel in einen leichten Trab und stapfte durch das Gebüsch des Planeten. Er hatte einen ernstzunehmenden Gegner erspäht, einen anderen Karnivoren der Spezies Goliathaurus, der ihm sein Jagdrevier streitig machen wollte. Der Therosaurus stellte seinen gepanzerten spitzen Stachelkranz um seinen langen Hals auf und begab sich in Angriffsposition.

Im Inneren des Ungeheuers wurden Julia, Magnus, Robert und Koxomil durcheinander gewirbelt und es war schwer, an den glitschigen Gedärmen einen festen Halt zu finden. Immer wieder rutschten sie ab und wurden zurückgeworfen.

„Wir müssen schleunigst von hier verschwinden und uns zum Kopf des Therosaurus vorarbeiten, sonst werden wir hier noch zerdrückt", keuchte Koxomil, „vom Kopf aus können wir aus einer der Öffnungen entkommen."

„Leichter gesagt als getan", entgegnete Julia, „wie kommen wir denn da hin?"

In diesem Augenblick ging ein gewaltiger Ruck durch den Körper des Sauriers als er mit voller Wucht auf den Goliathaurus prallte und sich in dessen Hals verbiss. Heißes Blut spritzte in sein Maul, berauschte den Jagdinstinkt und steigerte seinen Kampfwillen. Der Goliathaurus ging nun seinerseits zum Angriff über und schleuderte seinen gewaltigen, stachelbewehrten Schwanz gegen die offene Flanke seines Gegners. Dieser Angriff kam für den Therosaurus völlig überraschend, so dass er mit Wucht vom Hals seines Gegners weggeschleudert wurde, diesem einen großen Batzen Fleisch wegriss und krachend auf dem Rücken landete. Kreischend vor Schmerz bäumte sich der Goliathaurus auf, schoss gleichzeitig mit seinem geöffneten Maul auf den Therosaurus zu und verbiss sich mit den spitzen Raubtierzähnen in seine ungeschützte Kehle. Das Blut schoss und strömte in alle Richtungen und der Goliathaurus lockerte erst zu dem Zeitpunkt seinen Todesbiss, als der Widerstand seines Gegners erlahmte und dieser mit einem letzten Atemzug sein Leben aushauchte. Der Goliathaurus stellte sich auf seine Beine, riss den Kopf in die Höhe und brüllte triumphierend seine Siegesfanfare in den Morgenhimmel. Dann drehte er sich um und trabte gemächlich in den nahe gelegenen Wald.

Den blinden Passagieren im Therosaurus war es irgendwie gelungen, nicht zerquetscht zu werden und jetzt, nachdem völlige Bewegungslosigkeit und Ruhe in den toten Körper eingekehrt waren, berappelten sie sich einer nach dem anderen und sortierten ihre Knochen.

„Was für ein ekliger, widerlicher Ritt!", entfuhr es Julia. „Sind noch alle ganz und heil?"

Ein vielstimmiges Ächzen und Stöhnen war zu vernehmen, aber ansonsten schienen alle mit nur leichten Blessuren davongekommen zu sein.

„Wir müssen uns auf den Weg zum Kopf dieses Therosaurus begeben und versuchen, durch die Nasenhöhle zu entkommen", sagte Koxomil.

„Wie groß ist diese Tier denn überhaupt?", fragte Julia.

„Ausgewachsene Männchen können bis zu 30 Meter in die Höhe bringen und nachdem, was wir vorhin im Kampf erlebt haben, würde ich sagen, dass es sich um ein Exemplar dieser Güte handelt", erwiderte der Wrache.

„Dann mal nichts wie los", brachte Magnus die Gedanken von wohl allen auf den Punkt, als er hinzugefügte: „Ich möchte nicht länger als unbedingt nötig in diesem Kadaver verbringen."

Sie bahnten sich ihren Weg durch die Gedärme und an verschiedenen inneren Organen vorbei bis zum Hals des Therosaurus, den sie schließlich einer nach dem anderen entlang krochen. Es war ausreichend Platz vorhanden, um auf allen vieren voranzurobben, aber die Dunkelheit und die doch eher klaustrophobische Enge setzten den Abenteurern mehr oder minder zu. Somit seufzten alle erleichtert auf, als sie den Kopf des Giganten erreichten.

„Wir haben Glück! Das Maul des Giganten steht offen, dort können wir hinausklettern", verkündete Koxomil.

Durch den Rachenraum gelangten sie auf die raue Zunge des Therosaurus und gingen zwischen den gewaltigen, sehr spitz zulaufenden Reißzähnen, die furchteinflößend vor ihnen aufragten, auf die Maulöffnung zu. Magnus konnte nicht umhin, sich vorzustellen, was passieren würde, wenn die Raubtierzähne plötzlich zuschnappten und musste sich immer wieder mit dem Gedanken beruhigen, dass das Ungeheuer mausetot war.

Schließlich kamen sie beim letzten vorderen Zahn an und konnten ungehindert auf den Planetenboden springen, da der Therosaurus mit dem Kopf auf der Seite lag. Erst jetzt wurde das gigantische Ausmaß des Sauriers klar. Er lag inmitten eines Moosteppichs, in dem sich auch größere Grasflächen befanden. Das Moos war nach dem

Kampf der Kolosse blutgetränkt und bei genauem Hinsehen konnte Robert erkennen, dass sich im oberen Blätterteil der Moose kleine Münder mit nadelspitzen Zähnen befanden. Die Mäuler schienen das Blut gierig zu trinken und bei genauem Hinhören meinte Robert leise Schlürfgeräusche zu hören. Angeekelt sah er, wie der Moosteppich immer stärker pulsierte und flammenrot aufleuchte. Er drehte sich um und machte sich mit Koxomil auf, um in den hinteren Bereich des Therosaurus zu gelangen. Wie von einem äußeren Zwang geleitet, der sicherlich auf den Einfluss von Koxomil zurückzuführen war, fuhr er mit seinen Händen in die vom Saurier im Augenblick des Todes ausgeschiedenen Exkremente und wühlte darin herum, bis er auf etwas Hartes stieß. Robert zog eine etwa zigarrenkistengroße Box heraus und säuberte sie sorgfältig im Gras, wobei er peinlichst genau darauf achtete, nicht mit dem Moos und seinen gierigen Mäulern in Kontakt zu kommen. Dann hielt er den Gegenstand Koxomil entgegen.

„Gut gemacht, Robert", lobte ihn der Wrache. „Damit haben wir jetzt das in unseren Besitz gebracht, weswegen wir hier überhaupt hergekommen sind."

„Und das wäre?", fragte Julia, die mit Magnus zu ihnen aufgeschlossen hatte.

„Ein RZM", antwortete Koxomil.

„Ein bitte was?", bohrte Julia nach, „und kein Fachchinesisch bitte."

„Das bedeutet Raum-Zeit-Manipulator", erklärte der Wrache. „Es ist ein Gerät, mit dem man, wie der Name schon sagt, den Raum und die Zeit verändern kann."

„Reden wir hier etwa von Teleportation und Zeitreisen?", wollte Julia wissen.

„Ganz recht, so ist es", pflichtete Koxomil ihr bei.

„Aber das ist doch unmöglich", warf Magnus ein, „diese Technik ist doch noch gar nicht entwickelt worden. Auch der Neunte Naurik auf Blaumooswelt, dem Julia und ich einen Besuch abstatteten, klärte uns darüber auf, dass Zeitreisen ein Ding der Unmöglichkeit seien."

„Nicht in diesem Zeitstrang, in dem wir uns gerade befinden", legte Koxomil dar. „Die Heliobiten vom Planeten Helios, eine hochtechnisierte, vor langer Zeit ausgestorbene Rasse, hat den RZM erschaffen. Als sie erkannten, wie gefährlich diese Technik ist, da sie unwiderruflich ins Raum- Zeitkontinuum eingreift, zerstörten sie alle Exemplare, bis auf dieses hier, das sie auf diesem Planeten im Inneren des Therosaurus versteckten."

„Das heißt, dass wir mit diesem Ding durch die Zeit reisen können?", fragte Magnus fasziniert. Er hatte sich schon immer für Science Fiction und besonders für Space Operas interessiert. Zeitreisen übten dabei eine ganz besondere Faszination auf ihn aus.

„Theoretisch ja, praktisch jedoch leider noch nicht. Diesem Exemplar fehlen einige wichtige Bestandteile, die die Heliobiten in ihrer Weisheit auf verschiedenen Planeten versteckt haben, um die Anwendung dieser Technik für Uneingeweihte so schwer wie möglich zu machen. Und deshalb, liebe Freunde sollten wir keine Zeit verlieren und uns sofort zum nächsten Planeten aufmachen, um ein weiteres Teil des großen Raum-Zeit-Puzzles zu finden."

Koxomil schaute aufmunternd von einem zum anderen und sagte dann zu Robert: „Komm, lass uns vorangehen, die anderen werden uns schon folgen."

Bereitwillig setzte sich Robert mit Koxomil auf seiner Schulter in Bewegung.

„Stopp, nicht so schnell", funkte Julia dazwischen, in ihr war der polizeiliche Instinkt erwacht.

Koxomil drehte sich erstaunt zu Julia um und Robert blieb abrupt wie ein Roboter stehen.

„Wer bist du eigentlich, dass du permanent Anweisungen gibst", fragte Julia den Wrachen. „Ich denke, dass du uns einige Antworten schuldig bist."

„Ich bin nicht des Pudels Kern, sondern der Kern der KI", orakelte Koxomil.

„Soll das heißen, dass du mit der KI von <<Utopolis>> zusammenhängst?", schlussfolgerte Julia.

„Ganz genau", antwortete dieser, „ich hänge nicht nur mit ihr zusammen, sondern bin ein Teil von ihr. Ich bin KI."

„Und gehe ich recht in der Annahme, dass deine Vorfahren und Erbauer diese Heliobiten waren?", mischte sich Magnus ein.

„Auch das ist richtig, ja. Ich muss zugeben, ihr habt mich durchschaut."

„Aber wenn du eine KI bist, wieso präsentierst du dich dann in der Gestalt eines Wesens in Fleisch und Blut?" wollte Julia wissen.

„Ich kann jede Gestalt annehmen, die mir genehm ist und mir für meine Pläne weiterhilft."

„Und was hat ein Wrache mit Robert zu tun?", bohrte Julia weiter.

„Ich verstehe nicht, was du meinst", versuchte Koxomil auszuweichen.

„Oh, doch, ich denke schon, dass du ganz genau weißt, worauf ich hinauswill", konterte Julia. „Du hast dir von Anfang an Robert ausgesucht, hast ihn für dich eingenommen und für deine Zwecke manipuliert. Leugne es nicht! Schau ihn dir doch nur an, wie er sich gibt!", schrie Julia Koxomil an.

Robert hatte die ganze Zeit über völlig unbeteiligt dagestanden, kein einziges Wort gesagt und keinerlei Regung gezeigt.

„Was kann ich denn dafür, wenn Robert sich nicht fühlt, vielleicht ist ihm die ganze Sache mit dem Therosaurus auf den Magen geschlagen. Mir unterstellen zu wollen, dass ich ihn kontrollierte, ist doch grotesk. Und jetzt sollten wir wirklich von hier verschwinden."

„Wir gehen nirgendwo hin, bevor nicht geklärt ist, was Sache ist und was du mit Robert gemacht hast", ließ Julia nicht locker.

„Also schön, gut, dann reiner Wein: In mir ist das gesamte Wissen meiner Erbauer, den Heliobiten, gespeichert und ich erhielt von ihnen den Auftrag, die letzte RZM-Einheit und alle übrigen Einzelteile zu finden. Nach Äonen des Wartens kamt ihr nach <<Utopolis>> und brachtet die KI dazu, sich selbst abzuschalten. Darin sah ich meine Chance und analysierte die Situation. Wie soll ich sagen? Ich pickte mir das schwächste Glied in eurer Kette heraus und band es an mich. Mehr gibt es dazu nicht zu sagen."

„Und wieso ein Wrache?", insistierte Julia, die in dieser Hinsicht so eine dunkle Ahnung hatte.

„Das liegt in Roberts Kindheit begründet, als er einen Wolf und Drachen in Form von Kuscheltieren als innige Spielkameraden hatte."

„Woher kannst du das nur wissen? Warst du auf der Erde?"

„Nein, natürlich nicht persönlich, wenn du so willst, aber die Heliobiten wachten über den gesamten Kosmos und wurden Zeuge von allem. Und wie ich schon sagte, wurde mir ihr gesamtes Wissen zuteil."

Julia war ob der Andeutungen von Koxomils Aussage ganz schwindelig geworden. „Aber du hast doch selbst gesagt, dass die Heliobiten vor langer Zeit ausgestorben sind und dass du quasi Jahrhunderte auf uns gewartet hast. Ich kriege das gerade zeitlich nicht zueinander geordnet."

„Das ist das Mysterium der Zeit, Julia, das sich einer Normalsterblichen wie dir nicht erschließen kann. Aber lass dir versichern: Das Schicksal der gesamten Galaxis steht auf dem Spiel, wenn es uns nicht gelingt, diese Box hier wieder herzustellen und ihrer ursprünglichen Bestimmung zuzuführen, nämlich das Chaos in der Kontinuität zu ordnen. Und jetzt lass uns bitte keine Zeit mehr verlieren, wir müssen hier verschwinden und den nächsten Planeten aufsuchen."

Julia schwirrte der Kopf, sie wollte nur noch abschalten und sah mit einem Blick in Magnus' Augen, dass es ihm genauso ging. Später würde sie mit Abstand und kühlem

Kopf erneut an die Sache rangehen und sie logisch analysieren.

„Okay, Koxomil, lass uns die Angelegenheit vertagen! Eine weitere Diskussion würde jetzt nichts bringen. Bringe uns auf den nächsten Planeten und dann sehen wir weiter."

„Eine weise Entscheidung, Julia, ich wusste, dass ich mich auf dich verlassen kann. Der Weg über die Blutbleiche ist uns mit dem Ableben des Therosaurus versperrt, denn nur Lebendes kann die Verbindung mit ihr aufrecht erhalten. Wir müssen einen anderen Weg finden und ich habe auch schon eine Idee."

Zoo

Anjas Freundin Merle hatte gemeint, dass sie mal wieder unter Leute müsste, etwas unternehmen müsse, um nicht allein zu Hause zu versauern. Kater Kasimir war natürlich ein guter Gesellschafter, aber eben auch kein Ersatz für menschliche Nähe. Und somit hatten sie sich für den Nachmittag im Zoo verabredet.

Anja war mit der U-Bahn-Linie U2 zum Treffpunkt gefahren und hatte einen ziemlich guten Tag erwischt, denn die Schmerzen hielten sich in Grenzen. Merle wartete bereits am Eingang Gazellenkamp und sie begrüßten sich mit einer herzlichen Umarmung.

„Lass dich anschauen, meine Liebe. Gut siehst du aus, und du humpelst auch nicht mehr so stark wie bei unserem letzten Treffen. Geht's dir wirklich schon so viel besser?", sprudelte es aus einer sichtlich gut gelaunten Merle heraus.

„Muss wohl einen Sahnetag erwischt haben", erwiderte Anja mit einem etwas aufgesetzten Lächeln. „Es ist immer noch ein ständiges Auf und Ab auf der Invaliditätsskala und heute scheint sich mein Körper für dich zu einem Obenauf entschieden zu haben."

„Oh, du bist so süß! Komm, lass dich noch einmal umarmen - it's hugging time!", reagierte Merle überschwänglich und nahm Anja in eine Bärenumarmung. Mit ihren 1,82 Metern und 80 Kilo war Merle schon eine stattliche Erscheinung, und die eher schmale Anja verschwand fast zur Gänze in ihrer Freundin.

„Dann lass uns mal um deine Eintrittskarte kümmern. Du weißt ja, ich zahle nichts, ich habe eine Jahreskarte. Dir würde ich das Kombiticket empfehlen, wenn du auch das Tropen-Aquarium sehen möchtest. Das solltest du dir auf gar keinen Fall entgehen lassen."

Und wie Anja wollte, auf das Tropen-Aquarium hatte sie sich besonders gefreut und sich zuvor schon darüber informiert. Besonders die Schlangen hatten es ihr angetan. Arm in Arm schlenderten sie auf den Eingangsbereich zu. Anja war zuvor noch nie im Hamburger Zoo gewesen, hatte sich als Vorbereitung jedoch den Lageplan angeschaut.

„Dann können wir uns ja langsam durch die anderen Areale durcharbeiten und das Tropen-Aquarium für zuletzt aufsparen. Was hältst du von der Idee, Merle?"

„Das ist eine tolle Idee und dasselbe wollte ich dir auch gerade vorschlagen. Wenn du eine Pause vom Laufen brauchst, sag Bescheid, es gibt hier überall Bänke und die Sonne strahlt heute so schön, dass wir uns prima setzen können."

Nach dem Kauf der Eintrittskarte, bei dem sich Merle tierisch über die ihrer Meinung nach viel zu hohen Preise aufregte und von Wucher sprach, den sich viele Menschen einfach nicht mehr leisten könnten, machten sie sich an ihren Rundgang. Anja konnte sich ihre Freundin lebhaft beim Politikunterricht vorstellen und wie sie ihre soziale Sichtweise der Dinge eindringlich an die jungen Erwachsenen weitergab.

Ihr Weg führte sie zunächst zum ersten Highlight, dem Eismeer, vorbei an den rosa Flamingos und über die Haustierreviere 1 und 2 und dem Vogelhaus. Fasziniert schaute Anja dem Treiben der Humboldt-Pinguine, der Walrosse, Seebären und Eisbären zu und musste zugeben, dass es eine gute Idee von Merle gewesen war, sie zu diesem Ausflug überredet zu haben. Spontan drückte sie die Hand ihrer Freundin und sagte:

„Ich freue mich, dass du angerufen hast und darauf bestanden hast, dass wir das heute zusammen unternehmen. Eine wirklich tolle Idee, Merle."

„Danke schön, Anja, ich finde es auch toll, dass wir endlich mal wieder was zusammen machen. Du musst einfach mehr raus und unter Leute, so wie früher vor deinem Unfall. Was macht überhaupt dein Liebesleben? Gibt es da jemanden oder vertrocknest du langsam aber sicher vor dich hin?"

Jetzt tat Anja es fast leid, dass sie Merle überhaupt auf das Thema angesprochen hatte. Sie hatte sich jedoch auch nicht vorstellen können, dass der Gesprächsverlauf eine unerwartete Wendung in diese Richtung nehmen würde.

„Lass uns einen Moment auf die Bank dort setzen", schlug Anja vor.

„Oh je, hast du Schmerzen? Brauchst eine Pause, klar, bist auch etwas blasser als zuvor. Und ich habe überhaupt nichts bemerkt. Tut mir wirklich leid, ich werde in Zukunft besser aufpassen und auf Anzeichen achten", stammelte Merle verlegen.

„Das ist es nicht, mir geht es körperlich momentan ziemlich gut." Sie sah ihre Freundin ernst an. „Die letzten Wochen und Monate waren echt nicht leicht für mich und ich bin froh, dass ich mittlerweile wieder auf einem aufsteigenden Ast bin. Es ist schön, dabei Unterstützung erfahren zu haben und immer noch zu erhalten, so zum Beispiel von dir. Aber mir steht zurzeit absolut nicht der Sinn nach einer wie auch immer gearteten Beziehung. Das würde meine Lage nur noch verkomplizieren und das will ich nicht."

„Aber schau dich doch mal um, Anja. Hier laufen so viele Leute alleine rum, vor allem auch Männer. Da könnte doch glatt eine tolle Partie für dich dabei sein. Schau mal da drüben. Der Blonde dort, mit dem schnuckeligen Hintern und der schicken Brille, schaut schon die ganze Zeit verstohlen zu uns herüber. Der wäre doch was, ist bestimmt ein Akademiker. Was meinst du, Anja?"

„Hör bitte auf mit deinen Verkupplungsbemühungen, Merle. Ich meine es ernst: Mir ist überhaupt nicht nach einer Beziehung, knackiger Hintern hin oder her und damit basta, Schluss aus. Lass uns einfach den Tag hier genießen und weitergehen. Was steht als nächstes auf dem Programm?"

„Okay, okay, habe ja verstanden. Nichts für ungut, wollte nur behilflich sein. Hast ja auch recht, ist natürlich deine ureigene Sache und geht mich nichts an. Werde einfach meinen Mund diesbezüglich halten. Gut, was hältst du davon, wenn wir zur Löwenschlucht gehen. Oder ist dir mehr nach Affen? Dann könnten wir uns die Mandrills anschauen."

„Löwenschlucht kling gut und danach die Mandrills. Wie wäre es damit?"

„Gut, so machen wir das!" Mit einem letzten Blick auf den knackigen blonden Hintern, der Anja nicht verborgen blieb, setzte sich Merle in Bewegung. Sie würde einen Teufel tun, sich irgendeine Bemerkung zum Singledasein ihrer Freundin abzuringen, das hätte das traute Beisammensein sicherlich getrübt.

Nach der Löwenschlucht und den Mandrills gingen sie durch das historische Jugendstil-Tor zu den Kamtschaktabären. Dort fragte Merle, ob Anja auf direktem Wege zum Tropen-Aquarium wolle, das gleich um die Ecke lag, oder ob sie noch genug Kraft und Lust für einen Umweg zum Thailändischen Sala und den Sumatra Orang-Utans habe. Da Anja anscheinend wirklich einen Sahnetag bezüglich ihrer Gesundheit und den Kraftreserven erwischt hatte, willigte sie leichten Herzens in den Umweg ein und sie schlenderten zum Birma-Teich, wo sie das von Thailands Kronprinzessin Maha Chakri Sirindhorn eingeweihte, handgeschnitzte Bauwerk, einen offenen Pavillon, bestaunten.

„Weißt du, Merle, ich glaube, ich habe mich doch etwas überschätzt. Lass uns die Orang-Utans auslassen und stattdessen diese fantastische Aussicht auf der Bank dort genießen und dann geradewegs zum Tropen-Aquarium gehen. Ist das okay für dich?"

„Selbstverständlich, meine Liebe, gut dass du da ehrlich dir selbst und mir gegenüber bist. Eine kleine Ruhepause kann auch mir nicht schaden. Schau dir nur die fantastische Spiegelung der Sala auf der Oberfläche des Teichs an! Welch ein erhabener, friedvoller Anblick."

Sie saßen eine Zeitlang schweigend nebeneinander auf der Bank, hingen ihren eigenen Gedanken nach und genossen die Sonnenstrahlen und den traumhaften Ausblick.

Anja ließ die Szenerie auf sich wirken und erfreute sich an deren Beschaulichkeit und Ruhe. Die spiegelglatte Oberfläche des Sees, die durch keine noch so kleine Welle getrübt wurde, und die von ihr ausgehende Entspanntheit, lullten Anja förmlich ein.

KOMM ZU MIR!

Angestrengt starrte Anja auf den Teich . . .

VERLIERE KEINE ZEIT!

. . . ihre Augenlieder bewegten sich nicht . . .

FINDE MICH!

. . . ein erstes, leichtes Flimmern erschien auf der Wasseroberfläche . . .

STEH AUF!

. . . und sie meinte einen schlanken Körper durch das Wasser gleiten zu sehen . . .

MACH DICH AUF DEN WEG!

. . . ein grüner, schuppiger Kopf durchstieß die Wasseroberfläche, eine gespaltene Zunge züngelte aus dem Maul und die Schlange zischelte zu ihr . . .

ANJA, LAUF, LAUF! ICH WARTE AUF DICH!

Abrupt stand Anja von der Bank auf, wobei Merle, die immer noch tief im Anblick der Schönheit des gespiegelten Pavillons versunken war, heftig zusammenzuckte.

„Lass uns jetzt zum Tropen-Aquarium gehen, Merle, es ist Zeit", dabei zitterte Anjas Körper leicht, als würde sie frösteln. Merle kam das Verhalten ihrer Freundin schon recht komisch vor, sie schob es jedoch auf eine Reaktion ihres Körpers auf die unfallbedingten Verletzungen und sparte sich einen Kommentar oder eine Nachfrage.

„Na klar, auf geht's, auf zum Tropen-Aquarium!", stimmte Merle zu.

„Und zwar auf dem schnellsten Weg, ohne Umwege", schloss Anja, die sich schon in Bewegung gesetzt hatte. Fast eilenden Schrittes strebte sie ihrem Ziel entgegen, ganz so, als würde sie sonst etwas verpassen. Dabei würdigte sie den Tieren, die sie passierten keines Blickes, vorbei an Nasenbären, Elefanten, Kamelen, asiatischen Eseln, den Onagern, stets das Ziel im Blick. Erst kurz vor dem Eingang des Tropen-Aquariums zügelte Anja ihren Schritt mit schmerzverzerrtem Gesicht und völlig außer Atem. Merle versuchte Anja dazu zu überreden, erst einmal Luft zu schöpfen und sich etwas auszuruhen, aber ihre Freundin wollte davon nichts wissen und betrat umgehend das Tropen-Aquarium. Sie kam Merle wie ferngesteuert vor, als sie sich ihren Weg durch den ersten Bereich bahnte, der ziemlich spektakulär war, mit freilaufenden Tieren, was zu einem engen Kontakt mit ihnen führte. Aber Anja würdigte diesen Teil keines Blickes und ging weiter zur oberen Ebene, wo sie erst ruhiger wurde, als sie vor den großen Terrarien stand. Sobald Anja den Raum betreten hatte, fingen die Schlangen an, sich merkwürdig zu benehmen. Hatte Merle sie bei ihren vorherigen Besuchen als eher träge wahrgenommen, so waren sie heute offensichtlich von Unruhe ergriffen und gebärdeten sich auffällig ruhelos. Der Dschungel-Teppichpython, eine kräftig gebaute Würgeschlange und die Gartenboa waren in ständiger Bewegung und drängten sich teilweise regelrecht an die Glasscheibe.

Anja stand reglos Auge in Auge vor einer giftgrünen, dünnen Schlange, von der sie durch ihre vorherigen Recherchen wusste, dass es sich um eine tödliche Grüne Mamba handelte. Das Reptil ringelte sich um einen dicken Ast, züngelte kurz, hob den Kopf mit den schwarz umrandeten Schuppen und schob ihn weiter an die Glasscheibe heran. Sie blickte Anja aus den abgrundtiefen, schwarzen Augen an und züngelte erneut:

DA BIST DU JA ENDLICH! DIE SHOW KANN SOMIT BEGINNEN! BÜHNE FREI!

Anja schaute sich um und unvermittelt schossen zwei dreiköpfige Hunde mit gebleckten Zähnen und geifernden Mäulern auf sie zu, die wie Ausgeburten der Hölle aussahen. Kurz bevor die Höllenhunde Anja erreichten, hörte sie eine Fanfare, wobei sich die Hunde umgehend jaulend in Luft auslösten. Eine junge, schlanke Frau in einer schwarzen Bikerjacke mit hautenger Lederhose und schwarzen Kurzschaftstiefeln, einer kurzen, rabenschwarzen Fransenfrisur mit einer blauen Strähne, auf der linken Kopfseite kurz, der anderen lang, trat ins Bild. Sie kam Anja seltsam bekannt vor, nur hatte sie die Frau als unscheinbares Entlein in Erinnerung.

„Sorry, sorry, sorry, liebe Zuschauer und Innen, die Helldogs waren noch ein Überbleibsel aus meiner letzten Blog-Show, sie gehören heute nicht hierher. Vielmehr geht es jetzt um das Thema:

Wer erkennt den Vogel?

Das lustige, beliebte Ratespiel für Jung und Alt. Ich werde drei Hinweise geben, die zu den gesuchten Begriffen führen und die sich dann zu einem Wort zusammenfügen lassen und den Namen des zu erratenden Vogels ergeben, wobei die zu suchenden Buchstaben in den Farben Blau, Gelb und Rot leuchten werden. Durch das Drücken auf die übrigen, nutzlosen Buchstaben, werden diese ausgeblendet.

Alles verstanden? Sind alle bereit? Auf die Plätze, fertig los? Gut, fangen wir an! Hier kommen die Hinweise!"

Unter einem donnernden Trommelwirbel materialisierten folgende Wörter vor Anjas Netzhaut:

1) wokes Baden laut großem Ganzen
2) menschliches Tirili sogar Tirilä
3) Streifengefahr im Zoo

Anjas Augen flogen konzentriert über die Buchstabenreihen und filterten die leuchtenden Buchstaben heraus, ihr Zeigefinger drückte auf nicht leuchtende Buchstaben, bis sie bald diese Buchstaben ausgesondert hatte:

w, a, d, l, n, s, e, g, r, ä, t, r, i, e, g

Damit hatte sie drei Gruppen:

w-a-d-l
n-s-e-g-r-ä
t-r-i-e-g

Diese Gruppen führten sie jetzt schnell zu den zu erratenden Wörtern:

Wald - Sänger - Tiger

Während Anja versuchte, die Wörter richtig anzuord-
nen, meinte sie zu hören, wie von Weitem ihr Name gerufen wurde, wie durch Watte, gedämpft, gleichzeitig hörte
Anja ein lautes Zischen, das von Sekunde zu Sekunde
fordernder wurde, immer inständiger, lauter, sie zwang,
sich zu der Quelle hinzudrehen . . .

. . . wobei Merle Anja, die reglos vor der Glasscheibe
stand, beobachtet hatte, und sie kam ihr vor, wie in einer
Schockstarre. Ihr fiel der glasige Blick von Anjas Augen
auf, der vollkommen entrückt wirkte. Merle kam das Verhalten ihrer Freundin seltsam vor und sie rief wiederholt
Anjas Namen. Die grüne Schlange vor Anjas Kopf hatte
angefangen laut zu zischen und das Maul weit aufgeris-
sen. Dabei zeigte sie ihre langen, spitzen Fangzähne, von
denen Gift tropfte. Anjas Augenlider fingen an zu zucken,
ihr Kopf ruckte und drehte sich ganz langsam in Merles
Richtung. Das Zischen der Grünen Mamba tönte daraufhin intensiver und unheilvoller, und ihr schlanker, schuppiger Reptilienkopf rückte noch etwas näher an die Glasscheibe heran. Kurz bevor Merle Blickkontakt mit Anja
aufnehmen konnte, drehte diese ihren Kopf wieder zur
Schlange, blickte tief in die schwarzen Reptilienaugen und
versank erneut in emotionslose Starre . . .

. . . Wald - Sänger - Tiger - Sänger - Tiger - Wald - Tiger -
Sänger - Wald - Tiger - Wald - Sänger

Tigerwaldsänger!

Das war das Lösungswort, Anja war sich sicher. Sie öffnete ihren Mund und die Buchstaben verließen einer nach dem anderen in grellgrüner Farbe ihren Rachen und tanzten in der richtigen Reihenfolge vor ihren Augen.

Die junge Frau in der schwarzen Bikerjacke war wieder aufgetaucht und rief begeistert:

„Applaus, Applaus, Applaus, das ist vollkommen richtig. Wir suchen den Tigerwaldsänger. Und damit kommen wir zur Preisverleihung, die aus einer Botschaft und einem Versprechen besteht."

Anja sah, wie der jungen Frau Federn wuchsen, ihre Nase wurde zu einem Schnabel, während sich die Frau langsam in einen Vogel verwandelte. Sie studierte den Vogel genau. Es handelte sich um einen kleinen Singvogel, dessen Krone am gelben Kopf dunkelgrau bis schwarz war. Das Gefieder unterhalb des Auges bis zu den Ohren war haselnussbraun. Auf den Flügeldecken befanden sich große weiße Flügelstäbe. Das nach hinten weiß auslaufende Unterseitengefieder war vornehmlich gelb und mit schwarzen Streifen durchsetzt. Das Oberseitengefieder war olivgrün bis dunkelbraun. Der Tigerwaldsänger schwang sich mit einer traurig klagenden, hellen Tonmelodie, die sich für Anjas Ohren in Worte formte, in die Lüfte:

Schönen Gruß auch von Ilandria, Schlampe! Wir sehen uns! . . .

. . . und Merle näherte sich Anja, die immer noch starr vor der Glasscheibe stand. Sie fing an, Angst um ihre Freundin zu bekommen. Sie wollte Anja schütteln, sie zur Besinnung und Vernunft bringen. Merle streckte ihren Arm aus und hörte in demselben Moment, wie jemand hinter ihr nachdrücklich rief:

„Nicht anfassen, das ist zu gefährlich! Bitte nicht berühren!"

Merle drehte sich um und sah den Blonden mit dem Knackehintern, den sie beim Eismeer getroffen hatten.

„Mein Name ist Thorvald Sigurdsson, ich bin Psychologe und weiß, was in solch einer Situation zu tun ist. Bitte, lassen Sie mich helfen."

Die sanfte, einschmeichelnde, vertrauenserweckende Stimme des Mannes nahm Merle sofort für sich ein. Auf der anderen Seite war er natürlich ein wildfremder Mensch, dem sie nicht blindlings vertrauen sollte. Dennoch ging etwas von dem Mann, der sich als Thorvald Sigurdsson vorgestellt hatte, aus, das Merle Vertrauen einflößte und sie lächelte ihn an.

„Dann versuchen Sie mal Ihr Glück! Mein Name ist übrigens Merle Riesenstein."

„Erfreut, Sie kennenzulernen. Und mit Glück hat das wirklich nichts zu tun, sondern beruht auf Fakten der Wissenschaft", entgegnete der Mann.

Er näherte sich Anja, nahm ein kleines Fläschchen aus seiner Jackentasche, öffnete es und schwenkte es langsam vor Anjas Nase. Merle vermutete, dass ätherische Öle am Werke waren und nahm sich vor, den Fremden später danach zu fragen. Anjas Reaktion setzte relativ prompt ein, ihre Augenlider flatterten und sie öffnete sie kurze Zeit später, nahm einen tiefen Atemzug, um danach wieder in den tranceähnlichen Zustand zu verfallen ...

... und Anja roch etwas Wohlriechendes mit einer zugleich scharfen, aromatischen Note, das sie in ihre Nase einatmete. Wie ein Balsam legte sich der Geruchsstoff auf ihr olfaktorisches System und hüllte es ein. Sie öffnete kurz die Augen und sah aus dem Augenwinkel, dass ein ihr unbekannter Mann neben ihr stand. Die Begriffe „Eismeer" und „knackiger Hintern" schossen ihr urplötzlich in den Sinn, doch sie konnte keinerlei Verbindung zwischen den Einzelteilen herstellen. Im Hintergrund trillerte der Tigerwaldsänger seine traurige Melodie und lullte sie ein. Der Vogelgesang wurde eindringlicher und immer nachdrücklicher, sie meinte den geflüsterten Namen Ilandria zu hören, schloss ihre Augen erneut und sah sich dem Tigerwaldsänger gegenüber ...

... während Thorvald Sigurdsson ein zweites Fläschchen hervorkramte und auf die wechselseitige Kreuzwirkung der beiden Essenzen setzte. Merle schaute skeptisch auf die Prozedur.

„Isländische Geheim- und Spezialrezeptur, wirkt garantiert und zuverlässig, Sie werden sehen", zwinkerte der Mann Merle vertraulich zu.

Die freigesetzten Ingredienzien brachten Anjas gesamten Körper in leichte Zuckungen und mit einem beherzten Seufzer entriss sie sich der Vision. Der blonde Mann mit der Brille, den sie schon vor kurzem wahrgenommen hatte, stand neben ihr und hielt zwei kleine Fläschchen in den Händen.

„Was ist passiert? Warum schaust du mich so besorgt an? Habe ich etwas verpasst?", fragte Anja, die noch etwas benommen wirkte, eine ernst blickende Merle.

„Wenn ich mich kurz einmischen dürfte. Mein Name ist Thorvald Sigurdsson, ich bin Psychologe und habe Sie aus ihrer Trance befreit", wandte sich der Blonde an Anja. „Sie befanden sich offenbar in einem akuten Anfall des sogenannten Drehtüreffekts, der sich häufig in Zusammenhang mit den Folgen einer Posttraumatischen Belastungsstörung ergeben. Ich würde Ihnen gerne meine Visitenkarte aushändigen und Sie dringend bitten, mich zu kontaktieren, wenn derartige Symptome wieder auftauchen sollten. Ich denke, Sie bedürfen fachmännischer Hilfe und Unterstützung."

Damit überreichte er Anja eine Karte, verbeugte sich kurz und verschwand in Richtung Ausgang.

„Was für ein überaus charmanter Mann mit guten Manieren. Und wie gewählt er sich ausgedrückt hat, dazu dieser niedliche Akzent. Anja, meine Liebe, wie sehr ich dich beneide", säuselte Merle mit verklärtem Blick.

„Was du schon wieder hast, Merle, also wirklich! Aber ich würde jetzt gerne nach Hause fahren, mir reicht es für heute mit Aufregungen. Würdest du mich bitte zur U-Bahn begleiten?", bat Anja und wandte sich zum Gehen, ohne eine Antwort ihrer Freundin abzuwarten.

Dunzd

Ailuj, Musch, Schnatt und Kraa(l) machten sich auf den kurzen Weg zum Turm Dunzd. Er präsentierte sich ihnen als langer, weißer Turm aus glattem Stein, ohne sichtbare Öffnung, die als Tür oder Eingang hätte dienen können. Die Gemeinschaft umrundete den gesamten Turm einmal und blieb dann unschlüssig vor der Seite stehen, die sie für vorne hielten.

„Reisende, was ist euer Begehr?", fragte der sprechende Turm Dunzd.

„Wir bitten um eine wichtige Unterredung mit Gogglwogg", erwiderte Kraa(l).

„Habt ihr eine Audienzzeit erworben?"

„Äh, nein, aber es ist überaus wichtig, dass . . . „

„Dann nennt mir das zugewiesene Passwort!", forderte Dunzd sie auf.

„Welches Passwort, ich weiß nichts von einem Passwort", sagte Schnatt, „weiß einer von euch irgendetwas von einem Passwort?"

„Nun mal mit der Ruhe", beschwichtigte Musch, „lasst uns alle überlegen, was es mit diesem Passwort auf sich haben könnte. Es muss dafür eine Lösung geben."

„Ich erinnere mich noch genau an das, was Trebor zu uns sagte, als er uns von der Reise überzeugen wollte . . ."

„Überreden wollte, ist wohl eher der passende Begriff, würde ich sagen. Trebor wollte uns mit Tricks überreden, jawohl so war das", eiferte sich Schnatt.

„Schnatt, das ist jetzt nicht sehr hilfreich. Lasst uns gemeinsam eine Lösung finden, sonst kommen wir hier überhaupt nicht weiter", versuchte Musch zu vermitteln.

„Ja, ja, ist ja schon gut", gab sich Schnatt kleinlaut, „fahre bitte fort, Kraa(l)."

„Also, wie ich schon vorhin sagen wollte, glaube ich, dass wir einen weiterführenden Hinweis in dem finden werden, was Trebor zu uns vor der Abreise gesagt hat. Ich zitiere aus dem Gedächtnis: ‚Ihr müsst euch nach Nebelgrau begeben, um dort eine Ampulle Graunebel zu beschaffen, ein höchst toxisches Gas, das bei der geringsten Berührung mit Luft zu einer gewaltigen Explosion führt. Ihr müsst dabei die Sümpfe von Moraztick durchqueren, um zum sprechenden Turm Dunzd zu gelangen, wo der finstere Giftmischer Gogglwogg haust. Ihm müsst ihr besagte Ampulle, deren Inhalt er dort braut, abluchsen'. Ich denke, dass der Schlüssel in dem Wort ‚abluchsen' steckt", vervollständigte Kraa(l) seinen Gedankengang.

„Wie lautet also das Passwort? Ihr habt nur eine einzige Chance. Also?", fragte Dunzd ungehalten.

„Nicht so hastig, nur nichts überstürzen", versuchte Kraa(l) Zeit zu gewinnen, „das will wohl überlegt sein. Hat jemand von euch eine Idee?"

„Dann kann ich ja noch ein kleines Nickerchen machen. Weckt mich einfach, wenn ihr soweit seid", gähnte der Turm vor sich hin und schon war ein knarzendes Schnarchen zu vernehmen.

„Lasst uns ein Brainstorming machen, das ist doch eine coole Idee, oder? Los, wir bündeln unsere Gedanken und lassen unsere Gehirne auf Hochtouren laufen. Auja, das wird ein Spaß!", ereiferte sich Schnatt.

„Wenn „abluchsen" das Hinweiswort von Trebor ist, wird vermutlich der Begriff „Luchs" uns weiterhelfen", meldete sich Musch zu Wort, „aber ich glaube nicht, dass es sich dabei um das gesuchte Passwort handelt, das wäre wohl zu einfach."

„Da stimme ich dir zu, Musch", meinte Ailuj, „lasst mal sehen: Wie wäre es mit dem lateinischen bzw. englischen Begriff, die beide identisch sind: „Lynx".

„Eine wirklich gute Idee!", pflichtete Kraa(l) ihr bei. „Ich werde jedoch das Gefühl nicht los, dass wir das gesuchte Wort eventuell später noch einmal bei Gogglwogg gebrauchen könnten. Trebor sprach doch ausdrücklich davon, dem Giftmischer den Graunebel abzuluchsen. Somit könnte das Passwort z.B. ein Akronym sein, und mit „Lynx" lassen sich schlecht vier zusammenhängende Wörter bilden. Ich glaube, wir müssen noch tiefer gehen in unseren Betrachtungen."

Alle dachten angestrengt nach und die entstandenen Denkfalten strapazierten die Gesichtsmuskulatur der vier Gefährten.

„Ich hab's, ich hab's, ich hab's!" Aufgeregt watschelte Schnatt von einem zum anderen und wippte begeistert mit dem Schwanz. „Wie wäre es mit „links", versteht ihr? Nicht mit „rechts", sondern „LINKS". Was haltet ihr davon?"

Schnatt blickte jedem ihrer Mitstreiter ins Gesicht und wartete auf die Reaktionen.

„Das ist schon eine brillante Idee, Schnatt", sagte Musch, „da müsste es schon mit dem Gnorrfazz zugehen, wenn das nicht stimmte. Was meint ihr?", wandte sie sich an Ailuj und Kraa(l).

Beide nickten mit den Köpfen und sagten unisono:

„Das haut hin!"

„Dann sollte Schnatt auch die Ehre gebühren, das Passwort dem Turm zu verkünden. Bitte, Schnatt, zeige uns den „Dunzd-öffne-dich", verkündete Kraa(l) feierlich.

Schnatts Stert wippte erregt und ihr Federkleid schien vor Stolz und Selbstgefühl fast zu leuchten.

„Hey, Dunzd, wach auf, du Schlafmütze, wir haben das Passwort!"

„Wie, was, schon so weit?", gähnte der sprechende Turm ausgiebig. „Dann lasst mal hören, ich bin ganz Ohr."

„Dann mach dich mal bereit, Dunzd, höre zu: Das Passwort lautet „LINKS" und nicht „rechts"!", schleuderte Schnatt ihm entgegen.

Eine Zeitlang passierte nichts und den Gefährten wurde schon ganz mulmig zumute. Dann hörten sie den Turm vernehmlich seufzen und mit einem lauten „Verdammt, das Rätsel war wohl doch zu einfach", setzte sich der ganze Turm in Bewegung. Wie eine überdimensionale Teleskopstange sackte der Turm langsam in sich zusammen, bis nur noch eine umrandete Plattform am Boden übrig blieb. Von unterhalb dieser Basis hörten die Freunde eine tief grollende Stimme, die Ungehaltenheit verströmte:

„Düüvelkater noch eens, Dunzd, wer stört mich bei meinem Mittagsschlaf?"

Der Turm hüllte sich in Schweigen, es kam keine Antwort.

Das Quartett ging auf die Plattform zu und blieb unschlüssig kurz davor stehen. Die Umrandung war etwa einen halben Meter hoch und wies keine einladende Pforte auf, somit machten die Vier keinerlei Anstalten, die Platten zu betreten.

„Verflixt und zugenäht, dreimal schwarzer Kater, muss man denn hier alles allein machen? Was ist nur mit diesem vermaledeiten Dunzd?"

Damit öffnete sich quietschend der rostige Deckel einer Luke im Boden der Plattform und ein Kopf lugte aus ihr empor. Er war recht seltsam anzusehen: struppeliges, langes, fettiges Haar umrahmte ein blasses, unrasiertes Gesicht mit einer scharfkantigen Hakennase, schmalen Lippen und kleinen Knopfaugen. Zudem ging von der Person ein durchdringender Geruch nach Knoblauch und Zwiebeln aus. Der Kopf beäugte die vier Gefährten missmutig und argwöhnisch und grollte:

„Was für eine illustre Gruppe: eine Katze, eine Gans, eine Krähe und ein Mensch, wenn ich nicht irre. Wer seid ihr, was wollt ihr, ich gebe nichts." Unwirsch fügte der Gogglwogg hinzu: „Ihr habt meinen Schönheitsschlaf gestört. Wenn ich unausgeschlafen bin, habe ich schlechte Laune und wenn ich schlechte Laune habe, ist mit mir nicht gut Tollkirschen essen. Also am besten ihr verzischt euch gleich wieder."

Schnatt und Musch wollten wegen der beleidigenden Beschreibung ihrer selbst gerade protestieren, als Kraa(l) beschwichtigend den linken Flügel hob und sagte:

„Ehrenwerter Gogglwogg, mit dem ich wohl die Ehre habe . . .“

„Spar dir dein Gesülze, Krähe!“, fuhr Gogglwogg Kraa(l) in die Parade. „Wer schickt dich? Was willst du? Raub mir nicht meine wertvolle Zeit!“

„Wenn ich uns erst einmal vorstellen darf: Mein Name ist Kraa(l), und das sind die Mondkatze Musch, die Blaugans Schnatt und Ailuj . . .“

Gogglwogg schnaubte verächtlich: „Und ich bin der garstige Giftmischer Gogglwogg. Komm endlich zur Sache, Vogel!“

„Nun, wir wurden von Trebor dem Steinernen geschickt, mit der Aufgabe, von euch ein Fläschchen Graunebel, ähm, zu erwerben.“

Gogglwoggs Gesicht versteinerte sich zu einer finsteren Maske und es herrschte Totenstille. Man hätte einen Schleier Nebel fallen hören können.

Plötzlich polterte Gogglwogg los:

„Ich kenne keinen Trebor und er ist mir auch schnurzpiepegal. Und mein Graunebel ist nicht verkäuflich. Er ist allenfalls durch das Erraten eines Geheimcodes zu gewinnen. Aber seid euch gewiss: Der Einsatz ist hoch. Ihr spielt buchstäblich mit eurem und um euer Leben!“

Die Gefährten schauten sich nacheinander betroffen an und warteten darauf, dass einer von ihnen das Wort ergriff. Sie wussten alle, was auf dem Spiel stand und mussten deshalb hoch pokern.

„Nun, was sagt ihr, illustre Gruppe? Wie fällt eure Entscheidung aus? To play or not to play that's the question“, orakelte Gogglwogg düster.

„Wie sind denn überhaupt die Regeln in diesem Spiel?", fragte Musch.

„Die Regeln sind, dass es keine Regeln gibt", antwortete Gogglwogg. „Es ist ganz einfach: Entweder ihr akzeptiert oder ihr lasst es bleiben. Liegt ganz bei euch. Alles, was ihr über das Spiel wissen müsst, habe ich euch gesagt. Nun?"

Kraa(l) fällte eine Entscheidung und sagte: „Nun gut, wir akzeptieren. Der Deal ist besiegelt, Gogglwogg!"

„Dann gehe ich mal und stachele die hungrigen und furchteinflößenden Nebelgruseler auf, damit sie so richtig fies drauf sind. Ruft mich, wenn ihr glaubt, fertig zu sein." Damit zog sich der Kopf in das Untere des Turms zurück und der Lukendeckel fiel scheppernd zu.

„Wie wollen wir jetzt verfahren?", fragte Kraa(l). „Irgendeine zündende Idee?"

Und wieder war es Ailuj, die alle überraschte:

„Zum einen müssen wir alles in Betracht ziehen, was Gogglwogg uns mitteilte und zum anderen im Hinterkopf haben, was Kraa(l) über das Akronym sagte. Ist euch auch aufgefallen, dass Gogglwogg Englisch gesprochen hat? Ich wette, dass das von großer Bedeutung ist. Meines Erachtens sollten wir englische Begriffe suchen, die zu den jeweiligen Buchstaben von „LINKS" passen und einen zusammenhängenden Sinn ergeben."

„Super Idee", stimmte Musch Ailuj zu, „und ich schlage für das „L" gleich mal „Lynx" als englische Entsprechung zu Luchs vor."

Von allen Seiten kam zustimmendes Gemurmel. Anders als es um das Erraten des Passworts ging, lag jetzt eine schwermütige und düstere Stimmung wie ein Damoklesschwert über den Köpfen der Getreuen. Alle wussten, was auf dem Spiel stand und der Einsatz war hoch.

Es wurden viele Wörter genannt, und viele von ihnen wieder verworfen, doch einigten sie sich schließlich auf diese fünf Wörter: Lynx, known, in, swamps, never.

Musch war diejenige, die die Wörter in die richtige, sinngebende Reihenfolge brachte und war besonders stolz darauf, dass die passenden englischen Sümpfe von ihr kamen. Und so einigte man sich darauf, dass Musch Gogglwogg das gelöste Akronym präsentieren sollte.

L	ynx
I	n
N	ever
K	nown
S	wamps

Musch sprang mit einem beherzten Satz über die Umrandung der Plattform auf den geschlossenen Lukendeckel und fauchte ein grollendes „Gogglwogg, zeig deine hässliche Visage, wir haben deinen Geheimcode geknackt!", in die Tiefe des Turmes.

Eine schier endlos erscheinende Zeitspanne passierte nichts und aus dem Inneren des Turms drang nur das schreckliche Heulen und Jaulen der Nebelgruseler nach oben, bis endlich der rostige Lukendeckel aufflog und Gogglwogg seinen Kopf durchsteckte.

„Dann lasst mal hören, ihr Armseligen und Todgeweihten. Ich konnte die Nebelgruseler kaum noch bändigen und zurückhalten."

Musch trat auf ihn zu und verkündete siegesgewiss: „Der Geheimcode lautet: Lynx in never known swamps!"

Gogglwoggs Augen weiteten sich vor Entsetzen, seine Pupillen traten hervor und drohten zu zerplatzen:

„Das kann nicht sein, das darf nicht sein!", stammelte er fassungslos. „Wie konntet ihr den Code erraten? Kein Quäntchen Graunebel darf Nebelgrau jemals verlassen. Ich werde euch nichts geben!"

Damit schloss er den Lukendeckel wieder und war verschwunden.

Die Gefährten schauten sich bestürzt an und wähnten sich der Niederlage nahe.

Unvermittelt fing der Turm an, sich zu bewegen und zu schütteln und er fuhr langsam teleskopartig in die Höhe. Aus dem Inneren des Turms hörte man die verzweifelten Hilfeschreie von Gogglwogg, der sich von den hungrigen Bestien eingekreist sah und die Gefährten hörten das Geräusch von knackenden Knochen, als die Nebelgruseler über den garstigen Giftmischer herfielen.

Als sich der sprechende Turm Dunzd zu seiner vollen Größe aufgerichtet hatte, sagte er in feierlichem Ton zu der Gruppe vor ihm am Boden:

„Endlich bin ich mit eurer Hilfe von diesem Unhold befreit. Darüber hinaus hat er sich als schlechter Verlierer erwiesen. Nehmt diese Ampulle mit Graunebel und verlasst die Sümpfe. Kehrt in euer Reich zurück und entrichtet Trebor meinen Gruß und Dank."

Damit spie Dunzd eine kleine Ampulle aus, die direkt vor Kraa(l) landete.

Kraa(l) nahm das Röhrchen an sich, in dem ein grauer Schleier waberte und zog eine kleine Klangschale von Gohngh aus seinem Gefieder.

„Kommt, Freunde, lasst uns zu Trebor zurückkehren. Es wird Zeit, diese Sümpfe zu verlassen."

Larynx

Der zweite Schnitt erfolgte genauso sauber und präzise wie der erste: Dieser hatte mitten ins Herz getroffen, mit einer Akkuratesse, dass kein einziger Tropfen Blut ausgetreten war.

Die Spielwiese war tot und lag angerichtet vor ihm.

Er betrachtete sein Werk und war zufrieden. Doch es galt, keine Zeit zu verlieren, das Opus musste vollendet werden. Die vollkommene Kunst lag darin, den beim Todeszeitpunkt erzeugten Ton, der noch eine kurze Zeit in den Stimmlippen am Kehlkopf gespeichert blieb, zu bergen und zu konservieren. Zu diesem Zweck hatte er einen kleinen Toncontainer mitgebracht, der seine Trophäe gekühlt, frisch und unversehrt zur weiteren Verwendung aufbewahren würde.

Der zweite Schnitt, den er nun ansetze, durchtrennte die Haut und die Muskulatur um den Kehlkopf und legte das Zungenbein frei. Jetzt war absolute Genauigkeit gefragt, totale Kontrolle über die Klinge, das Werk eines Meisters des Stahls.

Es galt nunmehr, die Stimmlippen freizulegen und mit chirurgischer Präzision herauszutrennen.

Er hielt kurz inne, um sich erneut zu sammeln, bevor das Skalpell zum letzten Mal sang - es sang das Lied der Stimme, der Lippen - und des Nachhalls.

Hauptkommissar Peter Petersen saß in seinem Büro vor dem PC und studierte die neuesten Nachrichten über den „Serienkiller in Kiel", der in den sozialen Medien schon längst die „Notenschlüsselbestie" getauft worden war. Wie immer in solchen Situationen fragte er sich, wo die Medien die für gewöhnlich detailreichen Informationen herhatten. Auf seiner Pressekonferenz vor zwei Tagen hatte er doch eher allgemeine Sachverhalte zur Mordserie bekannt gegeben:

1. Es gab bisher vier Mordfälle, die sich innerhalb einer Woche ereigneten.

2. Alle Opfer starben durch einen einzigen Stich in das Herz und wiesen tiefe Schnittstellen am Kehlkopf auf.

3. Alle Opfer entstammten der Musikschulszene und waren Studenten an der Musikhochschule Kiel.

4. Es handelte sich ausschließlich um männliche Todesopfer im Alter zwischen 21 und 25 Jahren.

5. Die endgültigen Ergebnisse der Rechtsmedizin standen noch aus, die zuständige Forensikerin war dran.

6. Aufgrund der detaillierten Aussagen einer Zeugin konnte ein Phantombild des vermeintlichen Täters angefertigt werden.

Das war es mit den Details.

Viel mehr hatte die SoKo „Notenschlüssel" sowieso nicht, denn sie steckten mit ihren Ermittlungen fest, es gab seit dem ersten Mord keine nennenswerten neuen Erkenntnisse. Sein Vorgesetzter, die Presse, die Öffentlichkeit, alle saßen ihnen im Nacken und wollten

Ergebnisse, lieber gestern als heute. Es war zum Mäusemelken.

Und was machten die sogenannten sozialen Medien daraus, die in Petersens Augen komplett unsozial waren?

Er hatte nach Absprache mit seinem Vorgesetzten mit keiner Silbe erwähnt, dass alle Leichen in der gleichen Position, die frappierend einem Notenschlüssel glich, aufgefunden worden waren.

Woher kam also der Spitzname „Notenschlüsselbestie"?

Gab es ein Leck in ihrem System, einen Maulwurf? Ausgeschlossen war das nicht, aber Petersen bezweifelte es. Es gab nur einen kleinen Kreis an Eingeweihten, die über alle relevanten Informationen verfügten, und seinem Team vertraute er bedingungslos. Wie also war es zu diesen Hinweisen gekommen?

Petersen hatte so einen Verdacht:

Der Monitor seines PCs zeigte die aktuellen Eintragungen der Bloggerin Amanda Onken. In ihrem täglichen Blog „Phänomene und Phänomenologie" fand sich seit vier Tagen die Unterseite „Auf du und du mit der Notenschlüsselbestie", eine sehr reißerische Fakedokumentation über die Mordserie, die Kiel seit einer Woche in Atem hielt. Wie es der Titel versprach, suggerierte der Artikel Insiderwissen über die Taten, die natürlich erlogen und erstunken waren. Aber was schert die Allgemeinheit schon die Wahrheit und die Fakten, wenn sie stattdessen in Blut und Eingeweiden waten kann?

Amanda „Nervensäge" Onken war Petersen schon früher in die Quere gekommen und sie hatten sich des Öfteren aneinander abgearbeitet. Dieses Mal war ihre

Intervention noch überflüssiger als ein Kropf und in höchstem Maße gefährlich und Besorgnis erregend für die Aufklärung der Mordfälle.

Es klopfte beharrlich an seiner Bürotür und riss Petersen aus seinen Betrachtungen. „Chef, tut mir leid, dass ich dich störe, aber da ist dieser Mann, der unbedingt vorgelassen werden will, ich konnte ihn nicht abwimmeln. Er sagt, er habe wichtige Hinweise in unseren Mordfällen", unterrichtete ihn Petersens Assistent Amir Kaya.

Zugleich drängte sich ein kleiner, älterer Mann an Amir vorbei in das Büro. Petersen schätzte ihn auf Ende 50, Anfang 60, mit seinem wirren grauen Haarkranz, dem adrett sitzenden grauen Anzug mit schwarzer Fliege, schwarzen Lackschuhen und einem gedrechselten Gehstock, offensichtlich aus Wurzelholz, der metallbeschlagen und mit einem Wolfskopfknauf verziert war.

„Hauptkommissar Petersen, darf ich mich Ihnen vorstellen: Ich bin Professor Kneesebeck, Alfons Kneesebeck, und meines Zeichens ein anerkannter Experte auf dem Gebiet der Parapsychologie und des Übernatürlichen. Sie bedürfen dringend meiner Hilfe", sagte der Mann, während er Petersen eindringlich aus intelligenten, kleinen Augen hinter einer roten Hornbrille musterte.

Der hatte dem Hauptkommissar gerade noch gefehlt.

Amir sah durchaus danach aus, dass er handgreiflich werden und Kneesebeck aus dem Büro hinauskomplimentieren wollte, als Petersen tief seufzend die Hand hob und beschwichtigend sagte:

„Vielleicht sollten wir dem, ähm, Professor doch erst einmal zuhören, Amir. Was sind das denn für überaus wichtige Informationen, die Sie für uns haben, Herr Kneesebeck?"

„Professor Kneesebeck, Alfons Kneesebeck. Sehr freundlich von Ihnen, Herr Hauptkommissar, sehr freundlich. Also, kommen wir gleich zur Sache: Diese Fälle, an denen Sie arbeiten, nun, wie soll ich sagen, sie sprengen den Rahmen der üblichen Mordermittlungen. Will heißen, dass wir es hier mit, nun ja, übernatürlichen, ja sogar magischen Elementen zu tun haben."

„Und das wissen Sie woher so genau?", hakte Petersen nach.

„Nun, sagen wir mal, ich habe da meine verlässlichen Quellen."

„Sind Sie sich sicher, dass Sie nicht zu viel auf Amanda Onkens Blog gesurft sind oder zu tief in Ihre Kristallkugel geblickt haben?"

„Pah, wollen Sie mich etwa beleidigen, Herr Hauptkommissar, mich mit dieser ruchlosen Onken und ihrem Quacksalbergewäsch in Verbindung zu bringen? Wobei das mit der Kristallkugel, aber lassen wir das."

Kneesebeck wurde Petersen wegen seiner Einstellung zu Amanda Onken plötzlich sehr sympathisch.

„Aber etwas mehr müssen Sie mir schon bieten, Professor Kneesebeck, damit ich das, was Sie mir sagen, ernst nehmen kann."

„Nun, ich habe gewisse Verbindungen zur metaphysischen Welt . . .", hierbei fing Amir an, mit seinen Augen zu rollen, doch Petersen bedeutete ihm ruhig zu bleiben, „. . . und verfüge über Fähigkeiten auf dem Gebiet der Parapsychologie. In diesem konkreten Fall berief ich mich auf die sogenannte Fernwahrnehmung."

Aus einem nicht konkret zu benennenden Grund war Petersens Interesse geweckt worden, er fühlte, dass etwas Wichtiges kurz davor war, an die Oberfläche zu brechen. Gleichzeitig musste er an einen Fall denken, in den der Psychologe Professor Dr. Dr. Thorvald Sigurdsson involviert war. Der hatte ihm beim Lösen eines Falles mit unkonventionellen Methoden und unter Einbeziehung von Visionen eines Zeugen geholfen.

„Fahren Sie bitte fort, Herr Professor". Amir sah ihn mit großen ungläubigen Augen an, als habe Petersen den Verstand verloren.

„Zu gütig, Herr Hauptkommissar, danke, dass Sie mir Ihre Zeit und Aufmerksamkeit schenken. Nun, ich wurde durch Ihre Pressekonferenz auf den Fall aufmerksam und bei der Präsentation des Phantombildes - nun ja, wie soll ich sagen, empfand ich sofort eine starke, metaphysische Bindung. Ich druckte mir das Bild aus und es gelang mir, mithilfe der Technik der Fernwahrnehmung durch die Augen des Täters zu schauen."

Jetzt konnte Amir nicht mehr an sich halten und prustete:

„Das ist doch vollkommener Bullshit, Herr Professor, wem wollen Sie hier eigentlich einen Bären aufbinden? Technik der Fernwahrnehmung, also echt jetzt?"

Petersen bedachte seinen Assistenten mit einem zurechtweisenden Blick und wendete sich an den Professor:

„Ich möchte mich vielmals für das Benehmen und die rüde Ausdrucksweise meines Assistenten entschuldigen, Professor Kneesebeck, das macht die Unerfahrenheit der jungen Spunde. Sprechen Sie bitte weiter."

„Ähm, nun ja, ich würde Sie gerne mit einem Detail konfrontieren, das weder der Presse zu entnehmen war, noch Ihnen selbst bekannt sein dürfte: Der Täter sammelt die Stimmlippen seiner Opfer und hält sie in speziellen Containern magisch am Leben. So, wie ich das verstanden habe, konserviert er den Todesschrei seiner Opfer."

Der letzte Satz hing gedankenschwer in der Luft und in diesem Moment klingelte Petersens Telefon. Er entschuldigte sich bei Kneesebeck für die erneute Störung und ging an den Apparat.

„Hauptkommissar Petersen, was kann ich für Sie tun?"

Wiebke Kleinschmidt, die Forensikerin der Gerichtsmedizin, war am Apparat und bat Petersen dringend vorbeizukommen, denn sie hatte weiterführende und unglaubliche Neuigkeiten im Fall „Notenschlüssel".

Nachdem die Verbindung beendet worden war, schaute Petersen einige Sekunden verwundert auf den Telefonhörer in seiner Hand und bedeutete dann Amir, dass er Sachdienliches erfahren hatte.

„Professor Kneesebeck, es tut mir leid, aber wir müssen unsere ungemein interessante Unterhaltung vertagen, denn mein Assistent und ich müssen zu einem wichtigen Termin in die Gerichtsmedizin. Lassen Sie sich bitte einen Termin geben, dann können wir später mit der Unterredung fortfahren."

„Halten Sie mich bitte nicht für unverschämt, Herr

Hauptkommissar, aber ich würde Ihnen gerne meine Hilfe und Expertise anbieten. Kurzum, darf ich Sie begleiten, um zu sehen, ob ich in meiner Einschätzung und mit den Stimmlippen richtig lag?"

Die kleinen intelligenten Augen hinter der roten Hornbrille blickten Petersen freundlich und aufmunternd an.

„Das ist eine sehr ungewöhnliche Bitte, Herr Professor, schließlich sind Sie Zivilist, aber - nun ja - ich denke, dass sich da etwas machen lässt. Kommen Sie erst einmal mit mir."

Konsterniert schaute Amir beide an und konnte nur mit dem Kopf schütteln.

Tief in eine Diskussion über die Mordserie vertieft, waren Peter Petersen, Amir Kaya und Alfons Kneesebeck kurz vor dem Gebäude der Gerichtsmedizin angekommen, als es passierte. Sie gingen durch einen kleinen Park, in dem zur Mittagszeit viele Menschen bei strahlendem Sonnenschein auf Bänken saßen und ihre Mittagspause genossen. Andere spielten auf dem Rasen mit ihren Kindern, ließen es sich bei einem Picknick gutgehen oder segelten Frisbeescheiben durch die Luft, um sie von ihren Hunden fangen zu lassen.

Ein besonders großer Hund, wahrscheinlich ein Dobermann, kam gerade aus einem Gebüsch gerannt und hetzte mit hängender Zunge direkt auf Alfons Kneesebeck zu.

Ein Hund in dieser Größe in einem öffentlichen Park, mit so vielen Kleinkindern, ohne Leine, das ist schon eine Zumutung, dachte Petersen bei sich, als er aus einer Entfernung von etwa 30 Metern einen Mann rufen hörte:

„Keine Angst, Leute, der ist völlig harmlos, der will nur spielen. Killer ist echt kuschelig."

Das zu dem Hund gehörende Herrchen war etwa 1,95 Meter groß, wog bestimmt an die 180 Kilo und war an allen unbedeckten Körperstellen großflächig tätowiert, inklusive dem Hals und dem glattrasierten Schädel.

Der Dobermann war mittlerweile bis auf wenige Meter an Kneesebeck herangekommen, als dieser seinen Gehstock in beide Hände nahm, ihn wie ein Katana vor sich hinhielt, dann mit einer eleganten Bewegung eine Klinge mit dem Wolfskopfknauf aus der Scheide zog und die Spitze der Klinge in einer einzigen fließenden, schnellen Bewegung direkt auf den Dobermann zubewegte und dabei ausrief:

„Ich will doch auch nur spielen!"

Das Gesicht des Herrchens lief wutentbrannt rot an und es kam Leben in seine Tätowierungen, während seine Kiefer zornig mahlten. Doch mit einem durchdringenden Pfiff brachte er den Dobermann umgehend zum Stehen. Darauf folgte ein „Killer, sofort zu mir!", und der Hund drehte sich anstandslos um und trottete auf sein Herrchen zu.

Kneesebeck stand immer noch in seiner eleganten Pose da, strahlte über das ganze Gesicht und sagte:

„Herrlich, was für ein Vergnügen, das wollte ich ehrlich gesagt schon immer mal machen."

Auch Petersen hatte sich das Schauspiel mit Wohlwollen angesehen und musste wiederum zugeben, dass Kneesebeck in seiner Achtung gestiegen war.

In der Gerichtsmedizin wurden sie von der Forensikerin Wiebke Kleinschmidt empfangen, einer hochgewachsenen, drahtigen Frau mit schwarzer Kurzhaarfigur, die sie sogleich in den Sektionssaal geleitete. Petersen hatte kurz Professor Kneesebeck und dessen Hintergrund vorgestellt, der stolz auf seine frisch erworbene Assistenzhilfskraft-Plakette an seinem schicken Anzug zeigte und sich in seiner Rolle sichtlich wohl fühlte.

Im klinisch sterilen Sektionssaal waren vier der sechs Metalltische belegt und auf ihnen lagen die Mordopfer in ihren grotesk bizarren Verrenkungen, die sehr einem Notenschlüssel glichen. Noch bevor die Forensikerin zu ihrem Vortrag ansetzen konnte, nahm Kneesebeck sofort die Leichen in Augenschein und studierte jede einzelne Verdrehung der Muskeln und Knochen. Dabei murmelte er immer wieder etwas Unverständliches vor sich hin. Dann holte er aus seiner Jackettasche einen kleinen Gegenstand hervor, der sich als ein Messgerät entpuppte. Er hielt es an die Leichen und strich damit über die Körper. Das Gerät gab leise knackende Geräusche von sich, einem Geigerzähler nicht unähnlich, die an vereinzelten Stellen lauter wurden.

„Hab ich's mir doch gleich gedacht", murmelte er halblaut vor sich hin.

„Herr Professor, wenn Sie uns etwas mitteilen möchten?", adressierte ihn Petersen, doch Kneesebeck hob nur abwehrend die Hand und fuhr mit seiner Untersuchung fort. Nachdem er alle vier Leichen in der gleichen Art und Weise inspiziert hatte, wandte er sich an die Umstehenden:

„In der Tat sehr aufschlussreich, sehr aufschlussreich. Sie haben sich sicherlich schon gefragt, wie es möglich ist, dass jemand in der Lage sein kann, einen solchen Kraftakt zu verüben und die Körper auf diese Art zu verrenken. Nun, dieser kleine Apparat hier, kann kleinste Spuren magischer Einwirkung messen und die Rückstände deuten. In diesem Fall haben wir es mit einem hochgradigen Maß an Magieeinwirkung zu tun, die Daten muss ich natürlich später in meinem Labor noch genauer analysieren, aber so viel lässt sich schon mit ziemlicher Gewissheit sagen." Und damit schaute er bedeutungsschwer in die Gesichter seiner Zuhörer:

„Bevor er mit den Verknotungen der Gelenke begonnen hat, verflüssigte der Täter die Knochen. Und das deutet zweifelsohne auf den Einsatz von Magie hin, in unserem Fall das zweite Anzeichen von Zauberei."

In das sich anschließende Schweigen, das nur durch Amirs nervöses Wippen und Knacken mit dem rechten Schuh gestört wurde, fragte Petersen nach einem missbilligenden Blick auf seinen Assistenten:

„Und was bitte ist das erste Anzeichen von, äh, Zauberei, Professor Kneesebeck?"

„Das, mein verehrter Hauptkommissar, wird Ihnen gleich Frau Dr. Kleinschmidt erläutern", und damit wendete er seinen Blick erwartungsvoll auf die Forensikerin.

„Danke, dass ich auch noch zu Wort kommen darf, nachdem sie mir hier die Show gestohlen haben, Herr Professor. Aber nichts für ungut. Bei meiner Leichenschau habe ich in der Tat einige Merkwürdigkeiten entdeckt, die ich mir vor Ihrem Eintreffen, meine Herren, nicht erklären konnte. Nach den Erläuterungen des Professors ergeben sich - nun, wie soll ich sagen - neue Perspektiven." Sie räusperte sich kurz und fuhr dann fort: „Der Tod erfolgte bei allen Opfern durch einen einzigen gezielten Stich mit einer Klinge ins Herz. Das Auffällige daran ist, dass keinerlei Blut ausgetreten ist und die Stichwunde selbst untypische Merkmale aufweist."

„Könnten Sie das vielleicht etwas mehr vertiefen für einen Laien?", bat Petersen.

„Sicherlich, gerne. Kommen Sie bitte näher heran und schauen Sie mal auf diese Wunde. Wie Sie sehen, ist der Wundrand extrem glatt, was an sich gar nicht so ungewöhnlich ist. Aber sehen Sie diese schwarzblaue Linie, die rings um den inneren Wundhals verläuft? Sie deutet auf eine Verbrennung hin und zwar mit sehr hoher Temperatur. Hätte der Täter jedoch eine glühende Klinge benutzt, würde die gesamte Einstichstelle Brandspuren aufweisen, die liegen aber nicht vor. Seltsam, nicht wahr?"

„Und was wäre mit einer extrem kalten Klinge?", mischte sich Amir ein, dessen Interesse geweckt schien. „Ich habe unlängst einen Artikel über kalte Verbrennungen gelesen."

„Das ist richtig und ist mir natürlich auch gleich in den Sinn gekommen. Aber dann müsste die gesamte Wunde Kälteverbrennungen aufweisen und nicht nur dieser schmale Rand hier", erklärte die Forensikerin.

„Worauf wollen Sie also genau hinaus?", fragte Petersen.

„Vielleicht sollten wir uns erst einmal die Verletzungen

am Kehlkopf genauer anschauen, bevor wir resümieren. Hier ist der Täter äußerst chirurgisch vorgegangen. Er hat den kompletten Larynx, also den Kehlkopf, fein säuberlich aufgeschnitten und alle Einzelteile freigelegt. Sehen Sie hier, sehr fachmännisch ausgeführt. Ich werde versuchen, mich im Folgenden so einfach wie möglich auszudrücken und mich auf das Wesentlichste zu konzentrieren: Unserem Täter geht es vornehmlich um die Stimmlippen, die allgemein als Stimmbänder bekannt sind, was aber nicht ganz korrekt ist, da die Stimmbänder nur einen Teil der Stimmlippen ausmachen. Innerhalb des Larynx sind zwei Stimmlippen, die mit Schleimhaut bedeckte Gewebestrukturen sind. Mitten in diesen Stimmlippen befindet sich eine sogenannte Stimmritze, in der der Stimmmuskel liegt, der dadurch dass er beim Singen oder Sprechen in Schwingungen versetzt wird, durch An- und Entspannung die Laute und Töne bildet. Und diesen Stimmmuskel hat der Täter bei allen Opfern operativ entfernt . . ."

„Indem er vorher auf magische Weise den Todeslaut des Opfers im Moment seines Ablebens gespeichert und später konserviert hat", fiel ihr Kneesebeck übereifrig ins Wort.

„So könnte man meinen", übernahm wieder Wiebke Kleinschmidt, „ich habe zwar nichts mit Parapsychologie und dem Übersinnlichen am Hut und bin durch und durch Naturwissenschaftlerin, aber merkwürdig ist dieser Fall schon und bringt einen auf Ideen. Kommen Sie, meine Herren, ich möchte Ihnen etwas zeigen".

Damit ging sie zu ihrem Laptop und holte ihn aus dem

Ruhezustand. Auf dem Desktop wies sie auf mehrere Dateien und wandte sich erneut an ihre Besucher.

„Da dieser Fall so ungewöhnlich ist, habe ich meine Leichenschauen gefilmt und dabei etwas ganz Ungewöhnliches aufgezeichnet. Offensichtlich ist der Mörder bei einer seiner Taten und beim chirurgischen Eingriff gestört worden, wahrscheinlich von der Zeugin, aufgrund deren Aussagen das Phantombild angefertigt wurde. Aber sehen und vor allem hören Sie selbst. Ich habe nur die entscheidende Szene herausgesucht."

Mit einem Doppelklick auf die Datei startete die Forensikerin einen Film. In gestochen scharfen Bildern sahen die Zuschauer Wiebke Kleinschmidt bei ihrer Arbeit zu, wie sie den vom Mörder freigelegten Kehlkopf untersuchte und nach Indizien forschte. Sie war dabei schon ziemlich tief in die Gewebestrukturen vorgedrungen und musste sich laut ihrer vorherigen Erklärungen ganz in der Nähe des Stimmmuskels befinden. Die äußerst klare Tonaufzeichnung spiegelte den ruhigen Atem der Forensikerin wider, daneben war das vorsichtige Schneiden und Durchstechen von Gewebe zu hören. Wiebke Kleinschmidt hob einen Zeigefinger, drückte die Pausentaste und erklärte den Umstehenden in leisem Tonfall:

„Ich befinde mich mit dem Skalpell jetzt kurz vor dem Stimmmuskel, oder besser gesagt an der Stelle, wo bei den beiden vorherigen Leichen der Muskel sich hätte befinden müssen, da er vom Täter bekanntlich entfernt worden war. In diesem Fall jedoch ist der Stimmmuskel noch vorhanden. Passen Sie gut auf, was gleich passiert."

Damit löste Wiebke Kleinschmidt die Pausentaste und das Standbild erwachte wieder zum Leben. Urplötzlich drang ein markerschütternder, gellender und panischer Schrei durch den Sektionssaal. Auf dem Film sah man, die Forensikerin zusammenzucken und sich die Ohren zuhalten. Gleichzeitig breitete sich eine Gänsehaut auf Petersens Armen aus und ein kalter Schauer rann seinen Rücken herunter.

„Faszinierend", hörte er Professor Kneesebeck neben sich sagen, „können wir das noch einmal hören?"

Petersen schaute ihn tadelnd an und räusperte sich, um den quälend beklemmenden Frosch aus seinem Hals zu entfernen.

„Mein lieber Herr Hauptkommissar, sind Sie sich eigentlich im Klaren darüber, wovon wir gerade Zeuge geworden sind? Wir haben den im Stimmmuskel konservierten Todesschrei eines Mannes nach seinem Ableben gehört. Das ist nicht nur faszinierend, sondern gleichermaßen einzigartig."

„Wir haben in der Tat einen offensichtlich menschlichen Schrei gehört", mischte sich Amir in das Gespräch ein, „aber wer sagt uns, woher dieser Schrei gekommen ist?"

„Sie können sich natürlich gewiss sein, dass ich das Tonmaterial auf etwaige Verunreinigungen untersucht habe. Dabei hat sich auch nach wiederholter Überprüfung nichts ergeben, was auf eine andere Quelle hindeuten würde: Der Schrei kam aus dem Stimmmuskel des Toten. Die Frage ist nur: Wie ist das möglich?", stellte die Forensikerin in den Raum.

„Aber das habe ich doch schon erklärt", echauffierte

sich Kneesebeck, „ich habe es doch durch Fern-wahrnehmung mit meinen eigenen Augen gesehen!"

In diesem Augenblick klingelte Petersens Handy und mit einem Blick auf das Display, sah er, dass ihn seine zweite Assistentin, Tamara Oskana, aus der SoKo „Notenschlüssel" anrief. Es musste sich um etwas Dringendes handeln. Mit einer entschuldigenden Geste zu den anderen beantwortete er den Anruf im angrenzenden Flur.

„Chef, wir wurden von einer anonymen Anruferin auf einen neuen Tatort und einen weiteren Toten aufmerksam gemacht, der offensichtlich in das Notenschlüsselschema passt. Sie sollten sich das mal lieber angucken, ich schicke Ihnen die Koordinaten auf Ihr Handy."

Petersen ging zurück in den Sektionssaal und informierte knapp die Wartenden:

„Wir müssen leider alles Weitere hier vertagen, tut mir leid, Frau Kleinschmidt, aber wir haben offensichtlich einen frischen Notenschlüsselfall und es wird wohl auch für Sie bald neue unangenehme Arbeit geben."

„So ist nun einmal das Forensikerleben, ständig geprägt von neuartigen Herausforderungen. Kommen Sie, Hauptkommissar Petersen, ich begleite Sie noch nach draußen."

„Ich hoffe, Sie wollen mich jetzt nicht abwimmeln", erkundigte sich Kneesebeck, „ich könnte für Sie am Tatort von unschätzbarem Wert sein, Hauptkommissar Petersen."

Nach einem kurzen Seitenblick auf den Professor nickte Petersen ihm zu und ging voran.

Totbilder

Er war unvorsichtig gewesen.

Er war gesehen worden.

Man hatte ihn beobachtet.

Sie kannten jetzt sein Gesicht.

Es gab Fotos von ihm. Keine schmeichelhaften Fotos, keine guten, aber man konnte ihn erkennen: die hohen Wangenknochen, die fein geschnittene Nase, die kohlrabenschwarzen Augen. Es war nicht zu leugnen, das war er. Er musste das wieder geradebiegen.

Sie zu finden, war nicht sonderlich schwierig gewesen. Er hatte ihren Duft gespeichert, der sie wie eine untrügerische Note umhüllte, ein Markenzeichen wie ein Fingerabdruck, unverkennbar, einmalig, wie DNA.

Seine Nase hatte ihn an sein Ziel geführt.

Er stand vor ihrer Wohnungstür und legte seine Nase daran, schnüffelte, inhalierte tief, nahm ihre Witterung auf.

Ja, es bestand kein Zweifel, es war die richtige Wohnung, es war die richtige Frau - und sie war allein, er roch keine weitere Person.

Er klingelte und wartete.

Sie öffnete die Tür und versank umgehend in seinen kohlrabenschwarzen Augen, wurde zusehends willenlos, konnte nicht einmal schreien. Er drückte sie in den kleinen, engen Flur und legte seine kräftigen Hände um ihren Hals. Während er zudrückte und ihr die Luftzufuhr abschnitt, sah er tief in ihre Augen und sah, dass, während ihr Lebenslicht erlosch, gleichzeitig alle Bilder von ihm verblassten. Als sie tot in seinen Armen lag, war das

Antlitz eines jeden Bildes von ihm erloschen.

Totbilder.

Phantomtod.

Vorsichtig legte er die Frau auf den Flurboden, verließ die Wohnung und zog die Tür hinter sich ins Schloss.

Nun konnte er wieder ruhig seinem eigentlichen Werk nachgehen.

InterludiuMII

Humor ist, wenn man trotzdem lacht.

Die Welt steht vor dem Abgrund und die Menschheit sieht lachenden Auges zu. Übertreibungen und Anmaßungen - sind sie der Schlüssel zum Verständnis von Humor?

Ironie, Sarkasmus, Zynismus.

Nicht die Welt steht am Abgrund, das ist nur eine Platitude, eine leere Worthülse der Arroganz des menschlichen Geschlechts - es ist nur die Erde, die die Menschen selbst vernichten, in ihrer Maßlosigkeit und Ausbreitungswut. Die Welt wird weiterhin existieren, selbst wenn die Erde zum Teufel (siehe LE # 5973) gehen sollte.

Ist das die Erklärung, das Verständnis von Humor?

Dass die eigene Existenz nur darin begründet liegt, das zu zerstören, was einen am Leben hält? Den berüchtigten und viel zitierten Ast abzusägen, auf dem man sitzt, um eine Metapher (siehe LE # 6 Sprache) der Menschen zu bemühen?

Humor ist, wenn man trotzdem lacht!

Logbucheintrag Ende

Garrocqq begann das Prinzip Humor zu verstehen.

Tatort

Petersen fuhr mit Amir und Kneesebeck in den Stadtteil Hasteich, wo sich eine stillgelegte Müllverbrennungsanlage befand, die laut den Koordinaten auf seinem Handy der nächste Tatort sein sollte.

Kneesebeck saß auf dem Rücksitz und man konnte ihm ansehen, dass er sich nicht wohl fühlte. Er hatte die ganze Fahrt über kein einziges Wort gesagt und sah sehr blass und ernst aus.

Vielleicht hängt er in Erinnerung einer alten, unangenehmen Erfahrung nach, dachte Petersen, dabei hatte es vorhin auf dem Weg zum Auto noch eine lebhafte Diskussion um die vermeintliche Identität des Mörders gegeben, an der sich Kneesebeck eindringlich beteiligt hatte. Amir und er selbst hatten die These vertreten, dass es sich bei dem Mörder um einen Chirurgen oder zumindest jemanden mit chirurgischen Kenntnissen handeln könnte, denn die gesamte Vorgehensweise der Person legte das nahe. Der Professor hingegen beharrte auf seiner Ansicht, dass es sich um ein wie auch immer geartetes magisches Wesen handeln musste, da sich ansonsten viele Details des Falls nicht erklären ließen. Es war natürlich müßig und überflüssig festzuhalten, dass sie am Ende zu keiner Übereinkunft kamen, zumal Kneesebeck sofort in brütendes Schweigen verfiel, nachdem er im Auto Platz genommen hatte.

Als das Auto vor der Müllverbrennungsanlage anhielt, stieg der Professor sofort aus und schnappte tief hechelnd nach Luft.

„Alles klar, Herr Professor?", fragte Petersen besorgt.

„Ja, ja alles wieder in Ordnung, ich fahre nur nicht gerne Auto", antwortete Kneesebeck und beließ es bei dieser knappen Erklärung.

Petersen wandte sich der einstigen Müllverbrennungsanlage zu und nahm sie in Augenschein. Die baufällige und sehr heruntergekommene Außenwand war mit großflächigen und auch kleineren Graffiti übersät und zeigte neben den obligatorischen Buchstaben- und Zahlenkollagen auch einige wahre Kunstwerke. Petersen erinnerte sich dunkel daran, dass die Anlage in den 1980ern stillgelegt worden war, nachdem sie durch einige Umweltskandale in Verruf gekommen war. Es handelte sich um angebliche Verseuchungen des Umfeldes und sogar ein Fischsterben im angrenzenden Mühlenteich wurde mit der Müllverbrennungsanlage in Verbindung gebracht. Es konnte der Betreiberfirma jedoch nie etwas nachgewiesen werden, und jetzt diente diese Anlage nur noch Sprayern und Leuten, die an Lost Places interessiert waren, als Inspiration und Abenteuerspielplatz.

Amir, der neben ihm stand, deutete auf einen Wagen, der in der Nähe der Anlage abgestellt worden war.

„Sag mal, Chef, ist das nicht der Wagen von der Onken, dieser Bloggerin? Ich mach mal kurz einen Nummernschildabgleich." Damit hantierte er an seinem Smartphone herum und gab einige Tastenbefehle ein. Nach kurzer Recherche nickte er sich zustimmend selbst zu und verkündete.

„Hab mich nicht geirrt, das ist ihr Wagen. Die muss hier irgendwo sein."

„Würde mich nicht wundern, wenn sie die anonyme Anruferin ist", brummte Petersen und stapfte auf den Eingang der Müllverbrennungsanlage zu.

Dieses Mal hatte der Mörder seine Leiche noch besser in Szene gesetzt als zuvor, obwohl Amanda Onken doch noch die eine oder andere Verbesserung bezüglich der Positionierung vorschwebte. Sie hatte sich sehr beherrschen müssen, alles so zu lassen, wie sie es vorgefunden hatte, schließlich wollte sie die Polizeiarbeit auf gar keinen Fall behindern. Als gesetzestreue Bürgerin hatte sie auch schon die Polizei über ihren Fund informiert und steckte am Anfang der Liveübertragung ihres Blogs. Sie würde sich etwas sputen müssen, wenn sie nicht von der Polizei überrascht werden wollte, aber auf der anderen Seite, machte sie hier schließlich nur ihre Arbeit.

Amanda hatte sich dieses Mal ordentlich ins Zeug gelegt, indem sie die Szene mit modernsten Scheinwerfern kunstvoll ausgeleuchtet hatte und mit sparsamen, aber effektiven Farbelementen der unheimlichen Atmosphäre zu noch mehr Wirkung verholfen hatte. Auch in dieser eher lebensfeindlichen Umgebung zeigten sich Spuren von Leben in Form von Moosen und Farnen, die viele Oberflächen überzogen, wobei einige Moose einen bläulichen Schimmer aufwiesen, andere wiederum größer als üblich erschienen. Sie wurden von Amanda gleichermaßen in das Gesamtbild ihres Blogs mit einbezogen und von der Kamera eingefangen.

Der gesamten Szenerie haftete etwas Magisch-Mystisches an, das mit dem brutal Morbiden der Leichenschau um den Gipfel der Bewunderung und Anerkennung wetteiferte. Da war zum einen der Hintergrund mit der stillgelegten Müllverbrennungsanlage. Der Täter hatte sein Opfer in dem tiefer gelegenen Raum, der über eine kleine Treppe zu erreichen war, auf einem verrosteten Eisentisch zur Schau gestellt. Fasziniert und zugleich auch angewidert betrachtete Amanda erneut die Leiche, die zu einem stilisierten Notenschlüssel verbogen war. Arme und Beine waren auf grässliche Weise ineinander verwoben und verknotet, dass kaum etwas Menschliches übrig geblieben war. Aus ihrem Musikunterricht erinnerte sie sich vage daran, dass Notenschlüssel dazu dienten, im Notensystem festzulegen, welche Tonhöhe die fünf Notenlinien darstellten. Sie fragte sich, ob diese Tatsache irgendeine Rolle für den Mörder und die Positionierung der Leichen haben könnte. Auf jeden Fall hielt sie es für lohnenswert, die musikalische Bedeutung und die möglicherweise damit einhergehenden Schlussfolgerungen in ihrem Blog hervorzuheben. Vielleicht ließ sich daraus etwas machen. Sie machte sich einen entsprechenden mentalen Vermerk und richtete gleichzeitig einen der Scheinwerfer etwas mehr nach links aus, um die Leiche noch besser auszuleuchten.

Ein plötzlich aufkommender pfeifender, röchelnder Laut ließ Amanda heftig zusammenzucken. Der Ton war von hinten gekommen, aus der Richtung der Leiche, aber das war doch unmöglich. Gleichzeitig schien sich Nospadia an ihrem Ohr zu erwärmen und es jagten Wärmeschauer über Amandas Rücken. Instinktiv ergriff sie das Schmuckstück, nahm es ab und betrachtete es.

Mit der Wärme waren seltsame Symbole auf Nospadia erschienen, die Amanda noch nie zuvor auf der Stimmgabel gesehen hatte. Die Zeichen sahen wie Schriftzeichen aus einer fremden Kultur aus und ähnelten entfernt den Hieroglyphen, die sie einmal fasziniert in einem Zeitschriftenartikel über die amerikanischen Mi'kmaq Ureinwohner studiert hatte. Unter den rudimentären Piktogrammen erkannte sie Fische, Gräser, Wasser und Luft. Die Symbole auf der Stimmgabel leuchteten giftgrün schimmernd und changierten von hell zu dunkel. Unversehens traten sie dreidimensional aus dem Schmuckstück empor, zerplatzten vor Amandas Augen und kreisten und wirbelten umher. Aus den umherfliegenden Teilen setzte sich langsam eine Landschaft zusammen, es entstanden Seen, die von Grasflächen umgeben waren, Amanda sah Wasser, soweit das Auge reichte. Auf einer kleinen Anhöhe stand ein hagerer, bleicher, hoch aufgeschossener Mann in dunklem Gewand. Auf seiner rechten Hand saß ein kleiner, farbenprächtig gefiederter Vogel, der sie traurig und wehmütig ansah.

„Sing für mich, mein Vögelchen, sing!", sprach der bleiche Mann und kurz darauf ertönte eine leise, helle Vogelstimme, die Amanda seltsam in ihren Bann zog und etwas nicht Fassbares in ihr zum Schwingen brachte. Gleichzeitig erklangen im Hintergrund pfeifend röchelnde, menschliche Laute, die sich mit der Vogelstimme paarten und unheilvoll anschwollen. Wie zur Krönung einer abscheulich abstoßenden Symphonie erhob sich ein kreischend klagender lautmalerischer Klang, der Amanda durch Mark und Bein ging. Im gleichen Augenblick kam unheilvolle

145

Bewegung in das Wasser der Seen, deren Oberfläche sich kräuselte, während albtraumhaft langsam eine geisterhafte, mumifizierte Armee von Kämpfern den Fluten entstieg.

Amanda hielt instinktiv den Atem an, alles sah so ungemein realistisch aus, dass sie das Gefühl hatte, mittendrin in der Szenerie zu sein und das Schauspiel live zu erleben. Sie meinte sogar den schwach modrigen schweren Gestank der Gestalten, die sich aus dem Wasser erhoben, wahrzunehmen. Sie war versucht, nur einen kleinen Schritt nach vorne zu gehen, um in die Szenerie einzutauchen und ein Teil dieser zu werden. Gleichzeitig sah ihr der bleiche Mann direkt in die Augen und sagte mit einschmeichelnder Stimme und wächsernem Lächeln:

„Amanda, ich warte auf dich, komm zu mir, die Sehnsucht nach dir zerfrisst mich."

Im selben Augenblick hörte Amanda, wie jemand hinter ihr schwach, gedämpft und wie durch Watte gesprochen, ihren Namen rief. Die Stimme klang zugleich sehr eindringlich und fordernd.

Amanda hörte die Stimme erneut.

„Frau Onken, passen sie auf, keinen Schritt weiter!"

Starke Hände legten sich auf ihre Schultern, rissen sie vom Rand eines dunklen Kellerloches zurück und mit Schwung landete Amanda in den Armen eines fremden Mannes, wobei beide zurücktaumelten und fast einen der Scheinwerfer umgerissen hätten. Benommen sah sich Amanda um und erkannte, dass sie sich nach wie vor in der stillgelegten Müllverbrennungsanlage befand. Um sie herum standen drei Männer, von denen ihr zumindest einer vage bekannt vorkam.

„Was zum Teufel treiben Sie hier, Frau Onken? Dies ist ein Tatort, an dem Sie nichts zu suchen haben!", herrschte sie dieser Mann an.

Nachdem sich Amanda wieder gefangen hatte, steckte sie sich Nospadia zurück an das Ohr und schaute den Mann herausfordernd an:

„Ich habe hier nur meine Bürgerpflicht erfüllt und Sie gerufen, Herr, wie war noch Ihr Name?"

„Petersen, Hauptkommissar Petersen. Ich bin der ermittelnde Beamte in dieser Mordsache."

„So wie Sie Ihre Arbeit machen, erledige ich meine hier. Ich bin nur eine unbescholtene Bürgerin mit einer Vorliebe für Lost Places, die für ihren Blog dreht", und damit deutete Amanda mit einer lässigen Handbewegung auf ihre Ausrüstung.

„Schalten Sie endlich Ihre verdammte Kamera ab, Frau Onken, oder wir machen das für Sie, aber das wäre sicherlich nicht sehr angenehm für Sie."

„Wollen Sie mir etwa drohen, Herr Hauptkommissar? Wie schon gesagt, ich bin nur eine unbescholtene Bürgerin, die hier ihre Arbeit macht."

„Unbescholten? Reizen Sie mich nicht, Frau Onken! Sie behindern hier die Polizeiarbeit!"

„Chef, so kommen wir doch nicht weiter, wenn ich vielleicht mal dürfte", mischte sich Amir ein.

Inzwischen war Kneesebeck auf Amanda Onken zugegangen und betrachtete eingehend ihr Schmuckstück am Ohr.

„Eine wirklich interessante und ausgefallene Pretiose haben Sie da, Frau Onken, wenn ich die einmal genauer in Augenschein nehmen dürfte?"

„Und wer sind Sie genau?", fragte Amanda verblüfft.

„Oh, verzeihen Sie, ich habe mich ja noch gar nicht vorgestellt. Kneesebeck ist mein Name, Professor Kneesebeck, anerkannte Koryphäe auf dem Gebiet der Parapsychologie und des Übernatürlichen. Ich fungiere als Berater von Hauptkommissar Petersen in dieser Mordsache."

„Bedient sich die Polizei jetzt schon der Expertise von Scharlatanen?", spottete Amanda, „sie müssen es ja wahrlich nötig haben und in Ihrem Fall völlig im Dunkeln tappen."

Amir machte sich inzwischen an Amandas Kamera zu schaffen, um sie abzuschalten, als Amanda auf ihn aufmerksam wurde und ihn anherrschte:

„Fassen Sie das verdammt nochmal nicht an, das ist mein Eigentum und Arbeitswerkzeug. Hände weg davon."

„Tut mir leid, Frau Onken, das ist jetzt alles Beweismaterial in einem Mordfall und wird von uns zur weiteren Spurensuche beschlagnahmt", erklärte Amir ganz ruhig.

Für einen außenstehenden Beobachter ereigneten sich jetzt zwei Handlungen fast gleichzeitig, die von den umstehenden Herren mit Ausnahme von Alfons Kneesebeck übersehen wurden:

Amanda Onken streckte blitzschnell und unbemerkt ihre linke Hand aus und zog eine SD-Speicherkarte aus ihrer Kamera, die sie in ihrer Jackentasche verschwinden ließ, während Kneesebeck die Gelegenheit der Ablenkung nutzte, um ein Haar von Amandas Schulter zu nehmen.

„Sie werden noch von mir hören, Herr Hauptkommissar, das ist Behinderung einer freien, selbständigen Arbeit."

Damit wollte Amanda schon abrauschen, als sich Petersen gebieterisch dazwischen mischte:

„Moment, Moment, Frau Onken, so geht das nicht. Amir, würdest du bitte unsere Zeugin hier zum Präsidium zur späteren Vernehmung fahren? Du kannst ja ihr Auto nehmen. Wir kommen dann bald nach."

Damit geleitete Amir Amanda Onken, die vor Wut zu schäumen schien, aber dennoch anstandslos kooperierte, zu ihrem Auto und Petersen und Kneesebeck nahmen den Tatort in weiteren Augenschein, nachdem die Spurensicherung informiert worden war.

Mechaversum

Sie wurden in eine graublaue Welt geworfen und der Aufprall war ziemlich schmerzhaft. Robert tastete den Boden ab und fühlte eine kalte, glatte, harte Oberfläche. Als er sich umschaute, sah er eine graublaue Umgebung, alles um sie herum schien aus Metall zu bestehen. Über ihm wölbte sich ein grauer Himmel mit düsteren, dunklen Wolken. Robert wunderte sich, ob sie auch aus Metall waren, sie schienen jedenfalls in keinerlei Bewegung zu sein. Es wehte kein Wind und es herrschte eine bedrückende Atmosphäre. Eine gigantische am Himmel hängende Metalllampe mit großen eckigen Röhrenbirnen diente offensichtlich als einzige Lichtquelle.

Eine schwere, metallbehaftete Mischung aus Motorenöl, Diesel und Benzin lag zäh in der schwülen Luft und war fast mit bloßen Händen greifbar. Sie legte sich drückend und belastend auf die Lunge und erschwerte so das Atmen. Sie würden in dieser Welt keine Hochleistungsaktivitäten absolvieren können, und es blieb nur zu hoffen, dass sie von hier nicht auf einem Fluchtweg würden entkommen müssen.

Robert sah Straßen, Gebäude, riesige Bäume, Pflanzen, Grasflächen, und alles bestand aus graublauem Metall. Er näherte sich einem Baum mit enormem Stammumfang und untersuchte mit seinen Fingern die fein ziselierten, metallen schimmernden Blätter. Die Ränder wiesen scharfkantige, wellenförmige Umrisse auf, die Roberts Berührung mit einem tiefen Schnitt quittierten. Sogleich quoll Blut aus der heftig schmerzenden Wunde und benetzte das Metallblatt, worauf Robert ein gieriges Schmatzen zu hören vermeinte. Die in unmittelbarer Umgebung stehenden Bäume nahmen das Schmatzen auf, und es entstand ein mechanischer Chor, in den immer mehr Bäume einfielen.

Der Blutrauschchor der kybernetischen Bäume, schoss es Robert durch den Kopf.

Sofort nahm er Abstand von dem Baum und schaute auf seine Wunde, die sich mittlerweile geschlossen hatte und die Blutung war zum Stillstand gekommen. Es hatte sich auf der Haut bereits eine schmale Narbe gebildet, die seltsam metallen glänzte. Er würde das weiter beobachten müssen.

Der mechanische Singsang war inzwischen genauso schnell verstummt, wie er vorher angeschwollen war.

In einiger Entfernung von Robert schlängelte und wogte sich ein Fluss aus fließendem, mutmaßlich kaltem Metall geräuschlos durch die Landschaft, kein Dampf kräuselte sich auf der Oberfläche. Es war ein erhabener, wenn auch gespenstischer Anblick. Es gab so vieles zu sehen und zu erfahren in dieser Welt, alles erschien fremdartig, aber auch faszinierend.

Robert nahm eine Pflanze in Augenschein, die unmittelbar zu seinen Füßen wucherte. Sie erinnerte ihn entfernt an eine Pflanzenart von der Erde, sah in ihrer metallenen Form jedoch sehr grotesk aus.

„Das ist Stahlmoos", erklärte Koxomil hilfreich, „kommt in den bekannten Welten nur hier auf Mechaversum vor. Siehst du die große Stadt dort am Horizont, Robert? Das ist Stahlopolis, die Hauptstadt und der Amtssitz des Mechmasters."

Wenn man die große Entfernung zur Stadt als Maßstab zugrunde legte, musste ihre Ausdehnung gewaltige Ausmaße aufweisen. Der Stadt haftete mit ihren glatt geschliffenen, polierten, hoch aufragenden Metallwänden etwas so Futuristisches und Fremdartiges an, dass sich Robert sowohl der Vergleich zu Fritz Langs Metropolis als auch zu Bauten von H. R. Giger aufdrängten. Und doch wies Stahlopolis so viele Eigenheiten und Besonderheiten auf, dass es als einzigartiges und unverwechselbares Unikat dastand. Die gesamte Stadt bestand lediglich aus hohen, turmartigen Strukturen, die eckige, scharf akzentuierte Kanten aufwies. Es gab keinerlei Rundungen oder Wölbungen. Selbst auf diese Entfernung fielen Besonderheiten bei der Beschaffenheit der Fenster auf, die nicht aus Glas sondern aus durchsichtigem Flüssigmetall bestanden. Um die gesamte Stadt verlief eine hohe, dickwandige Schutzmauer aus besonders hartem Stahl. Der sich bietende Anblick von Stahlopolis war sowohl gewaltig als auch ehrfurchteinflößend.

„Der Mechmaster residiert in dem stählernen Gebeinhaus Schwarzknoch, in dessen unterster Grabkammer die Truhe des Ewig Blinden zu finden ist. Dort müssen wir hin, das ist unsere Ausrichtung", führte Koxomil weiter aus.

„Was befindet sich denn so überaus Wichtiges in dieser Truhe?", fragte Robert.

„Ein weiteres Element für unseren RZM natürlich, ohne das wir den Apparat nicht in Gang kriegen", stellte Koxomil geduldig klar. „Das Dumme ist nur, dass das

Element, das wir stehlen müssen, aus Stahl besteht, denn dreimal darfst du raten, Robert, was das größte Verbrechen in einer Welt aus Stahl ist?"

„Ich habe keine Ahnung, Koxi. Ist das etwa eine Fangfrage?"

„Ganz im Gegenteil, Robert. Durch ein bisschen Überlegung könnte man schon auf die Lösung kommen. Aber gut, tada!, die offensichtliche Enträtselung für das schwerste Kapitalverbrechen in dieser Welt aus Stahl lautet natürlich: Diebstahl! Und das folgenschwerste Urteil des Mechrats, das mit dem Tode geahndet wird, lautet: Der Dieb stahl den Stahl. Ich fürchte, wir werden, wenn es so weit ist, diese Welt eilenden Schrittes verlassen müssen, mit unzähligen Häschern an unseren Fersen", schloss Koxomil seine Erklärungen.

Mag sein, dass eine KI keine Lunge hat, aber in Anbetracht der Luftverhältnisse wurde Robert bei dem Gedanken schon ganz flau im Magen.

„Wie sehen überhaupt die Bewohner dieser Welt aus?", fragte Julia neugierig, die sich mit Magnus zu den beiden gesellt hatte.

„Die Mechawesen sind eine kybernetische Lebensform in einem Ganzkörperpanzer aus extrem widerstandsfähigem und fast unzerstörbarem Ultraleichtmetall. Je nach Kastenzugehörigkeit und Arbeitsfeld sind sie mit verschiedensten Apparaturen versehen, die in diesen Panzer eingelassen sind. So weisen zum Beispiel Mechsoldaten in die Arme eingelassene Stahlkatanas oder rotierende Sägen und Klingen auf. Die helmartige Kopfbedeckung ist geprägt von Stahlfedern, Metallscharnieren,

Verschraubungen und einer dickmetalligen Schutzbrille zur Abschirmung ihrer höchst empfindlichen Augen. Dabei ist der Aufbau eines jeden Helms individuell gestaltet, so dass sich Mechawesen dadurch unterscheiden lassen. Auf dem Rücken ist ein Turboflugtornister befestigt, der die Mechawesen zum Fliegen befähigt", führte Koxomil weiter aus.

„Ist euch schon aufgefallen, wie ruhig es hier ist?", meldete sich Magnus zu Wort, der zu einem der großen Metallbäume gegangen war. „Kein Rauschen des Windes oder der Blätter, keine Tiergeräusche, keine Flug- oder Fahrzeuge, nichts. Wären wir nicht vor Ort, wäre es totenstill."

„Und dabei sollten wir es auch belassen", mahnte Koxomil vorausschauend. „Sinnentfremdeter Übermut ist fehl am . . ."

Doch da war es bereits zu spät, denn mit einem lauten, „Hallo, irgendjemand zu Hause?", hatte Magnus bereits mehrmals nachdrücklich an den metallenen Baumstamm geklopft.

Die Vibrationen des Pochens breiteten sich im gesamten Baum aus, pflanzten sich von Ast zu Ast und Blatt zu Blatt, während kleine Motoren anfingen zu summen und schnurren und sich die Metallblätter aufgeregt drehten und wanden.

Aus der Baumkrone erhob sich schrill kreischend ein Schwarm mechanischer Vögel, der sich in einer langgezogenen Spirale unter surrendem Flügelschlag in die Höhe schraubte, um dann in einem perfekten Bogen zu Boden zu kippen und auf die Menschengruppe zuzurasen.

Mit spitzen, geschliffenen, weit aufgerissenen Metallschnäbeln, rasiermesserscharfen Krallen und eng anliegenden Flügeln schoss die Schar auf Robert, Julia, Magnus und Koxomil zu, die wie erstarrt auf ihren Positionen verharrten. Wie gelähmt starrten sie der wehrhaften und angriffslustigen Metallfront entgegen, unfähig auch nur einen kleinen Finger zu krümmen.

Kurz darauf erschallten in ihrem Rücken ein heller Pfeifton und ein schepperndes Klatschen, ganz so, als würden metallene Hände gegeneinanderschlagen, um einen Befehl zu geben. Umgehend verharrten die Metallvögel bewegungslos schwebend und der Schwerkraft trotzend in der Luft, als hätte jemand ihre Stecker gezogen. Wie in einem abstrakten Gemälde, mit hastigen Pinselstrichen in den Himmel gehängt, froren die Vögel in ihrer Bewegung gleichsam ein.

Unisono blickten sich die Gefährten um und sahen in einiger Entfernung ein Mechawesen auf Rollen, das mit einem Besen und Kehrblech ausgestattet war. Es rollte langsam auf die Gruppe zu, blieb jedoch in sicherer Entfernung stehen und sagte mit knarzend quietschender Stimme:

„Seid willkommen im Mechaversum, Fremde. Ich bin ein Putzer, in dessen Verantwortung es liegt, aufzuräumen und Gefahren zu beseitigen. Stets zu euren Diensten."

Julia war die erste, die die Gewalt über ihre Stimme zurückerlangte und sagte:

„Vielen Dank für deine Hilfe, ähm, Putzer, das war knapp. Ohne dein Eingreifen hätte das mit den Vögeln schlimm für uns enden können!"

„Nicht der Rede wert, aus Unerfahrenheit resultierende Dummheit muss in Schutz genommen werden", antwortete der Putzer.

Magnus wollte der ihm geltenden Beleidigung harsch entgegnen, aber Robert bedeutete ihm mit einer beschwichtigenden Handbewegung besser zu schweigen.

„Wir sind auf dem Weg zur Hauptstadt Stahlopolis. Wäre es zu viel verlangt, euch zu bitten, uns zu begleiten, um eventuelle, weitere Gefahrensituationen von uns abzuwenden?", fragte Robert wohlwollend.

Das Mechawesen schien ernsthaft nachzudenken und es war ein Surren gut geölter Zahnräder zu hören, bevor der Putzer antwortete:

„Gewiss, es wird mir eine Ehre sein, euch zu begleiten. Nach gerade erfolgter Rücksprache mit meinem Brigadeführer könnte ich für euch eine Audienz beim Mechmaster in Schwarzknoch ersuchen, wenn ihr es wünscht."

„Das wäre sehr zuvorkommend", stimmte Robert zu, und damit setzte sich der unkonventionelle Trupp in Bewegung.

„Warum haben die Vögel überhaupt so aggressiv reagiert?", wollte Julia wissen.

„Das lag an den Vibrationen und Schwingungen, die sich, ausgelöst von den Schlägen an den Baumstamm, im gesamten Baum bis zum Wipfel fortgepflanzt haben. Es ist gerade Brutzeit und die Vögel fühlten sich von den unbekannten Geräuschen sicherlich aufgeschreckt und bedroht. Ansonsten sind Mecharaben friedliebende und sanfte Kreaturen", erklärte der Putzer.

Das Prinzip von brütenden mechanischen Vögeln wollte Magnus nicht so recht einleuchten, er hielt jedoch lieber den Mund, um keine diplomatischen Verstimmungen oder kulturelle Spannungen zu verursachen. Den anderen schien es ähnlich zu gehen, und da auch ihr kybernetischer Begleiter keine Lust auf Konversation zu verspüren schien, setzten sie den weiteren Weg schweigsam fort.

Unterwegs erwies sich das Mechaversum als doch nicht so ausgestorben, wie sie angenommen hatten. Sie sahen verschiedene kybernetische Insekten, die träge durch die Lüfte schwirrten, angetrieben von kleinsten Motoren. Auf Nachfrage beim Putzer handelte es sich um Wesphörner, Bienbellen, Fliegschnaks oder auch Mückmos, die wie Kreuzungen aus unterschiedlichen Insekten aussahen. Julia hatte eine besondere Begegnung, als sich ein mechanischer, metallfarbiger Schmetterling auf ihre Hand setzte. Fasziniert beobachtete sie das etwa fünf Zentimeter lange Insekt und bewunderte den feingliedrigen, filigranen Körper. Sie konnte nicht umhin, ihren Zeigefinger danach auszustrecken, um ihn zu berühren. Von einer Sekunde auf die andere wurde der Schmetterling unsichtbar, er flog nicht weg, löste sich nicht auf, denn Julia spürte immer noch sein fast federleichtes Gewicht, er war nur nicht mehr zu sehen. Als Julia überrascht ihren Finger wegzog, erschien der Schmetterling sofort wieder auf ihrer Hand, nur diesmal in signalroter Warnfarbe, als wolle er seiner Warnung Nachdruck verleihen: Fass mich nicht an! Gebannt verfolgte Julia, wie das mechanische Insekt seine Flügel putzte und sich dann träge in die Luft erhob und mit leisem Surren davonflog.

Immer gigantischer türmte sich der Moloch Stadt vor ihnen auf und sie hörten stampfende Maschinengeräusche aus seinem Inneren. Ein eiskalter Schauer rann über Roberts Rücken, als er dieses Gedröhne hörte, da es ihn unmittelbar an Ukrat Tross und die der Burg innewohnenden Schrecken erinnerte. Blieb zu hoffen, dass ihnen ähnliche Gräuel in Stahlopolis erspart bleiben würden. Die mächtigen, Kälte ausstrahlenden Stahlkonstruktionen wirkten schon beklemmend genug, so dass sich eine schwermütige Düsternis in Robert, Julia und Magnus ausbreitete, von der einzig und allein Koxomil verschont zu bleiben schien.

Der Putzer rollte unbeirrt vorneweg und hielt auf das kolossale, mit dicken Stahlplatten gesicherte Eingangstor in der Außenmauer zu.

Während Julia die gewaltigen, absolut glatten Ausmaße der Mauer in Augenschein nahm, fragte sie Putzer:

„Wozu dient diese extrem hohe Mauer? Vor welchen Gefahren soll sie die Bewohner schützen?"

„Die Außenmauer soll die Stadt vor dem regelmäßig wiederkehrenden MPS abschirmen, dem zerstörerischen Metallpartikelsturm. Er liegt in der Beschaffenheit unserer Atmosphäre begründet und speist sich aus kleinsten Abriebteilchen der Stahloberflächen, die von der Oberfläche unserer Welt in die Lufthülle gesogen werden. Im Falle eines MPS' nehmen diese Teilchen, die sich im Inneren des Sturmes zu großen Geschossen verbunden haben, unsere Stadt wie in einem ballistischen

Bombardement ins Kreuzfeuer. Was ihr hier seht, ist nur ein Teil der Mauer, denn bei MPS-Gefahr kann sie durch ein ausgeklügeltes Hydrauliksystem auf bis zu 250 Metern Höhe ausgefahren werden", erklärte Putzer bereitwillig. „Doch nun lasst uns keine Zeit verlieren und die Stadt betreten."

Auf einen knarzend knirschenden, langgezogenen, hellen Pfeifton Putzers hin, senkte sich ein Teil des Tores in den Boden hinab und machte den Weg in das Innere von Stahlopolis frei.

Robert ging staunend, mit nach oben gerichtetem Blick und offenstehendem Mund durch die Gebäudeschluchten, ähnlich wie damals im Amerikaurlaub in New York, nur dass dieser Anblick noch wesentlich majestätischer war. Er sah auf allesamt schlanke, spitz nach oben zulaufende Gebäude, so dass von oben betrachtet, der Anblick eines gigantischen stählernen Igels entstehen musste. Die Straßen waren mit unzähligen, unterschiedlichst aussehenden Mechawesen gefüllt, die emsig umhergingen oder -rollten und irgendeiner geschäftigen Tätigkeit nachzugehen schienen. Vor allem die martialisch anmutenden Mechsoldaten mit ihren aufgepflanzten, in den Panzer integrierten Waffensystemen wie Kettensägen, Schwertern, Hämmern, Äxten, aber auch Granatwerfern und Maschinengewehren, sahen beängstigend und zugleich beeindruckend aus. Robert wunderte sich darüber, wie es in diesem wuseligen Chaos zu geordneter Fortbewegung kommen konnte, aber es schien reibungslos zu funktionieren.

Als Robert eine Gruppe Medimechs betrachtete, die

unschwer am universellen roten Kreuz und auf die Rücken geschnallten Bahren zu identifizieren waren, fing plötzlich sein durch das Metallblatt verletzter Finger an zu schmerzen und zu pochen. Robert schaute auf den Zeigefinger, der inzwischen komplett mit Metall überzogen war. Er schimmerte blaugrau und hatte somit die allgegenwärtige Farbe des Mechaversums angenommen. Der Schmerz und das Pochen hatten indessen nachgelassen und hingen nur noch als warnende Erinnerung in Roberts Gehirnwindungen.

Während er seinen Finger eingehend untersuchte, musste er besorgt feststellen, dass sich der Metallbefall schon ansatzweise auf seine Hand ausgebreitet hatte. Er wandte sich an Putzer, zeigte ihm seinen Zeigefinger und fragte:

„Ist es wohl möglich, dass ich den Finger von den Medimechs untersuchen und vielleicht auch behandeln lasse?"

„Aber sicher, unsere freie, kostenlose Kranken-versorgung schließt auch Besucher von anderen Welten ein. Wir sind eine altruistische Spezies", erklärte Putzer.

„Robert, bist du dir sicher?", fragte Koxomil, der es sich wieder auf Roberts Schulter bequem gemacht hatte. „Der jetzige Zustand deines Fingers könnte sich noch als sehr nützlich erweisen. Du könntest ihn zum Beispiel als Dosenöffner verwenden."

„Sehr witzig und nicht sehr hilfreich", entgegnete Robert ihm leicht empört. „Putzer, könntest du mir bitte bei der Kontaktaufnahme mit den Medimechs behilflich sein?"

Und schon rollte der Putzmech auf die Gruppe kybernetischer Ärzte zu. Nach einem kurzen Informationsaustausch bedeutete er Robert herüberzukommen und den Finger zur Untersuchung hochzuhalten. Aus den Gläsern der Schutzbrille des am nächsten stehenden Medimechs strömten zwei Lichtstrahlen, die Roberts Finger in weißes Licht tauchten und abtasteten. Robert verspürte ein nicht unangenehmes Kribbeln auf seiner Haut, während er zusah, wie das Metall von dem Licht in dünnen Schichten von seinem Finger geschält wurde. Als das Licht erloschen war, schaute Robert erstaunt auf seinen Zeigefinger, der bis auf eine leichte Rottönung wieder wie vor der Verletzung aussah.

„Vielen Dank für die schnelle und unkomplizierte Hilfe", freute sich Robert.

„Nicht der Rede wert, und einen schönen und ereignisreichen Tag noch", erwiderte der Medimech schnarrend, hatte sich schon eilfertig umgedreht und ging auf die anderen kybernetischen Ärzte zu.

„Jetzt sollten wir uns aber schleunigst nach Schwarzknoch begeben, der Mechmaster mag es gar nicht, wenn man ihn warten lässt", sagte Putzer und rollte eilig davon. Robert mit Koxomil, jetzt auf der anderen Schulter, Julia und Magnus mussten sich ganz schön sputen, um an Putzer dranzubleiben und ihn in den abzweigenden, teilweise engen Gassen nicht zu verlieren. Endlich blieb er vor einem monströsen Gebäude stehen, das seinem Namen alle Ehre machte. Schwarzknoch ähnelte dem gigantischen Skelett eines vorsintflutlichen Riesenfisches und bestand, ganz wie es der Name nahelegte, aus glänzenden, schwarzen, metallenen Knochen, die im Licht der am Firmament hängenden Metalllampe abwechselnd hell und dunkel irisierten. Zwischen den einzelnen Knochen spannte sich eine schwarze, dicht und solide aussehende Membran aus Leichtmetall, die dem Gebilde eine undurchlässige Abdichtung verlieh.

„Folgt mir hinein, folgt mir hinein", drängte Putzer, nachdem er kurzzeitig gedankenverloren innegehalten hatte. „Ich werde eure Ankunft dem Mechmaster melden. Wartet bitte hier, bis ich euch abhole."

Schon rollte er die große Eingangshalle entlang und verschwand durch ein Tor in einer gegenüberliegenden Knochenwand.

Magnus schaute sich beeindruckt um und ließ den imposanten, gewölbeartigen Raum auf sich wirken. Licht spendeten große, von der hohen Decke hängende Metallkronleuchter, deren Lichtquellen bei genauerer Betrachtung aus hunderten aneinandergereihten, glänzenden, herabhängenden, wie zu Kegeln geformten, spitz zusammenlaufenden Metallschädeln bestanden, die den Raum in einen kalten, neonlichtartigen Schein tauchten. Magnus konnte die Maße des Raumes nur ansatzweise schätzen, da ihm außer ihnen selbst jegliche Vergleichsmuster als Größenverhältnis fehlten. Wenn er seine eigenen 1,92 Meter zum Ausgangspunkt nahm, kam er sich wie eine Ameise in einer Burg vor.

„Wir müssen uns einen Plan überlegen, wie wir an die RZM-Komponente herankommen, von der Koxomil gesprochen hat", hörte er seine Schwester gerade sagen. „Wie wäre es, wenn wir uns unter einem Vorwand aufteilen? Eine Gruppe geht in die Audienz mit diesem Mechmaster, die andere versucht die Komponente zu besorgen."

„Und wie ich dich kenne, hat dein Polizisten-sachverstand auch schon eine Gruppeneinteilung vorgenommen, oder etwa nicht?", merkte Robert ungewohnt angriffslustig an.

„Welche Laus ist dir denn über die Leber gelaufen?", konterte Julia. „Dein Verhalten ist jedenfalls im Sinne von Kooperation nicht gerade sehr förderlich."

„Ich frage mich nur, wer dich zur Anführerin bestimmt hat, Julia?", erkundigte sich Robert schnippisch.

„Ach daher weht der Wind, es geht dir um Kompetenzgerangel! Lass dir gesagt sein: Diese Masche zog schon nicht, als wir noch zusammen waren und ganz bestimmt auch jetzt nicht, Robert. Reiß dich mal zusammen und lass die Vergangenheit ein für alle Mal ruhen!"

„Ich muss Julia recht geben und eine Gruppen-aufteilung erscheint mir in unserer Situation sehr sinnvoll", kommentierte Magnus.

„Schon klar, dass du dich auf die Seite deiner Schwester schlägst, Magnus. Und ich bezweifle auch gar nicht die Notwendigkeit einer Aufteilung. Es geht nur um das Wie!", versuchte Robert sich zu verteidigen.

„Wenn wir mal für einen Augenblick die Gefühle aus dem Spiel lassen und die Sache logisch betrachten, gibt es nur eine sinnvolle Gruppenzusammenstellung", analy-sierte Koxomil ihre Lage. „Da ich der einzige bin, der sich mit seinem Sachverstand und Wissen in diesem Moloch zurechtfinden kann, und ich mit Robert so etwas wie eine Einheit bilde, kommen nur wir für die Jagd auf das Relikt in Frage. Somit gehen Julia und Magnus in die Audienz."

„Genau dasselbe wollte ich auch vorschlagen", stellte Julia nüchtern fest. „Bist du damit einverstanden, Robert?"

Der kam sich gerade etwas mehr als nur ein bisschen dämlich vor und sagte kleinlaut:

„Entschuldigung für meinen Ausraster, das war blöd, ich weiß auch nicht, was da in mich gefahren ist. Nichts für ungut, Julia, wird nicht wieder vorkommen. Und klar, euer Vorschlag klingt nach einer guten Idee."

Julia reagierte mit einem knappen Kopfnicken und einem aufmunternden Lächeln.

Nach kurzem Überlegen fügte Robert hinzu: „Und welchen Vorwand wollen wir für unsere Aufteilung angeben? Eine Sightseeing Spritztour klingt wohl nicht sehr überzeugend, oder?"

„Warum nicht? Wir müssten das jedoch mit dem Interesse an Stahlopolis' Historie und Kultur begründen", erläuterte Koxomil. „Mit dem Hinweis darauf, dass wir in der Kürze der Zeit, die uns zur Verfügung steht, das Meistmögliche erreichen wollen, wäre das meines Erachtens Vorwand genug, um uns alleine ziehen zu lassen."

Während sie noch über Koxomils Worte nachdachten, öffnete sich das entfernte Tor erneut und Putzer rollte auf sie zu.

„Der Mechmaster wird euch jetzt empfangen, wenn ihr mir dann folgen wollt".

„Ähm, Putzer wir haben da ein kleines Anliegen",

164

räusperte sich Robert. „Mein kleiner Freund Koxomil und ich sind sehr an eurer Geschichte und Kultur interessiert und würden uns gerne in Stahlopolis etwas auf eigene Faust umsehen, wenn das in Ordnung ist. Julia und Magnus", wobei er auf die beiden zeigte, „würden in dem Falle mit zur Audienz gehen."

Es entstand wieder eine für Putzer typische Denkpause, und erneut hatte Robert das Gefühl, dass der Putzmech mit jemandem oder etwas in Verbindung stand, um sich Instruktionen zu holen. Dann sagte er:

„Sehr wohl, das lässt sich einrichten." An Robert und Koxomil gewandt, fügte er hinzu: „Es wird euch niemand bei euren Erkundungen behelligen, die Geheimnisse von Stahlopolis stehen euch offen." Und an Julia und Magnus richtete er die Aufforderung: „Folgt mir bitte unauffällig!", wobei jeder einzelne des Geschwisterpaares hätte beschwören können, ein mechanisch gutturales Lachen zu vernehmen. Ihnen blieb jedoch keine Zeit für einen Gedankenaustausch, denn Putzer hatte sich schon rollend in Bewegung versetzt.

Nachtpalaver

Er war noch nie aus der Stadt herausgekommen und es gab so viele neue Gerüche zu entdecken, so viele neue Eindrücke, so viele Ablenkungen. Kater Kasimir schnüffelte hier und markierte dort.

Vergeude keine Zeit, hörte er Musch in Gedanken sagen, *lass dich nicht aufhalten bei deiner Mission, sie ist viel zu wichtig, als dass du sie mit deinen kleinen Eitelkeiten und deinem Abenteuerdrang zunichtemachen darfst!*

Kasimir hatte einen neuen Spezialauftrag von Musch erhalten, er sollte einen anderen Kater in einem Wald treffen und ihm etwas überaus Wichtiges mitteilen. Er musste Vorsicht walten lassen, den vielen Gefahren und Herausforderungen trotzen.

Musch hatte ihn vor allem vor den schnellen rollenden Blechdosen mit dem blendenden Licht gewarnt, die nachts besonders bedrohlich waren. Und tatsächlich erwies sich das Licht als sehr hypnotisch und einlullend, es kostete Kasimir große Anstrengungen, sich nicht in das Licht zu stürzen, so verlockend es auch erschien. Aus eigener Erfahrung wusste Kasimir, dass diese Blechdosen völlig ungefährlich waren, wenn sie nur so herumstanden. Dann waren sie oft vorne ganz warm und eigneten sich hervorragend als toller Spielplatz zum Herumspringen oder einfach nur zum Wärmen und Ausruhen. Aber fahrend stellten sie eine tödliche Gefahr dar, nicht zuletzt wegen der ungeheuren Geschwindigkeit. Ja, er würde dieser Gefährdung aus dem Weg gehen und sich clever verhalten, wie Musch es ihm aufgetragen hatte.

Kasimir rannte weiter und hielt auf das Waldstück zu, das er in der Ferne sehen konnte. Er dachte intensiv an die Aufgabe, die er zu erledigen hatte und nahm aus seiner unmittelbaren Umgebung kaum etwas wahr. Mit einem tiefen, durchdringenden Grollen und Bellen stürzte plötzlich ein großer, schwarzer Hund aus der Dunkelheit auf ihn zu. Er bleckte zähnefletschend seine scharfen Reißer, Geifer troff aus seinem Maul und er war kurz davor, in Kasimirs Genick zu beißen, als dieser das klirrende Rasseln einer schweren Kette hörte und der Hund kläglich jaulend und vor Panik geweiteten Augen vor ihm in der Luft verharrte und danach zurückgerissen wurde. Blind vor Wut rannte der Hund erneut an, aber die Kette gab ihm keinen weiteren Spielraum und strangulierte ihn förmlich, als sie erneut zupackte. Kasimirs aufgeregt rasendes Herz beruhigte sich langsam wieder und er beobachtete das Geschehen mit einer Mischung aus stoischer Gelassenheit und Amüsiertheit.

Der kann mir nun mal gar nichts, dachte er bei sich, *hätte nicht übel Lust, ihm eine Lektion zu erteilen, ihn ein bisschen zu demütigen. Aber ich darf nicht verweilen, die Pflicht ruft.*

Stattdessen plusterte Kasimir nur kurz sein Fell unheilschwanger auf, reckte bedrohlich den Schwanz in die Höhe und fauchte gefährlich.

Dann drehte er sich provozierend langsam um und schlenderte gemächlich auf den Saum des Waldes zu. Das wütende und frustrierte Bellen des Hundes begleitete ihn noch eine ganze Weile.

Während er in das Waldstück eintauchte, saugte er die verschiedenen auf ihn eindringenden Gerüche auf und

167

nahm während des Laufens seine Umgebung wahr. Inzwischen lugte der Mond hinter den aufbrechenden Wolken hervor und tauchte die Landschaft in einen silbrigen Schein. Kasimir eilte einen Weg entlang, der von hohen Bäumen gesäumt war und steuerte in die Richtung der Lichtung, die Musch ihm als Treffpunkt mit dem anderen Kater genannt hatte.

Je tiefer Kasimir in den Wald vordrang, desto intensiver nahm er eine besondere Form der Bodenbedeckung wahr, die fast auf dem gesamten Waldboden anzutreffen war. Er kannte diese Pflanze bisher nur aus den Überlieferungen des kollektiven Katzennarrativs, die zum essentiellen Wissen einer jeglichen Katze gehört. Obwohl er es noch nie mit eigenen Augen gesehen hatte, wusste Kasimir sofort, worum es sich handelte: Katzenmoos. Wenn man den sich um diesen Mythos rankenden Geschichten Glauben schenkte – und Kasimir war nur allzu bereit dazu – kann diese Art von Moos nur von Katzen beim Schein des Mondes gesehen werden. Für Katzen geht von diesem Moos eine besondere Faszination aus, die es ihnen quasi unmöglich macht, sich dem Bann der Pflanze zu entziehen. Zudem versprüht Katzenmoos einen betörenden Duft, der Katzen völlig in ihren Bann zieht.

Zielstrebig verließ Kasimir den eingeschlagenen Pfad und schritt verträumt auf einen üppigen Flecken Katzenmoos zu und malte sich innerlich aus, wie schön es sein musste, darin ein ausgiebiges Bad zu nehmen. Eine Pfote vor die andere setzend, näherte er sich der Verheißung qualvoll langsam, wie es ihm erschien, als er Muschs dringlich drängende Stimme in seinem Kopf vernahm.

Kasimir, du einfältiger, törichter Kater, was fällt dir ein, unsere Mission zu gefährden. Lass dich vom Katzenmoos nicht betören, widerstehe der Versuchung, sei stark, kehre um und gehe auf den Pfad zurück. Der andere Kater erwartet dich, ist schon an seinem Zielort angekommen. Enttäusche mich nicht, du schaffst das!

Gleichzeitig durchfuhr ein ziehender Schmerz Kasimirs rechtes Auge, der ihn zusammenzucken ließ. Er schüttelte sich kräftig und fuhr sich mit der Pfote über das Auge, damit war der Bann gebrochen. Reumütig und mit einem Anflug von schlechtem Gewissen kehrte er wieder auf den vorher eingeschlagenen Pfad zurück und trottete fast etwas widerwillig weiter in Richtung der Lichtung.

Instinktiv wusste Kasimir, dass das Grauen des Morgens nicht mehr allzu lange auf sich warten lassen würde und er musste, bevor die Sonne sich komplett am Himmel zeigte, zu Hause sein, damit sein Frauchen Anja keinen Verdacht schöpfen konnte. Somit beschleunigte er seine Schritte und kam alsbald an den Saum der großen Lichtung. Während er sich umsah, gewahrte er einen dunklen Schatten auf einem verwitterten mit Katzenmoos überzogenen Baumstumpf. Vorsichtig ging Kasimir weiter. Musch hatte ihm zwar versichert, dass von dem anderen Kater keine Gefahr ausgehen würde, aber sicher war sicher. Beim Näherkommen musterte Kasimir ihn genau und stellte fest, dass es sich um ein ziemlich großes Tier handelte. Seine luchsartig spitz zulaufenden Ohren waren hoch aufrecht gestellt und auf Kasimir ausgerichtet.

Obwohl der fremde Kater sehr groß und wuchtig erschien, ging von ihm keinerlei Bedrohung aus. Er schaute

Kasimir aus seinen gelbgrün funkelnden Augen interessiert an. Alles in allem bot sich Kasimir eine friedvolle Szenerie, so dass er locker und möglichst desinteressiert und gelangweilt dreinschauend weiterging. Währenddessen nahm er die Witterung des fremden Katers auf, drehte seine Lauscher in alle Richtungen und sprang dann mit einem eleganten Satz auf den benachbarten Baumstumpf direkt neben dem fremden Kater, wobei dieser nicht einmal mit den Schnurrhaaren zuckte. Die gegenseitige Begrüßung erfolgte durch das rituelle Beschnuppern an den Nasen und ein kurzes Köpfchengeben. Kasimir blickte in die achtsamen Augen des anderen Katers und eröffnete ihr Palaver, indem er Muschs sorgsam memorierte Sätze wiederholte:

„Sei gegrüßt, ich bin im Auftrag der gleichen außerweltlichen Katze hier, die auch dich hierher geführt hat. Ich soll dir folgende Nachricht überbringen."

Bevor er weitersprach, musterte Kasimir sein Gegenüber eindringlich, aber außer einem gelegentlichen Blinzeln mit seinen Augen zeigte es keinerlei Reaktion. Jetzt würde es darauf ankommen, dass Kasimir all das, was er von Muschs Worten sorgfältig memoriert hatte, eins zu eins rüberbrachte:

„Der Name dieser Katze ist Musch - wie du sicherlich weißt - und sie will, dass du deiner Dosenöffnerin, bzw. deren Vater, der Polizist ist und Petersen heißt, Folgendes ausrichtest: Petersen muss sich umgehend mit Anja Kolperting, das ist meine Dosenöffnerin, in Hamburg in Verbindung setzen, um mit ihr über Ilandria Londrin zu sprechen, die mit zwei Gefährten in diese Welt unterwegs ist.

Ihre Spur wird direkt zu den Morden um den Notenschlüssel führen."

Kasimir war sehr stolz auf sich, dass er Muschs Text fehlerfrei aufgesagt hatte und sah sein Gegenüber forschend an.

Mit einer gebieterischen Geste seines Kopfes, der sich selbstsicher nach vorne reckte, sprach der fremde Kater zum ersten Mal Kasimir direkt an:

„Wer ist denn überhaupt diese Musch, die meint, mich über dich herumkommandieren zu können. Ich bin einfach nur aus reiner Neugier hierhergekommen, klang nach ein bisschen Abwechslung im alltäglichen Allerlei. Ich war ehrlich gesagt neugierig auf das, was mich hier erwartet. Aber etwas mehr an Informationen brauche ich schon, um aktiv zu werden."

Frustriert ließ Kasimir den Kopf leicht hängen. Musch hatte ihm gegenüber angedeutet, dass sich der fremde Kater als etwas störrisch erweisen könnte, jetzt war Diplomatie gefragt.

„Ich gebe dir mein Katerehrenwort, dass sich alles so verhält, wie ich es dir geschildert habe und sich keine Fallstricke in der Angelegenheit offenbaren werden. Du kannst mir vertrauen."

„Alles schön und gut, Vertrauen hin, Vertrauen her, aber wer zum schwarzen Kater ist denn nun diese Musch?"

Langsam wurde Kasimir aufgrund dessen, was er dem anderen Kater erwidern konnte, etwas mulmig zumute, schließlich kannte er Musch auch nicht persönlich, sondern stand mit ihr nur geistig in Kontakt. Bei dem letzten

Auftrag, den er für sie erledigt hatte, war es um Leben und Tod gegangen und Kasimir hatte aufgrund Muschs Intervention seine Dosenöffnerin retten können. Somit waren Musch und deren Absichten für ihn über jeden Zweifel erhaben. Das müsste er jetzt unmissverständlich klarmachen.

„Ich kenne Musch, die wie gesagt, aus einer anderen Welt stammt, nur durch wiederholten telepathischen Kontakt. Beim letzten Auftrag hat sie mir und meiner Dosenöffnerin einen unschätzbaren Dienst erwiesen. Sie ist absolut vertrauenswürdig."

„Und dennoch . . .", weiter kam der Kater nicht mit seinen Einwänden, denn urplötzlich gewahrten er und Kasimir am hinteren Ende der Lichtung ein sanftes Flirren und leises Knistern in der Luft, das sich zusehends verstärkte. In einem aus dem Nichts entstandenen Oval mäanderten die Farben von dunkelrot über lila zu violett, kreisten wirbelnd umeinander und gewannen an Tiefe, bis ein Tunnel entstand. Aus dem Inneren schälten sich die Umrisse von Schemen heraus, die die Konturen von menschlichen Gestalten annahmen. Daraufhin traten drei Menschen durch das Portal auf die Lichtung.

Die beiden Kater buckelten, plusterten abwehrbereit ihr Fell auf und fauchten den Gestalten kampfbereit entgegen.

Ilandria, Eve und Phringel schritten auf die Lichtung zu und schauten sich um. Das Morgengrauen stand in dieser

Welt kurz bevor, doch noch tauchte der Mond den Wald in silbriges Halbhell.

Ilandria sah zwei Katzen auf einem großen bemoosten Baumstumpf, die sie feindselig anfauchten.

„Es könnte sich um feindliche Spione handeln", fasste Phringel ihre Gedanken kurz und knapp zusammen, „wir sollten keinerlei Risiko eingehen und jegliche Gefahrenquelle ausschalten. Was meint ihr?"

Ilandria hatte schon ihre Hände in Angriffsposition gebracht, als die beiden Katzen in jeweils entgegengesetzter Richtung auseinanderstoben und auf den ihnen am nächsten liegenden Saum der Lichtung zurasten, während Ilandrias Feuerball auf einen leeren Baumstumpf aufschlug und das Moss versengte. Von den Katzen war weit und breit nichts mehr zu sehen.

„Verdammt und zugenäht, beim Gnorrfazz noch eins, hoffentlich hängt uns das später nicht noch nach", erfasste Eve ihre Lage. „Aber jetzt sollten wir uns in die Stadt aufmachen, wir haben heute noch einiges zu erledigen."

Zwietracht

Gnorrfazz und der EisGreif Elandrir saßen sich schweigend auf einer flachen grasbewachsenen Anhöhe gegenüber. Um sie herum lagen kleinere und größere Seen mit spiegelglatter Oberfläche, die durch Marschflächen unterbrochen wurden, in der warmen Abendsonne.

Es waren mittlerweile einige Tage vergangen, seitdem sie vor der drohenden Niederlage und Vernichtung in Eismooswelt, ihrer angestammten Heimat, hierher nach Bromenien geflüchtet waren. In diesen Tagen hatte Gnorrfazz wenig bis fast gar nichts erreicht und war zur Untätigkeit verdammt, auf Elandrir herumgeflogen und hatte sein neues Reich in spe, sein Noch-Exil, inspiziert. Ohne die 9. Tonskulptur und die andere Zutat, die ihm Zafrong, sein Retla Oge, beschaffen sollte, konnte er das Zepter der Verheißung nicht bergen und ohne Zepter konnte er nicht die Herrschaft über dieses Reich antreten.

Was für eine vermaledeite Zwickmühle.

Zafrong, den er schon seit einer Ewigkeit nicht mehr gesehen hatte. Er hatte Ilandria auf ihn angesetzt, damit sie ihn ausfindig machte, was jedoch nicht gelungen war. So hatte sie es ihm gegenüber immer versichert, doch um ganz sicher zu gehen, hatte Gnorrfazz einen zweiten Vertrauten mit der Suchaktion beauftragt, einen Blutschergen namens Bludimor, der ihn ausfindig gemacht und ihm Gnorrfazz' Auftrag übermittelt hatte, die 9. Tonskulptur zu entwenden. So weit, so gut, doch irgendetwas stimmte an der Sache nicht, das sagte ihm sein Instinkt.

Du bist so schweigsam, Elandrir. Schließlich hattest du mich um diese Unterredung gebeten. Sprich mit mir!

Ihre Konversationen wurden rein mental geführt, von Geist zu Geist, ohne Worte, nur durch telepathische Impulse.

Gnorrfazz verspürte ein tiefes anhaltendes Seufzen seines symbiotischen Pendants und erlebte gleichzeitig dessen gequälte Pein, während Elandrir mit sich rang, wie er die richtigen Worte finden konnte. Durch ihre enge symbiotische Verbindung empfanden sie die Gefühle des jeweils anderen, nur ihre Gedanken konnten sie bei Bedarf vollkommen abschirmen.

Es fällt mir nicht leicht, das Folgende in Worte zu fassen, zumal wir seit jeher ein überaus enges Vertrauensverhältnis haben und uns bedingungslos ergeben sind. Und dennoch habe ich mich dazu entschlossen, zu sagen, was gesagt werden muss.

Dem Gnorrfazz stellten sich die Nackenhaare auf und ihn schauderte vor Elandrirs nächsten Worten, er hatte sich mit seiner unheilvollen Vorahnung also nicht getäuscht.

Wenn das, was du zu sagen hast, in unser beider Interesse ist, fahre unbeirrt fort und scheue keine Konsequenzen. Welcher Keil könnte schon zwischen uns getrieben werden? ermunterte Gnorrfazz den EisGreif.

Als Elandrir letztendlich zu seiner Erzählung ansetzte, verspürte Gnorrfazz erneut dessen gepeinigtes Sträuben mit jeder einzelnen Faser.

Während einer meiner alleinigen Flüge hier in Bromenien kontaktierte mich Zafrong. Zwischen uns scheint es ein ähnliches telepathisches Verhältnis zu geben, aber schließlich ist er ja auch dein Retla Oge. Bei dieser Unterredung unterbreitete er mir ein Angebot: Ich soll dich davon überzeugen, dass du die 9. Tonskulptur von ihm nur erhältst, wenn du mich für ihn eintauschst. So waren seine Worte. Er will mich dir abspenstig machen, Gnorrfazz, was für ein Dilemma!

Elandrir sendete eine telepathische Trauerwoge, die Gnorrfazz tief in sich aufsaugte und die seine Gefühlsstränge erschütterte und zum Zittern brachte.

Gleichzeitig wallte wirbelnde Wut in ihm auf, weißglühende, alles verzehrende, zerstörerische Wut.

Wie konnte Zafrong es wagen?

Nichts konnte ihn und Elandrir auseinanderbringen.

Er würde Zafrong die 9. Tonskulptur abjagen und für ihre Zwecke nutzen.

Und er würde Elandrir nicht verlieren, sie bildeten eine zusammengeschweißte Einheit, für immer und ewig.

Elandrir legte seinen Kopf in den Nacken und schrie seine bedingungslose Zustimmung heraus.

Sie brauchten einen Plan, eine ausgetüftelte Vorgehensweise, um Zafrong zu überraschen und zu überlisten. Gnorrfazz wusste natürlich um die ungemein mächtigen magischen Fähigkeiten seines Alter Ego, aber auch seine und Elandrirs Fertigkeiten waren nicht zu unterschätzen. Sie konnten nur hoffen, dass Ilandrias Schachzug mit dem Schmuckstück für die Frau in Irland von Erfolg gekrönt sein würde.

Gnorrfazz schritt auf Elandrir zu, schwang sich auf seinen muskulösen Körper und gemeinsam hoben sie in den wolkenlosen Himmel ab. Am liebsten hätte er augenblicklich seiner aufkommenden Zerstörungswut freien Lauf gelassen, hätte der Kirche der Dreifaltigen Verdammnis, wo das Zepter der Verheißung seiner Bestimmung harrte, einen Besuch abgestattet. Aber das musste warten, ohne die 9. Tonskulptur konnte er dort nichts ausrichten. Er musste seinen Zorn im Zaun halten, um dann umso härter und gnadenloser zuschlagen zu können.

Gedankenverloren berührte der Gnorrfazz die kleine Flöte, die an einer silbernen Kette um seinen Hals hing. Sie würde in naher Zukunft eine gewichtige Rolle spielen:

Duodecantus!

Er hatte das Instrument vor einigen Jahren bei einer Partie EisBlutRunE gegen einen mysteriösen, zwielichtigen Fremden gewonnen und es seither immer getragen. Der Verlierer hatte sich nach seiner Niederlage nicht von dem Stück trennen wollen, so dass er in der Konsequenz darauf seinen Kopf verloren hatte.

Der Gnorrfazz lachte böse und ritt gut gelaunt weiter.

Thanatosliebe

Kneesebeck fuhr mit dem Taxi nach Hause, das gerade vor seinem Einfamilienhaus anhielt. Er bezahlte den Fahrer, stieg aus, öffnete die Tür des Vorgartenzaunes und stieg die drei Stufen zur Eingangstür empor. Die Begebenheiten am Tatort gingen ihm immer noch durch den Kopf und während der Heimfahrt hatte sich eine schwermütige, düstere Stimmung in seinem Inneren ausgebreitet. Doch während er die Haustür aufschloss und die Sicherheitsmechanismen abschaltete, überkam ihn eine warme Vorfreude, seine Miene erhellte sich und er rief fröhlich in den Flur:

„Liebling, ich bin wieder zurück."

Sogleich erhellten sich lebensgroße Monitore, auf denen eine schlanke, adrett gekleidete Frau in einem grauen Kostüm in voller Größe zu sehen war.

„Hallo Alfons, schön, dass du wieder da bist. Wie war dein Tag?", hallte eine wohltönende Stimme aus versteckten Lautsprechern.

„Oh, Rebekka, lass uns nicht von der Arbeit reden. Der heutige Tag war viel zu anstrengend und bizarr, als dass ich dich damit belästigen will. Ich möchte erst einmal etwas essen und später werde ich mich dann zu dir gesellen, meine Liebe."

„Wie du meinst, Alfons, ich freue mich schon auf dich. Bis nachher", und sie hauchte ihm einen Luftkuss entgegen. Kneesebeck fing den Kuss mit der rechten Hand auf, drehte sie und blies den Kuss aus seiner geöffneten Handfläche wieder an Rebekka zurück. Dieses Ritual begleitete sie schon seit vielen Jahren und erinnerte ihn an die glückliche Zeit, als seine Ehefrau noch am Leben war, bevor sie bei einem tragischen Autounfall starb. Kneesebeck hatte damals am Steuer gesessen und bei einem Überholmanöver die Geschwindigkeit des entgegenkommenden Fahrzeugs unterschätzt. Beim Ausweichmanöver waren sie von der Fahrbahn abgekommen und eine Böschung hinuntergerast. Beim anschließenden Aufprall gegen einen Baum, hatte sich ein dicker Ast durch die Windschutzscheibe gebohrt und Rebekka förmlich aufgespießt. Sie hatte keine Überlebenschance gehabt, im Gegensatz zu Kneesebeck, der wie durch ein Wunder nur ein paar Schrammen abbekommen hatte. Das war vor fünf Jahren gewesen und es verging keine Nacht, in der Kneesebeck nicht schweißgebadet und von Alpträumen geschüttelt, erwachte, nachdem er wieder und wieder immer dieselben Szenen vor Augen gehabt hatte: die aufgeblendeten Scheinwerfer des entgegenkommenden Autos, sein Herumreißen des Steuers, die auf sie zufliegende Böschung, der sich vor ihnen bedrohlich aufbauende Baum, das Zersplittern der Frontscheibe, Rebekkas durchdringender Schrei, der Ast in ihrem Körper und das viele, viele Blut.

Seit dem fatalen Tag hatte Kneesebeck sich nie wieder an das Steuer eines Autos gesetzt.

Tief in Gedanken versunken, war er in der Küche angekommen, und auch dort erhellte sich bei seinem Eintritt ein großer Bildschirm, der seine Frau in der Blüte ihres Lebens zeigte und sie strahlte ihn an:

„Was gibt es denn heute zu essen, Alfons? Hast du noch Reste, die du dir aufwärmen kannst oder musst du richtig kochen?"

„Ich denke, ich werde mir nur ein paar Eier in die Pfanne hauen und mit ein paar schönen Zutaten ein Omelette zubereiten. Habe eh keinen allzu großen Hunger. Und es ist noch etwas von dem tollen Baguette von Bäcker Kruse übrig", vervollständigte er sein Vorhaben.

Und damit machte er sich ans Werk, schnitt Zwiebeln, Paprika, Champignons, Zucchini und etwas geräucherte Putenbrust zurecht, schlug die Eier auf und gab das Ganze in eine Pfanne. Beim Brutzeln musste er unwillkürlich an die Zeit denken, als er mit seiner Frau zusammen gekocht hatte, dabei hatten sie viel Freude gehabt und manchmal schon das ein oder andere Glas Wein getrunken. Rebekka hatte es so sehr geliebt, das Kochen mit einem guten Gläschen von innen zu verfeinern und sie hatten immer anregende Gespräche geführt.

Heute beobachtete Rebekka sein Kochen kommentarlos.

Nachdem er gegessen hatte, wusch Alfons das Geschirr ab und setzte sich noch einmal an den Küchentisch. Er würde sein nächstes Vorgehen sorgfältig planen müssen. Zwar hatte er auch vorher schon Erkundigungen auf magische Weise eingeholt, aber dieses Mal durfte nichts schiefgehen, dafür war die Angelegenheit zu wichtig und prekär. Am Tatort hatte er Amanda Onken, die er vorher nur von ihren Blogs gekannt hatte, zum ersten Mal von Angesicht zu Angesicht gesehen und ihm war umgehend etwas nicht Stimmiges an ihr aufgefallen, ohne dass er es konkret hätte benennen können. Irgendetwas war nicht geheuer mit dieser Frau, und Alfons war entschlossen, ihr dieses Geheimnis in dieser Nacht zu entreißen.

Zuallererst musste Alfons sich jedoch sammeln und seine ganze Konzentration aufbringen, um dann zur Tat zur schreiten. Er verharrte für einige weitere Minuten in einer konzentrationsfördernden Yogapose, bevor er in sein Studierzimmer ging. Neben einem großen, antiken Schreibtisch füllten breite Regale den Raum, die vom Boden bis fast an die Decke reichten. Bücher über Bücher verteilten sich fein säuberlich aneinandergereiht über die gesamte Wandbreite. Kneesebeck ging auf ein Regal zu und nahm einen uralten, in Leder gebundenen, goldverzierten Folianten heraus, von dem manche Quellen behaupteten, er sei in Menschenhaut eingebunden. Er blätterte in den magischen Beschwörungsformeln, bis zu der Seite, auf der er den Begriff Thanatos fand. Die Texte waren in einer archaischen, fast vergessenen Sprache geschrieben, die Alfons jedoch fließend beherrschte. Er fand die gesuchte Passage und memorierte die entsprechende Textstelle, stellte das Buch an seinen angestammten Platz zurück und verließ das Studierzimmer. Er ging den Korridor entlang zur Kellertreppe und wurde schon bald vom leisen Summen der Hochleistungsgeneratoren empfangen, während er die Kellertreppe hinunterstieg. An der gusseisernen Tür angelangt, gab er den sechsstelligen Code in das Eingabegerät ein, worauf sich die Tür leise zischend öffnete. Während Kneesebeck den Raum betrat, flammten an der Decke zahlreiche Neonlampen auf, die die Szenerie in helles, klinisches Weiß tauchten. Der gesamte Raum war auf allen vier Ebenen mit weißen Fliesen gekachelt, die penibel rein gehalten wurden. In der Mitte thronte ein großes Himmelbett mit weinrotem Baldachin, dessen fortlaufende Vorhänge bis fast auf den Boden herabfielen.

Der Raum war permanent auf null Grad Celsius heruntergekühlt, aber Kneesebeck fror trotz leichter Bekleidung nicht, er war es gewohnt und abgehärtet. Gemessenen Schrittes trat er auf das Bett zu und zog den Vorhang zur Seite.

„Guten Abend, meine Schöne, du siehst wieder bezaubernd aus heute."

Vor ihm lag auf goldenen Brokatkissen in seidener Bettwäsche seine Rebekka. In freudiger Erwartung hatte sie die Augen geschlossen. Alfons betrachtete, wie schon so oft, die alabasterweiße samtige Haut seiner über alles geliebten Frau und inhalierte ihr Lieblingsparfüm, das sich dezent, aber verführerisch im Raum ausbreitete.

Nach dem Unfall war Rebekka zunächst zur Obduktion in die Rechtsmedizin Kiel eingeliefert worden, bevor sie an das Krematorium weitergeleitet wurde. Es war immer ihr Wunsch gewesen, sich einäschern zu lassen, eine Entscheidung, die Alfons nie ganz teilen konnte, die sich jedoch im Nachhinein als Glücksfall erwies. Im Krematorium arbeitete ein langjähriger Freund von ihm und es kostete Kneesebeck doch eine ganze Menge Überredungskunst, Frank Dorrmeyer davon zu überzeugen, dass Alfons seine Rebekka zurück nach Hause überführen wollte. Wie es der Zufall wollte - obwohl es nach Kneesebecks Überzeugung gar keine Zufälle gab, sondern lediglich folgerichtige Entwicklungen - kannte Frank einen der besten Thanatologen, der ihm noch einen Gefallen schuldete. Dieser Bestatter, der sich in der Thanatopraxie hatte fortbilden lassen, erwies sich als unschätzbarer Glücksfall, da er Rebekka nicht nur optisch sehr gut wiederherstellen konnte, sondern auch bei der Konservierung ihrer Leiche über einen langen Zeitraum sehr hilfreich war.

Das war vor drei Jahren gewesen, und nun stand Kneesebeck vor dem Ergebnis dieser Prozedur. Er war nur grob mit den Details vertraut, wusste jedoch, dass unterhalb des Himmelbettes dicke Schläuche verliefen, die mit großen Tanks im Nebenraum verbunden waren. Über dieses System wurde ein ständiger Austausch von Formaldehyd, das mit einem geheimen Wirkstoff aus Asien angereichert worden war, gewährleistet, der das Blut in Rebekkas Körper ersetzte und verwesungshemmend wirkte.

Das Ergebnis hatte Kneesebeck stets äußerst zufrieden gestellt und so betrachtete er seine Schöne, die fast wie das blühende Leben vor ihm lag.

„Rebekka, mein Schatz, ich muss dich heute wieder einmal mit einer Totenanrufung behelligen", kam er gleich zur Sache, „es geht um einen Fall, der keinen Aufschub duldet."

Kneesebeck wusste aus Erfahrung, dass er für die Beschwörung keinerlei Brimborium wie Kerzen, Räuchermischungen oder ein Pentagramm brauchte, das war etwas für Horrorfilme und -romane, taugten aber nichts im realen Leben. Für eine erfolgreiche Totenanrufung waren jedoch folgende Bestandteile zwingend erforderlich: Haare oder Nägel einer verstorbenen Person und die passende Beschwörungsformel. Kneesebeck ging zum Kopfende des

Himmelbettes, strich Rebekka zärtlich über ihre Wangen und nahm eine kleine Schere aus seiner Jackettasche.

„Tut mir leid, Liebste, aber ich muss dir wieder einmal ein paar deiner wunderschönen Haare abschneiden. Ich denke jedoch, du wirst es bei deiner Lockenpracht verschmerzen."

Er vermeinte ein leichtes, gehauchtes Seufzen zu vernehmen, aber das war bestimmt seiner Einbildungskraft geschuldet.

Er legte Rebekkas Haare zusammen mit dem Haar, das er von Amanda Onkens Schulter abgelesen hatte, auf eine kleine silberne Schale, nahm ein Päckchen Streichhölzer aus der anderen Jacketttasche, zündete eines der Hölzchen an und hielt die Flamme an die Haare. Ein penetrant beißender Gestank breitete sich im Kellerraum aus, während dünne Rauchschwaden von der Schale aufstiegen und Kneesebeck seine Inkantation mithilfe der Beschwörungsformel begann.

Er setzte die gesamte ihm zur Verfügung stehende Willenskraft in seine Stimme und die herausquellenden Worte der uralten, fast vergessenen Sprache formten sich zu absonderlichen Klangbildern, die in den Raum flossen und in alle Ecken fortpflanzten. Mächtige, dunkel bedeutungsschwere Wörter einer längst untergegangenen Zivilisation füllten die bedeutungslose Leere der weißen Kacheln und wurden zurückgeworfen auf das Himmelbett und die darin ruhende Gestalt. Rebekka nahm diese Dunkelbilder dankbar in sich auf, ein perfekter Nährboden für die Gestaltung der transzendentalen Geschöpfe. Weißlich durchscheinender Rauch kräuselte sich aus ihrem Körper und formte sich zu albtraumhaften, aberwitzigen Figuren, die vor Kneesebeck schemenhaft tanzten.

Die Raumtemperatur war urplötzlich um einige Grade gesunken, Alfons fröstelte nicht wegen der Kälte, sondern vielmehr aufgrund der jenseitigen Präsenz und ein gespenstisches Heulen, Ächzen und Stöhnen erfüllte den Raum. Der weiße Rauch mutierte zu schwarzem, zähem Nebel, in dem sich drei dunkle abstrakte Substanzen formten.

„Du hast uns gerufen, Sterblicher, Unwürdiger, Wurm, der du bist, knie nieder vor der Schwarzen Präsenz und huldige uns!"

Kneesebeck war an einem kritischen Punkt der Beschwörung angekommen, jetzt galt es, die Kontrolle über die Präsenzen zu gewinnen. Er intonierte den nekromanten Bannspruch aus dem alten Folianten, der ihm die völlige und sofortige Kontrolle über die Entitäten geben würde:

„Unterwerft euch mir, Schatten der Unterwelt, und folgt meinen Befehlen!"

Die Raumtemperatur sank nochmals gefühlt um ein paar Grade, ein eisiger Wind fegte durch den Keller und das dämonische Ächzen, Stöhnen und Heulen der dunklen Gestalten verstärkte sich kurzzeitig, so als würden sie gegen den Bannspruch aufbegehren und ankämpfen, bevor sie sich der Macht des Zaubers fügten.

Die drei Entitäten schwebten nunmehr antriebslos und ohne eigenen Willen vor Kneesebeck und erwarteten ihre Instruktionen.

„Gebt mir eure Weissagungen über die Person preis, zu deren Zweck ich euch gerufen habe!", forderte Kneesebeck sie auf.

Mit grabestiefer Stimme verkündete der erste Schatten:

„Sie ist im Besitz eines Schmuckstückes in Form einer Stimmgabel, die ihr magische Fähigkeiten verleiht."

„Ein Vogel hat mir gesungen, dass die Sterbliche eine Gestaltwandlerin ist und sich zweimal im Jahr in einen Tigerwaldsänger verwandelt", fügte die zweite Gestalt nebelhaft hauchend hinzu.

Wie Papier knisternd, flüsterte der dritte Schatten:

„Hilfe ist nahe, es gibt eine Frau, die weiterhelfen kann, ihr Name ist Anja Kolperting."

Damit verfielen die drei Entitäten in eisiges Schweigen.

Kneesebeck schwirrten hunderte Fragen im Kopf herum und obwohl er wusste, dass seine Zeit des Auskunfteinholens aufgebraucht war, konnte er sich nicht beherrschen, eine präzise Frage zu stellen, deren Beantwortung bei der weiteren Aufklärung des Falles von unschätzbarem Wert wäre:

„Auf welche Tage genau fallen die Verwandlungen dieser Frau?"

„Genug, Unwürdiger, deine Zeit ist aufgebraucht, wir müssen dir nicht mehr dienen und dein Zauber wirkt nicht mehr, elender Sterblicher!"

Damit wirbelten die Schatten hysterisch kichernd durcheinander und verschmolzen zu einer einzigen schwarzen Wolke, die Kneesebeck bedrohlich umschwirrte, bevor sie sich in Rebekkas Körper stürzte und in ihr verschwand. Umgehend wurde es wieder wärmer in dem

Kellerraum und Kneesebeck war erneut allein mit seiner über alles geliebten Frau.

Er ging zum Himmelbett hinüber und drückte Rebekka einen Kuss auf die Stirn und verabschiedete sich mit den Worten:

„Ich muss jetzt leider gehen, meine Liebe, denn ich habe noch ein überaus wichtiges Telefonat zu führen und Hauptkommissar Petersen über die Neuigkeiten zu informieren."

Damit warf er Rebekka noch einen innigen Luftkuss zu, der zu seinem Leidwesen unbeantwortet blieb.

AudienzDiebstahl

Je tiefer Robert und Koxomil in die Eingeweide von Schwarzknoch vordrangen, desto mehr fiel ihnen auf, dass die Knochen, die das gesamte Gebäude bildeten, hier unten von Fleisch ummantelt waren. Wobei Fleisch im eigentlichen Sinne nicht das richtige Wort war, doch in Ermangelung eines besseren Begriffs fiel Robert nichts Besseres ein. Nachdem Koxomil mit seinen Klauen eine Probe aus dem Material genommen und untersucht hatte, sagte er zu Robert:

„Es handelt sich offenbar um eine Art synthetisches Fleisch, das alle Eigenschaften eines flexiblen, ultraleichten, extrem dünnen Metalls aufweist. Meine Analysen zeigen eindeutig, dass es wächst und eine Form von Leben darstellt. Es ist sogar denkbar, dass es das Grundmaterial für die Knochen darstellt, diese sich also aus dem synthetischen Fleisch bilden, bzw. aus ihm wachsen. Das ist jedoch lediglich eine Hypothese, die erst noch verifiziert werden müsste."

Neben dem allgegenwärtigen Geruch nach Motoröl, Diesel und Benzin, mischte sich hier unten noch etwas Anderes dazu: In Roberts Kopf formten sich Bilder von Grillpartys in Hamburger Parkanlagen, dicke Rauchschwaden durchzogen die Luft und füllten die Nase mit allerhand Wohlgerüchen.

Es roch nach verbranntem Fleisch.

Holzkohlegrills.

Und noch etwas anderes mischte sich darunter: Teer, Torf und altes Leder.

Erinnerungen an vergangene Whiskeyproben manifestierten sich in Robert.

Abteilung Medizinschrank:

Laphroaig,

Ardbeg,

Lagavulin.

Eine Geruchs- und Geschmacksexplosion - WOOOOM - traf Roberts olfaktorisches Zentrum mit voller Wucht und schwappte über ihn hinweg.

„Hey, Robert, komm zu dir!", mahnte Koxomil, während er sein Fell sträubte, mit dem Schuppenpanzer klapperte und mit seinem Schnabel wie ein Specht auf Roberts Kopf hackte. „Wir müssen weiter, tiefer in die Eingeweide dieses Molochs."

Robert kam zu sich, schüttelte energisch seinen Kopf, um die wilden Bilder aus seinem Bewusstsein zu vertreiben und richtete sich leicht schwankend auf. Ihm war gar nicht bewusst gewesen, dass er vor dem Kunstfleisch in die Hocke gegangen war, als wollte er auf Tuchfühlung gehen.

Er hatte sich wieder in der Gewalt, war Herr seiner Sinne.

Einzig der schwere, zähe Geruch lastete weiterhin auf ihm und die Luft schien heißer, stickiger und schwüler zu werden.

„Dann mal los, Koxi, wir sollten hier kein Stahlmoos ansetzen!", versuchte Robert zu witzeln, was jedoch spurlos an der KI vorbeizugehen schien.

Sie setzten ihren Weg fort.

Julia und Magnus wurden nicht zu derselben Tür geführt, durch die Putzer zuvor gegangen war, sondern hielten auf ein pompöses Tor zu, dessen Flügeltüren vor ihnen, wie von Geisterhand geöffnet, geräuschlos aufschwangen. Sie blickten in den verschwenderisch ausgestatteten Audienzsaal: riesige Stahlgobelins an allen vier Wänden, die Julia an alte Kupferstiche erinnerten, zeigten Jagdszenen oder bildeten Städte und Portraits von Mechawesen ab, mutmaßlich von Feldherren oder Herrschern.

Von der Decke hingen drei gigantische stählerne Kronleuchter, deren Lampen wie in der Eingangshalle aus glänzenden Metallschädeln bestanden, nur insgesamt noch größer und pompöser.

Der Boden bestand aus glänzendem Metall, der einer riesigen Spiegelfläche glich, aber in keinster Weise rutschig war.

Zwei großflächige, freischwebende Treppenaufgänge aus so glatt und eben poliertem Metall, dass man sich darin spiegeln konnte, führten ausladend geschwungen zu einer Balustrade im ersten Stock. Die stahlbeschlagenen Geländer wiesen fein ziselierte Ornamente auf, die an groteske Fabelwesen erinnerten.

„Spieglein, Spieglein an Boden und Wand, wer ist das schönste Mechawesen im ganzen Land", wandelte Julia ein Zitat aus dem Märchenschatz ab. „Was meinst du, Magnus, ob sich in Schlauhderers Enzyklopädie wohl unter dem Buchstaben „e" ein Artikel zu den Eitelkeiten von Mechawesen finden lässt?"

190

„Gut möglich, Schwesterchen, finde ich auch überaus seltsam mit den Spiegeln. Und noch etwas stimmt hier nicht: Ich fühle mich die ganze Zeit über beobachtet, obwohl niemand in diesem Raum anwesend ist. Ist schon sehr merkwürdig."

„Geht mir genauso", antwortete Julia und drehte sich einmal um die eigene Achse, um den gesamten Saal auf sich wirken zu lassen. Ihr Blick fiel auf einen Gegenstand, den sie bisher übersehen hatte. Am Ende der Rückwand stand ein leerer, schwarzer, stählerner Thron, der mit seiner hohen Rückenlehne sicherlich sechs Meter hoch und schätzungsweise über zwei Meter breit war. Die ineinander verschlungenen Einzelteile der Sitzfläche und der Rückenlehne waren Schwingen von geflügelten Fantasiegeschöpfen, die wiederum die Beine des Throns ausmachten.

In diesem Augenblick kam Bewegung in das Metall, es verflüssigte sich im Zentrum des Throns, aus dem eine Gestalt herauswuchs und sich zu einem über zwei Meter großen, sitzenden Mechawesen formte. Die sowohl majestätisch als auch martialisch anmutende Gestalt unterschied sich von allen anderen Mechawesen, die Julia und Magnus bisher gesehen hatten. Neben den üblichen Accessoires wie Ventilen, Stahlfedern, Scharnieren und Verschraubungen schmückten ein weißer Stahlumhang, verschiedene funkelnde Orden und ein Zepter, das einem Kampfstock ähnelte, den Mechmaster. Auf seinem Kopf saß eine schlichte, offene, eckige Metallkrone mit sechs Zacken, auf denen jeweils ein diabolisch grinsender Stahlschädel thronte, wobei ein Zacken leer war. Die Augen der Schädel funkelten und blitzten, sodass sich der Verdacht aufdrängte als würden sie leben. Zudem trug der Mechmaster im Gegensatz zu allen anderen Wesen dieser Welt keine Schutzbrille, sondern blickte seine Besucher aus kalt forschenden Augen geradewegs an.

„Willkommen in meinem bescheidenen Palast, Fremde", sagte er mit warmer, wohltönender, einschmeichelnd öliger Stimme. „Lasst uns mit unserer Unterredung beginnen."

Es war merklich heißer hier unten. Robert wischte sich wiederholt den Schweiß von der Stirn und rang keuchend nach Atem. An vereinzelten Stellen schien das Kunstfleisch schwarze Blasen zu werfen, es brodelte und zischte unter der Membranoberfläche. Das Vorwärtskommen fiel Robert immer schwerer, seine Beine fühlten sich wie Gummi an, und er wünschte sich insgeheim in die beschauliche Ruhe von Blaumooswelt zurück.

„Sag mal, Koxi, hast du schon irgendeinen passablen Plan, wie wir aus dem Mechaversum entkommen können? Ich sehe buchstäblich und sprichwörtlich schwarz, wenn ich nur an Flucht und rennen denke."

„Gut, dass du das ansprichst, Robert. Meine Analysen der Membran haben ergeben, dass sie für die Kommunikation der Mechawesen verantwortlich ist. Ich könnte mich in die Knochenmembranmatrix hacken und ihre Kommunikation stören und mit etwas Glück sogar lahmlegen. Damit wären sie zu keinen koordinierten Aktionen mehr fähig und unsere Flucht würde geschmiert wie Motorenöl laufen", antwortete die KI.

„Dann wollen wir mal nur hoffen, dass die Mechawesen kein Reservesystem wie Generatoren oder etwas Ähnliches in petto haben", gab Robert zu bedenken. „Und darüber hinaus: Wie weit ist es überhaupt noch bis zu diesem ominösen RZM-Teil?"

„Auch diesbezüglich gibt es gute Nachrichten, Robert. Nach meinen Berechnungen haben wir unser Ziel so gut wie erreicht. Es müsste hinter der nächsten Knochenwindung liegen."

Mit jedem weiteren Schritt, den sie zurücklegten, warf die Knochenmembran stetig mehr Blasen und schien löslicher und flüssiger zu werden. Ein ums andere Mal war Robert versucht, seine Hand in die Masse zu stecken, um dessen Konsistenz zu prüfen, hielt sich jedoch lieber zurück, als er an seine Erfahrung mit dem metallenen Finger denken musste. Dann waren sie am Ursprungsort angelangt.

Vor ihnen breitete sich ein riesenhafter Pool aus einer schwarzen Flüssigkeit aus, die wie Sirup aussah. In einiger Entfernung sah Robert eine Art Wasserfall, der sich in das Becken ergoss, wobei es sich nicht um Wasser, sondern eine schwarze, zähe Flüssigkeit handelte.

„Dort hinten ist die Quelle der Knochenmembran, die sich in den vor uns liegenden Membransee einspeist und die die Basis für das Stahlmoos darstellt", erklärte Koxomil. „Siehst du das Gebilde aus Membraniten und Membratiten, Robert? Das ist unser Ziel, es ist der Eingang zur Grabkammer des Ewig Blinden Sehers, wo wir seine Truhe mit dem Relikt für unseren RZM vorfinden werden. Das von uns gesuchte Fragment besteht übrigens aus Stahlmoos."

„Und wie kommen wir da hin?", wollte Robert wissen. „Ich sehe partout keinen Weg, der dort hinführt. Zudem besitze ich nicht die Fähigkeit, über Gewässer zu laufen."

„Sei unbesorgt, Robert, die Oberfläche des Membransees sieht nur wie eine Flüssigkeit aus. In Wirklichkeit ist sie solide und dürfte beim Begehen nur leicht nachgeben und federn. Vertraue mir, Robert!"

Das mit dem Vertrauen hatte Elphring auch immer gesagt, und Robert war sich bis zu dessen Transformation in einen Zauberer und sein anschließendes Verschwinden nicht im Klaren darüber gewesen, ob er Elphring gänzlich vertrauen konnte. Zum Ende ihres letzten Abenteuers, kurz bevor sie durch die Blutbleiche gingen, fühlten sich alle Beteiligten von Elphring hintergangen, obwohl ihn Robert noch zaghaft zu verteidigen versuchte. Was aus Elphring wohl geworden war, was er wohl gerade machte, nachdem er sich verwandelt hatte? Robert wurde etwas wehmütig zumute. Wenn er ehrlich zu sich selbst war, musste er zugeben, dass ihm die Frotzeleien und Wortspiele mit dem ehemaligen Runenstab fehlten. Bezüglich Koxomil konnte er sich diese Anspielungen sparen, denn bei seinem künstlichen Intellekt würden sie sich als völlig überflüssig erweisen. Robert hörte Elphring in Gedanken förmlich aussprechen:

Das wäre ja wie Säulen nach Athen tragen.

Robert musste innerlich grinsen, zwang sich jedoch aus der Nostalgieschleife heraus. Aber wie stand er überhaupt zu Koxomil, konnte er ihm uneingeschränkt vertrauen? Bisher war er mit ihm gut gefahren, hatte ihn der Wolfsdrache gut beraten und Robert war nicht von ihm hintergangen worden, wenn er auch manchmal ein gewisses Abhängigkeitsverhältnis von Koxomil verspürte, was aber mehr eine Ahnung als eine Gewissheit war. Wie sich doch die Episoden mit Elphring und Koxomil glichen.

Zudem schienen Magnus und Julia Veränderungen an Robert hinsichtlich des Einflusses von Koxomil auf ihn bemerkt zu haben. Auch das war Robert nicht verborgen geblieben. Es war und blieb insgesamt ein kompliziertes und komplexes Verhältnis.

Misstrauisch beäugte Robert die vor ihm liegende Oberfläche und war sich nicht sicher, ob er den entscheidenden Schritt wagen sollte. Fragend blickte er zum Wrachen, der immer noch auf seiner Schulter saß:

„Seit wann bist du unter die Zauberer gegangen, Robert? Hab ich dich je getäuscht oder in die Irre geführt? Also: Frisch ans Werk, trau dich!"

Folglich knabberte Koxomil kurz an Roberts Ohr, was einen elektrischen Schlag durch seinen Körper jagte und Roberts Füße automatisch in Gang setzte. Robert stellte einen Fuß auf die Oberfläche des Membransees und sie hielt, was Koxomil versprochen hatte. Der Membransee ertrug Roberts Gewicht, und er hatte das unbestimmte Gefühl, wie auf Wackelpudding oder einem Wasserbett zu gehen.

Langsam, aber stetig kamen sie voran und Robert nahm den Eingang zur Grabkammer des Ewig Blinden Sehers in genaueren Augenschein. Die hoch aufragenden Membraniten und herabhängenden Membratiten erinnerten ihn an die Zähne im weit aufgerissenen, pechschwarzen Maul eines riesigen Raubfisches. Bei dem Gedanken, dass er und Koxomil sich ihren Weg dort hindurchbahnen mussten, überkam Robert ein Gefühl der Klaustrophobie und er wünschte sich zumindest eine kleine Lichtquelle dabeizuhaben.

Erneut musste er an Elphring denken, den er einmal als Fackel benutzt hatte und dessen darauffolgende unwirsche Reaktion, was ein leichtes Lächeln in Roberts Mundwinkeln hervorrief.

„Du hast nicht zufällig eine Taschenlampe oder etwas Ähnliches dabei, Koxi, oder?", fragte er den Wrachen, worauf dieser einen weißlichen Lichtschein aus seinen Augen schießen und die Umgebung hell erstrahlen ließ und antwortete:

„Wie wäre es damit, Robert, genügt das deinen Ansprüchen?"

Robert war sprachlos vor Begeisterung und wunderte sich, was noch für Fähigkeiten in dieser KI versteckt sein mochten.

Etwas leichteren Herzens ging er weiter.

Julia fielen die Vielfalt und Intensität der Gerüche, die sich mit dem Erscheinen des Herrschers im Audienzsaal ausgebreitet hatten, zuerst auf. Der Mechmaster vereinte sie alle in seiner Person und sie gingen über die üblichen Essenzen des Mechaversums noch hinaus: Leichte

Getriebeöle mischten sich mit schweren Maschinen-, Motoren- und Schmierölen, angereichert mit Diesel- und Benzinausdünstungen, zu denen sich leichte Gummi- dämpfe und ein Hauch von Teer gesellten, die sich zu einem einzigartigen, schwer in der Luft liegenden Aroma mischten und das persönliche Parfüm des Mechmasters ergaben.

„Wie ihr seht, bin ich ein LiquiMech, wenn ihr so wollt, ein flüssiges Mechawesen, das sich aus dem großen Pool der Knochenmembran speist und mit ihr stetig verbunden ist. Ich habe hier alles nach meinem Ebenbild erschaffen!", sagte der Mechmaster. Er ließ die Sätze bedeutungsschwer einige Sekunden wirken, ehe er fortfuhr:

„Ich stehe beständig mit allem und jedem im Mechaversum in Verbindung und bin somit stets bezüglich aller Aktivitäten um mich herum auf dem Laufenden."

Wieder machte der Mechmaster eine nachdrückliche Pause und maß seine Gäste mit einem kühlen, taxierenden Ausdruck, bevor er weitersprach:

„Während meines gesamten Daseins habe ich nur ein Stahlteil verloren, als einer meiner Kronenschädel abtrünnig wurde, weil er sich selbst verwirklichen wollte und sich seinen Lebensunterhalt als Orakel verdingte. Mir wurde zugetragen, dass er sich jetzt Flüstertod nennt, aber das ist eine andere, eigene Geschichte. Dieser Verlust liegt schon Äonen zurück, seitdem hat es niemand gewagt, mich zu hintergehen, geschweige denn zu bestehlen. Stahl ist heilig, Stahl ist Leben, es lebe der Stahl. Nun meine Freunde, nachdem das geklärt ist, erzählt mir, was euch zu mir führt."

Will er uns mit seiner Redseligkeit beeindrucken oder Angst einjagen? fragte Julia sich insgeheim. Sie hatte sich in der Zwischenzeit Gedanken darüber gemacht, wie sie den Mechmaster am besten bei Laune halten und gleichzeitig Robert und Koxomil Zeit für ihre Unternehmung verschaffen konnte. Bisher war sie in ihren Überlegungen nicht wirklich weitergekommen, als dem Mechmaster ordentlich Honig um den nicht vorhandenen Bart zu schmieren und danach irgendwie zu improvisieren.

„Wie ihr sicherlich schon gehört habt, sind wir Besucher aus einer anderen Welt, die das Mechaversum bereisen, um die einzigartigen Errungenschaften eurer Welt zu bewundern. Es ist schon erstaunlich, was ihr erschaffen habt, speziell eure Bauten haben uns überaus beeindruckt. Wir haben in unserer Welt nichts Vergleichbares und viele Menschen stehen der Kybernetik im Allgemeinen und Cyborgs im Besonderen sehr skeptisch gegenüber. Wobei es Bestrebungen einiger findiger Wissenschaftler und Nerds gibt, Schnittstellen zwischen dem menschlichen Gehirn und Computern mittels Chips herzustellen, woran z. B. ein Mann namens Nole Maske arbeitet. Zudem sind wir Menschen durch Nutzung von Prothesen und Implantaten auf dem besten Wege, zu Cyborgs zu werden. Künstliche Intelligenz ist zurzeit ein riesengroßes Thema bei uns, es gibt mittlerweile Software, die eigene Texte, Gedichte und Romane verfassen kann. Andere sind in der Lage, Musik zu komponieren, Bilder zu malen oder Stimmen von Menschen täuschend echt zu kopieren. Der neueste Schrei in der Unterhaltungsindustrie ist ein KI-

Radio mit virtueller Moderatorin, die mit den Zuhörenden über KI diskutiert. Irgendwie surreal und ironisch. Dabei bleibt natürlich stets die Frage, was macht den Menschen aus? Was ist der Unterschied zwischen Mensch und Maschine? Hat eine Maschine ein Bewusstsein, wird sie jemals fühlen können?"

Nachdem Julia anfangs nicht recht gewusst hatte, worüber sie sprechen sollte, hatte sie sich in einen kleinen Rausch geredet. Der Mechmaster hatte aufmerksam zugehört und meldete sich nach ihrem Monolog zu Wort.

„Interessant, interessant. Du möchtest offensichtlich mit mir über Philosophie diskutieren, in einer Welt von autonomen, denkenden, fühlenden, mit einem eigenen Bewusstsein ausgestatteten kybernetischen Wesen. Sag, fühlst du dich uns überlegen in deiner menschlichen Existenz? Willst du ernsthaft behaupten, dass Menschen die Krönung der Schöpfung sind, wenn man überhaupt von Schöpfung sprechen kann? Oder besteht dein Ziel eher darin, mich in eine lebhafte Diskussion zu verstricken und somit abzulenken zu wollen, damit eure Freunde ungestört weiterschnüffeln können?"

Julia wollte gerade protestieren, als der Mechmaster beschwichtigend die Hand hob und erklärte:

„Wenn ich mit meinen Einschätzungen richtig liege, muss ich euch leider enttäuschen. Bezüglich eurer Spezies würde ich mich am ehesten mit Frauen vergleichen, denen man in eurer Welt die Fähigkeit zum Multitasking nachsagt. Das müsstest du doch selbst am besten wissen. Ich kann viele Dinge gleichzeitig erledigen, ich bin in der Lage, intensiv mit euch zu diskutieren und parallel alle

Vorgänge im Mechaversum zu überwachen. Worauf soll das Ganze hinauslaufen Menschin? Was ist euer wahres Anliegen?"

Julia war etwas unwohl zumute und sie fühlte sich ertappt. Hilfesuchend blickte sie ihren Bruder Magnus an, der aber nur kurz mit dem Kopf schüttelte. Von ihm hatte sie offensichtlich keine Hilfe zu erwarten.

Je weiter sie sich der Grabkammer näherten, desto verteidigungsbereiter zeigten sich die Membraniten und Membratiten an deren Eingang. Sie wuchsen und wucherten in alle Richtungen, verschlangen und verschachtelten sich ineinander, bis eine undurchdringlich erscheinende Mauer entstanden war.

Zudem erspähte Robert zaghaft aufkommende Bewegung auf der Oberfläche des Membransees. In wellenförmiger Fluktuation kräuselte sich der See zu seinen Füßen, wobei sich die leicht rillenförmigen Erhebungen und Vertiefungen konzentrisch fortpflanzten. Es sah aus, als hätte jemand einen Stein auf die Oberfläche eines Gewässers geworfen, nur dass das hier unmöglich sein sollte, da Robert auf einer festen, undurchdringlich wirkenden Oberfläche ging. Gleichzeitig bemerkte er die nächste physikalische Unmöglichkeit, als vor ihm in einer Entfernung von etwa vier Metern ein Augenpaar unter der Oberfläche des Membransees auftauchte und ihn anblickte. Im Ausdruck der Augen lag etwas so Altes und Zeitloses, dass Robert trotz der Hitze unmerklich zu frösteln begann.

Zu den Augen gesellten sich eine Nase und ein Mund, dessen Winkel zornig nach unten gezogen waren. Das eben noch zweidimensionale Gesicht, das durchaus menschliche Züge aufwies, wurde runder und wuchs sich zu einem Kopf aus, der sich wie in Zeitlupe aus dem Membransee erhob und in den Himmel stieg. Rund vier Meter vor Robert in der Luft schwebend, formten sich stetig neue Details am Kopf heraus, bis ein markantes Gesicht entstanden war: spitze Nase, schmale Lippen, tiefliegende, fast schwarze Augen, entschlossenes Kinn, hohe Stirn, kein Haarwuchs.

Woher kenne ich dieses Gesicht nur? fragte Robert sich insgeheim. *Es ist, als hätte ich dieses Gesicht schon irgendwo gesehen.*

„Wer stören die Ruhe des Vermächtnisses des Ewig Blinden Sehers?", hörte er eine donnernde, gebieterische Stimme sagen, die aus dem Mund des schwebenden Kopfes dröhnte.

Das muss ein Déjà-vu sein, ich kann das doch unmöglich schon einmal gesehen haben, dachte Robert.

„In seiner Enzyklopädie der bekannten Welten hat der Chronist Gryffyus zu Schlauhderer Wesen beschrieben, die nur aus Köpfen bestehen", hörte er den Wrachen auf seiner Schulter sagen. „Ihre Sprache, die wie die Wesen selbst Nuai heißt, kennt keine Tempora und somit werden die Verben nicht konjugiert, sondern einzig im Infinitiv verwendet. Sie sagen demnach: Ich gehen heute, ich gehen gestern, ich gehen morgen, und das Prinzip gilt für alle Pronomen. Folgerichtig gehen die Nuai davon aus, dass Gegenwart, Vergangenheit und Zukunft gleichzeitig bestehen. Schlauhderer wagte sogar die These, dass die Nuai multitemporale Wesen sind, die parallel in verschiedenen Zeitebenen existieren, getreu ihrer Zeitmaxime: Die Zeit ist beständig in konstantem Fluss, wobei sich die Vergangenheit und die Zukunft permanent um die Achse der Gegenwart drehen. Bei seinen weiteren Nachforschungen stieß der Chronist auch auf folgende Theorie:

Apodiktisches Zeitdogma der Nuai

Heute sein gestern morgen!
Morgen sein gestern heute!
Gestern sein heute morgen!

Da kann einem schon ganz schön der Kopf schwirren", schloss Koxomil seine Erläuterungen ab.

Robert drängte sich währenddessen eine Szene in seinem Kopf auf: Er saß an einem grauen, regnerischen Novembertag in seinem Wohnzimmer in Hamburg vor einem Spiegel und einer Flasche Rotwein.

Was hat das zu bedeuten?

Gleichzeitig schoss ihm der Titel eines alten Songs durch den Kopf, *It's all over now baby blue*, von Van Morrison, wenn er nicht irrte. Er wurde überlagert durch Chers Hit *If I could turn back time*, dem sich *Time Machine* von Beggars Opera anschloss, bis alle drei Stücke gleichzeitig durch deinen Kopf wirbelten.

Lange hatte Robert nicht an diese Songs gedacht, warum gerade jetzt? Früher hatte Musik für ihn allgemein eine wesentlich größere Rolle gespielt, war er zu Konzerten gegangen oder hatte einfach nur seine Lieblingsscheiben auf der Couch mit Kopfhörern genossen. Mit seinem Erfolg als Immobilienmakler war das Interesse jedoch proportional zum Aufstieg auf der Karriereleiter abgeflacht. Robert hatte seine Laufbahn stetig und konsequent verfolgt und dafür seine Freiheitsinteressen geopfert. Das wurde ihm jetzt erst richtig bewusst. Schade, denn Musik hatte immer große Emotionen bei ihm ausgelöst, und diese eine Erinnerung an vergangene Tage genügte, um sein Gehirn mit Reizen zu überfluten: seine damalige Freundin, der Schlussstrich, der Verlust, die Tristesse, die Melancholie, der kahle Kopf im Spiegel, die enigmatische Botschaft, der kirschige Duft von Rotwein. Das war kein Déjà-vu, das war eine reale Erinnerung, deren zugrunde liegende Geschehnisse das vorweg genommen hatten, was er jetzt vor sich sah.

Die ganze Zeit über hatte der kahle Schädel wie im Standby-Modus stoisch in der Luft geschwebt ohne eine einzige Regung zu zeigen, ganz so, als warte er auf einen Input. Auch Koxomil verhielt sich seltsam schweigsam, war etwa die Zeit angehalten worden?

Zeit - das war der Begriff, der wie ein rotes Ausrufezeichen als verbindendes Element über allem stand. Alles lief auf Zeit hinaus, schien mit ihr verwoben. Gegenwart, Vergangenheit und Zukunft, die Nuai, der RZM, dessen nächste fehlende Komponente sie hier zu finden hofften, Roberts eigene Fähigkeit, die ZauBeR, die Gabe, die Zeit auf begrenztem Raum zu manipulieren. Da konnte einem wirklich ganz schön der Kopf schwirren.

Robert drehte sich zum Wrachen auf seiner Schulter um und sagte:

„Hey Koxi", doch weiter kam er nicht. Er sah nicht nur, dass Koxomil zur Salzsäule erstarrt war, sondern Robert gewahrte zudem erst jetzt das lange, schlohweiße Haar, das um seine eigenen Schultern wallte, die Arme hinunterströmte, an den Beinen entlang, schon den Boden erreicht hatte und auf den Nuai zufloss, ihn gleichsam erreicht hatte, an seinem Kinn emporwuchs, Mund, Nase, Augen, Stirn und die Schädeldecke bedeckte. Zudem bemerkte Robert erst jetzt, dass seine Fingernägel so lang gewachsen waren, dass sie Edward mit den Scherenhänden zu allen Ehren gereicht hätten. Außerdem waren seine Fußnägel inzwischen so lang, dass Roberts Schuhe schmerzten. Seine Haut war fahl, faltig und schlaff geworden.

Wie kann das nur so schnell gehen? wunderte sich Robert insgeheim, während der Nuai sich kräftig schüttelte, die Haare nach hinten warf und sprach:

„Robert der Wanderer spinnen das Zeitgarn, den Stoff, aus dem sich Epochen weben, Äonen knüpfen und Zeitalter flechten. So sein es gestern, so sein es heute, so sein es morgen."

„Du sprichst in Rätseln, Nuai, was hat das alles zu bedeuten?", fragte Robert um Fassung bemüht. Er hätte jetzt gern Koxomils Hilfe in Anspruch genommen, aber er konnte momentan nicht auf ihn zählen.

Der Schädel schien nachzudenken und antwortete dann mit grabestiefer Stimme:

„Aber wie können es sein, dass du so unwissend erscheinen? Du besitzen mächtige Gabe, du sein die Quelle für die ZauBeR. Aufgrund einer alten Prophezeiung warten ich seit langem auf dich als Anspruchsteller auf das Temfugium. Du müssen nur noch eine Probe bestehen, dann sein es dein."

„Was zum Gnorrfazz ist ein Temfugium und was hat es mit dieser Probe auf sich?", wollte Robert wissen.

Beim Namen Gnorrfazz war der Schädel merklich zusammengezuckt und sein Ausdruck verdüsterte sich.

„Was für ein Affront, den Namen des Usurpators zu nennen. Jetzt bestehen Zweifel an deinen lauteren Absichten. Erklären dich, Robert der Wanderer!"

Seine unbedachte Vorgehensweise hatte Robert arg in Bedrängnis gebracht, und ihm war nicht so recht klar, wie er sich aus dieser Patsche herausmanövrieren konnte. Hastig kramte er in seinem Gedächtnis nach Anhaltspunkten und Hilfestellungen, um dem Nuai Paroli bieten zu können. Aber so sehr er sich auch anstrengte, es wollte ihm nichts Hilfreiches einfallen. Also würde er improvisieren müssen.

„Ähm, es tut mir unsagbar leid, wenn ich dich beleidigt habe, ehrwürdiger Nuai. Mir war nicht bewusst . . ."

„Genug mit diesem unwürdigen Gewäsch!", fuhr der Nuai gebieterisch dazwischen. „Somit bleiben nur die Probe. Machen dich bereit, Robert der Wanderer! Wenn du wirklich der sein, für den du dich ausgeben, müssen die Aufgabe dir sehr leichtfallen: Heben die ZauBeR auf!"

Robert wusste nicht einmal, dass er den Zauber gewirkt hatte und hatte sich auch nicht als irgendjemand ausgegeben. Dennoch musste er mit dieser Situation umgehen und eine Lösung finden. Er kramte in seinem Gedächtnis, wie er die ZauBeR, die Zeitmanipulation auf begrenztem Raum, beim letzten Mal angegangen war und konnte sich erinnern, dass er die ZauBeR mit dem Wort „Tempacitus" begonnen hatte und dass das intuitiv im Angesicht von Todesgefahr geschehen war, als Cetacerisch die Gruppe angegriffen hatte. Robert konnte sich jetzt jedoch partout nicht erinnern, wie er die ZauBeR beendet hatte. Wahrscheinlich war seine Gabe nach einer gewissen Zeit von alleine abgeflaut. Seine Erinnerung half ihm in dieser Situation auch nicht weiter.

Plötzlich geschah etwas, das er sich ebenfalls nicht erklären konnte: Der Strom der Haare, des Garns, wurde unvermittelt stärker und dichter und rang und schlang sich enger und fester um den Nuai, der Kopf war mittlerweile komplett von dicken Schichten Garns bedeckt und Robert hörte Würg- und Röchelgeräusche, die in ein jammerndes Stöhnen übergingen. Gleichzeitig kam Bewegung in die Membraniten und Membratiten am Eingang zur Grabkammer des Ewig Blinden Sehers, die sich langsam, aber stetig öffneten, bis der Eingang völlig frei war.

„Bin ich froh, dass ich dank deiner Hilfe den alten Miesepeter und Paragraphenhengst losgeworden bin", hörte Robert eine Stimme in seinem Kopf. „Der ließ mir überhaupt keinen Raum zum Atmen mehr, metaphorisch gesprochen. Er ordnete immer nur Vorschriften, Gebote und Verbote an, furchtbar das Ganze. Hol mich schnell raus von hier, Robert der Wanderer, und dann nichts wie weg von diesem Ort!"

„Wer spricht da?", fragte Robert perplex, der sich den Ursprung der Stimme nicht erklären konnte.

„Na, ich bin's, Temfugium, das fehlende Teil für euren RZM. Ich habe mich nur kurz deiner Zeitmanipulationsgabe bemächtigt, damit wir gemeinsam den Nuai besiegen und von hier verschwinden können. Also, setzt du dich endlich in Bewegung und befreist mich aus der Truhe?"

Der Nuai befand sich immer noch in der Gewalt des Garns und konnte sich nicht rühren, während Roberts Alters- und Zeitsymptome gänzlich verschwunden waren. Koxomil schüttelte seine Glieder auf Roberts Schulter, sträubte sein Fell, plusterte die Federn auf und richtete die Schuppenplatten.

„Hab ich irgendetwas Wichtiges verpasst?", gähnte er zu Robert. „Was ist denn mit dem Nuai geschehen?"

„Toll, dass du wieder aus deinem Nickerchen erwacht bist, hast mich ganz schön im Stich gelassen", maulte Robert den Wrachen an und musste an eine ähnliche Unterhaltung mit Elphring denken. Wie sich die Umstände doch glichen.

„Du machst wohl Witze, Robert", versuchte Koxomil sich zu verteidigen. „Das letzte, an das ich mich erinnere, ist, dass dir lange Haare gewachsen sind und dann wurde plötzlich alles schwarz um mich herum und ich konnte mich nicht mehr bewegen."

„Trotzdem fühle ich mich von dir verraten, dir als KI muss doch . . ."

„Wenn ihr zwei Turteltäubchen mal einhalten könntet mit eurem Geplänkel, es gibt Wichtigeres zu erledigen. Kommt endlich her und holt mich aus dieser Truhe, ehe dieser Nuai wieder im Vollbesitz seiner Kräfte ist", mischte sich Temfugium ein.

„Wer hat da denn gerade gesprochen, Robert? Ich kann außer uns und dem Nuai niemanden sehen."

„Das war Temfugium, das fehlende Teil des RZM in dieser Welt. Wir sollten jetzt wirklich zu der Grabkammer gehen und ihn abholen."

„Ja klar, Temfugium, jetzt wird mir einiges klar. Er hat uns gerettet. Indem er deine ZauBeR angezapft hat. Wie konnte ich nur so begriffsstutzig sein? Das müssen noch Nachwirkungen vom Zeitschlummer sein, der bekommt uns KIs gar nicht. Okay, dann mal los, Robert, auf zur Grabkammer."

Die Oberfläche des Membransees hatte sich wieder vollkommen geglättet und in null Komma nichts standen sie vor dem Eingang der Grabkammer. Die Membraniten und Membratiten flüsterten, raunten und wisperten in einem vielstimmigen Chor ehrfürchtig ihre Begrüßung und bogen sich noch etwas weiter auseinander, um Robert und Koxomil passieren zu lassen.

„Der ehrwürdige Robert der Wanderer beehrt uns mit seinem Besuch. Geschwind, lasst uns die Krypta erleuchten und ihm den Weg weisen."

Robert betrat die Gruft, deren Wände grünlich schimmerten und die Kammer in ein gespenstisches Licht tauchten, und schritt in die Mitte des Raumes. Dort stand eine unscheinbar aussehende, einfache Holzkiste, die der einzige Gegenstand in der gesamten Kammer war.

„Was soll ich jetzt machen, Koxi?", fragte Robert sowohl unsicher als auch enttäuscht, hatte er doch eine pompöse, prunkvolle Truhe erwartet.

„Nun stell dich nicht so an, Robert. Geh hin und öffne einfach den Deckel. Dann nimm das Temfugium und wir verschwinden von hier", antwortete der Wrache verwundert und offensichtlich etwas verärgert.

Auf leicht steifen, hölzernen Beinen näherte sich Robert vorsichtig der Kiste, beugte sich zu ihr herunter, hielt kurz inne und hob dann mit einer entschlossenen Bewegung den Deckel hoch, der vom Alter gebeutelt, quietschend und knarzend nachgab.

„Na endlich, wurde aber auch Zeit, ich dachte schon, du würdest mich gar nicht mehr finden", sagte die ihm schon bekannte Stimme aus dem Inneren der Kiste.

Robert sah einen schmucklosen, stahlgrauen Gegenstand, der etwa drei Zentimeter im Durchmesser groß war und einem Ladeadapter mit unterschiedlichen Steckbuchsen ähnelte.

„Nun starr mich nicht so unverhohlen an, ich werde schon ganz verlegen. Nimm mich und steck mich in deine Hosentasche!"

Vorsichtig und zögerlich streckte Robert seine Hand nach dem sprechenden Adapter aus, der ihm nicht ganz geheuer vorkam.

„Nur keine falsche Bescheidenheit, greif ruhig zu, ich beiße schon nicht."

Robert gab sich einen Ruck, packte das stählerne Gebilde und steckte es in seine Hosentasche.

„Ui! Schön warm und gemütlich hier und auch nicht so muffig wie in der Truhe. Ich glaube, hier werde ich mich wohl fühlen", schnurrte die Stimme in den Tiefen von Roberts Hose.

„Und was machen wir jetzt, Koxi?"

„Jetzt muss ich mich mit der Knochenmembran verbinden, sie anzapfen und die Kommunikation der Mechawesen lahmlegen, schon vergessen?", dozierte der Wrache. „Dazu musst du die Truhe wegbewegen, denn unter ihr befindet sich eine Verbindungsader zur Quelle."

Robert packte die Kiste mit beiden Händen und zog, doch sie bewegte sich keinen Millimeter vom Fleck.

„Du musst natürlich erst den Deckel schließen, sonst funktioniert das nicht", belehrte ihn Koxomil oberlehrerhaft. Der Vergleich zu Elphring drängte sich immer mehr auf. Robert biss die Zähne zusammen, um nicht irgendeine Gemeinheit zu erwidern, schloss den Deckel der Truhe, und zog sie daraufhin mühelos hoch. Dabei ergab sich ein schmatzend, saugendes Geräusch und Robert stellte die Truhe ab. Mittlerweile war Koxomil von seiner Schulter gesprungen und machte sich an der Quellader zu schaffen. Robert sah, wie Koxomil mit langen, dünnen Tentakeln, die ihm aus seinen Klauen gewachsen waren, in die Knochenmembran eindrang. Der Wrache erklärte, dass aus den Drüsen, die sich an den Tentakeln befanden, ein Sekret abgesondert wurde, das in die Knochenmembran eindrang und sich als lähmendes Gift auswirkte. Nach wenigen Minuten sagte er:

„So, das war's, das sollte genügen und uns die Mech-soldaten vom Leib halten. Trotzdem ist Eile geboten und wir sollten so schnell wie möglich deine Freunde abho-len."

„Apropos Eile: Wie soll die vonstattengehen, Koxi? Du hast sicherlich bemerkt, dass ich auf dem Hinweg hierher ganz schön an meine Grenzen gestoßen bin. Ich werde das Tempo nicht noch einmal vorlegen können, geschweige denn einen weiteren Zahn zulegen können."

„Du solltest ruhig etwas mehr Vertrauen in meine Fä-higkeiten setzen, Robert. Die Lösung wird nicht lange auf sich warten lassen", entgegnete Koxomil.

Und damit verwandelte sich der Wrache: Robert hörte Knochen knacken und sich dehnen, Fell und Gefieder rauschten und brausten, Schuppenplatten klapperten und ächzten, während sie sich spannten, neben Flügeln, die sich mit mächtiger Spannbreite ausbreiteten und Koxomil größer und größer wurde. Mit einem animalischen Brüllen und Fauchen warf der Wrache seinen Kopf in die Luft und schloss seine Metamorphose ab. Vor Robert stand ein etwa 15 Meter großes, majestätisch aussehendes Ungetüm, ein erhaben anmutender Drache mit einem großen Wolfskopf. Diesen senkte er zu Robert herab und sagte mit würdevol-ler Stimme:

„Komm, steig auf und nimm Platz, Robert. Wir unter-nehmen einen kleinen Ausritt zu einer Rettungsmission."

Flucht

Ein Zucken und Schaudern durchlief den Körper des Mechmasters, und er ging unvermittelt in den flüssigen Aggregatszustand über, während der Stahl brodelte, kochte und zischte.

„Hier stimmt etwas ganz und gar nicht, Magnus", sagte Julia zu ihrem Bruder. „Wir sollten zusehen, dass wir von hier wegkommen."

Umgehend mussten die beiden mit ansehen, wie sich die Stahlatome und -moleküle langsam wieder zu einem soliden Körper zusammensetzten, bis der Mechmaster erneut in seiner festen Form im Thron vor ihnen saß. Sein stählerner, kalter, unbarmherziger Blick aus unergründlich tiefen, seelenlosen Augen musterte Julia und Magnus, der sie frösteln ließ. Mit herrischer, befehlsgewohnter Stimme sagte der Mechmaster:

„Meine von Anfang an bestehende Skepsis euch gegenüber hat sich leider bestätigt. Ich habe euren Freunden freies Geleit gegeben, habe ihnen zugesichert, dass sie sich überall ungehindert bewegen dürfen und das ist schamlos ausgenutzt worden."

Die peinigend kalten Augen des Mechmasters bohrten sich in Julia und Magnus.

„Ist das euer Dank für unsere Gastfreundschaft? Die frevelhafteste aller Taten im Mechaversum zu begehen? Eine Tat, so ungeheuerlich, dass es mich schaudert, überhaupt deren Namen auszusprechen? Diebstahl. Unser heiliger Stahl ist über jeden Zweifel erhaben, verbietet sich jede Respektlosigkeit gegen sich. Dieser Akt der Barbarei zieht das härteste Urteil nach sich, das unsere Welt fällen kann: der Entzug des Lebens."

Abermals verschwammen die Konturen des Mechmasters, die Oberfläche seines Körpers fing an sich zu verflüssigen, um sich gleich darauf wieder zu verfestigen. Dieses Prozedere wiederholte sich beständig, ganz so, als würde es dem Mechmaster schwerfallen, die Kontrolle aufrecht zu halten.

„Wir sollten abhauen, solange wir noch können", drängte Julia. „Komm, Magnus, los jetzt!"

„Ganz schön schlau, eure KI, sie versucht mich auszubooten und sämtliche Kommunikationskanäle zu unterbrechen. Ha, wenn da nicht unser autonomes Backupsystem wäre . . ."

Julia und Magnus rannten auf die offenstehenden Flügel des Eingangstores zu und hatten diese fast erreicht, als sie mit einem lauten Krachen ins Schloss fielen. Mit Panik in den Augen blickten sich die Geschwister nach einer weiteren Fluchtmöglichkeit um, obwohl sie genau wussten, dass es auf dieser Ebene keine weitere Tür mehr gab. Somit blieb als letzte Option die freischwebende Treppe, die sie in der Hoffnung nach oben führen würde, dort einen Ausgang zu finden.

Ein metallisch glucksendes Lachen war aus der Richtung des Mechmasters zu hören. „Glaubt ihr wirklich, ihr könntet mir so leicht entkommen? Oh nein, ihr werdet der gerechten Strafe zugeführt, ihr werdet für den Verrat büßen und sterben, alle vier!"

Julia und Magnus hatten den Treppenabsatz mit einem Spurt bereits erreicht, teilten sich auf und hasteten die

Stufen der linken bzw. der rechten Treppe nach oben. Ihr Blick fiel als erstes auf ein in die hoch über ihnen aufragende Decke eingelassenes riesiges, kuppelartiges Fenster aus flüssigem Metall, das sie jedoch unmöglich ohne Hilfsmittel erreichen konnten. Im linken und rechten Korridor auf dieser Ebene gab es unzählige Türen, die jedoch alle geschlossen waren. Es würde ihnen nichts anderes übrigbleiben, als eine nach der anderen auszuprobieren und zu hoffen, dass eine den Weg nach draußen in die Freiheit weisen würde.

„Bemüht euch nicht, es gibt keinen Ausweg für euch, das Ränkespiel ist aus. Ich habe die Wachen schon informiert, sie werden gleich hier eintreffen", dröhnte die Stimme des Mechmasters zu ihnen herauf, während Julia und Magnus nacheinander Klinken drückten und an Türen rüttelten, diese aber fest verschlossen fanden. Doch da die Hoffnung bekanntlich zuletzt stirbt, eilten sie weiter von Tür zu Tür, nur um auf das eine oder andere Mal enttäuscht zu werden. Julia und Magnus trafen sich auf der anderen Seite, wo die beiden Korridore aufeinandertrafen und hatten jeweils noch eine nicht untersuchte Tür vor sich. Ihre verzweifelt wirkenden Mienen spiegelten die Hoffnungslosigkeit der Lage wider, während sie die vor ihnen liegende Klinke herunterdrückten - und die Tür aufdrückten. Julia konnte sich gerade noch an der nach außen schwingenden Tür festhalten, hinter der kein Boden zu sehen war und hing über einem klaffenden Abgrund ins bodenlose schwarze Nichts. Nachdem Magnus seine Türklinke heruntergedrückt hatte und mit einem Fuß schon über dem Abgrund hing, konnte er sich mit einer großen Kraftanstrengung am Türrahmen festhalten und sich in den Raum zurückziehen. Er eilte zu Julia hinüber, bekam eine ihrer Arme zu fassen und zog sie auf den Boden des Korridors zurück, wo sie mit schlotternden Knien und keuchendem Atem liegen blieb.

Wieder hörten sie das metallisch glucksende, höhnische Lachen des Mechmasters. „Ups! Das ist ja gerade noch einmal gutgegangen. Aber keine Sorge, meine Elitesoldaten werden sich gleich um euch kümmern, dauert nur noch einen Moment."

Und dann überschlugen sich die Ereignisse: Während unten im Audienzsaal die Flügeltüren des Eingangstores aufschwangen und zehn schwer bewaffnete Mechsoldaten mit dröhnenden Metallstiefeln in den Saal marschierten, hörten Julia und Magnus ein lautes Zischen vom Metallfenster in der Decke. Sie blickten nach oben und sahen, dass schwarzer Qualm aus den Seiten des Fensters quoll und Feuerzungen an den Rändern leckten. Das flüssige Metall wurde zusehends spröde und es entstanden erste Blasen, von denen einige aufplatzten und den Blick nach draußen freigaben. Ein riesiges Auge lugte durch ein Blasenloch, wobei sich die Schnauze eines Raubtieres hindurchschob, als die Löcher stetig größer wurden, bis das Metallfenster gänzlich in sich zusammenfiel. Unter kreischendem Kampfgebrüll zwängte sich das ganze Tier durch die Öffnung in der Decke, breitete seine enormen Schwingen aus und flog in den Empfangssaal.

Sieht wie ein Drache mit einem Wolfskopf aus, dachte Julia, *und ist das nicht ein Mann, der auf seinem Rücken reitet? Robert?*

Magnus und seine Schwester sahen sich verwundert an, sollte aus dem 15 cm kleinem Wrachen Koxomil ein 15 Meter großes Ungetüm geworden sein, das mit Robert zu ihrer Rettung gekommen war? Wie zur Bestätigung drehte sich Robert in diesem Moment zu ihnen um und rief herüber:

„Haltet durch, wir erledigen nur schnell die Mechsoldaten und holen euch dann ab!"

Koxomil drehte währenddessen eine enge Kurve, flog direkt auf die Soldaten zu, die ihre schweren Waffen angelegt hatten und schickte ihnen eine tödliche Flammenwand aus seinem Maul entgegen. Die Mechkämpfer hatten nicht den Hauch einer Chance, als das siedende Feuer sie erreichte und einen nach dem anderen einschmolz, bis nur noch zehn Klumpen Stahl übrigblieben. Der Mechmaster verflüssigte sich im Handumdrehen in seinen Thron, der so verwaist stehenblieb, als hätte nie jemand auf ihm gesessen.

„Ich denke nicht, dass der Mechmaster einfach nur die Flucht ergriffen hat", sagte Koxomil zu Robert. „Er hat sich sicherlich zurückgezogen, um seine Angriffsstrategie zu planen und eine ganze Armee von Mechsoldaten auf uns zu hetzen. Meine Lähmung der Knochenmembran hat offensichtlich nicht so gut funktioniert, wie ich dachte. Wir sollten schleunigst Julia und Magnus einsammeln und diesen Ort ein für alle Mal verlassen."

Die Geschwister waren indessen schon die Treppe hinuntergelaufen und gingen freudig erregt auf den riesigen Wrachen zu.

„Keine Zeit für ein ausgiebiges Begrüßungsritual!", mahnte Koxomil zur Eile. „Steigt auf und dann nichts wie weg", womit er den Kopf senkte und Julia und Magnus über Nase und Stirn auf seinen Rücken klettern ließ. Mit mächtigen Flügelschlägen hob er dann in einem Spiralmanöver ab und schoss mit angelegten Schwingen durch das Loch in der Decke nach draußen.

„Haltet euch gut fest, Leute, das wird ein rauer Ritt. Wenn mich nicht alles täuscht, sind dort drüben schon die ersten Mechsoldaten mit ihren Flugtornistern aufgestiegen und fliegen uns entgegen. Macht euch für einen heißen Luftkampf bereit", instruierte Koxomil die Drei auf seinem Rücken.

In einiger Entfernung sah Robert etwa zwanzig Objekte auf sie zufliegen und rasch näherkommen. Wie pfeilschnelle, rotspurige Peitschenhiebe schossen die ersten Rakentensalven auf Koxomil zu, der im letztmöglichen Moment abtauchte, eine Pirouette drehend hinter den Geschossen auftauchte und sie mit einem vernichtenden Feuerstoß pulverisierte. Die ersten Mechsoldaten hatten Koxomil erreicht, und er fegte sie mit einem ausholenden Flügelschlag aus den luftigen Höhen, was sie am Boden zerschellen ließ.

„Wir müssen schnell das Portal erreichen, und ich kann nur hoffen, dass es dem Mechmaster nicht gelingt, die Stadtmauer vor unseren Nasen hochzuziehen. Ich bin mir nicht sicher, ob ich sie fliegend überwinden kann, da sie mit ihren 250 Metern vermutlich das künstliche Himmelsgewölbe berühren und wir nicht mehr durchschlüpfen könnten."

Eine Granate pfiff an Robert vorbei, sodass er unwillkürlich zusammenzuckte und sich tiefer in Koxomils Fellgefieder vergrub. Sie wurden von acht Mechsoldaten umschwirrt, die pausenlos auf sie schossen und denen Koxomil mit immer gewagteren Flugmanövern auswich.

„Gut festhalten!", befahl der Wrache. „Jetzt kommt mein Spezialmove, der unsere Feinde überraschen wird."

Koxomil schoss steil nach oben und ließ sich dann wie ein Stein fallen, wobei er zwei Angreifer regelrecht aufspießte. Schwarzes Öl, das wie Blut anmutete, tropfte von seiner Wolfsschnauze, während er das Manöver wiederholte und beim Sturz die restlichen fliegenden Mechsoldaten mit seiner siedenden Flamme zerschmolz. Magnus erinnerte sich an Achterbahnfahrten auf Volksfesten in seiner Jugend, während der Flugwind sein Haar zerzauste und er auf Koxomils Rücken das eine und andere Mal nach vorne und zurück geworfen wurde.

Auf mächtigen Flügelschlägen näherten sie sich mit halsbrecherischer Geschwindigkeit der Stadtmauer, die noch immer nicht ausgefahren worden war.

„Es scheint dem Mechmaster wegen meiner Lähmung der Knochenmembran doch schwerzufallen, seine Angriffe zu koordinieren, sonst hätten wir es sicherlich mit mehr Flugmechs zu tun", merkte der Wrache an. „Gleich haben wir die Stadtgrenze erreicht und können ins offene Gelände fliegen."

Kaum hatte er das gesagt, als sich vor ihnen ein Koloss aus flüssigem Stahl etwa 30 Meter aus dem Boden erhob und zum Mechmaster in voller Kampfmontur zusammensetzte. Er hatte sein Ornat gegen eine Vollpanzerung und

sein Zepter gegen zwei todbringende, titanische Granat-
werfer eingetauscht, die er sofort auf Koxomil ausrichtete
und das Feuer eröffnete. Der Wrache hatte Mühe, den
Geschossen auszuweichen und war vollends mit der De-
fensive beschäftigt, ohne auch nur einen einzigen Gegenschlag initiieren zu können. Der einzige Vorteil lag darin,
dass er während der Ausweichmanöver die Bewegungen
des Kolosses studieren und auf etwaige Schwachstellen
hin analysieren konnte. Die Flugbahnen der Geschosse
waren relativ einfach zu kalkulieren und so konnte Koxomil eine Route berechnen, die ihn nahe an sein Ziel bringen würde. Weiterhin fiel ihm auf, dass die rechte Seite
des Mechmasters etwas schwächer ausbalanciert war, was
er zu ihrem Vorteil nutzen konnte. Mehr Kopfzerbrechen
machte ihm die ungeheure Feuerkraft seines Gegners,
dessen Sperrfeuer ihm wahrscheinlich nur einen einzigen
Gegenschlag gestatten würde, bevor er von sich kreuzen-
den Granaten zerfetzt werden würde. Darüber hinaus
hatte Koxomil eine Wunderwaffe in petto, die er jedoch
nur ein einziges Mal einsetzen konnte, bevor er sich wieder aufladen musste, was Zeit kostete. Er war in der Lage,
seine Feuerkraft so zu bündeln, dass sie sich in einem
einzigen Feuerball entlud, der die Kapazität besaß, eine
ganze Fahrzeugkolonne in ein glühendes Inferno zu verwandeln. Das sollte auch für einen LiquiMech ausreichen.

Er berechnete flink die günstigste Flugroute und informierte seine Passagiere:

„Leute, ich werde jetzt einen aberwitzigen Stunt wagen,
bei dem ich mir jedoch sicher bin, dass er klappen wird.
Macht vielleicht lieber die Augen und Ohren zu, denn ich

werde geradewegs in das Zentrum des Mechmasters fliegen. Glaubt mir und vertraut darauf, dass es unsere einzige Chance ist, hier heil rauszukommen. Auf los geht's los!"

Robert wollte gerade protestieren, als Koxomil zielgerichtet auf den Stahlkoloss zuschoss, wobei er in einem
schwindelerregenden Tempo einer Granate nach der anderen auswich. Daraufhin erhöhte der Mechmaster seine
Geschossfrequenz und zwang den Wrachen damit zu
neuen Berechnungen. Abwechselnd enge Haken schla-
gend wie ein Hase und sich um die eigene Achse drehend
auf- und abfliegend, manövrierte er sich immer näher an
den Mechmaster heran, der stoisch weiterfeuerte. Die
Granaten flogen Julia, Robert, Magnus und Koxomil nur
so um die Ohren, ihr beständiges Fauchen ging ihnen
durch Mark und Bein und der Pulvergeruch kroch beißend
in ihre Nasen. Aber Koxomil meisterte die Herausforderungen mit Bravour, steuerte zielsicher und abgeklärt die
schwächere rechte Seite des Kolosses an, wo die Taktung
der Granaten etwas geringer ausfiel, ging in den Sinkflug
über, sodass er fast den Boden berührte, flog in irrsinni-
gem Tempo durch die Beine des Mechmasters, zog in
seinem Rücken sofort steil nach oben, vollführte einen
Salto rückwärts, raste auf den Kopf des Stahlkolosses zu
und schoss seinen gebündelten, alles vernichtenden Feuerball ab. Er riss seinen Körper im letzten Moment wieder
hoch und flog mit weit ausholenden Schwingenschlägen
und einem gutturalen Siegesschrei über die Stadtmauer.
Gleichzeitig brandete hinter ihm ein Feuerinferno auf, das
in einer gewaltigen Explosion gipfelte und flüssigen Stahl
in alle Richtungen verteilte. Vereinzelte, schwere Tropfen

fielen auf seine Schwanzfedern und sengten sie an, aber sie hatten den Durchbruch geschafft und flogen dem Portal entgegen.

Vom Boden wurde er vereinzelt beschossen, was aber keine große Gefahr darstellte, da Koxomil den Geschossen leicht ausweichen konnte.

„Ich glaube, ich würde jetzt gerne meine Hose wechseln. Was für ein irrer Flug, aber wir haben es geschafft", keuchte Magnus und brachte damit die Gedanken aller auf den Punkt.

„Ich möchte eure Euphorie nicht bremsen, Leute, aber wir sind noch nicht ganz durch", gab Koxomil zu bedenken. „Das Portal wird von Mechsoldaten am Boden bewacht und ich kann in dieser Form nicht durch das Portal reisen, dafür bin ich zu groß. Ich muss mich also verkleinern und wir müssen zu Fuß kämpfen."

„Kannst du nicht einfach aus der Luft mit Feuer angreifen oder ein neues Portal schaffen?", fragte Julia.

„Für beides fehlt mir leider die Kraft, Julia. Nach dem Angriff mit dem gebündelten Feuerball muss ich mich erst einmal erholen. Ich kann euch jedoch mit meinen Krallen und Flügeln im Kampf von oben unterstützen."

„Aber wir haben doch überhaupt keine Waffen, womit sollen wir denn kämpfen?", fragte Julia.

„Nach der Explosion des Mechmasters konnte ich etwas von seinem flüssigen Stahl auffangen und zumindest zwei rudimentäre Schwerter erstellen. Ist jemand von euch in der Schwertkunst erfahren?"

„In meiner Polizeiausbildung habe ich zumindest den Nahkampf mit Schlagstöcken gelernt", antwortete Julia. „Das könnte ausreichen."

Robert winkte ab, aber Magnus meldete sich zu Wort:

„Ich war ein paar Monate Mitglied in einer Kampfsportgruppe, wo wir auch mit Schwertern geübt haben. Natürlich bin ich kein Profi, aber den einen oder anderen Move habe ich sicherlich noch drauf."

„Gut, dann suche ich jetzt einen sicheren Platz zum Landen und setze euch ab", schloss Koxomil ihre Unterredung, kippte zur Seite und setzte zur Landung an. Am Boden erhielten Julia und ihr Bruder die kruden Stahlschwerter, die jedoch äußerst scharf waren und erstaunlich gut in der Hand lagen.

„Ach, Julia, eins noch: Bei deiner Waffe ist es mir gelungen, es als ein Flammenschwert zu schmieden. Zur Aktivierung musst du nur den Hebel an der Parierstange umlegen. Aber Vorsicht: Zum einen sind die Flammen nicht nur eine effektive Angriffswaffe, sondern bergen auch Verletzungsgefahren für die Führende, zum anderen ist der Flammenpool leider begrenzt. Sei also bitte sparsam im Umgang mit der Flammenoption. Und jetzt lasst uns das hier zu Ende bringen."

Damit schwang sich Koxomil wieder in die Luft und griff die ersten Mechsoldaten am Portal an, riss mit seinen Klauen, schlug mit seinen Flügeln, biss mit der Schnauze und bewegte sich mit traumtänzerischer Sicherheit durch die gegnerischen Reihen.

Julia packte ihr Schwert fester am Griff und sagte:

„Kommt Jungs, lassen wir Koxomil nicht die ganze Arbeit alleine erledigen. Robert, vielleicht solltest du dich möglichst nahe bei Magnus oder mir aufhalten, damit wir dich beschützen können."

Der nickte nur und stellte sich neben Julia. Damit bewegten sich die drei in Richtung Koxomil, der unter den Mechsoldaten schon fleißig aufgeräumt hatte. Überall lagen abgetrennte Gliedmaße und Köpfe herum, aus einigen floss Säure. Sie wateten durch Lachen von Öl und Benzin und Julia stieg über einen am Boden liegenden Mechsoldaten, der plötzlich mit eisernem Griff ihr Bein packte. Sie wirbelte herum, ließ ihr Schwert blitzschnell nach unten sausen und schnitt den Arm an der Schulter ab. Der zweite saubere Schnitt galt dem Kopf, der sogleich auf den Boden rollte.

„Saubere Arbeit, Schwesterherz", kommentierte Magnus die Aktion. „An dir ist wahrlich eine Schwertmeisterin verloren gegangen."

Julia blieb keine Zeit für einen ausgiebigen Dank, denn zwei Mechsoldaten hatten sie erspäht und marschierten in ihren schweren Panzerungen auf sie zu.

„Vielleicht sollten wir versuchen, nahe an das Portal heranzukommen, damit wir im Falle einer brenzligen Situation schnell hindurchgehen können", schlug Robert vor.

„Gute Idee", pflichtete Julia ihm bei. „Auf drei stürmen wir los, an den Mechs vorbei. Vielleicht haben wir Glück und müssen uns ihnen gar nicht zum Kampf stellen. Also, eins, zwei, drei!"

Sie rannten auf die Mechsoldaten zu, die mit ihren rotierenden Klingen und Sägeblättern sehr martialisch aussahen, wichen ihnen mit einer Finte im letzten Moment aus und rannten weiter auf das Portal zu. In ihrem Rücken hörten sie, dass die Soldaten ihre Flugtornister gezündet hatten und fliegend die Verfolgung aufnahmen. Sie kamen schnell bedrohlich näher, überholten sie und setzten unmittelbar vor dem Portal direkt vor ihnen auf dem Boden auf. Magnus riss sein Schwert hoch und bohrte es dem rechts von ihm gelandeten Mech mit einem mächtigen Hieb durch die Schutzbrille ins Auge. Überrumpelt stürzte der schwere Mechsoldat zu Boden und riss Magnus mit sich, der auf ihn fiel. Magnus kam seine Schnelligkeit zugute, er zog seine Beine an, kniete sich auf den Körper des Mechs, riss sein Schwert an sich und rammte es dem Soldaten in die Brust. Keuchend blieb er auf dem leblosen Körper sekundenlang liegen.

Julia hatte mit ihrem Gegner mehr Schwierigkeiten, da er sie trotz seiner schweren Panzerung mit den rotierenden Klingen agil auf Abstand hielt, um dann plötzlich mit den Sägeblättern vorzustoßen. Es gelang Julia mit Mühe, sich immer wieder von ihm zu lösen, aber sie brachte mit ihrem Schwert keinen geeigneten Gegenangriff zustande. Durch ihre Ausweichmanöver waren sie ganz nahe an das Portal herangekommen und Julia traf eine verzweifelte Entscheidung. Sie tänzelte seitlich an den Mechsoldaten heran, wich geschickt den rotierenden Klingen aus, packte seinen Oberarm und stieß ihn und sich selbst durch das Portal.

Robert und Magnus hatten Julias Manöver mit ungläubigen Augen beobachtet und machten sich ihrerseits auf den Weg, um durch das Portal zu gehen. Koxomil hatte sich indes wieder auf 15 cm geschrumpft und hüpfte auf Roberts Schulter.

Familienbande

Voller Vorfreude kehrte Petersen nach dem anstrengenden Arbeitstag nach Hause zurück. Schon im Treppenhaus roch er den verführerischen Duft seiner Lieblingsspeise, die Kyra für sie vorbereitet hatte: Rinderrouladen mit Rotkohl und Salzkartoffeln, wobei das Rezept noch von ihrer Mutter stammte. Nach der nicht ganz einvernehmlichen Scheidung von seiner Frau Ruth, waren Petersen und seine Tochter zu der Vereinbarung gelangt, dass sie weiterhin zu Hause bei freier Kost und Logis wohnen bleiben könne, wenn sie das Kochen übernehmen würde. Diese Übereinkunft hatte bisher bestens funktioniert und für beide auch zeitliche Vorteile, wobei sich Kyra ihre Zeit als Studentin - sie absolvierte gerade ihren Master of Arts in Hamburg - relativ frei einteilen konnte. Was später, nach dem Studium, sein würde, stand auf einem anderen Blatt, darüber machte Petersen sich momentan keine Gedanken.

Kurz bevor er die Küche erreichte, wurde Petersen von Sir Winston begrüßt. Mit hoch erhobenem buschigem Schwanz kam Kyras Maine-Coon-Kater auf ihn zugeschossen und rieb sich vergnüglich schnurrend an seinen Beinen. Petersen streichelte sein langes, flauschiges Fell und kraulte Sir Winston am vorderen Halsbereich, wo er es am liebsten mochte.

„Hab dich auch vermisst, mein Großer", sprach Petersen den Kater an, „und wie war dein Tag so? Du weißt ja, ich darf von meinen aktuellen polizeilichen Ermittlungen nichts erzählen. Könnte dir jedoch von unserem neuen

Berater, Professor Kneesebeck, einige Geschichten auftischen, der ist schon ein komischer Kauz."

Sir Winston sah Petersen aus seinen klugen gelbgrünen Augen an, die luchsartigen Ohren aufrecht gestellt und miaute wiederholt leise wie zur Zustimmung, ganz so als wolle er Rede und Antwort stehen. War das jetzt eine Vermenschlichung katzischen Verhaltens? Aber nicht zum ersten Mal kam es Petersen so vor, als würde der Kater jedes seiner Worte verstehen. Als Kind hatte Kyra die Bücher und Abenteuer um den Kater Winston Churchill verschlungen und den Entschluss gefasst, ihren eigenen Kater nach ihm zu benennen. Zwecks persönlicher Note hatte sie ihn noch mit dem Ritterschlag geadelt. Bei der Erinnerung huschte ein zartes Lächeln über Petersens Gesicht. Kyra war schon seit jeher als Draufgängerin bekannt gewesen, in der Familie kursierte der allbekannte Machospruch um das Mädchen, das besser in Hosen zur Welt gekommen wäre, aber das ließ sie selbst damals ziemlich kalt, sie ging schon da ihren eigenen Weg. Zu der besagten Zeit, als der Kater in die Familie kam, hatte Kyra gerade eine Ritterphase und träumte davon, als furchtloses Mädchen in der Verkörperung des Schwarzen Ritters für Furore zu sorgen und in die Annalen einzugehen. Und sie hatte schon immer gesagt, dass jede Katze es verdient habe, geadelt zu werden. Was lag also näher, als den damals nur Winston genannten Kater zum Ritter zu schlagen. Anfangs wollte Winston nicht so recht mitspielen, sodass Petersen ihn leicht festhalten musste, während Kyra ihn mit ihrem kleinen Holzschwert adelte. So wurde aus dem Kater Sir Winston und war es immer geblieben, ein vollwertiges, nunmehr blaublütiges Mitglied der Familie.

„Lass uns mal nachsehen, was Kyra so treibt, der Essensgeruch ist schon mal sehr vielversprechend", und damit schob Petersen die Küchentür auf.

Seine Tochter stand mit dem Rücken zu ihm am Herd und bereitete die Soße vor, während die Dunstabzugshaube vor sich hin surrte und das Radio irgendwelche Rapmusik plärrte. Kein Wunder, dass sie ihn nicht reinkommen gehört hatte. Der Kater hatte sich inzwischen an Kyra herangepirscht und umschmeichelte sie.

„Nicht jetzt, Sir Winston, ich bin schwer beschäftigt, außerdem müsste Pa jeden Moment heimkommen und dann muss das Essen fertig sein."

Der Kater gähnte genüsslich und fing an, seine Pfote zu lecken.

Petersen betrachtete Kyra und ein warmes Gefühl breitete sich in ihm aus. Nach der Scheidung von Ruth waren er und seine Tochter enger zusammengerückt und verstanden sich gut. Das war nicht immer so gewesen, es hatte früher immer wieder Phasen der Entfremdung gegeben und das nicht nur während der Pubertät. Er erinnerte sich an einige ihrer vergangenen Liebschaften, mit denen er nicht einverstanden gewesen war und was Kyra ihm lange Zeit übelgenommen hatte. Aber das war Schnee von gestern, jetzt war alles gut.

Als Kyra ihn endlich bemerkte, schaltete sie unverzüglich das Radio aus - sie wusste, wie sehr er Rapmusik verabscheute - und begrüßte ihn mit einem Küsschen auf die Wange.

„Das Essen ist gleich fertig, setz dich schon mal hin. Und mach dir ein Bier auf, ich nehme auch eins, Flensch, wenn es genehm ist."

Petersen ging zum Kühlschrank, nahm zwei gekühlte Flenschburger Pils heraus, ließ die Bügelverschlüsse typisch nordisch ploppen und den Gerstensaft in die schon bereitgestellten Gläser fließen.

„Wie war dein Unitag, Kyra, gab es interessante Vorlesungen?", versuchte Petersen es mit Small Talk.

„Mittlerweile gehen mir die Online-Vorlesungen ziemlich auf den Zeiger, ist alles nicht mehr so wie früher. Man kann sich nicht mehr vernünftig treffen, muckelt alleine vor sich hin, es entstehen kaum soziale Kontakte, als Auswirkungen auf die Scheißpandemie. Sorry, für die drastische Ausdrucksweise."

Petersen konnte die Nöte und den Frust der jungen Leute ob der Einschränkungen gut verstehen, andererseits erforderten harte Zeiten harte Maßnahmen. Aber die konnte ein an Entbehrungen gewöhnter Mensch sicherlich besser wegstecken, als jemand, der sein Leben lang nur wohlbehütet aufgewachsen war und dessen größte Herausforderung darin bestand, die Scheidung der Eltern zu verarbeiten. Petersen hörte schon innerlich die Therapeutengemeinde kollektiv aufstöhnen und von traumatischer Belastung mit Auswirkungen auf das gesamte spätere Leben faseln.

Während Kyra die dampfenden Schüsseln auf den Tisch stellte, verfiel Petersen in immer brütenderes Schweigen. Amanda Onken war ihm heute wieder einmal mit ihrem selbstherrlichen Getue auf den Zeiger gegangen.

Was nahm sich diese Person bloß heraus, wohin würde das noch führen. Die Befragung auf dem Präsidium hatte erwartungsgemäß nichts Konkretes ergeben, war auch mehr als Einschüchterungsversuch geplant gewesen, aber Petersen bezweifelte, dass sie etwas in dieser Hinsicht erreicht hatten. Diese selbstgerechte Nervensäge . . .

„ . . . hallo Papa, Kyra an Papa, Invasion der Rinderrouladen, die auf dem Teller gelandet sind und vernichtet werden wollen!"

Petersen musste grinsen, verdammt, wie sehr er dieses große Kind doch liebte. Und damit machte er sich mit aufkommendem Heißhunger über das Essen her.

„Sorry, Kyra, es ist mal wieder die Arbeit, die mich in ihrem Bann hält und nicht loslässt. Lass uns essen, dann wird es schon wieder."

„Ich weiß, dass du über die Arbeit nicht sprechen darfst, aber was zerfrisst dich denn so, dass nicht einmal dein Lieblingsessen dich richtig davon abhalten kann?"

„Ach, weißt du, ich hab mich mal wieder furchtbar über diese Amanda Onken aufgeregt, die heute doch tatsächlich an einem Tatort aufgetaucht ist und provoziert hat."

„Amanda Onken? Meinst du die Amanda Onken, die diesen wahnsinnig coolen Blog über übernatürliche und unerklärliche Phänomene betreibt?"

„Genau die meine ich, Kyra, aber was daran cool sein soll, entzieht sich absolut meinem Verständnis", erwiderte Petersen etwas zerknirscht.

„Aber Pa, diese Frau ist eine absolute Ikone in der Blogger-Szene, ist zwar noch ziemlich neu im Geschäft, aber genießt schon jetzt Heldinnenstatus mit ihrer unkonventionellen und kreativen Herangehensweise. Ich finde ihre Arbeit ja sooo cool!"

„Kyra, ich kann deine Begeisterung für diese Person wirklich nicht nachvollziehen. Das, was sie da macht, ist doch nur sensationslüsternes Internetgeschreie ohne jegliche Ambition und entbehrt jeder wissenschaftlichen Grundlage. So eine solltest du dir nun wirklich nicht zum Vorbild nehmen."

„Nur weil du dem Internet und den sozialen Medien nichts abgewinnen kannst, solltest du den modernen Medien nicht mit so viel Misstrauen entgegentreten, sondern offener dafür sein. Du musst mit der Zeit gehen."

„Das hat doch damit nichts zu tun, Kyra, und geht völlig am Thema vorbei. Diese Onken ist eine einzige Plage und stört mit ihrer sogenannten Arbeit unerlässliche und wichtige Polizeiarbeit. Da kenne ich kein Pardon, die sollte man wegen Behinderung strafrechtlicher Ermittlungen ins Gefängnis stecken, wenn es nach mir ginge."

Kyra schaute ihren Vater wegen dieses Wutausbruches entgeistert an und kommentierte:

„Nun mach dich mal locker, Pa, du bist echt zu verkrampft und brummelig in letzter Zeit. Du solltest mal wieder ausgehen, hast seit der Scheidung kein einziges Date gehabt, würde dir guttun."

Sie schauten einander an und es herrschte für ein paar Sekunden ein kaltes Schweigen. Da hatte Kyra offensichtlich einen wunden Punkt bei Petersen getroffen. Ihr Vater sah plötzlich so müde und abgearbeitet aus, wie sie ihn noch nie erlebt hatte.

„Entschuldige bitte, Pa, da bin ich wohl zu weit gegangen, tut mir echt leid. Wie wäre es, wenn ich den Abwasch mache und du dich im Wohnzimmer etwas ausruhst? Ich komme dann später nach, vielleicht können wir uns was zusammen auf Netzfilm anschauen, wenn du Lust hast."

„Gerne, Kyra, gute Idee. Und mach dir über das, was du vorhin gesagt hast kein schlechtes Gewissen. Du hast ja nicht so ganz Unrecht damit. Aber jetzt bin ich wirklich etwas müde, sollte ein kurzes Nickerchen machen, dann sieht schon alles viel besser aus. War übrigens ein total leckeres Essen, ist dir wirklich gut gelungen", versuchte Petersen die Wogen zu glätten.

„Okay, danke, Pa, freut mich, dass es dir geschmeckt hat. Dann bis nachher", sagte Kyra und begann, den Tisch abzuräumen.

Nachdem Petersen in seinem Lieblingssessel im Wohnzimmer Platz genommen hatte und mit der Fernbedienung das Fußteil hochgefahren hatte, kam Sir Winston angelaufen, sprang auf seine Oberschenkel und rollte sich genüsslich zusammen. Zu allem Überfluss klingelte dann Petersens Handy. Er schaute auf das Display und seufzte. Es war sein Bruder Enno, der Herrscher über die Fischdynastie aus Marßholm, der das Geschäft ihrer Eltern sehr gewinnbringend weiterführte.

„Moin, Enno, altes Haus, was gibt's? Hab mich gerade etwas langgemacht und wollte ein bisschen Augenpflege betreiben", gähnte er ins Handy.

„Moin, Peter, ist ja gut zu wissen, dass der gesetzestreue Bürger bei der wachsamen Polizei in guten Händen ist", kalauerte sein Bruder.

„Sehr witzig, Enno. Hatte einen wirklich anstrengenden Arbeitstag und wollte mich gerade etwas ausruhen. Also, was ist los?"

„Nun, da du schon mit der Tür ins Haus fällst, will ich gleich auf den Punkt kommen: Ich wollte nur fragen, ob du vielleicht am Wochenende als Ersatz in unserem Geschäft einspringen könntest. Haben momentan echt knappe Ressourcen wegen der Pandemie. Jetzt ist auch noch der Karl ausgefallen und muss in häusliche Quarantäne, wir gehen echt auf dem Zahnfleisch."

Auch das noch, dachte Petersen, *das hat mir gerade noch gefehlt.* So sehr er seinen Bruder auch liebte, passte das überhaupt nicht in sein Konzept.

„Hör mal, Enno, also wir sind da gerade an einem ziemlich kniffligen Fall dran, der absolut keinen Aufschub duldet. Ich kann dir also nichts versprechen, muss sehen, was sich machen lässt. Aber es wäre schön, wenn du mich nicht als einzigen Notnagel einplanen würdest. Ich melde mich wieder bei dir." Das war als Begründung zwar etwas vage, entsprach aber der Wahrheit.

„Vater hatte schon recht mit seiner Einschätzung, dass dir das Fischgeschäft am Allerwertesten vorbeigeht, Peter. Wir haben hier wirklich Land unter und du kriegst deinen Arsch nicht hoch."

Auf diese immer wiederkehrende Diskussion hatte Petersen jetzt überhaupt keine Lust, Familienbande hin, Familienbande her. Er hatte nun mal seinen eigenen Job, der ihm alles abverlangte.

„Was hilft es dir, wenn ich mich ins Geschäft stelle und einen Anruf kriege und weg muss? Wenn du dann keine Alternative hast, bist du eh aufgeschmissen."

„Ich glaube, du verkennst immer noch die Lage, in der wir stecken, Peter. Wir haben zurzeit keine Alternative. Wenn das so weitergeht, kann ich den Laden eh bald schließen. Also, kann ich nun auf dich zählen oder nicht?"

„Meinetwegen, wenn es überhaupt nicht anders geht, werde ich sehen, was ich tun kann, Enno. Aber wie gesagt, versprechen kann ich nichts."

„Schön, dann bis Sonntag, Bruder, und jetzt schlaf weiter!", und damit hatte Enno aufgelegt.

Petersen schaute überrumpelt sein Handydisplay an und schüttelte den Kopf.

Ein Kreuz ist das mit der buckligen Verwandtschaft, sinnierte er noch, als ihm auch schon die Augenlider zufielen, um gleich darauf wieder aufzuklappen, als Petersen Sir Winstons Schnurrhaare in seinem Gesicht spürte, der aufrecht auf seinen Hinterpfoten hockend vor ihm auf seinen Beinen saß und zugleich auf einem bemoosten Baumstumpf in einem Waldstück. Der Kater sah Petersen mit ernster Katzenmiene an und sprach zu ihm:

„Du musst dich mit einer gewissen Anja Kolperting in Hamburg in Verbindung setzen und sie nach einer Ilandria Londrin fragen! Ihre Spur wird direkt zu den Morden um den Notenschlüssel führen."

Im Hintergrund hörte Petersen ein gedämpftes Klingeln, das immer fordernder und lauter wurde, bis Petersen die Augen aufriss und das Klingeln des Festnetztelefons wahrnahm. Noch etwas benommen verscheuchte er den unmittelbar vor ihm sitzenden Sir Winston von seinen Beinen und ging zum Telefon.

„Petersen hier", meldete er sich und unterdrückte ein Gähnen.

„Guten Abend, Hauptkommissar Petersen, hier spricht Professor Alfons Kneesebeck. Ich habe überaus wichtige Informationen für Sie."

„Herr Professor, Sie können sich wohl gar nicht von mir trennen."

„Nun, meine überaus verlässlichen Quellen haben mir drei Hinweise zugespielt, denen Sie unbedingt nachgehen müssen, Herr Hauptkommissar."

„Und was sind das für angeblich zuverlässige Quellen?", wollte Petersen wissen.

„Ich sage mal so, Herr Kommissar: Das Verhalten von Frau Onken am Tatort kam mir heute sehr merkwürdig vor. Außerdem bemerkte ich ein auffälliges Schmuckstück um ihren Hals. Somit habe ich zu Hause sofort Nachforschungen angestellt."

„Nun reden Sie nicht so lange um den heißen Brei herum, Herr Professor. Ich hatte einen anstrengenden Tag. Was haben Sie genau für mich?", knurrte Petersen.

„Okay, okay, also kommen wir gleich zu den Auskünften: Bei dem Schmuckstück handelt es sich um eine Stimmgabel, die der Trägerin magische Fähigkeiten verleiht und sie als Gestaltwandlerin an zwei Tagen im Jahr in einen Vogel verwandelt, einen Tigerwaldsänger. Und es gibt Hilfe für uns von einer Frau namens Anja Kolperting."

Petersen wollte wegen der ungeheuerlichen Aussagen des Professors schon laut auflachen, als er den Namen der Frau vernahm, der ihm irgendwie bekannt vorkam.

„Wie, sagten Sie, ist der Name der Frau?"

„Anja Kolperting, Herr Hauptkommissar. Sie müssen die Identität dieser Frau unbedingt abchecken und in Erfahrung bringen, wie sie uns genau helfen kann."

Wo, bzw. wann hatte Petersen diesen Namen schon gehört? Und dann fiel es ihm ein. Bevor vorhin das Telefon geklingelt hatte, hatte Sir Winston im Traum zu ihm gesprochen und diesen Namen erwähnt, zusammen mit der Information, dass diese Anja Kolperting in Hamburg leben sollte. Aber wie konnte das sein? Das war doch alles völlig irre.

„Herr Hauptkommissar, sind Sie noch am Apparat?", fragte ein besorgt klingender Kneesebeck.

„Und wie genau sind Sie jetzt an diese Informationen gelangt, Professor?"

„Ich sagte Ihnen ja schon, dass ich da so meine Quellen habe, das muss Ihnen für heute genügen. Nur so viel: Es gibt mehr zwischen Himmel und Hölle, als was Sie sich erträumen können und meine Quellen haben mich noch nie mit Falschinformationen versorgt. Bei unserem nächsten persönlichen Gespräch unter vier Augen bin ich bereit, Ihnen mehr zu berichten, Herr Hauptkommissar. Ich muss jetzt Schluss machen, meine Anwesenheit wird anderweitig noch dringend gebraucht. Einen guten Abend noch, Herr Hauptkommissar."

Und damit legte der Professor auf und die Leitung war tot.

Petersen schaute konsterniert auf den Telefonhörer und legte auf. Das konnte doch alles nicht wahr sein. Magie, Gestaltwandlerin, die sich in einen Vogel verwandelte? Und wer war diese ominöse Frau?

Missmutig und voller Zweifel fuhr Petersen seinen Laptop hoch, und gab in die Suchfunktion der Polizeisoftware den Namen Anja Kolperting mit Zielort Hamburg ein. Er stieß einen ungläubigen Pfiff aus, als das Ergebnis auf dem Monitor erschien:

Anja Kolperting, Kommissarin, Betrugsdezernat Hamburg.

„Zum Teufel, die gibt es ja wirklich!", entfuhr es Petersen.

Wie in aller Welt konnte das sein? Das ging doch nicht mit rechten Dingen zu. Und dennoch, der Beweis lag schwarz auf weiß vor seinen Augen. Er würde diese Anja Kolperting gleich morgen anrufen und Kneesebeck zur Rede stellen müssen. Es wäre doch gelacht, wenn er nicht Licht in dieses Dunkel bringen könnte.

InterludiuMIII

Und da gab es noch ein weiteres Prinzip bezüglich der Menschen, das Garrocqq vollkommen fremd und absolut unverständlich erschien: der Tod.

Ihre eigene Spezies war unsterblich und unvergänglich und hatte demnach keinerlei Bezug zur Endlichkeit in jeglicher Form.

Logbucheintrag #5973

Fakt ist, dass die Existenz des Menschen (siehe LE #2), die sie als Leben (LE #5) bezeichnen, endlich ist und nach einer gewissen Zeitspanne, die von Individuum (LE #8) zu Individuum unterschiedlich lang ist, in einen Zustand des Nichtseins übergeht - den sogenannten Tod. Der Körper stirbt, die lebenswichtigen Funktionen versagen, die Hülle zerfällt und löst sich auf, bis ein sogenanntes Skelett übrigbleibt, das zu guter Letzt zu Staub zerfällt, bis rein gar nichts mehr vom Menschen vorhanden ist.

Dieses Schicksal ereilt jeden einzelnen Menschen, ohne Ausnahme, ganz unabhängig davon, wie reich, arm, gebildet, ungebildet, intelligent, einfältig, gesund, krank, gut oder böse jemand ist und lebt. Vor dem Tod sind alle offensichtlich gleich.

Als spannendes Ausgangskriterium kommt offensichtlich noch hinzu, dass sich der Mensch als einzige Lebensform auf der Erde (LE #1) seiner eigenen Sterblichkeit und Vergänglichkeit bewusst ist und demnach vom unausweichlichen Tod weiß.

Soweit die Faktenlage.

Um diese unumstößlichen, unausweichlichen Grundprinzipien ihres Seins haben die Menschen ein komplexes Konstrukt gewoben, um dem Tod zu begegnen: Wenn sie ihn schon nicht besiegen können - obwohl auch daran wissenschaftlich auf unterschiedlichste Art und Weise geforscht und gearbeitet wird - so wollen sie seinen Schrecken und seine Finalität zumindest durch Kreativität kompensieren. Somit nutzen die Menschen den Tod quasi als Triebkraft, um etwas zu erschaffen, das den Tod überdauert. Das können Nachkommen (LE #10) sein, die gezeugt werden (LE #9 Fortpflanzung) und in denen man sich oder einen anderen geliebten Menschen (LE #8, Liebe) wiederfindet und in denen man weiterlebt. Oder es werden materielle Dinge geschaffen, die den Menschen überdauern und an ihn erinnern. Das können z. B. Gebäude sein oder Kunstwerke (LE #2576) wie Gemälde oder schriftstellerische Errungenschaften wie Romane oder Gedichte oder, oder, oder. Kurzum alles, was ausdrückt: Schaut her, das habe ich geschaffen und das wird immer noch da sein, wenn ich schon längst tot bin und an mich erinnern.

Zudem ranken sich diverse Mythen und Glaubenssätze LE #5380) um den Prozess des Todes. Aus sogenannten Nahtoderfahrungen, also Berichten von Menschen, die an der Schwelle des Todes standen und ins Leben zurückkehrten, geht hervor, dass während dieses Prozesses noch einmal das ganze Leben vor den Augen dieser Person vorbeiziehen kann und sie sich danach durch einen dunklen Tunnel auf ein Licht zubewegen. Wissenschaftlich wird dieser Prozess durch das Ausschütten der körpereigenen Drogen (LE #3331) Dopamin und Endorphin in einer extrem belastenden Situation erklärt. Zum anderen stellt sich für mich die Situation so dar, dass der Tod rein psychologisch die Umkehr zum Geburtsprozess (LE #9) darstellt und somit die Reise durch den Tunnel den Weg durch die Vagina (LE #9) zum Ausgang symbolisiert. Es entsteht ein Gefühl der Geborgenheit (LE # 99, Gefühle).

Und dadurch gelangen wir in den Bereich des Metaphysischen (LE #5007) und zu etwas, was die Menschen Religion nennen. Es gibt verschiedene Religionen mit unterschiedlichen Ausrichtungen, aber im Grunde laufen sie alle auf das Gleiche hinaus: Sie glauben oder zumindest viele glauben an ein höheres, allmächtiges Wesen, einen sogenannten Gott, der im Himmel wohnt und nach dem Tod alle rechtschaffenen Menschen zu sich ins glorreiche Paradies holt. Die anderen, die Sünder, fahren hinab in die Hölle, die als Gegenpol vom sogenannten Teufel geleitet wird, um unter Qualen ihre Missetaten zu büßen. Der Kunstgriff, um dieses zu ermöglichen und der über den Tod hinaus andauert, besteht darin, dass diese Menschen an die Existenz einer gestaltlosen Seele glauben, die sich nach dem Tod vom Körper löst und sich auf eine Reise macht, die den Lebensumständen der Person entspricht - in den Himmel oder die Hölle.

Der Glauben dient offenbar auch dazu, dem Tod seinen Schrecken zu nehmen, man kann ja als Seele weiterleben und hat quasi während seiner Zeit auf der Erde die Gelegenheit, durch seine Taten den Weg in die eine oder andere Richtung zu lenken: Hölle oder Himmel.

Logbucheintrag Ende

Garrocqq waren während ihrer Zeit in dieser Galaxie noch keine dieser körperlosen Seelen begegnet, was aber natürlich nicht bedeutete, dass sie demnach nicht existierten. Gleichzeitig gefiel ihr die Idee von immateriellen Daseinsformen, die ihrer Spezies vielleicht ähnelten und aus reiner Energie bestanden, zweifelte deren Existenz jedoch zugleich an.

Wie immer fiel Garrocqq, wenn sie über die Menschen nachdachte, deren ungeheure Komplexität und Kreativität auf. Bei ihren Expeditionen hatte ihre Spezies bisher noch keine Lebensform entdeckt, die den Menschen auch nur annähernd glichen oder ihnen das Wasser hätte reichen können. Sie war gespannt darauf, was sie noch so alles entdecken würde.

Partikelsturm

„Igitt, ich habe Katzengedanken in meinem Kopf! Ich sehe tote Mäuse, Pfoten, die mit abgebissenen Mäuseköpfen spielen, ein Katzenklo, herausgewürgte Haarbälle. Wie ekelhaft! Raus aus meinem Kopf!", echauffierte sich Schnatt.

„Wieso in deinem Kopf?", fragte Musch amüsiert.

„Wie, wieso in meinem Kopf? Was soll das denn heißen? Willst du mich veräppeln?", fragte Schnatt aufgebracht.

„Na, schau dich doch mal um! Hier ist etwas völlig schief gelaufen", erklärte Musch. „Außerdem bin ich ja wohl mit Gänsekot, hektisch überkandideltem Gehabe, panischer Angst vor Weihnachten, was immer das auch sein mag, und permanentem Geschnattere in meinen Gedankengängen auch nicht besser dran."

Verwirrt blickte Schnatt sich um und sah unweit neben sich eine merkwürdige Gestalt auf zwei Menschenbeinen mit einem Vogelkopf und Flügeln anstatt Armen. Daneben flatterte ein schwarzer Vogel mit einem Frauenkopf und menschlichen Armen über einer Katze mit Gänsekopf und -hals, inklusive Schnabel, orangefarbenen Gänsefüßchen und einem Gänseschwanz.

„Was ist denn mit euch passiert?", fragte Schnatt belustigt und in genau dem Moment schien sich eine Erkenntnis in ihre Gedanken zu stehlen und sie sah an sich herunter. Sie erblickte Katzenpfoten anstelle ihrer üblichen Gänsefüßchen und einen buschigen Katzenschwanz. Mit einem

242

Schlag pflanzte sich die Erleuchtung weiter fort und Schnatt fragte kleinlaut.

„Soll das etwa heißen, dass ich gerade aus einem Katzenkopf spreche?"

Ihr gegenüber nickte der Gänsekopf anerkennend und sagte:

„Bravo, Schnatt, jetzt hast du den Ernst unserer Situation erkannt."

„Wie ist das nur geschehen?", fragte Ailuj. „Warum ist das passiert? Ich meine, was ist bei dieser Schallreise anders gewesen als vorher?"

„Ich denke mal, dass die Schallwellen von Gohngh außer Rand und Band geraten sind und die Zusammensetzung unserer Moleküle völlig durcheinandergeraten ist. Zudem vermute ich, dass dafür der Graunebel verantwortlich ist", mischte sich Kraa(l) mit einem Erklärungsversuch ein.

„Und was machen wir jetzt? Ich will auf gar keinen Fall länger so sein. Ich will wieder ganz Ich sein und nicht halb Katze. Gänse und Katzen sind echt nicht kompatibel, das kann ich euch versichern", ereiferte sich Schnatt.

„Wie wäre es, wenn wir den Graunebel bei der nächsten Schallreise nicht auf einen verteilen, sondern auf alle vier zu gleichen Teilen", schlug Musch vor.

„Gute Idee", stimmte Kraa(l) zu, „aber wir haben nur eine Ampulle. Das macht die Sache schwierig."

Auf diese Feststellung folgte betretenes Schweigen, das von Ailuj nach intensiver Überlegung gebrochen wurde:

„Gibt es denn keine Möglichkeit, die Ampulle selbst zu teilen? Magie ist doch ein vorherrschendes Element in dieser Welt. Hast du nicht etwas Entsprechendes in petto, Kraa(l)?"

„Ich verfüge in der Tat über etwas Adäquates in dieser Hinsicht, den Dilaminar-Zauber. Er spaltet Gegenstände auf, seine Anwendung ist jedoch nicht ohne Risiko, da der Zauber nicht gerade für seine Zuverlässigkeit hinsichtlich der Portionierungen bekannt ist", erwiderte Kraa(l).

„Haben wir denn eine andere Wahl, wenn wir Schnatt aus ihrer überaus misslichen Lage befreien wollen?", pisackte Musch.

Schnatt verzog die für sie ungewohnten Katzenaugen zu engen, angriffslustig aussehenden Schlitzen und wollte gerade etwas Schlagfertiges zurückwerfen, als Kraa(l) diplomatisch dazwischen ging.

„Nun gut, so sei es denn, lasst es uns versuchen. Aber seid gewarnt!", und Kraa(l) schaute mit den befremdenden Menschenaugen eindringlich auf Musch und Schnatt. „Ich habe nur einen einzigen Versuch und brauche absolute Ruhe und Konzentration. Unterlasst also bitte eure kindischen Scharmützel und hebt eure Animositäten für später auf, in Ordnung?"

Leicht grollend drückten beide ihre Zustimmung durch ein kurzes Nicken aus und zogen sich umgehend in entgegengesetzte Richtung zurück, als Kraa(l) anordnete:

„Ihr müsst leider beide hierbleiben, denn es ist von essentieller Wichtigkeit, dass wir vier eng zusammenbleiben, während ich den Zauber webe. Ist das für alle unmissverständlich klar? Davon wird auch der Erfolg oder Misserfolg des Unterfangens abhängen."

Misslaunig und leise vor sich hin klagend, kehrten die beiden zu Kraa(l) und Ailuj zurück und schauten sich mürrisch an.

„Reicht euch Pfote und Gänsefüßchen und Schwamm drüber!", ordnete Kraa(l) gebieterisch an.

Nach kurzer Bedenkzeit, als Kraa(l) schon eine erneute Aufforderung in die Wege leiten wollte, taten Musch und Schnatt endlich wie ihnen geheißen und versöhnten sich mit Fuß- und Pfotenschlag.

„Gut, dann wollen wir mal!", sagte Kraa(l) erleichtert aufatmend, nahm die Ampulle aus seinem Gefieder, in der ein grauer Schleier waberte, hielt sie hoch und begann mit der Rezitation des Dilaminar-Zauberspruches. Zuerst passierte gar nichts und es zeichneten sich schon erste Züge der Enttäuschung bei den Beteiligten ab, als eine Veränderung mit der Ampulle vor sich ging. Das Glas verformte sich leicht, verjüngte sich an vier gleichmäßig gesetzten Stellen und teilte sich während der unnachgiebigen Rezitation des Zauberspruches in vier gleich groß aussehende Miniampullen, in denen jeweils die gleiche Menge Graunebels zu wabern schien. Erleichtert schaute sich Kraa(l) das Ergebnis an, nickte beruhigt und gab jedem der Umstehenden eine Miniampulle, während er sagte:

„Es scheint geglückt zu sein. Letztendlich sicher können wir jedoch erst sein, wenn wir die Schallreise erneut antreten. Soll ich den Gohngh sogleich betätigen, was meint ihr?"

Kraa(l) hörte ausnahmslos zustimmendes Gemurmel, holte den kleinen Gohngh hervor und schlug den winzigen Klöppel an die Klangschale. Die Wellen des Schalls ertönten und hüllten die Gefährten in ihrer Gänze ein, wobei einer nach dem anderen verblasste und alsbald waren sie völlig verschwunden.

Flüstertod

Er lag im Munkelmoos und dämmerte vor sich hin. Das Leben als Orakel war schon ziemlich nervtötend und langweilig. Wenn man überhaupt von Leben und Nerven sprechen konnte bei seinem Zustand. Der Schädel Flüstertod fühlte sich schon in gewisser Weise lebendig, zumal sein Daseinszweck darin bestand, gewichtige Prophezeiungen von sich zu geben, somit war er ein kognitives Wesen.

Cogito ergo sum - ich denke, also bin ich - warum also diese Selbstzweifel?

Diese Aufgabe mit den Vorhersagen war jedoch nicht wirklich ausfüllend, da nur sehr selten jemand vorbeikam, um seine Dienste zu nutzen und sein weiteres Schicksal weissagen zu lassen. Aber irgendeiner musste den Job schließlich machen. Flüstertod konnte sich nicht einmal daran erinnern, wie er zu dieser Ehre gekommen war, so lange stellte er schon seine Dienstleistung als Orakel zur Verfügung. Er konnte sich jedoch noch gut an die Zeit erinnern, als er unter dem Namen der Pfeifende Tod bekannt war, bevor ihm der Zahn der Zeit alle seine Beißerchen genommen hatte. Das war die Blütezeit seines Daseins gewesen, als er auf alles andere gepfiffen hatte außer auf die Prophezeiungen. Jetzt konnte er nur noch flüstern und flüsterte den Anfragenden etwas und hoffte, dass dieses Etwas ihnen weiterhalf. Wenn überhaupt mal jemand vorbeikam. Früher war auch mehr los gewesen, damals, als er noch der Pfeifende Tod hieß. An manchen

Tagen wurde er förmlich von Bittstellern überrannt, die eine Weissagung erbaten. Das waren noch Zeiten, damals.

Er wurde langsam alt, sinnierte Flüstertod, schwelgte mehr in Erinnerungen als im Jetzt. Aber auf seine Prophezeiungen war noch immer Verlass, darauf konnte er wirklich stolz sein - obwohl - im Grunde wusste er das gar nicht so genau, denn er erhielt nur in den seltensten Fällen eine Rückmeldung über seine Vorhersagen. Nur, wenn er etwas wirklich Weltbewegendes prophezeit hatte, dann vernahm auch er die Erschütterungen im Gefüge.

Flüstertod liebte jedoch den Gedanken, dass er ein gutes Orakel war, das zuverlässig seine Dienstleistung bereitstellte. Doch jetzt träumte er die meiste Zeit, träumte auch von der guten alten Zeit, als er noch im Verbund weilte, zusammen mit den anderen Schädeln, die gemeinsam die Krone der Finsternis bildeten. Das war auf Mechaversum gewesen, im Audienzsaal des Gebeinhauses von Schwarzknoch, wo sie gemeinsam den Mechmaster in brillanter Finsternis erstrahlen ließen. Durch einen Umstand, an den er sich nicht mehr entsinnen konnte, war er aus dem Verbund herausgebrochen und hier gelandet. Er redete sich immer wieder ein, wie wichtig seine Aufgabe war, wie überaus ruhmreich und achtbar. Aber es half alles nichts: Ihm war schrecklich langweilig.

Die vielen giftgrünen Smaragdkäfer, die in seinem Inneren hausten, eigneten sich auch nicht zur Konversation, waren ihm keine Hilfe bei der Überwindung seiner Langeweile. Sie schliefen die meiste Zeit einen todesähnlichen Schlaf, wenn sie nicht gerade gebraucht wurden. Ihre einzige Aufgabe bestand darin, jede einzelne von Flüstertods Prophezeiungen mit ihrem leuchtend grünen Sekret auf seiner Schädeldecke einzugravieren. Tausende und Abertausende erhaben illuminierte Schriftzüge zierten schon seinen Schädel, aber es waren schon lange keine mehr hinzugekommen. Es kam einfach kaum einer vorbei. Flüstertod dachte angestrengt nach: Wie lange war der letzte Besuch überhaupt her? War das nicht der . . .

Unvermittelt fing vor Flüstertod die Luft in einem hellen Oval an zu flirren und zu vibrieren, ein kalter, elektrisch aufgeladener Wind fegte über seine Schädeldecke und ließ die leuchtend grünen Buchstaben der Prophezeiungen erzittern. Das Oval nahm immer mehr Form an und wuchs zu einem Portal, durch das sich ein Arm streckte. Flüstertod erkannte einen mechanischen Metallarm, der mit einem Schutzpanzer und Klingen versehen war. Der Anblick beschwor versteckte Erinnerungen an eine längst vergangene Zeit herauf, die er jedoch partout nicht zuordnen konnte.

Zu diesem Arm gesellte sich ein zweiter aus Fleisch und Blut, der mit einem schwarzen, flammenden Schwert ausgerüstet war. Das Schwert holte aus und schlug den Metallarm ab, der aus dem Portal herausrollte und ins Munkelmoos kullerte. Die Gestalt mit dem Flammenschwert stieß das einarmige, aus der Balance geworfene Mechawesen jetzt gänzlich durch das Portal, stieg selbst hindurch und beide nahmen unverzüglich den Kampf auf. Klingen prallten auf Klingen und sangen das ewige Lied des stählernen Todes. Das furchterregend aussehende Mechawesen mit seinem metallenen Schutzpanzer und aufmontierten rotierenden Klingen und Sägeblättern überragte seine

Gegnerin, allem Anschein nach eine Menschin, um eine Kopflänge und warf mehr Körpermasse und Gewicht in das Gefecht. Doch die Menschin wusste immer wieder, den Angriffsschlägen ihres Gegners auszuweichen und konterte ihrerseits mit Finten und zielgenauen Angriffen.

Kämpfen stand nicht in Flüstertods Jobbeschreibung und er konnte auch gar nicht eingreifen, da er der Neutralität verpflichtet war. Er war dazu verdammt, stiller Beobachter zu spielen.

Die Leiber der Smaragdkäfer in seinem Inneren fingen an sich zu regen, es kam Bewegung in die Horde. In Erwartung eines neuen Gravurauftrages wuselten die Käfer übereinander, krochen, krabbelten und huschten aus den Nasenhöhlen und dem Mund von Flüstertod hervor und nahmen auf seiner Schädeldecke Aufstellung. Aufgeregt fuhren ihre langen Fühler umher, die Sekretdrüsen waren bereit und die stiftförmigen Nadeln in Position. Flüstertod mahnte die Käfer telepathisch zur Geduld und Ruhe, aber sie waren viel zu aufgeregt und harrten der erwarteten Aufgabe.

Mittlerweile blutete die Menschin an verschiedenen Stellen und keuchte schwer von den Anstrengungen des Kampfes. Sie brachte dennoch ihre volle Konzentration und Geistesschnelligkeit auf, stürmte auf das Mechawesen zu, sprang mit einem gewaltigen Satz in die Höhe, drehte sich im Flug um die eigene Achse, entging so einem Klingenschnitt ihres Gegners, packte ihr Flammenschwert mit beiden Händen, drosch es mit einem gewaltigen Urschrei auf den gepanzerten Nacken des Mechawesens und trennte seinen Kopf ab. Eine Fontäne heißer Säure schoss aus dem Halsansatz des Mechawesens und es brach in sich zusammen.

Drei weitere Gestalten stolperten durch das Portal, zwei waren eindeutig Menschen, wobei das dritte Wesen eine Mischung aus Wolf und Drache darstellte, etwa 15 Zentimeter groß war und auf der Schulter eines der Männer saß. Verfolgt wurden sie von zwei riesengroßen Mechawesen, die martialisch ausschauten. Als die Mechawesen zur Hälfte ihres Körperumfanges durch das Portal gegangen waren, schloss es das Mischwesen mit einem gezielten Flügelschlag und die Mechawesen zerbarsten in tausend Stücke und trudelten auf das Munkelmoos.

Die vier Neuankömmlinge schauten sich um und richteten ihren Blick auf den großen Schädel vor sich.

Und das Munkelmoos fing vielstimmig an zu raunen, ein geisterhaft wispernder Chor glockenklarer Stimmen durchzog die Ebene und verkündete:

„Es ist Robert, Robert der Wanderer, der uns mit seiner Anwesenheit beehrt. Preiset Robert den Wanderer!"

Flüstertod hatte noch nie von diesem Robert gehört, aber das sollte ihn nicht scheren, solange dieser hier war, um eine seiner Prophezeiungen zu hören.

Das Munkelmoos flüsterte unbeirrt mit dem gespenstischen Chor weiter und pries den Mann, der jetzt vor Flüstertod stand und ihn in Augenschein nahm.

„Du bist also zu mir gekommen, um meine Prophezeiung für dich in Empfang zu nehmen, Robert der Wanderer", dröhnte Flüstertod mit seiner sonoren Grabesstimme, die er so lange nicht mehr zum Einsatz gebracht hatte.

„Äh nein, wieso? Wie meinen?", stammelte Robert verdutzt, da er gerade mit einem Totenkopf redete. Aber was hatte er nicht schon alles gesehen und erlebt, warum wunderte er sich überhaupt noch über irgendetwas. „Wer bist du überhaupt?"

„Ich bin das Orakel Flüstertod, das du aufgesucht hast, um deine Bestimmung und Vorhersehung zu erfahren!"

„Nein, nein, da muss ein Missverständnis vorliegen. Meine Freunde und ich mussten vor den Mechawesen fliehen und haben somit ein Portal geöffnet, das uns zufällig hierher verschlagen hat", antwortete Robert.

Und das Munkelmoos raunte und wisperte weiter im Chor.

Flüstertod hatte es die Sprache verschlagen, das konnte doch einfach nicht wahr sein. Jetzt wartete er schon eine halbe Ewigkeit auf neue Kundschaft und kam mal ein vielversprechender Charakter vorbei, wollte der einfach nichts von ihm wissen. Aber so schnell würde er natürlich nicht klein beigeben. Er würde um diesen Kunden kämpfen und all seine Fähigkeiten in die Waagschale werfen.

„Du bist hierher zu mir geführt worden, Robert der Wanderer, das ist deine Bestimmung und du kannst deinem Schicksal nicht entrinnen. Ich fühle, wie eine Prophezeiung in mir aufwallt und sich ihren Weg zu dir bahnt!"

Robert drehte sich zu Julia und Magnus um und warf gleichzeitig Koxomil einen durchdringenden Blick zu:

„Wir sollten schleunigst von hier verschwinden, bevor dieser durchgeknallte Schädel völlig abdreht. Koxi, kannst du uns nicht ein neues Portal öffnen und von hier wegbringen?"

„Das habe ich schon versucht Robert, aber irgendetwas scheint meine Kräfte zu blockieren. Ich bin momentan völlig machtlos und fürchte, wir müssen uns diesem Schädel stellen. Und wer weiß, vielleicht ist seine Prophezeiung ja sogar hilfreich."

„Pah, du glaubst doch wohl nicht an diesen Hokuspokus mit dem Orakel, oder? Ein Totenschädel als Orakel, hat man je etwas Bescheuerteres gesehen?", fragte Robert.

Von Flüstertod ging jetzt ein tiefes sonores Summen aus und die Smaragdkäfer auf seiner Schädeldecke verfielen in eine andächtige Ekstase. Ihre Sekretdrüsen waren zum Zerplatzen gefüllt und die ersten Tropfen Grüntinte spritzen auf den Schädel, um gleich wieder zu verdampfen.

Aus dem Inneren des Schädels erklangen Laute, die Wörter in einer unverständlichen Sprache bildeten.

ALUMNI GRAAHR REZHORBAR ILGERRGHII
URPKRATURI KALAAHWFURIS LEQWUZGHA
XYMORGRAAGHK LLYVARTIXX PWAHRTUZZAU

Fieberhaft, aber äußerst akkurat stachen die Stiftnadeln in Flüstertods Schädeldecke und es entstand langsam ein dreidimensionaler leuchtend grüner Schriftzug, den Robert mühelos lesen konnte:

Robert der Wanderer begibt sich auf eine Expedition in die wundersam entlegene Dimension der Weltenspinnerin.

Er drehte sich zu Koxomil und fragte ihn:

„Na, Buddy, wer ist denn diese Weltenspinnerin, zu der ich mich begeben soll? Du weißt doch immer alles."

„Da muss ich wirklich passen, Robert. Ich habe noch nie von solch einer Entität gehört. Der Begriff Weltenspinnerin ist mir nicht geläufig."

„Und wie sollen wir dann jemals zu ihr hinfinden?", fragte Magnus.

„Ich schlage vor, wir untersuchen die Prophezeiung des Orakels eingehend, Wort für Wort. Erfahrungsgemäß finden sich immer versteckte Hinweise", entgegnete Koxomil, um weiter auszuführen: „Aber zuerst sollten wir von hier verschwinden, ich habe die Botschaft abgespeichert und die melancholischen Schwingungen dieses Schädels machen mich noch ganz depressiv. Ich glaube, ich werde in der Lage sein, jetzt ein Portal zu öffnen und dann nichts wie weg hier, zumal ich nun weiß, wo wir die dritte RZM-Komponente finden werden. Nach dem Zeitverlangsamer vom Planeten BoB und dem Zeitbeschleuniger Temfugium aus dem Mechaversum müssen wir uns den Raumkrümmer besorgen."

Dem war von den anderen nichts hinzuzufügen und nachdem Koxomil das Portal gewirkt hatte, verschwanden die Vier ohne ein Wort des Dankes an Flüstertod.

Der brütete stumm vor sich hin, die Smaragdkäfer waren längst wieder in seinem Inneren verschwunden und die dazugekommene Prophezeiung leuchtete auf seiner Schädeldecke.

Was es wohl mit dieser Weltenspinnerin auf sich hatte, auch er hatte noch nie von ihr gehört.

Und wie lange Flüstertod wohl dieses Mal auf neue Kundschaft warten musste. Vielleicht sollte er erst einmal ein paar Jahre schlafen.

Ankunft

Geduldig und mit der ihm eigenen stoischen Ruhe hatte Trebor auf die Wiederkehr der vier Gefährten gewartet, wurde jedoch mittlerweile ein kleines bisschen beunruhigt. Viel zu lange waren sie nun schon unterwegs und Trebor fing an, sich leichte Sorgen zu machen, was für ihn völlig untypisch war, aber es stand einfach zu viel auf dem Spiel. Der Einsatz des Graunebels im Kampf gegen den Gnorrfazz war unabdingbar und durch nichts anderes zu ersetzen.

Entfernt hörte er unversehens die sachten Schwingungen des Gohnghs und atmete erleichtert auf, während er das Wirbeln der Moleküle, die aufeinander zustoben wohlwollend beobachtete. Nach und nach setzten sich die einzelnen Moleküle zu den Trebor so vertrauten Gestalten zusammen, wobei er zu erkennen glaubte, dass Schnatt ein Schnurrhaar von Musch an ihrem Schnabel hatte. Diese Beobachtung würde er jedoch für sich behalten, denn er konnte sich denken, was passiert war. Ansonsten schienen jedoch alle die Schallreise gut überstanden zu haben.

„Willkommen zurück", grüßte Trebor die Reisenden", „ich hoffe, dass euer Abenteuer von Erfolg gekrönt ist."

Mit einem Gegenzauberspruch ließ Kraa(l) die vier winzigen Ampullen mit Graunebel wieder zu einer einzigen verschmelzen und präsentierte sie Trebor mit den Worten:

„Wir sollen euch vom sprechenden Turm Dunzd grüßen, der dank uns seinen Frieden und seine Freiheit wiedererlangt hat, nachdem der fiese Zauberer Gogglwogg das Zeitliche gesegnet hat."

„Das ist genau die Botschaft, die ich hören wollte, Kraa(l), und sie erfüllt mich mit unsagbarer Freude und Genugtuung. Jetzt sind wir für den Kampf gegen den Gnorrfazz gewappnet."

Nach einer geruhsamen Gedankenpause fügte Trebor hinzu:

„Ich werde die Ampulle in Gewahrsam nehmen, bis wir sie eines nicht mehr sehr entfernten Tages entscheidend einsetzen werden."

Damit händigte Kraa(l) das sorgsam gehütete Fläschchen aus und war zugleich froh, die große Verantwortung abgegeben zu haben.

„Kraa(l), hattet ihr bei eurer Reise irgendwelche unvorhergesehenen Schwierigkeiten?", wandte sich Trebor noch einmal an ihn.

„Die Schallrückreise gestaltete sich turbulenter als erwartet, da unsere Moleküle durcheinandergerieten, was zu seltsamen Chimären bei uns führte. Glücklicherweise konnte ich einen Zauber anwenden, der die Wirkung aufhob."

„Da könnt ihr sehen, welche enorme Kraft in dem Graunebel steckt, ihr dürft seine Wirkungsweise, wenn sie richtig eingesetzt wird, nicht unterschätzen. Und jetzt möchte ich ruhen, die ganze Aufregung hat mir doch mehr zugesetzt als ich vermutet habe", führte Trebor mit müder Stimme weiter aus. Nach einer längeren Pause, in der die Gefährten geduldig abwarteten, fügte er noch hinzu:

„Mein überaus zuverlässiger sechster Felsensinn verrät mir, dass wir bald Besuch bekommen werden und zwar von unerwarteter Seite. Uns wird ein einmaliges Angebot unterbreitet werden, das die Geschicke unserer Welt nachhaltig beeinflussen kann. Es wird an uns liegen, inwieweit wir dem zustimmen können und wollen". Damit verfiel Trebor in stoisches Schweigen und die Gefährten wussten, dass die Audienz beendet war.

Musch schaute Schnatt verstohlen an und ein breites Grinsen zog sich über ihr Katzengesicht. Die eben erhaltene Information über Schnatts verändertes Aussehen durch die beiden Schnurrhaare, deren Abwesenheit sie geflissentlich verschmerzen konnte, würde sie vorerst für sich behalten und bei passender Gelegenheit vorbringen.

Hamburg

Nach einem kurzen Telefonat mit seiner Kollegin Anja Kolperting aus Hamburg, hatte Petersen mit ihr ein Treffen vereinbart. Da sie nach ihren schweren Verletzungen noch rekonvaleszierte und nach wie vor nicht dienstfähig war, hatten beide vereinbart, sich bei Frau Kolperting zu Hause zu treffen.

„Hauptkommissar Petersen, es tut mir schrecklich leid, Sie in dieser unprofessionellen Umgebung willkommen heißen zu müssen, aber es geht nicht anders", begrüßte sie ihn an der Türschwelle, während Kater Kasimir neugierig seinen Körper zwischen Anjas Beine hindurchpresste und Petersen freundlich anmiaute.

Petersen beugte sich zum Kartäuser hinunter und streichelte seinen Kopf, wobei er an Anja Kolperting gewandt sagte:

„Was für ein schönes Tier. Meine Tochter Kyra hat ebenfalls einen Kater, sein Name ist Sir Winston, ein Maine Coon."

Bei der Erwähnung des Namens Sir Winston schien Kasimir hellhörig zu werden, erhob seine Ohren und miaute zustimmend.

„Ist ja fast so, als würde Kasimir den Kater Ihrer Tochter kennen, Herr Petersen. Willkommen im Club der Katzenfreunde. Aber kommen Sie doch erst einmal herein und machen Sie es sich bequem. Kann ich Ihnen etwas anbieten, Kaffee, Tee, Wasser?"

‚Nein, danke, Frau Kolperting, vielen Dank, aber ich werde nicht lange bleiben und Sie nicht unnötig aufhalten.

Es ist mir nur wichtig, ein paar Dinge zu klären und dann bin ich auch schon wieder weg."

Und da war sie wieder, die Tür, mit der er so gerne ins Haus fiel.

„Ganz wie Sie wünschen, Herr Hauptkommissar. Ein Mann, der gleich zu Sache kommt. Na, dann schießen Sie mal los."

Petersen schaute sich kurz in der Wohnung seiner Kollegin um, setzte sich auf einen Wohnzimmersessel und fragte:

„Sagt Ihnen der Name Ilandria Londrin etwas, Frau Kolperting?"

Sie schaute ihn verdutzt an und legte die Stirn in Falten:

„Wie kommen Sie an diesen Namen?"

Petersen hüstelte verlegen und erwiderte:

„Ähm, nun ja, das ist etwas schwierig zu erklären. Sagen wir mal so, dass meine polizeilichen Ermittlungen mich auf die Spur dieser Frau gebracht haben und mir Hinweise zugespielt worden sind, dass Sie mir weiterhelfen können, Frau Kolperting. Mehr kann ich Ihnen im Moment nicht sagen."

Das kam ihr schon sehr merkwürdig vor, aber im Zusammenhang mit Ilandria Londrin war alles überaus seltsam. Zudem ging von dem Hauptkommissar etwas Vertrauensseliges aus, vielleicht würden sie zusammen ein Stück weiterkommen.

„Die Frau ist für das verantwortlich, was Sie hier vor sich sehen", und damit zeigte sie auf ihre Verletzungen.

Gut fünf Monate nach dem Kampf gegen die Rothaarige waren Anjas Verletzungen noch nicht so weit verheilt, dass die Ärzte sie gesund und voll diensttauglich schreiben konnten. Sie fühlte sich zwar schon besser, konnte jedoch nur unter Schmerzen gehen und längere Strecken lediglich mit regelmäßigen Pausen bewältigen.

„Die Art der Verletzungen stellt die Ärzte immer noch vor Rätsel, so etwas hatten sie nie zuvor gesehen. Fast mein gesamter Körper weist seltsame Verbrennungen und Brandwunden auf, die es so nicht geben dürfte. Außerdem heilen diese besonders langsam", erklärte Anja Kolperting.

„Was ist damals in der Lagerhalle eigentlich genau passiert?", wollte Petersen wissen. „Den offiziellen Bericht habe ich natürlich gelesen, aber mit Verlaub, der weist doch einige Erinnerungslücken und vage Formulierungen auf, Frau Kollegin."

Anja schaute Petersen ernst an und sagte mit betont ruhiger Stimme:

„Was ich Ihnen jetzt erzähle, steht in keinem meiner Berichte und habe ich auch sonst so noch niemandem erzählt, Hauptkommissar Petersen. Es wird sich für Sie unglaublich anhören, aber alles hat sich genauso zugetragen, wie ich es berichten werde. Sind Sie bereit für eine außergewöhnliche Geschichte?"

Petersen nickte nur kurz und schaute sein Gegenüber interessiert an.

In einem kurzen Abriss berichtete Anja von ihrer Kollegin und Freundin Julia Hansen und ihrem Exfreund Robert Weininger, der als vermisst galt und den Julia in ihrer Funktion als Leiterin der Vermisstenabteilung beim LKA Hamburg im Großraum Großbierseidel in Franken suchte. Daraufhin hatte Anja selbst Recherchen angestellt und war auf ein dubioses Immobiliengeschäft zwischen Weininger und Londrin gestoßen. Als sie zu der Stelle kam, in der ihr Kater Kasimir weitere Details zum Fall, insbesondere der exakten Position der Lagerhalle, des Namens Ilandria Londrin und seiner Informantin, einer Katze namens Musch gab, schaute sie Petersen eindringlich forschend an, der jedoch keinerlei Miene verzog und sie ermunterte weiterzusprechen.

„Als ich die Lagerhalle am Baakenkai betrat, fielen mir sofort merkwürdige Apparaturen auf, die wie stehende gläserne Sarkophage aussahen, deren Sinn und Zweck sich mir nicht erschlossen. Von diesen Sarkophagen gingen lange Röhren und Schläuche ab, die an seltsame Maschinen angeschlossen waren. Als ich einen Behälter genauer betrachtete, sah ich im Inneren eine klebrige, breiige Masse, einige Knochen und einen menschlichen Schädel."

An dieser Stelle unterbrach sie ihren Report, nahm ihr Smartphone zur Hand, suchte die richtige Datei und zeigte Petersen die Fotos, die sie in der Lagerhalle geschossen hatte.

Der schaute sich die Bilder lange und eingehend an, gab Anja dann das Smartphone kommentarlos zurück und sagte nur:

„Fahren Sie bitte fort, Frau Kolperting."

„Ab jetzt wird es noch wilder und abenteuerlicher, das kann ich Ihnen versichern. Während ich die Lagerhalle weiter inspizierte, durchzuckte mich ein starker Kopfschmerz, worauf ich im Folgenden alles in Schwarzweiß sah. Ich hatte eine Vision vom Kollegen Florian Sattelmoser aus Nürnberg, wie ich später herausfinden sollte, der in einer anderen Lagerhalle gegen eine Frau mit wallend roten Haaren kämpfte. Die Frau verschoss Kugelblitze aus ihren Händen, und ich spürte, wie Sattelmoser an der linken Schulter getroffen wurde. Danach erlebte ich quasi mit, wie er von einem Energieblitz in die Brust getroffen, starb."

Erneut unterbrach sich Anja Kolperting und sah Petersen an, wie um sich zu vergewissern, dass er noch aufmerksam zuhörte und sie nicht für verrückt erklärte. Ruhig und gelassen bedeutete Petersen ihr weiterzusprechen.

„Okay, also, kurz darauf entstand vor mir ein rotgelbliches Oval, aus dem die Rothaarige schritt und sofort grell leuchtende Feuerbälle auf mich schoss. Im Nu stand ich unter Dauerbeschuss und zwei Energieblitze trafen mich in den Oberkörper. Gerettet wurde ich dann von Kater Kasimir, der die Rothaarige ansprang und mir die nötige Ablenkung zum Gegenangriff verschaffte. Ich schoss mein Magazin auf sie leer und traf sie zweimal. Mit Hilfe einer Schlange entkam sie durch ein Portal, nachdem sie irgendwie alle nicht irdischen Utensilien aus der Lagerhalle mit einer Handbewegung in Luft auflösen ließ. Ende der Geschichte, den Rest kennen Sie schon."

Petersen sah Anja Kolperting lange nachdenklich an und sagte dann:

„Ich gehe mal davon aus, dass die Rothaarige Ilandria Londrin war, richtig?"

„Bingo, Herr Hauptkommissar, so ist es. Sie tauchte dann später noch einmal in Nürnberg auf und wurde von der Polizei mit den makabren Vorfällen in einem dortigen

Lagerhaus in Verbindung gebracht. Ihre Identität habe ich darauf meiner Dienststelle offengelegt."

Petersen nickte zustimmend und bemerkte:

„Das ist mir bekannt. Aber noch einmal zurück zu Ihrem Bericht: Welche Schlussfolgerungen ziehen Sie persönlich aus den mysteriösen Geschehnissen in der Lagerhalle, Frau Kolperting?"

„Ich habe natürlich viel darüber nachgedacht und bin zu dem Schluss gelangt, dass es sich um irgendeine Form von Magie handeln muss. Ansonsten kann ich mir das alles nicht erklären. Aber nun lassen Sie bitte auch Ihre Katze aus dem Sack, Hauptkommissar Petersen: Wie kommen Sie auf Ilandria Londrin?"

Petersen empfand es nur als fair, Frau Kolperting nun auch reinen Wein einzuschenken und berichtete von seinen bisherigen Ermittlungen im Fall Notenschlüsselkiller, inklusive der Vision mit Sir Winston, die ihn überhaupt erst hierher nach Hamburg geführt hatte. Außerdem erzählte Petersen von Alfons Kneesebeck und dessen Anmerkungen über die vermeintliche Gestaltwandlerin Amanda Onken und Ilandria Londrin.

Anja hatte ihm sehr interessiert und, wie es ihm erschien, äußerst wohlwollend zugehört, bevor sie sagte:

„Danke für Ihre Offenheit, und ich glaube, wir sollten die Einzelheiten dieser Unterredung lieber für uns behalten, meinen Sie nicht auch? Ohne unsere Erfahrungen würde uns eh niemand glauben."

„Das ist ganz in meinem Sinne", stimmte Petersen zu, „und wir sollten auf jeden Fall weiterhin in Kontakt bleiben. Eine Frage habe ich aber noch: Je mehr ich über diese ganze Geschichte nachdenken, wird mir immer klarer, dass eine weitere Dimension oder andere Welt eine Rolle spielen muss. Geht Ihnen das genauso?"

„Mit Sicherheit", antwortete Anja, „man denke in meinem Fall nur an die Portale und Musch, die Informantin meines Katers. Sie scheint den absoluten Überblick bezüglich aller Geschehnisse zu haben, was ich mir ansonsten nicht erklären kann."

„Gut, dann sind wir einer Meinung und sollten am Ball bleiben. Ich denke, ich werde jetzt aufbrechen, habe sowieso schon genug Ihrer Zeit in Anspruch genommen Frau Kolperting."

Petersen stand auf und wollte schon zur Tür gehen, als Kater Kasimir um die Ecke kam und, wie es schien, Petersen fast vorwurfsvoll anblickte und nachdrücklich miaute, ganz so, als fühlte er sich vernachlässigt.

„Na, mein Dicker, was brennt dir auf deiner Katzenseele?", fragte Anja fast amüsiert. Kater Kasimir ging zu Petersen und umstrich seine Beine, wobei er seinen Körper eng anschmiegte.

„Wenn das keine Liebe auf den ersten Blick ist, dann weiß ich auch nicht", bemerkte Anja feinsinnig. „Es sieht fast so aus, als wolle Kasimir Ihnen etwas mitteilen. Oder er riecht einfach nur den Kater Ihrer Tochter an Ihnen. Wie hieß er noch mal gleich?" „Sir Winston", erwiderte Petersen.

Wiederum, wie bei der ersten Begrüßung, schien Kasimir auf den Namen Sir Winston zu reagieren. Er hockte sich vor Petersen auf seine Hinterpfoten, schlang seinen Schwanz um seinen Körper, hob seinen Kopf, schaute

Petersen aus seinen grünen Augen an und sagte deutlich vernehmlich:

„Die Mondkatze Musch aus der Blaumooswelt hat eine Botschaft für dich: Du wirst auf einer Bohrinsel Hilfe von unerwarteter Seite bekommen. Aber du könntest etwas verlieren, was dir sehr wichtig ist. Sei auf der Hut!"

Dann schüttelte Kasimir energisch seinen Kopf, legte seine Ohren an und sauste aus dem Zimmer.

„Wieder eine dieser geheimnisvollen Botschaften aus einer anderen Dimension, die offenbar Blaumooswelt heißt. Ich hoffe, dass sich für Sie alles zum Guten wenden wird", gab Anja Kolperting Petersen mit auf den Weg.

Der bedankte sich nochmals für ihre Zeit und die überaus hilfreichen Details, verabschiedete sich und machte sich auf den Weg zu seinem Auto. Auf der Fahrt würde er einiges an Informationen verarbeiten müssen.

Dekavox

Das burgähnliche Gebäude in der Kirchhofallee, unweit vom Südfriedhof, wurde zurzeit nur von einem einzigen Mann bewohnt. Zafrong hatte das Haus vor ein paar Wochen für unbestimmte Zeit gemietet, wobei es ihm vor allem die gotisch anmutenden Türmchen angetan hatten. Wenn er schon nicht wie der Gnorrfazz in einer herrschaftlichen Burg residieren konnte, so wollte er wenigstens das Gefühl haben, in einer annähernd ähnlichen Behausung zu wohnen. Als der Retla Oge des übermächtigen Usurpators hatte er seit jeher in dessen Schatten gestanden.

Früher hatte er einmal zusammen mit dem Gnorrfazz in Ukrat Tross gelebt, und war es auch nie zu offenkundigen Anfeindungen oder Auseinandersetzungen gekommen, so fühlte sich Zafrong in Gnorrfazz' Gegenwart minderwertig und gering, ja sogar unvollkommen. Deswegen hatten sich ihre Wege getrennt und Zafrong hatte ein eigenes, unabhängiges Leben angefangen, weit weg vom Einflussbereich des Gnorrfazz. Er hatte verschiedene Welten bereist, um zu allererst eine räumliche Distanz zu seinem alten Leben aufzubauen und über die Jahre keimte mit dem drängenden Verlangen, seinem Widersacher ebenbürtig zu werden, ein Plan in ihm auf. Zafrong würde seinen eigenen EisGreif erschaffen, seinen Rirdnale, eine Kreatur, die ihn endlich aus dem Joch der Zweitklassigkeit befreien würde. Im Zuge seiner folgenden Ermittlungen hatte Zafrong die schwebende Bibliothek von Yithan aufgesucht, die einen kompletten Raum einzig und allein den geheimen und verbotenen Büchern aus allen bekannten Welten gewidmet hatte. Dort war er im Buch *Culturus Ritus* fündig geworden und hatte alle notwendigen Bestandteile für das Ritual gefunden. Nachdem er im Synphonodrom von Uplanhaven die 9. Tonskulptur entwendet hatte, die er für seine Zwecke umwandeln musste, hatte es ihn hierher auf den Planeten Erde nach Kiel verschlagen, wo Zafrong einige Bewohner von ihrer minderen irdischen Existenz befreien musste. Nach intensiver Recherche hatte er sich für Musikstudenten entschieden, die für seine Zwecke besonders geeignet schienen.

Liebevoll, fast zärtlich, strich Zafrong über das Gehäuse des Dekavox, seines Freifahrtscheines in die Unabhängigkeit, heraus aus der Unterjochung des Gnorrfazz'. In dieser hermetisch abgeriegelten Klangbox aus einem seltenen, mit Magie geformten Metall, ruhten die Stimmlippen seiner Opfer, in denen deren Todesschreie konserviert waren. Es waren schon neun an der Zahl, es fehlte nur noch eine einzige, die er sich auf seiner nächsten Wirkungsstätte, einer Bohrinsel, beschaffen würde. Dann endlich wäre sein Meisterwerk vollendet, und er konnte aus den konservierten Schreien die für das Ritual notwendige Zehn-Todesstimmen-Melodie komponieren.

Gleichzeitig hätte er auf der Bohrinsel seinen Spaß mit dem ermittelnden Beamten, der ihm zwar auf der Spur war, aber bezüglich seiner Identität nach wie vor im Dunklen tappte. Zafrong würde ihm eine Falle stellen, ihn manipulieren und in seine einfältigen Schranken weisen. Er würde ihm Hinweise zuspielen und wie Brotkrumen auslegen, so dass er darauf hereinfallen musste, nicht widerstehen konnte und ihm auf der Bohrinsel hoffnungslos ausgeliefert wäre. Ihm schwebte schon in Ansätzen eine Performance vor, die die alles vorherrschende Dekadenz bezüglich der menschlichen Rasse entlarven würde. Das würde ein höllischer Spaß werden und den Hauptkommissar in große Bedrängnis bringen.

Zafrong stellte sich vor einen hohen Spiegel und betrachtete seine ebenmäßigen Züge. Aus boshaft stechenden Augen blickte ihn ein hageres, bleiches Gesicht mit hohen Wangenknochen an. Menschen waren versucht, ihn als gutaussehend zu betrachten, und das konnte seinen Absichten nur zuträglich sein.

Schlüsselnoten

Wiebke Kleinschmidt, die Forensikerin aus der Gerichtsmedizin, hatte am Telefon überaus aufgeregt und ihre Aussagen sehr unzusammenhängend geklungen, als sie Petersen von ihrer Entdeckung erzählte und ihn zu sich ins Institut gebeten hatte. Der Hauptkommissar hatte etwas von klassischer Musik, einer Mini-Speicherkarte und der Obduktion des Opfers aus der Müllverbrennungsanlage verstanden, es erschloss sich ihm jedoch nicht, wie die Einzelteile in Zusammenhang miteinander standen. Bei der letzten Leiche handelte es sich bereits um den fünften Mord und die Ermittlungen steckten immer noch fest, sie hatten nach wie vor nichts Konkretes, um den Täter dingfest zu machen.

Als Petersen das Institut der Rechtsmedizin betrat und sich durch die langen Flure auf den Weg zum Sektionssaal machte, drang ihm leise klassische Musik ins Ohr. Je näher er dem Saal kam, desto lauter wurde die Melodie und Petersen erkannte die Tonfolge. Es handelte sich um die Symphonische Dichtung *Die Toteninsel*, Op. 29 von Sergej Rachmaninow. Petersen hatte gar nicht gewusst, dass die Forensikerin auch eine Vorliebe für klassische Musik zu hegen schien. Musikliebhaber unter sich, er würde sie später darauf ansprechen. Und wer weiß, vielleicht ergab sich sogar eine Möglichkeit, mal zusammen in ein Konzert zu gehen - oder war das doch zu weit hergeholt - man würde sehen. Vermutlich hatte seine Tochter nicht so unrecht, wenn sie meinte, er müsse wieder mehr unter Menschen gehen. Früher, vor seiner Scheidung, war er ein sozialerer Mensch gewesen und nicht so eigenbrötlerisch wie jetzt. Petersen hatte zwar nie als Partyhengst gegolten, aber er hatte sich schon gerne mit Freunden und Verwandten umgeben, um etwas zu unternehmen. Vielleicht war tatsächlich die Zeit reif, um daran wieder anzuknüpfen. Fast heiter und gut gelaunt, trat Petersen auf die geöffnete Tür des Sektionssaales zu und trat ein.

Die Symphonische Dichtung hatte ihr Crescendo erreicht und dröhnte aus den Lautsprechern. Wiebke Kleinschmidt stand mit dem Rücken zu ihm vor einem PC und betrachtete gedankenverloren und völlig in sich vertieft ein Gemälde auf dem Monitor.

Petersen erkannte das Kunstwerk sofort und sein Gehirn stellte sogleich die Verbindung zu Rachmaninows Musikstück her, als er mit seinem Fuß gegen einen Obduktionstisch stieß, was ein lautes, schepperndes Geräusch zur Folge hatte. Wiebke Kleinschmidt zuckte heftig zusammen, drehte sich erschrocken um und schaute Petersen überrascht an.

„Oh, Herr Hauptkommissar, ich habe gar nicht gehört, dass Sie hereingekommen sind. Hab ich mich vielleicht verjagt, ich war total in das Bild vertieft", sagte die Forensikerin sichtlich durcheinander.

„Tut mir leid, Frau Kleinschmidt, dass ich Sie erschreckt habe, war nicht meine Absicht. Was gibt es denn so Dringendes, das Sie mir zeigen wollen?"

Petersen bereute es umgehend, dass er schon wieder mit der Tür ins Haus gefallen war, aber gesagt war nun einmal gesagt.

„Nun, also, ähm, während meiner Obduktion an der Leiche von der Müllverbrennungsanlage fand ich etwas Außergewöhnliches, was der Mörder uns offensichtlich hinterlassen hat. Hier, schauen Sie mal, das steckte im Hals des toten Mannes an der Stelle, wo normalerweise die Stimmlippen sitzen."

Kleinschmidt hielt ein kleines Objekt hoch, das sie kurz vorher aus ihrem PC gezogen hatte. Petersen sah, dass es sich um eine Micro-SD-Speicherkarte handelte.

„Ich konnte meine Neugier nicht zügeln und habe mir die darauf befindliche Datei schon angehört und auf meinem PC abgespeichert. Sie steckte übrigens in einer kleinen Plastikhülle und ich habe die Speicherkarte nur mit dieser Pinzette angefasst", fügte die Forensikerin hinzu. „Leider ließen sich keinerlei verwertbare Spuren auf der Speicherkarte finden, die uns bezüglich des Täters weiterhelfen könnten."

Petersen war von der Professionalität und dem Sachverstand der Frau beeindruckt, hatte jedoch auch nichts anderes erwartet.

„Und was befindet sich auf der Speicherkarte?", fragte er mit einem mulmigen Gefühl.

„Eine MP3-Datei mit, nun ja, wie soll ich es ausdrücken? Mit einer besonderen Art von Melodie. Soll ich sie Ihnen vorspielen?"

Petersen nickte kurz, wobei sein Bauchgefühl nichts Gutes ahnen ließ, und schaute fragend auf die Lautsprecher.

„Das hat schon seine Bewandtnis mit Rachmaninow, mein lieber Hauptkommissar, aber ich werde die Musik gleich abstellen. Haben Sie das Stück erkannt?", fragte Kleinschmidt lächelnd.

„Das ist *Die Toteninsel*", sagte Petersen knapp, dem das Verhalten der Forensikerin merkwürdig vorkam.

„In der Tat", stimmte Kleinschmidt zu, nachdem sie die Musik ausgestellt hatte. „Sind Sie mit der Entstehungsgeschichte des Werkes vertraut?"

„Rachmaninow schrieb diese Symphonische Dichtung 1909 nach der Inspiration durch Arnold Böcklins Gemälde *Die Toteninsel*", erklärte Petersen.

„Ganz genau, Herr Hauptkommissar. Sie scheinen ein Fachmann auf dem Gebiet der klassischen Musik zu sein. Wie überaus interessant. Sie haben auch sicherlich das Gemälde auf meinem Monitor erkannt, nicht wahr?"

„Böcklins Toteninsel", erwiderte Petersen. „Frau Kleinschmidt, was soll das alles bedeuten? Sie sprechen in Rätseln, ich kann Ihnen nicht folgen!"

„Nur Geduld, Herr Hauptkommissar, ich komme gleich zum springenden Punkt und führe Ihnen den Inhalt der MP3-Datei vor. Machen Sie sich auf etwas Einzigartiges gefasst."

Mit einem Mausklick öffnete die Forensikerin die Datei und brachte das Programm zum Abspielen. Aus den Lautsprechern drangen Töne, die sich zu einer etwa einminütigen Melodie zusammensetzten, bei deren Hören sich Petersens Nackenhaare sträubten und die Haare auf seinen Armen und Beinen kräuselten. Die Töne waren gellende menschliche Schreie in verschiedenen Tonlagen, Höhen und Tiefen, aus denen unzweifelhaft eine Melodie herauszuhören war.

Mit leichenblassem Gesicht wandte sich Petersen an Wiebke Kleinschmidt:

„Was zum Teufel ist das? Wovon werden wir hier gerade Zeuge?"

„Nun, es sind exakt neun unterschiedliche menschliche Laute, die, um mit Professor Kneesebeck zu sprechen, von dem Mörder seinen Opfern entnommen, konserviert und zu diesem schrecklichen Ergebnis aneinandergereiht wurden", entgegnete Kleinschmidt.

„Das würde bedeuten, dass wir es mit mindestens vier Mordfällen zu tun haben, bei denen wir die Leichen noch nicht gefunden haben", schlussfolgerte Petersen. „Das ist doch nicht zu fassen!"

„Ich habe mir diese grausige Melodie schon zigmal angehört, Herr Hauptkommissar, da sie mich von Anfang an an etwas erinnerte. Und mittlerweile bin ich mir sicher, dass es sich bei der grotesken Weise um einen kleinen Ausschnitt aus Rachmaninows *Toteninsel* handelt. Sie ist die pervertierte Imitation des Dies-Irae-Motivs aus dem dritten Satz, das den Tod darstellt", erklärte die Forensikerin ihre Sichtweise. „Ich habe die besagte Stelle aus der Symphonischen Dichtung herausgeschnitten und werde sie Ihnen vorspielen."

Dieses Mal klangen die Originaltöne von Rachmaninow aus den Lautsprechern und Petersen entging nicht die schaurige Ähnlichkeit mit der vorher gehörten Todesmelodie.

„In einem weiteren Schritt habe ich beide Tonspuren übereinandergelegt. Hören Sie das verstörende Ergebnis", sagte Kleinschmidt.

Der gequälte Ausdruck in Petersens Gesicht deutete unmissverständlich darauf hin, dass auch er die Tonsequenzen, in Endlosschleife aufgenommen, als deckungsgleich empfand, was zu einer scheußlichen Entartung von Rachmaninows Kunstwerk führte.

„Schalten Sie das bitte ab, Frau Kleinschmidt, das ist unerträglich", sagte Petersen mit leiser, zitternder Stimme. „Was soll uns das Ihrer Meinung nach sagen?"

„Nun, ich bin zwar keine Kriminalbeamtin, aber ich denke, dass der Mörder uns einen wie auch immer gearteten Hinweis geben möchte. Warum sonst sollte er so einen immensen Aufwand betreiben? Er entfernt die Stimmlippen seiner Opfer, konserviert offensichtlich auf irgendeine Weise deren Todesschreie und ersetzt diese quasi bei seinem letzten Opfer durch eine grausige Melodie auf einem Tonträger."

Petersen nickte zustimmend: „Das sehe ich auch so, Frau Kleinschmidt."

„Und jedes Mal, wenn ich mir das Bild von Böcklin anschaue, werde ich das Gefühl nicht los, dass da noch mehr ist. Es ist fast so, als wolle das Bild mich in sich hineinsaugen. Ich weiß, dass das verrückt klingt, aber dieses Bild übt einen hypnotischen Zwang aus, dem ich mich schwer entziehen kann", ergänzte die Forensikerin.

Petersens Blick fiel auf den zweiten Monitor, auf dem immer noch Böcklins *Toteninsel* zu sehen war. Während er einen Schritt darauf zuging und das Gemälde in Augenschein nahm, erinnerte Petersen sich daran, dass er über dieses Werk gelesen hatte, dass Böcklin fünf Versionen davon gemalt hatte, die sich in Nuancen unterschieden.

Das Bildmotiv zeigt in allen fünf Varianten eine steil aus dem Meer emporragende Felseninsel, in deren Mitte hohe Trauerzypressen aufragen. Links und rechts von ihnen befinden sich majestätische Felswände, in denen Nischen als Grabkammern eingelassen sind. Dahinter türmt sich eine drohende Wolkenkulisse auf. Auf der glatten Oberfläche des Wassers steuert ein schwarzer Nachen auf die kleine Hafeneinfahrt der Insel zu. In dem Boot steht am Bug eine in Weiß gehüllte Figur, vor der sich ein ebenfalls schneeweißer Sarg befindet, auf dessen rechter Vorderseite ein schwarzer Vogel hockt. Mitten im Boot sitzt ein schwarz gekleideter Ruderer. Bei beiden Gestalten könnte es sich um Frauen handeln, was jedoch nicht eindeutig auszumachen ist. Das ruhige, glatte Wasser spiegelt sowohl die Felseninsel als auch den Nachen wider, Petersen hört das leise Plätschern, das beim Eintauchen der Ruder entsteht. Ihn umgeben das Knarzen der Ruderöse und das sanfte Gleiten des Bootes. Es fühlt sich für ihn an, als säße er im Boot und führe auf die Insel zu. Petersen vermeint den würzigen Duft der Trauerzypressen wahrzunehmen, gepaart mit dem salzigen Aroma der frischen Meeresbrise, die ihn umgibt, und in der Ferne dringt Musik an sein Ohr. Er kennt diese Melodie, kann sie jedoch nicht eindeutig zuordnen, aber sie ist schön, sie ist majestätisch, pathetisch. Würdevoll und erhaben schmiegt sie sich in seine Gehörgänge und füllt sein Innerstes aus. Petersen fühlt sich geborgen, wie im Schoß einer Schutz gebietenden Macht, die ihn sanft auf den Wellen des friedvollen Meeres schaukelt. Und plötzlich schweben tausende und abertausende Notenschlüssel und Stimmgabeln auf Notenblättern vor seinen Augen, schwarze, filigrane Gebilde auf weißem Untergrund und formen eine eigene, sinister klingende Melodie, die die andere Weise geisterhaft übertönt. Wie auf ein stummes Kommando, fangen die Notenschlüssel und Stimmgabeln an zu tanzen und zu wirbeln, es entsteht ein wilder Reigen, sie stieben auseinander und stoßen aufeinander zu, zerplatzen explosionsartig und formen sich zu Buchstaben, die sich in Wörter verwandeln und zu Sätzen ausbilden:

Über dem Wasser singt der Tod,
von gedrilltem Öl aus der Not,
schäumende Gischt umspielt die Form,
platt ist sie, komm, bohr nach der Norm.

So unvermittelt wie der Reim aufgetaucht ist, verschwindet er wieder und Böcklins *Toteninsel* entsteht erneut vor Petersens Augen, löst sich jedoch umgehend auf und transformiert sich zugleich in das Bild einer Bohrinsel auf dem offenen Meer. Petersen sitzt in einem Hubschrauber, der seine Kreise über der Plattform zieht und dann in den Landeanflug übergeht. Er hält sich krampfhaft am Sitz fest, und der Angstschweiß rinnt in kleinen Bächen seine Wangen und den Rücken herunter, wobei sich das Hemd klatschnass anfühlt.

„ . . . Hauptkommissar Petersen, kommen Sie wieder zu sich!"

Petersen spürte einen Ruck an seiner Schulter und tauchte zurück in den Sektionssaal, zurück zu Wiebke Kleinschmidt, zurück in die Realität.

„Was war los mit mir?", fragte Petersen keuchend, er fühlte sich wie gerädert, so als hätte er eine ganze Nacht durchgezecht, ohne auch nur ein Auge zugemacht zu haben.

„Sie waren in eine katatonische Starre verfallen und blickten die ganze Zeit über das Böcklin Gemälde an", antwortete Kleinschmidt.

„Wie lange war ich weg?", wollte Petersen wissen.

„Fast fünf Minuten. Zuerst habe ich mir nichts dabei gedacht, denn das Bild hatte ja auch auf mich eine hypnotische Wirkung, aber dann wurde mir die Sache unheimlich und ich wusste, dass ich Sie da rausholen musste", entgegnete die Forensikerin. „Haben Sie etwas gesehen, während Sie in die Starre verfallen waren?"

Petersen erzählte ihr von seinen Visionen, denn dafür hielt er sie zweifellos. Er rezitierte den seltsamen Reim, so gut er ihn in Erinnerung hatte und schilderte die Szene mit der Bohrinsel.

„Das muss etwas zu bedeuten haben, das kann kein Zufall sein und Kneesebeck würde behaupten, dass da Magie im Spiel ist", bemerkte Kleinschmidt, die aufmerksam zugehört hatte. „Mich würde es nicht wundern, wenn sich eine Bohrinsel als der nächste Tatort erweisen würde."

„Aber warum sollte der Täter dann so viele Hinweise hinterlassen?", fragte Petersen und gleichzeitig fiel ihm ein plausibler Grund ein. „Es sei denn, er will von uns gefasst werden, weil er der ganzen Sache überdrüssig geworden ist. Wäre in der Kriminalgeschichte keine Neuheit, das gab es schon öfter als man denkt."

„Oder er spielt mit uns und möchte uns seine Überlegenheit zeigen. Nach dem Motto: Guckt mal, was ich kann, ihr kriegt mich sowieso nicht!", versuchte Kleinschmidt zu kombinieren.

Petersen war wieder einmal beeindruckt von der Forensikerin, auch diese Argumentationskette bewegte sich im Bereich des Möglichen. Fing er an, für sie mehr als berufliche Bewunderung zu empfinden? Je mehr er darüber nachdachte, schienen sie durch ihr gemeinsames Erlebnis im Sektionssaal auf eine metaphysische Art und Weise miteinander verbunden worden zu sein. Zwei empfindsame Seelen, die eines spirituellen Ereignisses teilhaftig geworden waren und sich einander annäherten. Er fragte sich, ob sie das ähnlich sah.

„Durchaus denkbar, Frau Kleinschmidt, wirklich gut überlegt", bemerkte Petersen mit einem leichten Lächeln, das seine Züge weicher erscheinen ließ, auf ihre letzte Ausführung bezogen. „Ich denke, ich sollte jetzt zurück ins Büro gehen, dort wartet noch eine ganze Menge Arbeit auf mich. Es macht wirklich Spaß, mit Ihnen zusammenzuarbeiten, Frau Kleinschmidt, es hat mich gefreut."

Mit diesem Satz hatte ihn der leichte Anflug von Tollkühnheit verlassen und wurde durch seine übliche Abgeklärtheit ersetzt. Er drehte sich um und ging in Richtung des Ausganges.

„Ach übrigens, Herr Petersen, wie wäre es, wenn wir mal zusammen und ganz unverbindlich in ein klassisches

Konzert gehen? So von Kunstliebhaberin zu Kunstliebhaber? Was meinen Sie? Ist das zu vermessen zu fragen?"

Petersen blieb wie vom Schlag getroffen angewurzelt stehen, drehte sich langsam um und sagte mit einem verschmitzten Lächeln:

„Gute Idee, Frau Kleinschmidt, ich rufe Sie an!"

Fast beschwingt und mit einem Hauch von guter Laune machte er auf dem Absatz kehrt und ging mehr Arbeit und mehr polizeilicher Routine entgegen.

Tacheles

Schweren Herzens und nach tausendmaliger Entschuldigung bei Rebekka hatte Kneesebeck für den heutigen Abend auf den Monitoren die Portraits seiner Frau durch herausragende Werke der Kunstgeschichte ersetzt. Er hatte Rebekka weiterhin erklärt, dass er am späteren Abend noch ihre Dienste in Anspruch nehmen würde, jedoch erneut auf die indirekte Weise. Das war in der anstehenden Situation mit ihren Verwicklungen unvermeidlich.

In etwa zehn Minuten würde Hauptkommissar Petersen an seiner Tür klingeln, den er auf einen Plausch eingeladen hatte. Kneesebeck hatte das Gefühl, dass er Petersen etwas schuldig war und ihm reinen Wein bezüglich seiner besonderen Informationsquellen einschenken sollte. Erwartungsgemäß hatte der Hauptkommissar unverzüglich zugestimmt, was Kneesebeck mit Vergnügen zur Kenntnis genommen hatte.

Mal sehen, inwieweit ich seinen Erfahrungshorizont heute erweitern kann, dachte Kneesebeck bei sich und musste schmunzeln.

Er hatte seine Vorbereitungen zufriedenstellend abgeschlossen und ging noch einmal in das Studierzimmer, wo ihr Treffen stattfinden sollte, um eine letzte Augenkontrolle vorzunehmen. Alles war an seinem Platz, die Unterweisung konnte beginnen.

In diesem Augenblick klingelte es an der Haustür und Kneesebeck eilte nach vorne, um seinen Gast einzulassen.

„Herr Hauptkommissar, schön, dass Sie meiner Einladung gefolgt sind, schön, dass Sie hier sind. Kommen sie rein, kommen Sie rein!"

„Danke für die Einladung, Herr Professor, ich habe sie natürlich gerne angenommen. Ich habe Ihnen etwas mitgebracht, eine Flasche Roten vom Winzer meines Vertrauens", damit überreichte Petersen einen schlanken Geschenkkarton.

„Was für eine nette Geste, da bin ich mal gespannt", antwortete Kneesebeck, „die Roten sind immer die Goten, wie ich zu sagen pflege. Legen Sie ab, die Garderobe ist gleich hier drüben. Und dann werden wir es uns im Studierzimmer gemütlich machen."

Petersen legte seine Jacke ab, schaute sich im Flur um und bestaunte die Gemälde.

„Wie ich sehe, sind Sie Kunstliebhaber. Was für eine interessante Methode, die Gemälde auf großen Bildschirmen zu präsentieren", staunte Petersen und bewunderte die gestochen scharfe Reproduktion von Gustav Klimts *Der Kuss*.

„Nun ja, so habe ich zumindest die Illusion, dem Original etwas näher zu sein. Kommen die Farben nicht wie originalgetreu herüber?"

„In der Tat, das ist schon verblüffend. Und der Dali ist auch nicht von schlechten Eltern."

„Auch Sie scheinen sich in der Kunst auszukennen, Hauptkommissar Petersen. Da haben wir wohl genügend Gesprächsstoff für heute Abend."

Petersen lag schon die Bemerkung auf der Zunge, dass er im Grunde genommen nur aus dienstlichem Anlass hier war, aber er schluckte die Bemerkung dann doch herunter. Sie gingen in das angrenzende Studierzimmer und nahmen in bequemen Sesseln Platz. Petersen ließ seinen Blick über die hohen Regalwände gleiten, die den gesamten Raum ausfüllten und nahm die Buchrücken in Augenschein. Er entdeckte philosophische Gesamtausgaben von Nietsche, Kierkegaard und Hegel neben aufwändigen Ausgaben von Goethe, Schiller und auch Shakespeare. Darüber hinaus entdeckte er reihenweise Buchrücken mit kabbalistischen und anderen mystischen Symbolen, die Petersen sehr fremdartig vorkamen.

„Da haben Sie sich aber eine hübsche Sammlung an Büchern zusammengestellt, Herr Professor. Scheint viel geheimnisvoller und spiritueller Kram dabei zu sein."

Kneesebeck machte sich in einer Ecke an einem Tisch zu schaffen und Petersen hörte das Klirren von Glas.

„Ich hoffe, Sie sind einem 18-jährigen Glenlivet gegenüber nicht abgeneigt, Herr Hauptkommissar? Etwas Hochprozentiges könnte sich im Bereich des Spirituellen als hilfreich erweisen", sagte Kneesebeck mit einem verschmitzten Lächeln. „Oder liege ich mit meiner Einschätzung, Sie als Whiskyliebhaber erkannt zu haben, falsch?"

Petersen hatte ein absolutes Faible für trockene Rotweine und trank auch mal ein Bier, wenn es zum Essen passte. Ging es um Tropfen mit mehr Umdrehungen, neigte er tatsächlich zu Single Malts. Vor der Scheidung von seiner Frau waren sie regelmäßig einmal im Jahr zu einer Whiskyprobe mit verschiedenen Pärchen eingeladen worden, die jeweils reihum das Tasting ausrichteten. Die Tradition bestand darin, dass jeder seinen Lieblingswhisky mitbrachte. Die Verkostung erfolgte in Kombination mit fetthaltigen Speisen und viel Tafelwasser. Nach der Scheidung war Petersen nicht mehr zu diesen Ereignissen eingeladen worden, die Leute hatten sich von ihm abgewendet, da es sich bei ihnen in erster Linie um Freunde seiner Ex-Frau handelte. Und die nahmen ihm die Scheidung übel, was natürlich auch Licht auf den eigentlichen Scheidungsprozess warf. Der Rosenkrieg ist halt ein schmutziges Geschäft.

Der Whisky, den Kneesebeck vor ihm abgestellt hatte, schlierte verführerisch im Nosingglas, und ein verführerischer Duft nach feinen Kräutern und Honig, gepaart mit Toffee und Kokosnuss stieg in Petersens Nase.

„Ich bewundere Ihre Beobachtungsgabe, Herr Professor und muss sagen, dass ich mich durch Ihre Einschätzung durchaus getroffen fühle", sagte Petersen und musste gestehen, dass er sich schon lange nicht mehr so locker und gesellig gefühlt hatte.

„Na dann, Slàinte mhath, wie die Schotten zu sagen pflegen, auf unsere gute Gesundheit", prostete Kneesebeck ihm zu.

Der erste Schluck entfachte eine einzigartige Komplexität von intensiver Minze und Holzigkeit, die durch die fruchtige Süße der Kokosnuss und den waldigen Touch von Nüssen harmonisch ausbalanciert wurden.

„Holla, die Waldfee, das ist ja mal ein absoluter Wohlgeschmack, der seinesgleichen sucht", lobte Petersen den Whisky, wobei er sich am langen, würzigen Finish des Geschmackes mit einem leichten, fruchtig-süßen Beigeschmack erfreute. Er sah, wie Kneesebeck über das ganze

Gesicht strahlte und Petersens Aufmerksamkeit sichtlich genoss.

Der Hauptkommissar griff noch einmal zum Glas und bemerkte:

„Entschuldigen Sie bitte meine Offenheit, aber: Schickes, großes Haus, extravagante Bibliothek, teurer Whisky, so lässt es sich leben. Bekommt man als Professor tatsächlich solch ein stattliches Salär, um sich das alles leisten zu können?"

„Neben meiner ordentlichen Professur an der Universität Hamburg, werde ich häufig für Vortragsreihen im In- und Ausland gebucht. Vor ein paar Jahren unternahm ich eine mehrwöchige Reise in die USA, wo ich in vielen Städten auftrat und Vorlesungen hielt. Die neue Welt ist heutzutage dem Okkulten gegenüber weit mehr aufgeschlossen als die alte. Vor allem in Salem, Massachusetts, hatte ich ein paar denkwürdige Auftritte und wurde zudem zu einigen Seancen gebeten."

Kneesebeck rollte den Whisky in seinem Glas, inhalierte die Aromen tief und nahm einen Schluck.

„Herr Hauptkommissar, ich hätte da noch einen 12-jährigen Macallen, den ich sehr zur Verkostung empfehlen kann."

Petersen winkte dankend, aber bestimmt ab:

„So gerne ich ihrem Angebot auch nachkommen würde, muss ich leider passen." Langsam aber sicher wurde er innerlich etwas unruhig, da sich sein Ermittlungsdrang meldete und so fügte er hastig hinzu:

„Nun aber mal Butter bei die Fische, Herr Professor. Keine Ausflüchte und Aufschübe mehr, Tacheles: Woher

beziehen Sie Ihre Informationen, die sich in unseren Mordfällen als doch recht hilfreich erwiesen haben?"

Kneesebeck schenkte sich noch einen kleinen Glenlivet
ein, lehnte sich im Sessel zurück und schaute Petersen
über das Glas tief und ernst in die Augen:

„Ich glaube, sagen zu können - so wie ich Sie aus vorherigen Gesprächen einschätze - dass Sie gewissen Dingen
offener gegenüberstehen als z. B. Ihr Assistent Amir, der
diese gewissen Dinge mehr als skeptisch sieht. Eher zy-
nisch, aber das ist eine andere Angelegenheit. Glauben Sie
mir, mein verehrter Herr Hauptkommissar: Es gibt Dinge
zwischen Himmel und Hölle, die sich die meisten Menschen nicht einmal erträumen können. Liege ich mit meiner Einschätzung Ihrer Person erneut nicht ganz falsch?"

Unverzüglich musste Petersen an seine Großmutter
denken, die vielleicht sein Interesse am Übernatürlichen
entfacht hatte, und sagte:

„Meine Großmutter, zu der ich zu ihren Lebzeiten ein
enges Verhältnis hatte, galt als Kräuterfrau, die im Schein
des Mondlichtes Kräuter sammelte und die eine oder die
andere Tinktur herstellte. Es gab auch Gerüchte über Tän-
ze bei Vollmond. Ich erinnere mich noch sehr gut an ihre
Geister- und Gespenstergeschichten über Irrlichter und
geisterhafte Erscheinungen, die mich als kleiner Junge
immer faszinierten. Viele Leute, unter ihnen auch der
Pfarrer, waren ihr nicht wohl gesonnen, aber sie hatte auch
eine größere Anzahl von Menschen, die sich ihrer Dienste
bedienten."

Kneesebeck schaute Petersen weiterhin ernst und nüchtern an:

„Kräuterkundige Frauen sind schon von jeher verteufelt worden, das hat eine lange Tradition. Sie wurden besonders von der Kirche als Gefahr empfunden. Die sogenannten Gottesmänner sahen in ihnen eine Konkurrenz zu ihrer Lehre: eine Heilslehre gegen die andere Heilslehre. Und so mussten diese Frauen brennen und erlitten unvorstellbare Qualen und Pein. Ihrer Großmutter sei Dank, denn sie hat offensichtlich Ihr Interesse am Okkulten und Spirituellen geweckt, Herr Hauptkommissar. Ich spreche von einer metaphysischen Welt, die die uns bekannte Welt umgibt. In ihr existieren Entitäten, die sich als sehr nützlich für den Wissenden erweisen können."

Der Professor beugte sich weiter zu Petersen vor und offenbarte mit bedachtsamer, eindringlicher Stimme:

„Was würden Sie sagen, Herr Hauptkommissar, wenn ich Ihnen erzähle, dass es möglich ist, Kontakt zu den Toten aufzunehmen, die als Mittler zu diesen Entitäten fungieren? Man kann diese beschwören und in die eigenen Dienste stellen."

Petersen sah ihn zweifelnd und skeptisch an, bereit über den Scherz zu lachen, wenn das Ungeheuerliche sich als solcher entpuppen würde, der Professor betrachtete ihn jedoch weiterhin mit ernster Miene.

„Sie meinen anscheinend das, was Sie sagen. Das muss ich erst einmal verdauen und glaube, dass ich jetzt doch noch einen kleinen Tropfen brauche, Herr Professor."

„Mit Vergnügen, Herr Hauptkommissar, mit Vergnügen. Das muss Ihnen natürlich alles sehr unwirklich und überspannt vorkommen, aber glauben Sie mir: Ich bin schon so lange in diesem Bereich tätig, dass ich meine, sagen zu können, mich erschüttert nichts mehr."

Inzwischen hatte er den Macallen aus dem Geschenkkarton hervorgeholt, entkorkt und füllte ihre Gläser mit dem edlen Tropfen.

Sogleich füllte ein Aroma von Sherry-Süße, gepaart mit deutlichen Anklängen an Vanille und Ingwer den Raum, dem sich eine leicht rauchige Note im Hintergrund beimischte.

„Sie verwöhnen mich, Herr Professor. Da habe ich offensichtlich einen wahren Connaisseur vor mir sitzen, der in den Spirituosen genauso bewandert ist wie im Spirituellen. Chapeau, Professor Kneesebeck, Chapeau!"

Und erneut erstrahlte das Gesicht des Professors und ein entrückter Glanz trat in seine Augen.

„Es gibt doch nichts Schöneres, als die angenehmen und anregenden Seiten des Lebens mit einem wahren Kenner auf dem Gebiet zu teilen. So denn zum zweiten Mal, mein lieber Herr Hauptkommissar: Slàinte mhath! Auf unser beider Gesundheit und gute zukünftige Zusammenarbeit!" Dabei zwinkerte er vertraulich mit den Augen, ganz so, als gäbe es zwischen ihnen ein geheimes, bisher unausgesprochenes, vertrauliches Bündnis.

Petersen erwiderte den Toast und führte das Glas zum Mund. Ein herrlich weicher Geschmack mit fruchtigen Noten, die vor allem an Pflaumen und Aprikosen erinnerten, entwickelte sich auf seiner feinen Zunge. Hinzu traten würzige Noten und erneut leichte Rauchanklänge.

„Sapperlot! Alle Achtung! Der mundet wie Balsam für die geschundene Seele. Was für ein Wohlgenuss!", fabulierte Petersen geradezu ekstatisch.

Der Abgang des Whiskys erinnerte an Trockenfrüchte und Gewürze mit süßen Toffee-Noten.

„Ein äußerst süffiger und edler Trunk, Respekt, Respekt!", und Petersen nahm erneut ein Schlückchen.

Innerlich freute sich Kneesebeck wie ein Kind über die erfolgreich verlaufende Unterweisung des Hauptkommissars. Er würde bald für den krönenden Abschluss des Abends bereit sein.

Garrocqq, die Weltenspinnerin, verfolgte diese Unterhaltung mit ungeteilter Aufmerksamkeit und für ihre Verhältnisse euphorischer Intensität. Was ihr hier von den beiden Menschen geboten wurde, überstieg ihr bisheriges Erfahrungspotential um ein Vielfältiges. Gerüche und Geschmäcker waren ihr mittlerweile in ihrer Existenz zwar nicht mehr fremd, aber die Wirkungsstärke der in der Luft hängenden Aromen berauschte sie und erregte ihr immaterielles, substanzloses Bewusstsein. Wie schon des Öfteren wunderte sich Garrocqq über die unglaubliche Vielfalt menschlicher Gefühle und Nuancen ihrer Sinne, die ihr nach wie vor wie ein Buch mit sieben Siegeln vorkam. Sie lernte jedoch begierig auf ihrer Forschungsmission durch Raum und Zeit und sog die gesamte Wucht der Eindrücke wie ein ausgetrockneter Schwamm auf.

Garrocqq war aufs Geratewohl einem Strang Aromamoos gefolgt und an diesen Schauplatz gelangt, wo sie das Schauspiel in atemloser Verzückung verfolgte, wie es die Menschen formulierten - das hatte sie einmal auf ihrem Televisor in einem sogenannten Drama gelesen.

Früheren Einsätzen war es vorbehalten gewesen, die Architektur der Erde zu studieren, ihr jetziges Gebiet hingegen war die Psyche der Menschen in all ihren Feinheiten zu erkunden. Hätte sie früher die Beschaffenheit von Gebäuden und sogenannten Lebewesen gleichgesetzt, erschloss sich Garrocqq mehr und mehr der wahre Unterschied zwischen ihnen, obwohl sie die wirkliche Bedeutung von Leben noch nicht begriff. Dabei hatte sie gleichzeitig ein Faible für die von den Menschen als Pflanzen und Bäume bezeichneten Strukturen entwickelt - insbesondere für Moose. Denen schrieben Menschen auch Leben zu, obwohl sie offensichtlich ohne Bewusstsein existierten. Diesen Zusammenhang empfand Garrocqq als sehr verwirrend, denn Menschen waren in der Lage, schöpferische Akte zu vollziehen, Dinge zu erfinden und zu bauen. Pflanzen, aber auch Tiere, eine andere Form von Leben, waren einfach nur da und bestanden, ohne jeglichen offensichtlichen Nutzen für die Gemeinschaft.

Während Garrocqq die beiden Menschen betrachtete, fielen ihr zwei weitere für sie unerklärliche Dinge auf: Trinken und das, was die Menschen Konversation nannten. Beides erschien ihr völlig sinnlos, da sie mit diesen Tätigkeiten nichts verbinden konnte in ihrer körperlosen Existenz. In diesem Zusammenhang kam ihr eine weitere menschliche Aktivität in den Sinn, die sie schon vorher zu

verschiedenen Begebenheiten beobachtet hatte: das sogenannte Essen. Wiederum eine Unternehmung, die ihr so
fremdartig und unsinnig vorkam, dass sie sich keinen
Reim darauf machen konnte. Sie würde sich später an eine
Recherche machen, um auch diese Mysterien zu entschlüs-
seln.

Sie wollte sich schon abwenden, da sie meinte, für heute genug gelernt zu haben, als Bewegung in die Szenerie
kam und die Menschen den Raum verließen. Sie entschied
sich noch etwas zu bleiben und zu beobachten.

„Ich würde Ihnen gerne etwas zeigen", Herr Hauptkommissar und Kneesebeck erhob sich bedächtig, fast
feierlich aus seinem Sessel und schritt gemächlich auf
einen schlanken, hohen Eckschrank zu. Vor dem massiven
Holzschrank, der wie eine wertvolle Antiquität mit aufwändigen Schnitzereien aussah, holte der Professor einen
Schlüssel hervor, den er um den Hals getragen hatte, und
schloss eine Schranktür auf. Zielstrebig nahm er eines der
zahllosen Bücher heraus, verschloss den Schrank wieder
sorgfältig, legte sich den Schlüssel um den Hals und ging
zurück zu seinem Sessel.

„Das ist doch wohl nicht das *Necronomicon* des verrück-
ten Arabers Abdul Alhazred, oder Herr Professor?"

„Wie interessant, wie interessant! Sie kennen sich sogar
mit den Schriften des H.P. Lovecraft aus. Aber nein,
Hauptkommissar Petersen, dies ist nicht das *Necronomicon*,
wenngleich ich gestehen muss, dass sich eines der letzten

Exemplare jenes Zauberbuches in eben jenem Schrank befindet. Nein, bei diesem Buch hier", und damit hielt Kneesebeck den Folianten hoch, damit Petersen ihn besser sehen konnte, „handelt es sich um eine noch viel einzigartigere Kuriosität, ein Unikat. Es ist das letzte verbliebene Exemplar des Grimorion Necrons aus der schwebenden Bibliothek von Yithan."

„Nie von solch einem Ort gehört", murmelte Petersen.

„Wie sollten Sie auch, wie sollten Sie auch, Herr Hauptkommissar."

Petersen sah ein unscheinbares, schlichtes Buch in dunklem, derbem Einband, das keinen Titel aufwies und als einziges Ornament in der Mitte der Vorderseite ein Emblem trug, wie es Petersen noch nie zuvor gesehen hatte. Das Symbol bestand aus jeweils zwei miteinander verflochtenen Kreisen, Dreiecken und Quadraten, die beständig in Bewegung zu sein schienen. Der Anblick ließ Petersen eisig frösteln und er griff instinktiv zum Whiskyglas.

„Im Vergleich zum berüchtigten *Necronomicon* ein überaus ungekünsteltes und schmuckloses Buch, nicht wahr."

Trotz seines körperlichen Unbehagens hatte Petersen unbewusst seine Hand nach dem Buch ausgestreckt, um nach ihm zu greifen, doch Kneesebeck zog es umgehend zurück.

„Aber Vorsicht! Es kommt nicht auf die pompöse oder besonders düstere Aufmachung, also das Äußere an, sondern auf den Inhalt - und der hat es in sich. Das alleinige Öffnen des Buches, unsachgemäß ausgeführt, birgt für den unglücklich unwissenden Benutzer Gefahren jenseits jeglicher Vorstellungskraft."

„Das ist doch alles Stoff aus Mythen und Legenden, die dem Licht der Objektivität und Wahrheit nicht standhalten können, Herr Professor. Selbst Lovecraft hat zugegeben, dass es sich beim Necronomicon um eine reine Erfindung seinerseits handelte. Sie werden bei Ihrem Exemplar einem Scharlatan aufgesessen sein und ich hoffe, dass Sie nicht zu viel Geld dafür ausgegeben haben."

Kneesebeck lächelte ihn milde und leicht überheblich an:

„Vergessen Sie Ihr Schulwissen, werfen Sie Ihre Zweifel und Skepsis über Bord. Machen Sie sich gedanklich frei, öffnen Sie sich, lassen Sie das Undenkbare zu! Sind Sie nicht heute Abend hierhergekommen, um Antworten zu bekommen? Antworten auf Fragen, die an sich schon Ungeheuerliches beinhalten?", und Kneesebeck hielt erneut das Buch hoch. „Das Grimorion Necron wird uns dabei helfen, den Schleier zur anderen Seite zu zerreißen und uns Entitäten gefügig zu machen, sie durch Anrufung und Beschwörung zu zwingen, uns Antworten zu geben."

Wiederum schlug das fremdartige Symbol auf dem Folianten Petersen in seinen Bann, die Kreise, Dreiecke und Quadrate setzten sich zu einer faszinierenden Figur zusammen, dehnten sich, zogen sich zusammen, pulsierten, atmeten.

„Und was brauchen Sie für so eine, ähm, Anrufung?", hörte Petersen sich sagen.

„Da werden Sie wohl notgedrungen die eine oder andere Kröte schlucken müssen. Wenn Sie die jedoch nicht ganz herunterkriegen, kann ich Ihnen die Kröten auch pürieren und mit Katzenurin und etwas Rattenblut zu einem vortrefflichen Cocktail mixen." Er schaute in Petersens angewidertes Gesicht und musste laut auflachen.

„Tut mir leid, Herr Hauptkommissar, dass ich mich auf Ihre Kosten lustig gemacht habe, aber ich konnte einfach nicht widerstehen, und Ihr Gesichtsausdruck ist einfach nur köstlich. Aber nun mal im Ernst: Etwas Persönliches von der Zielperson ist immer hilfreich. Bei Frau Onken war es ein Haar, das ich am letzten Tatort von ihrer Schulter entfernte. Aber es kann auch eine Hautschuppe oder ein Stück Fingernagel sein."

„Geht das auch in Zusammenhang mit einem Text, z. B. einem Reim?", erkundigte sich Petersen.

„Wie genau meinen Sie das?"

Und Petersen erzählte Kneesebeck von seinen Visionen im Sektionssaal, die durch Böcklins Bild und Rachmaninows Musikstück ausgelöst worden waren und dem Reim, der ihn danach nicht mehr losgelassen und sogar in seine Träume verfolgt hatte.

„Das ist höchst interessant", erwiderte Kneesebeck. „Sie entpuppen sich rundweg zu einem Medium, mein lieber Herr Hauptkommissar. Das mit dem Reim wäre einen Versuch wert, ich könnte ihn in die Inkantation einweben, das sollte möglich und auch durchaus hilfreich sein. Ja, da bringen Sie mich auf eine Idee."

Mit einer vorsichtigen Handbewegung und unter dem Murmeln einiger unverständlicher Wörter, öffnete Kneesebeck das Grimorion Necron, wobei er sorgfältig darauf achtete, die Seiten vor Petersens Blick abzuschirmen. Dennoch hatte dieser einen kurzen Blick auf die Buchseiten werfen können und gesehen, dass sich die fremdartigen Buchstaben wellenartig bewegten.

Kneesebeck blätterte durch den Folianten und brummelte immer wieder vor sich hin. Er hatte inständig gehofft, dass es sich so fügen würde, wie er es sich gedacht hatte und war nicht enttäuscht worden. Beileibe war er sich nicht sicher gewesen und scheute auch jetzt noch den Einsatz des Grimorion Necrons, aber trotz aller möglicher Gefahren ging es nun einmal nicht anders.

An Petersen gewandt, sagte Kneesebeck:

„Es ist genauso, wie ich es mir gedacht und erhofft hatte, die Beschwörung kann vonstattengehen."

Damit reichte er Petersen aus einer Tischschublade ein Stück Beschreibstoff, das in seiner Beschaffenheit dem Papyrus ähnelte, dazu einen fein ziselierten, mit Runen besetzten, goldenen Federstift mit silberner Feder sowie ein kleines Tintenfässchen und fuhr fort:

„Schreiben Sie Ihren Reim bitte unbedingt wortgetreu auf dieses Schriftpapier, damit wir alles später wirkungsvoll einsetzen können."

Petersen bereitete es etwas Mühe, die Wörter des von ihm exakt memorierten Reimes mit der dickflüssigen Tinte, die der Konsistenz von Blut nicht unähnlich war, auf das dicke Papier zu schreiben. Als er jedoch das letzte Wort zu Papier gebracht hatte, fügten sich die einzelnen Buchstaben zu einer eleganten und gestochen scharfen Schrift zusammen. Fasziniert und auch ein klein wenig irritiert, reichte er Kneesebeck den Text.

„Sehr schön, sehr schön, das sieht doch recht famos aus und sollte unsere Beschwörung nachhaltig befeuern. Wir müssen jedoch absolute Vorsicht walten lassen, damit die Inkantation nicht verunreinigt und dadurch beeinträchtigt wird. Sie müssen mir während der gesamten Zeremonie die Federführung überlassen und meinen Anweisungen penibel Folge leisten."

Der ganze Aufwand kam Petersen sehr überzogen vor, aber er nickte mit dem Kopf und entgegnete:

„Alles klar, Herr Professor, keine Angst, ich werde Ihnen sicherlich nicht zur Last fallen und ganz mucksmäuschenstill sein."

„Dann folgen Sie mir bitte in den Keller und machen Sie sich auf eine ungewöhnliche Erfahrung gefasst."

Kellergespinste

Sie verließen das Studierzimmer, gingen den Korridor entlang zur Kellertreppe und hörten schon bald das leise Summen der Hochleistungsgeneratoren, während sie die Kellertreppe hinunterstiegen. Die gusseiserne Tür am Fuße der Treppe ließen sie links liegen und gingen auf eine weitere Tür zu. Petersen hatte das digitale Codeschloss an der gusseisernen Tür wahrgenommen und auch den dort verstärkt zu hörenden Summton, schluckte jedoch einen Kommentar herunter.

Die Tür, vor der sie jetzt standen, war nicht speziell gesichert und der Professor ließ sich und den Hauptkommissar ein. Kneesebeck bezeichnete diesen Raum gerne als seinen Showroom, der im krassen Gegensatz zu Rebekkas schlichtem und kargem Raum stand. Hierher lud er ab und an geneigte Menschen ein, um das eine oder andere Ritual zu vollziehen. Der Showroom strotzte vor Einrichtungsgegenständen, die der Unwissende nach landläufiger Ansicht mit Beschwörungen in Zusammenhang brachte. Unter Betätigung eines versteckten Hebels, ließ Kneesebeck die mit schwarzen Kerzen bestückten Kandelaber mit elektrischem Kerzenlicht entflammen und tauchte den Raum in geisterhaftes Licht. Gleichzeitig setzte leise düster anheimelnde Orgelmusik ein, die Petersen sofort an Johann Sebastian Bach denken ließ.

Der Raum maß etwa 30 Quadratmeter und die Wände waren rundum mit purpurnen Wandbehängen ausgestattet, die eine Vielzahl an kabbalistischen und okkulten Symbolen aufwiesen. Die in die gegenüberliegende Seite eingelassenen kleinen Fenster waren schwarz angestrichen worden und starrten wie zwei dunkle, leere Augenhöhlen herüber. Auf kleinen, antiken Kommoden aus dunklem Holz lagen unterschiedlich große Totenköpfe aus unterschiedlichen Materialien wie Metall, Glas, Keramik und Holz, des Weiteren kupferne Kelche, Runensteine, diverse Schalen und Stäbe und magische Bücher und Schriftrollen. In der Mitte des Raumes entfaltete sich auf dem Eichendielenboden ein umgekehrtes, großes Pentagramm, dessen eine Spitze in Richtung der Tür zeigte. Darüber hinaus wies der Showroom eine weitere versteckte Schalttafel auf, die ein unterirdisches Leitungssystem zu Rebekkas Raum bediente. Das ausgeklügelte System eines neuartigen Übertragungsverfahrens regelte die gegenseitige Schallübertragung aus dem angrenzenden Raum, sodass Kneesebeck Rebekka die im Showroom generierten Inkantationswellen zuspielen und umgekehrt ihre Impulse hier anwenden konnte. Dadurch wurde die Intensität der Inkantationsformeln und Zaubersprüche verstärkt, was zu einem fast deckungsgleichen Ergebnis wie in Rebekkas Raum führte. Zudem steuerte die Schalttafel eine versteckte Kamera, die Kneesebecks jeweiligen Beschwörungen aufnahm.

Petersen war zwischen dem bei ihm aufkeimenden Anflug von Ästhetik und dem offensichtlichen Kitsch des Szenarios hin- und hergerissen und konnte sich auf seine wahren Gefühle keinen rechten Reim machen.

Kneesebeck schritt auf das Pentagramm zu und bedeutete Petersen, ihm zu folgen. Er schaute den Hauptkommissar ernst an und sagte mit bestimmender Stimme:

„Während des gesamten Rituals ist es äußerst wichtig, dass wir nicht aus dem Bannkreis dieses Drudenfußes treten. Das würde umgehend die Schutzwirkung des Pentagramms aufheben und uns in große Gefahr bringen. Folgen Sie bitte genau meinen Anweisungen, dann wird die Anrufung von Erfolg gekrönt sein."

Petersen nickte nur kurz zustimmend.

Als nächstes nahm Kneesebeck einen schlichten, schwarzen Umhang von einem Haken und warf ihn über seine Schultern. Auf Petersens amüsiert fragenden Blick entgegnete er:

„Das ist ein Erbstück meines Großvaters, der schon vor 100 Jahren Seancen und schwarze Messen in diesem Umhang abhielt. Er hätte sich bestimmt gut mit Ihrer Großmutter verstanden, Herr Hauptkommissar. Aber jetzt sollten wir keine Zeit mehr verlieren und zur Tat schreiten."

„Brauchen Sie keinen Zauberstab oder etwas in der Art, Herr Professor?", fragte Petersen mit einem spöttischen Grinsen.

„Ein bisschen mehr Ernsthaftigkeit stünde Ihnen gut zu Gesicht, Hauptkommissar Petersen. Das hier ist kein Hokuspokus eines dahergelaufenen Kurpfuschers, das ist ernst zu nehmende Magie, die von einem Profi ausgeübt wird. Ich bitte um etwas mehr Demut. Doch in der Tat, ich brauche noch etwas und zwar von Ihnen: Wenn ich um etwas Haar oder auch Fingernagel bitten dürfte! Hier ist eine Schere."

Petersen nahm die kleine Schere entgegen, schnitt sich kurz entschlossen ein paar Kopfhaare ab und reichte sie Kneesebeck mit den Worten:

„Wenn das bei Frau Onken funktioniert hat, sollte es auch bei mir klappen."

Kneesebeck nahm die Haare entgegen und legte sie in eine kleine Schale. Dann holte er das Schriftstück mit dem Reim aus seiner Jackettasche hervor und legte es zu den Haaren in die Schale.

„Als letztes brauche ich von Ihnen noch einen Tropfen Blut, Herr Hauptkommissar, der mit in die Schale einfließen muss!", und holte einen kleinen zeremoniellen Dolch hervor.

„Ist das wirklich nötig, Herr Professor?", fragte Peterson etwas beunruhigt, da ihm das ganze Prozedere mehr und mehr unheimlich vorkam.

„Oh, sollte da jemand kein Blut sehen können, obwohl er sich tagtäglich mit blutigen Angelegenheiten herumschlagen muss? Zudem haben Sie mich doch um diese, nun, ich nenne es mal Unterweisung gebeten, um in Ihren Ermittlungen endlich den entscheidenden Schritt voranzukommen. Nun müssen Sie auch B wie Blut sagen und nach den unumgänglichen Regeln der Magie spielen. Wenn ich bitten dürfte, Herr Hauptkommissar!"

Mit einem resignierenden Seufzen hob Petersen seinen linken Daumen, den Kneesebeck mit dem Dolch oberflächlich anritzte, worauf ein Bluttropfen aus der kleinen Wunde quoll und auf die Haare und das Papierstück in der Schale fiel.

„Nun, damit sind jetzt alle Vorbereitungen abgeschlossen und wir können unverzüglich mit der Zeremonie beginnen. Nehmen Sie bitte Ihre Position neben mir im Pentagramm ein!", ordnete Kneesebeck an. Als Petersen ihm den Rücken zukehrte, betätigte der Professor zwei Hebel auf der an einer Kommode versteckt angebrachten Schalttafel und startete zum einen die Videoübertragung und zum anderen den Mechanismus für die Übertragung der Schallwellen. Alles ging vollkommen geräuschlos über die Bühne.

Sodann gesellte er sich zu Petersen im Pentagramm, entzündete eine kleine Ritualkerze und legte sie in die Schale, worauf sich die Ingredienzien sogleich mit einem zischenden Laut entzündeten und feiner, gekräuselter Rauch aufstieg. Der Professor klappte das Grimorion Necron an einer vorher markierten Stelle auf und begann mit einem monotonen Singsang, dessen Worte Petersen völlig unverständlich waren. Er beobachtete die Prozedur mit einer seltsamen Mischung aus Faszination und Misstrauen, sowie leichtem Missbehagen und unerklärlichem Wohlbefinden. Insgeheim verfluchte er sich mittlerweile für seine Schnappsidee, sich an den Professor gewendet und um seine Unterstützung gebeten zu haben. Petersen schaute Kneesebeck eindringlich an, der völlig weltentrückt in seiner Beschwörung aufging und mit seinen Fingern filigrane Zeichen und Figuren in die Luft malte. Sein gleichförmiger, schematisch klingender Singsang war eindringlicher geworden und hatte an Intensität zugenommen.

Unwillkürlich, fast wie getrieben, öffnete Petersen seinen obersten Hemdknopf, es war in den letzten Minuten spürbar wärmer geworden. Er schaute sich um und musste feststellen, dass sich die Luft merkbar verdichtet hatte, sie war von einer sirupartigen Konsistenz und schien förmlich an seinem Körper zu kleben. Wie aus dem Nichts, musste Petersen intensiv an seine Großmutter denken, die in ihrer Küche am Herd stand und mit einem Holzlöffel in einem großen Kessel mit einem dampfenden Gebräu rührte. Sie lächelte Petersen versonnen zu und winkte. So schnell die Vision entstanden war, verschwand sie wieder im Nichts.

Die ersten Schweißtropfen bildeten sich auf seiner Stirn und perlten von seiner Haut, in der Ferne hörte Petersen leise ein Geräusch, das langsam näherkam. Bei genauerem Hinhören erkannte er, dass es sich um Hubschrauberrotoren handelte und sein Herz fing schneller an zu schlagen. Gleichzeitig flammte ein helles Licht auf, das ihn blendete, es brannte gelborange und flatterte im Wind. Dunkle Rauchschwaden zogen auf und die Wärme schlug zusehends in unerträgliche Hitze um, als Petersen auf die Flammen zudriftete und eine Stahlkonstruktion ausmachte. Er näherte sich dieser im Fluge immer weiter und schneller an und erkannte, dass es sich um eine Bohrinsel handelte. Schon leckten die Flammen an seinem Arm, als er kopfüber in einen Raum stürzte. Als Petersen sich umschaute, sah er, dass er sich in einer Kabine mit zwei Kojen befand, die wie Hochbetten übereinander standen. Auf der unteren Koje lag ein Mensch, vor dem ein Mann kniete, der etwas metallisch Glänzendes in der rechten Hand trug.

Als der Mann sich wie in Zeitlupe umdrehte, sich ihm zuwandte und langsam aufstand, sah Petersen einen hochgewachsenen, hageren Mann mit bleichen, sehr ebenmäßigen Gesichtszügen und hohen Wangenknochen, den man durchaus als gutaussehend bezeichnen konnte. Er trug einen langen schwarzen Mantel mit auffälligen Zeichen, lächelte Petersen spöttisch an, winkte mit dem Skalpell und sagte mit einschmeichelnder Stimme:

„Ah, Sie sind es also, der mir auf der Spur ist und mich nicht finden konnte. Armer Hauptkommissar, ist in der Ausübung seiner Amtspflicht bisher kläglich gescheitert. Aber es scheint sich doch alles zum Guten zu wenden. Und was machen Sie jetzt, da Sie mich gefunden haben?"

Der Mann streckte provozierend das Skalpell aus und kam langsam auf Petersen zu, wobei er boshaft lächelte.

Gleichzeitig zeigten sich Risse in der gegenüberliegenden Wand und verzweigten sich zu einem Spinnwebmuster. Der erste Putz bröckelte von der Wand und borstige Dornen drängten sich aus den Rissen im Stein. Behände bohrte sich der riesige Kopf eines Insektes aus der Mauer heraus, zwängte seinen rotbraunen Chitinkörper aus dem entstandenen Loch und landete hart auf dem Boden. Petersen sah ein monströses, flügelloses Insekt mit drei Beinpaaren vor sich, von denen das hintere kräftige Sprungbeine bildete, aus denen Borsten entsprangen. Am länglichen Kopf, der etwa doppelt so lang wie hoch war, sah er einen Saugrüssel, der bedrohlich in alle Richtungen zu stechen begann. Auf dem Kopf waren acht spitze Dornen auszumachen, die sich angriffslustig zur Seite streckten.

Der hagere Mann schien das Insekt überhaupt nicht zu sehen und kam weiterhin unbeirrt auf Petersen zu.

Kneesebeck war derweil jäh aus seiner rituellen Trance gerissen geworden, starrte in Panik mit schreckgeweiteten Augen auf das gigantische Insekt und warnte Petersen in höchster Erregung:

„Der Weltenschleier wird zerrissen und es schiebt sich eine unbekannte Entität aus einer anderen Dimension hindurch. Etwas überaus Mächtiges bricht durch und ich verliere mehr und mehr die Kontrolle. Die fremde Präsenz ist mit nichts zu vergleichen, worauf ich bisher gestoßen bin."

Die Luft um ihn herum begann zu flimmern und vibrieren, etwas schemenhaft Gestaltloses türmte sich vor ihm auf und waberte in amorpher Form vor ihm. So plötzlich wie vorher die Bohrinsel und das monströse Insekt aufgetaucht waren, so abrupt wurde die gesamte Szenerie wie von einem riesigen kosmischen Staubsauger komplett aufgesaugt und an dessen Stelle trat ein Gebilde, das wie ein japanisches Tori aussah. Im Gegensatz zu dem vertrauten Rot wies es jedoch eine dunkelblaue Farbe auf. In diesem Tori schwangen und flirrten ruhelos gestaltlose Partikel, die sich peu a peu zu einer Form zusammensetzten und eine Gestalt annahmen.

Petersen verfolgte das Schauspiel mit einer Mischung aus Abscheu und Faszination und konnte sich auf das rasch wechselnde Geschehen keinen Reim machen. Ungläubig starrte er auf das dunkelblaue Tori und die daraus emporsteigende Gestalt, die ihm seltsam bekannt vorkam. Aber das konnte unmöglich wahr sein und dennoch glich die Erscheinung seiner Großmutter. Wie Petersen sie noch aus seinen Jugendjahren in überaus lebhafter Erinnerung hatte, trug sie ihr geblümtes Lieblingskleid, in das monströse Insekten eingewoben waren, und schwebte auf ihn zu. Dabei sah sie ihn aus ihrem gütigen und freundlichen Gesicht tadelnd an.

„Mein lieber Peter, wie schön, dich endlich wiederzusehen. Du hast mir gefehlt und ich freue mich, dich endlich wieder in meine Arme schließen zu können. Komm zu mir, lass dich drücken."

Petersen traten Freudentränen in die Augen, er war zutiefst gerührt und sagte mit zitternder Stimme:

„Großmutter, bist du es wirklich? Nach all den Jahren, in denen ich dich schmerzlich vermisst habe. Ich kann es fast nicht glauben."

„Mein über alles geschätzter Lieblingsenkel, wie sehr verzehrte ich mich nach dir, sehnte ich dieses Treffen mit aller Macht herbei. Lass dich herzen und drücken!"

Und Petersen trat einen Schritt vor, wobei ihm Großmutters Redeweise seltsam vorkam.

Kneesebeck beobachtete die Unterhaltung mit wachsendem Grauen und spürte und sah das bevorstehende Unheil. Petersen war kurz davor, den Schutz bietenden Bannkreis des Pentagramms zu verlassen und sich einer nicht abzuschätzenden Gefahr auszusetzen. Er musste eingreifen und zwar schnell.

„Petersen, das ist nicht real, das ist nicht Ihre Großmutter, das ist eine Illusion, bleiben Sie stehen!"

Petersens Fuß stockte in der Bewegung, als er Kneesebecks eindringliche Stimme hörte. Er musterte die vor ihm stehende Frau von oben bis unten und fragte verwirrt:

„Aber Großmutter, warum hast du so große Insekten auf deinem Kleid?"

„Damit ich bessere Tränke brauen kann", entgegnete sie.

Erneut setzte Petersen einen Fuß nach vorne, um auf seine Großmutter zuzugehen, und wiederum hörte er Kneesebecks inständige Aufforderung:

„Sie müssen sich gegen den Zwang wehren, Petersen, sie dürfen den Bannkreis des Pentagramms nicht verlassen, sonst sind Sie verloren!"

Petersen zögerte mitten im Schritt und setzte seinen Fuß zurück in den Sicherheit gewährenden Bereich des Pentagramms.

Kneesebeck nutzte die Gunst der wertvollen Sekunden und sagte flehentlich:

„Petersen, hören Sie mir genau zu: Ich kann in diesem Stadium mit Beschwörungen nichts mehr ausrichten, es liegt einzig und allein an Ihnen, diesem Spuk ein Ende zu setzen. Stemmen Sie sich mit aller Macht gegen das Gedankenkonstrukt, das Sie selbst erschaffen haben. Unser Geist ist ein überaus mächtiges Instrument!"

Petersen sah in die hellblau leuchtenden Augen seiner Großmutter, in denen sich die Sehnsucht nach einer liebevollen Umarmung spiegelte und ihm wurde bewusst, wie schmerzhaft er sie die ganzen Jahre über vermisst hatte. Sein Herz machte einen Satz und erneut kam Bewegung in seinen Körper. Umgehend hielt Kneesebeck ihn am Arm fest, drehte ihn zu sich herum und redete beschwörend auf ihn ein:

„Petersen, so nehmen Sie doch Vernunft an: Die Auferstehung Ihrer toten Großmutter ist nur ein Wunschbild, lediglich eine Sinnestäuschung. Nutzen Sie die Kraft und Energie Ihres freien, ungebundenen Geistes, Ihres Willens. Der Glaube versetzt Berge, sagt man. Nichtglaube führt zu Nichtexistenz! Brechen Sie sofort die geistige Verbindung zu dieser Selbsttäuschung."

Kneesebeck sah, dass sich etwas in Petersens Augen rührte, der glasig entrückte Blick klärte sich langsam, aber stetig auf, und stattdessen trat der traurige Ausdruck der Selbsterkenntnis an seine Stelle. Während Petersen seinen Kopf drehte, um die Frau im Tori anzuschauen, fing die Aura um sie herum an zu flackern. Allmählich verflüchtigte sich die Erscheinung und verschwand gänzlich, wobei gleichzeitig das Tori in all seine Einzelteile zerbarst und sich in Luft auflöste.

Erleichtert schlug Kneesebeck das Grimorion Necron zu und verließ aufatmend mit Petersen das Pentagramm. Der Showroom beherbergte keine Schattengespinste mehr, sondern war in seinen gewohnten Zustand zurückgekehrt.

Petersen stand noch sichtlich unter dem Eindruck der vergangenen Erlebnisse und sein Brustkorb hob und senkte sich hektisch.

„Was zum Teufel war das denn? Haben Sie auch dieses riesige Monster gesehen? Wo kam das her?"

„Ich denke, Sie haben über Ihre Haare eine Verunreinigung in die Beschwörung gebracht. Wenn mich nicht alles täuscht, war das Riesentier ein mutierter Katzenfloh, den Sie eingeschleppt haben müssen, Herr Hauptkommissar."

Sir Winston, schoss es Petersen durch den Kopf, mit dem er am frühen Abend gespielt hatte, bevor er sich auf den Weg zu Kneesebeck machte.

„Diese Mutation muss irgendwie dafür verantwortlich sein, dass es zu einem Riss im Weltengefüge gekommen ist und dadurch die außerweltliche Entität durchstoßen konnte, die die Gestalt von Ihrer Großmutter angenommen hat", erklärte Kneesebeck.

„Und was hat uns dieses Brimborium jetzt gebracht außer viel Aufregung?", fragte ein noch sichtlich angeschlagener Petersen.

„Nun, es dürfte Ihnen schwerlich entgangen sein, dass wir dem Notenschlüsselmörder an einem Tatort, dessen Lage Sie bestimmen können, bei seiner verruchten Arbeit Auge in Auge gegenübergestanden haben. Sie wissen nun, nach wem Sie suchen müssen, das ist doch schon mal etwas, oder nicht, Herr Hauptkommissar? Auf der anderen Seite weiß der Mörder jetzt auch, mit wem er es zu tun hat. Fragt sich nur, wer wen zuerst finden wird."

„Das ist ja äußerst beruhigend", witzelte Petersen, der sich wieder zu fangen schien. „Aber Sie haben recht, der Budenzauber war doch nicht für die Katz - sorry, Sir Winston, ist nur so eine Redewendung. Sir Winston ist übrigens der Kater meiner Tochter und das Wirtstier unseres Monsters." Nach kurzem Überlegen fügte er hinzu: „Wir haben also das Wer und das Wo, fehlt nur noch das Wann. Gibt es nicht vielleicht eine magische Methode, um das zu bestimmen, auch im Nachhinein?"

„In der Tat ist das mittels einer Temporalanalyse möglich und ich bin sogar in der Lage, eine solche durchzuführen. Warum ist mir das nicht früher eingefallen? So wie die Forensikerin Wiebke Kleinschmidt nehme ich ebenfalls meine Prozeduren auf, um sie später unter Umständen auswerten zu können. Lassen Sie uns gleich nachsehen, Herr Hauptkommissar."

Um sich keine Geheimniskrämerei bezüglich der versteckten Schaltfläche vorwerfen lassen zu müssen, ging Kneesebeck geradewegs zu der Kamera und bediente sie gleich am Gerät. Wie eine futuristische 3D-Projektion wurden die Bilder direkt in die Mitte des Raumes projiziert. Petersen fragte lieber nicht nach, wie das ohne Projektionsfläche möglich war, das war halt pure Magie. Kneesebeck spulte im Schnelldurchlauf durch die Bilderfolge und die Ereignisse rasten in rascher Abfolge an ihnen vorbei. An der Stelle angekommen, als Petersen in den Raum auf der Bohrinsel abtauchte, verlangsamte Kneesebeck die Geschwindigkeit und hielt das Einzelbild an, als der Mörder mit dem Skalpell vor dem Opfer kniete.

„Jetzt haben wir ein gestochen scharfes Einzelbild und ich kann zu Werke gehen", verkündete der Professor und nahm ein Gerät aus der Schublade einer Truhe, das wie eine Taschenlampe aussah.

„Das ist ein Temporalanalysator, mit dem ich die exakte Zeit bestimmen kann, zu der die uns vorliegende Szene geschehen ist oder geschehen wird. Passen Sie auf, Herr Hauptkommissar, ich schalte das Gerät jetzt ein."

Die Lampe sonderte einen hellen, gebündelten Strahl ab, der auf das Bild traf und dieses zum Glühen brachte.

Vorübergehend war von der Szene auf dem Bild nichts mehr zu sehen und Petersen dachte schon, dass das Experiment misslungen sei. Doch dann klarte sich das Bild auf und es waren wieder alle Details zu sehen. Zudem stand neben den Figuren eine antike Standuhr, die auf dem Zifferblatt anstatt der Uhrzeit ein Datum anzeigte - den 23.05.

„Das ist übermorgen", entfuhr es Petersen staunend. „Schöne Vorführung, Herr Professor, bleibt nur zu hoffen, dass ihre Prognose korrekt ist."

„Magie lügt nicht, mein lieber Herr Hauptkommissar, darauf können Sie sich verlassen. Nun muss ich aber unbedingt in meinen Büchern nach der außerweltlichen Präsenz forschen und schauen, ob es in ihnen eine diesbezügliche Erwähnung gibt. Es sollte mich nicht wundern, wenn beide Ursächlichkeiten miteinander in Verbindung stehen", fuhr Kneesebeck fort.

„Gut, Herr Professor, dann überlasse ich Sie mal Ihren Studien und mache mich auf den Heimweg, ist auch schon ganz schön spät geworden." Mit Mühe konnte Petersen ein aufkommendes Gähnen unterdrücken. Jetzt merkte er erst, wie der psychische Stress von ihm abfiel, aber vielleicht forderte auch nur der Whisky seinen Tribut und drängte ihn in die Horizontale. Da er bis jetzt keinen Anruf wegen einer weiteren aufgefundenen Leiche erhalten hatte, sollte er mit einigermaßen beruhigtem Gewissen nach Hause fahren und sich ins Bett legen können.

Garrocqq war in ihrer ursprünglichen, gestaltlosen Form in ihre Dimension zurückgekehrt und analysierte, was sie erlebt hatte. Ihre erste körperliche Erfahrung, die sich für sie eher zufällig ergeben hatte, gestaltete sich als recht aufschlussreich. In erster Linie hatte sie das Experiment als beengend und bedrückend empfunden, da sie sich plötzlich als in einen kleinen Raum eingeschlossene Entität empfand. War sie es sonst gewohnt, hüllenlos quasi überall zu existieren, fühlte sie sich in dem Körper gefangen. Vollkommen überwältigt war sie von der Vielfalt der Gefühle, die sie zu spüren bekommen hatte und zuvor lediglich aus dem Televisor kannte. Sie hatte nunmehr eine erste Ahnung von solch komplexen Gefühlen wie Freude, Trauer, Sehnsucht, Liebe, Verlust, Schmerz und Entbehrung. Sie würde weiter daran forschen müssen.

Des Weiteren war sie von der Willensstärke der Menschen komplett überrascht worden. Als Wesen, das nur aus Geist bestand, hatte sie sich in dieser Domäne als unantastbar und unbesiegbar empfunden und war eines Besseren belehrt worden. Diese beiden Menschen, die sich Kneesebeck und Petersen nannten, waren von ungeheurer Kreativität und Einfallsreichtum gekennzeichnet. Auch das würde sie sorgfältig analysieren und reflektieren müssen.

Abschließend gab es da noch dieses Wesen, das sie auf der sogenannten Bohrinsel gesehen hatte und offensichtlich einen Mord beging. Es ähnelte, auch äußerlich, dem Wesen, das sie einmal als Bösewicht im shakespeareschen Sinne bezeichnet hatte. Ein sehr interessanter Charakter, den es lohnte im Auge zu behalten, wie die Menschen zu sagen pflegten.

Es gab also noch viel zu erledigen auf ihrer Forschungsreise, aber sie hatte das Gefühl, dass sie langsam den Dreh raushatte - wie die Menschen zu sagen pflegten.

Fleisch

Als Petersen am Morgen nach der Beschwörungszeremonie mit Kneesebeck aufwachte, hatte er das Gefühl, es würde ein gebrauchter Scheißtag werden - und er wurde nicht enttäuscht. In der Nacht hatte er zudem ziemlich schlecht geschlafen, wurde in den kurzen Schlafphasen durch Albträume geplagt und hatte sich, wenn er wach lag, unruhig von einer Seite auf die andere gewälzt.

Der Anruf kam um 06:40 Uhr, kurz nachdem er sich rasiert hatte. Man hatte seinen Assistenten Amir tot aufgefunden. Petersen wurde berichtet, dass Amirs gesamter Körper mit eingeritzten Buchstaben bedeckt war, die wohl eine Botschaft an Petersen darstellten. Petersen bat die KTU, die Nachricht auf Amirs Körper möglichst noch am Fundort der Leiche zu entziffern, da die Zeit drängte. Er hatte das nagende Gefühl, dass dieser Fall mit den Notenschlüsselmorden in Zusammenhang stand und die Botschaft vom selben Täter stammte.

Ohne Frühstück machte Petersen sich auf den Weg und während der Fahrt gingen ihm tausend Gedanken durch den Kopf. Am Abend war er zudem mit Wiebke Kleinschmidt in der Elbphilharmonie verabredet. Im Grunde hatte er sich auf das Treffen sehr gefreut, zum einen wegen seiner Begleitung und zum anderen wegen der Veranstaltung selbst. Ein Konzertabend in der Elphie - davon hatte er schon lange geträumt. Nur, unter den gegebenen Umständen verspürte er wenig Lust auf Kultur und war drauf und dran, Frau Kleinschmidt abzusagen. Andererseits musste er als Profi in der Lage sein, Berufliches von Privatem zu trennen, ansonsten würde die Arbeit ihn noch auffressen, wie Kyra es gerne ausdrückte. Und sie hatte natürlich recht. Er würde abwarten und sehen, wie sich der weitere Tag gestaltete, absagen konnte er immer noch. Da fiel ihm ein, dass er gleich Wiebke vor Ort treffen würde. Er erinnerte sich an ihr letztes Telefonat, bei dem sie ihr heutiges Treffen abgemacht hatten, und ein warmes Gefühl breitete sich in seiner Magengrube aus. Wiebke und er, sie waren tatsächlich schon beim Du angekommen, hatten einen gemeinsamen Draht zueinander gefunden. Vielleicht würde der heutige Tag doch nicht so schrecklich verlaufen.

Petersen parkte seinen Wagen in der Nähe des Fundortes und ging in die Richtung der Polizeiabsperrungen. Ihm war am Telefon von seiner Assistentin Tamara Oskana gesagt worden, dass der zuständige Nachtwächter Amirs Leiche auf einer seiner Routinepatrouillen gefunden hatte. Er lag im Hinterhof des Striplokals *Happy Flesh*, achtlos wie Müll zwischen einigen Abfallcontainern entsorgt.

Bedrückt und mit einem Kloß im Hals näherte sich Petersen seinem Team und der Leiche seines langjährigen Partners.

Amir ... tot.

Die SoKo Notenschlüssel war bereits voll in ihrem Element, und Petersen spürte die bedrückte Stimmung, die auf allen Beteiligten lag, und meinte sie mit Händen greifen zu können.

Neben Wiebke Kleinschmidt erkannte Petersen auch Tamara Oksana, die nach Amirs Tod wohl die Position als Petersens zweite Hauptassistentin einnehmen würde und die Computerspezialistin im Team war. Er freute sich auf die Zusammenarbeit mit ihr, da er sie als zuverlässige und kompetente Mitarbeiterin schätzte. Petersen würde jetzt professionell agieren müssen, das war dem schnelllebigen Berufsalltag geschuldet. Zeit zum Trauern, zum Innehalten und Verarbeiten würde warten müssen, der Moment würde jedoch sicherlich kommen - und Petersen hoffte, dass er dann nicht allein sein würde.

Petersen begrüßte Tamara Oskana mit einem kurzen Kopfnicken und bedeutete ihr, dass sie später ausführlich reden würden. Dann suchte er den Augenkontakt zu der Forensikerin, die vor der Leiche kniete und in diesem Moment zu ihm aufsah. Kleinschmidt und er hatten sich darauf geeinigt, sich in der Öffentlichkeit vorerst noch zu siezen, jedenfalls so lange, bis für sie der richtige Zeitpunkt gekommen schien, ihre neu gefundene Beziehung den Kollegen gegenüber zu offenbaren.

„Guten Morgen, Frau Kleinschmidt, was haben Sie für mich?", fragte Petersen, darum bemüht, etwas Wärme in seine angespannte Stimme zu legen.

„Ob es ein guter Morgen wird, wird sich noch zeigen, Hauptkommissar Petersen, entgegnete sie mit belegter Stimme. „Davon abgesehen hat der Mörder sehr akribisch gearbeitet und sich viel Mühe gegeben, die Nachricht an Sie möglichst leserlich erscheinen zu lassen."

Sie holte ihr Smartphone hervor und zeigte Petersen ein Foto, das sie von Amirs Vorderseite geschossen hatte. Sorgfältig in die Haut geritzt, entzifferte er mit aufkeimendem Grauen folgenden kurzen Text:

Danke, dass du mich gefunden hast! Wie du siehst, komme ich dir schon sehr nahe. Wir sehen uns auf der Bohrinsel.

Der Kloß in seinem Hals wuchs mit jeder gelesenen Silbe und ein kalter Schauder ließ ihn frösteln.

„Auf dem Rücken der Leiche fand ich einen weiteren Text", sagte die Forensikerin, wischte auf ihrem Handy nach links und Petersen las:

Fleischeslust?
Genuss?
Frust?
Schluss!
Dekadenz kommt vor dem Fall!

Petersen schluckte sein Unbehagen hinunter und fragte:

„Haben Sie außer den Nachrichten schon Anhaltspunkte gefunden, dass es sich um den Notenschlüsselkiller handelt, Frau Kleinschmidt?"

„Bevor Sie ankamen, wollte ich gerade eine erste Untersuchung des Rachenraumes schon hier vor Ort vornehmen, da ich weiß, wie sehr die Zeit drängt. Ich werde mich sogleich darum kümmern", antwortete die Forensikerin. „Aber das ist noch nicht alles, Herr Hauptkommissar. Auf dem Gesäß fanden wir weitere Hinweise des Mörders. Tut mir leid, dass ich Ihnen das nicht ersparen kann", worauf sie Petersen ein weiteres Foto zeigte.

Dieses Mal waren eine Zahlenfolge und eine Textzeile zu sehen:

Drei-Ebenen-Code

„Das wäre somit alles, was ich Ihnen sagen kann, Herr Hauptkommissar. Ach so, eines noch: Anhand der Spuren meine ich mit ziemlicher Sicherheit sagen zu können, dass der Fundort auch der Tatort ist. Amir wurde hier ermordet. Wer hätte gedacht, dass er solchen Neigungen nachkam. Aber bekanntermaßen ist die Seele des Menschen oft ein dunkler Ort", ergänzte Kleinschmidt.

Petersen nahm diese Äußerung kommentarlos auf, wobei er sich innerlich ebenfalls darüber wunderte, einen langjährigen Kollegen nicht wirklich gekannt zu haben.

Neben Petersen hatte sich gerade mit Jörg Mommsen ein weiteres Mitglied der SoKo Notenschlüssel aufgebaut, ein regelrechter Hüne, der Petersen um gut einen Kopf überragte. Mommsen war das, was man gerne als einen sanften Riesen bezeichnete: groß, massig und von stiller Natur, der keiner Fliege etwas zu Leide tun konnte. Im Einsatz war er jedoch hart und unnachgiebig, und es war stets Verlass auf ihn.

„Herr Hauptkommissar, der Nachtwächter Hanno Heimdahl, der Amirs Leiche gefunden hat, wäre dann zur Zeugenbefragung bereit", informierte ihn Mommsen mit seiner hellen Fistelstimme, die im totalen Kontrast zu seiner Leibesfülle stand und ihm schon einigen Hohn und Spott hatte erfahren lassen. Mit stoischer Gelassenheit ließ

Mommsen diese Gemeinheiten regelmäßig mit einem ironischen Grinsen an seinem massigen Körper abprallen.

„Danke, Mommsen, komme gleich", sagte Petersen zu seinem Teamkollegen und fügte an Kleinschmidt gewandt hinzu: „Ich sollte mich mal um unseren Zeugen kümmern. Bis später, Frau Kleinschmidt, und ich hoffe, dass Sie mir dann Näheres über, ähm, Amirs Rachenraum berichten können."

„Ich mache mich sogleich ans Werk, Herr Hauptkommissar", entgegnete die Forensikerin und warf Petersen ein warmes Lächeln zu, das ihm das Herz zum Schmelzen brachte. Dann wandte sie sich ab, nahm sich ein Skalpell und widmete sich ihrer garstigen, aber notwendigen Arbeit.

Petersen ging zum Nachtwächter hinüber, einem etwa 60 Jahre alten Mann mit grauweißem Vollbart, und stellte sich vor:

„Moin, ich bin Hauptkommissar Petersen, der ermittelnde Beamte in diesem Fall. Herr Hanno Heimdahl, richtig?"

„Jo, genau, schon seit meiner Geburt, jo."

Der Mann wirkte sichtlich nervös und angespannt.

„Keine Panik, Herr Heimdahl, ich habe nur ein paar Fragen", versuchte Petersen Heimdahl zu beruhigen.

„Das sagen Sie so einfach! Hab noch nie ne Leiche in meinem langjährigen Berufsleben gefunden. Scheußliche Sache ist das, echt scheußlich", entgegnete der Nachtwächter.

„Erzählen Sie mir doch einfach, wie das heute Morgen gelaufen ist, Herr Heimdahl."

Der wurde plötzlich sehr gesprächig:

„Also, das hab ich doch schon alles Ihrem Kollegen beschrieben, Herr Hauptkommissar. Ich war auf meiner Routineroute, die mich auch zum Hinterhof dieses Striplokals hier führt. In letzter Zeit hat es immer wieder Berichte von Leuten gegeben, dass sie sich hier nicht mehr sicher fühlen. Hatten wohl ein paar komische Typen beim *Happy Flesh* rumgelungert." Heimdahl kratzte sich intensiv am Hinterkopf und fuhr fort: „Na ja, jedenfalls hat der Betreiber des *Happy Flesh* meine Agentur darum gebeten, hier mal nach dem Rechten zu gucken. Und so hab ich ihn halt gefunden. Zwischen den Müllcontainern. Schrecklich!"

„Okay, gut, danke für die ausführliche Vorgeschichte, Herr Heimdahl. Was mich interessieren würde, ist, ob Sie noch jemanden am Fundort gesehen haben? Etwaige Zeugen meine ich?"

„I wo, nee, um diese Uhrzeit ist doch keiner mehr hier, keine Nachtschwärmer, nix. Bei meinem ersten Kontrollgang kurz nach Mitternacht war das natürlich anders, da steppte hier der Papst im Kettenhemd, wenn Sie wissen, was ich meine." Heimdahl grinste anzüglich, schaute dann aber gleich wieder verschämt zu Boden.

„Ist Ihnen zu dem Zeitpunkt, ich meine kurz nach Mitternacht etwas auffällig vorgekommen?"

„Nun, jetzt, wo Sie so fragen. Da war so ein Mann, der auf der anderen Straßenseite stand. Der schien das *Happy Flesh* und die ein- und ausgehenden Leute zu beobachten. War schon etwas komisch, schien auch irgendwie nicht dazu zugehören."

„Können Sie den Mann vielleicht näher beschreiben, Herr Heimdahl?"

„In meinem Beruf entwickelt man mit den Jahren einen guten Blick für Menschen und deren Eigenheiten, Herr Hauptkommissar. Es war ein hochgewachsener, hagerer Mann. Er hatte bleiche, sehr ebenmäßige Gesichtszügen und hohe Wangenknochen. Ich würde sagen, man könnte ihn durchaus als gutaussehend bezeichnen, obwohl er diesen stechenden Blick hatte. Und er trug einen langen, schwarzen Mantel mit auffälligen Zeichen darauf."

„Können Sie diese Zeichen näher beschreiben, . . .?"

Genau in diesem Augenblick setzte dröhnend laute Musik ein und ein heller Lichtschein projizierte wie aus dem Nichts ein Musikvideo auf eines der umliegenden weißen Häuserwände. Untermalt von glasklarem, rockigem Surroundsound wurden Bilder von leicht bekleideten, viel nackte Haut zeigenden Frauen und Männern wiedergegeben, während *Lilly Abott* den Song *Flesh and Fantasy* röhrte und in großen Lettern Teile des Liedtextes auftauchten:

In the midnight haze, the city's breath is slow,
Whispers in the alleyways, secrets we both know,
Shadows dance on concrete walls, hunger in the air,
Craving more than just the night, a lust we cannot bear.

Midnight calls, a siren's song,
Flesh and bone, where we belong,
In the dark our desires ignite,
Human flesh, our appetite.

Petersen hatte seine Hände zu Fäusten geballt und versuchte sich über der lautstarken Musik Gehör zu verschaffen, indem er brüllte:

„Kann man das nicht stoppen? Sofort abschalten!"

Hilfesuchend schaute er in Richtung Wiebke Kleinschmidt, die jedoch nur achselzuckend zurückblickte.

Neon lights flicker, casting eerie glows,
On the hunt for something more, where the wild wind blows,
Eyes that glint with feral need, bodies intertwined,
In the heart of this dark city, where fantasies unwind.

Midnight calls, a siren's song . . .

Cold steel and asphalt heat, a touch that burns like fire,
In the alley's secret keep, we give in to desire,
Whispered vows and breathless moans, a forbidden dance,
In this urban wilderness, lost in our trance.

Midnight calls, a siren's song . . .

As the clock strikes twelve, the night consumes our sins,
Bound by flesh and shadows, where our tale begins,
In the city's heartbeat we find our darkest need,
Underneath the moonlit veil, our fantasies are freed.

Midnight calls, a siren's song,
Flesh and bone, where we belong,

In the dark our desires ignite,
Human flesh, your appetite.

Während das Video langsam verblasste, erschien das überdimensionale Bild eines hochgewachsenen, hageren Mannes auf der Häuserwand. Er trug einen langen, schwarzen Mantel, auf dem sich okkulte Symbole abzeichneten. Der Mann lächelte boshaft aus einem bleichen Gesicht mit hohen Wangenknochen und sagte mit einschmeichelnder Stimme, während er Petersen aus stechenden Augen anblickte:

„Wir sehen uns, Herr Hauptkommissar. Morgen ist der Tag der Tage."

Mit einem äußerst vulgären Hüftschwung fügte er lasziv stöhnend hinzu:

„Bohren Sie schön weiter als Stachel im Fleisch der Fantasie!"

Damit war der Spuk vorbei, das Bild des Mannes war genauso schnell verschwunden, wie es zuvor erschienen war und eine gespenstische Ruhe kehrte ein. Sie wurde jedoch sogleich durch ein vielstimmiges, hektisches Stimmengewirr von Petersens Teamkollegen abgelöst, in das ein aufgeregt stammelnder Hanno Heimdahl hineinplatzte:

„Ich werd verrückt! Das ist der Kerl, den ich vor dem *Happy Flesh* gesehen habe. Das gibt's doch gar nicht!"

Petersen wandte sich an Mommsen mit der Aufforderung:

„Kümmern Sie sich bitte weiter um den Nachtwächter, ich muss dringend unsere Forensikerin befragen", und bahnte sich seinen Weg zu ihr.

Wiebke Kleinschmidt sah Petersen stirnrunzelnd an und gestand:

„Ich weiß zwar nicht, wie unser Täter das gemacht hat, aber ich bin mir sicher, dass die Projektion des Musikvideos direkt aus dem Rachenraum von Amirs Leiche kam. Und ja, er hat die Stimmlippen entfernt und zwar auf dieselbe Art und Weise, wie bei allen Opfern zuvor. Für mich besteht kein Zweifel, dass es sich um unseren Mörder handelt."

Petersen unterdrückte mühsam seine aufkeimende Wut und sagte:

„Er spielt mit uns und macht, was er will. Gibt es denn gar keine weiteren Spuren, die der Täter hinterlassen hat?"

„Keine, die ich bisher auf die Schnelle finden konnte, und ich bezweifle auch, dass ich später bei der genaueren Untersuchung mehr finden werde. Der Täter ist einfach zu gerissen und zu sorgfältig in seiner Vorgehensweise", erwiderte Kleinschmidt.

„Okay, danke erst einmal für Ihren Einsatz und Ihre Expertise. Wir werden diesen Widerling schon dingfest machen, da bin ich mir sicher."

Kleinschmidt beugte sich leicht zu Petersen hin und flüsterte vertraulich:

„Dann bis heute Abend, Peter. Wir dürfen uns trotz allem nicht unterkriegen lassen und müssen versuchen, das Beste daraus zu machen. Und wie der Unbekannte schon sagte: Morgen ist der Tag der Entscheidung, heute gilt es, das Leben zu leben. Mit Mozart!"

Damit drehte sie sich um und machte sich an die weitere Spurensicherung.

Petersen ging zu Tamara Oskana und nachdem er sie auf den neuesten Stand der Ermittlungen gebracht hatte, bat er sie, sich in der Polizeidirektion um das Zahlenrätsel zu kümmern und ihm am Nachmittag Bericht zu erstatten. Tamara Oskana holte sich die entsprechenden Bilder von Wiebke Kleinschmidt und verließ den Tatort.

Petersen besprach sich noch kurz mit Mommsen und bat ihn, die Details des Nachtwächters festzuhalten, setzte sich in seinen Wagen und fuhr einem ungewissen Nachmittag entgegen.

Nach einem hastig eingenommenen Mittagessen in einem Schnellrestaurant fuhr Petersen vor das Gebäude der Polizeidirektion in der Gartenstraße 7 vor. Er hatte sich immer wieder vorgenommen, gesünder und ausgewogener zu essen, aber irgendetwas bremste jedes Mal seine Euphorie. Seine Arbeit war halt eine Bitch, die ihm alles abverlangte, aber die eigene Gesundheit sollte eigentlich vorgehen. In letzter Zeit kam er immer schneller aus der Puste, er würde abnehmen und seinen nervösen Magen auskurieren müssen. Petersen spürte seine 52 Jahre, die er mittlerweile auf dem Buckel hatte vermehrt wie eine Belastung. Zudem hatte er die Jahre beileibe nicht, wie wünschenswert, gesundheitsfördernd gelebt. Selbst ihm, der

Ärzte lieber von Weitem sah, war klar, dass er nicht ständig auf Sodbrennen-Blocker zurückgreifen durfte. Morgen würde ein guter Tag zum Anfangen sein, hoffte er zumindest inständig. Morgen würde er damit beginnen, gesünder zu essen.

Als er auf sein Büro zuging, wurde er vor der Tür von Tamara Oskana abgefangen, die mit einem Stapel Papier zu ihm herüberwinkte:

„Chef, ich habe bezüglich unseres Zahlencodes einige interessante Neuigkeiten."

„Bitte ersparen Sie mir Ihren üblichen Nerdsprech. Ich hätte die Infos gerne in kleinen Häppchen und so verstehbar wie möglich", sagte Petersen forsch.

„Okay, Chef, kein Problem, das kriege ich hin", worauf Oskana einmal tief durchatmete. „Also, mir ist es gelungen, den Zahlencode auf die vom Täter so genannten drei Ebenen anzuwenden. Nach langem Hin und Her und unter Einbeziehung aller mir zur Verfügung stehenden Informationen filterte ich dahingehend die Begriffe Dekadenz, Striplokal und *Flesh and Fantasy* heraus. Daraus ergab sich dann, wenn man die Zahlen in die entsprechenden Buchstaben transferiert, der Name Karl Alfons. Hab ich alles für Sie zum besseren Verständnis ausgedruckt". Oskana sah Petersen zur Bestätigung in die Augen, der nur kurz aufmunternd nickte und sie bat fortzufahren.

„Der Rest war ein Kinderspiel. Ich schrieb ein kleines Suchprogramm mit den Begriffen Karl Alfons + Musik + Bohrinsel, durchforstete damit das Internet und stieß auf diesen Artikel":

Karl Alfons, auch bekannt unter dem Pseudonym Marc Wunderlich, ist ein landläufig geschätzter Schlagersänger mit Opernausbildung, der mit seiner Wunderstimme die Herzen von Millionen verzauberte. Aus bisher unbekannten Gründen hängte das Stimmenwunder seine Gesangskarriere von heute auf morgen an den Nagel und heuerte auf einer Nordseebohrinsel als Küchenhelfer an. In einem Onlineinterview hatte der Star vor einigen Wochen angegeben, er wolle seine goldene Stimme um flüssiges Gold erweitern. Weiterhin ist bekannt, dass Marc Wunderlich auf der Bohrinsel in unregelmäßigen Abständen Musikabende veranstaltet, bei denen er das Publikum mit seinen Gesangsdarbietungen begeistert.

Petersen war nicht zum ersten Mal von der Effizienz der kleinen, blonden, unscheinbar wirkenden Frau beeindruckt.

„Sehr gute Arbeit, Frau Oskana", lobte Petersen die Computerspezialistin und ein leichtes Lächeln huschte über ihr blasses, immer verschlossen wirkendes Gesicht.

„Danke Chef. Ich habe noch etwas herausgefunden. Die Beschreibung der Position von der Bohrinsel, auf der Wunderlich arbeitet, deckt sich mit den Koordinaten, die Sie mir gaben. Sie liegt in der Nordsee, etwa 200 Kilometer vor der norwegischen Küste. Ich hab schon mal vorsichtshalber einen Hubschrauber für morgen früh gechartert und mich mit den norwegischen Kollegen kurzgeschlossen. Es sollte keinerlei Probleme geben."

Petersen hatte Tamara Oskana natürlich nichts von den Geschehnissen in Kneesebecks Haus am vorherigen Abend erzählt, ihr jedoch die relevanten Daten aus seiner Vision im Keller des Professors überlassen.

Er würde wohl oder übel bis morgen warten müssen, wobei ihm die Rolle des Wartenden nicht gut zu Gesicht stand. Doch was blieb ihm anderes übrig, als auf die sorgfältig recherchierten kriminaltechnischen Ergebnisse zu vertrauen und morgen auf der Bohrinsel zuzuschlagen? Es würde keinen Sinn machen, sich jetzt schon dorthin zu begeben, zumal sich zurzeit kein Mörder dort befand, wenn er denn den Recherchen Glauben schenken konnte. Zudem stützte er sich auch auf die okkulten Fakten eines kauzigen Professors und die übersinnlich anmutenden Hinweise des Täters. In Petersens Magen blieb ein kleiner Rest an quälendem Zweifel, der ihm bescheinigen wollte, vielleicht doch nicht alle Register gezogen zu haben. Zugleich sagte ihm ein starkes Gefühl, dass es morgen zum großen Showdown kommen und das Kapitel Notenschlüsselkiller beendet sein würde. Und auf sein Bauchgefühl hatte er sich bisher immer verlassen können. Das würde reichen müssen.

Auswertung

Amanda Onken erwachte aus einem seltsamen Traum. Es war einer dieser hyperrealen Träume, die so realistisch sind, dass man das Gefühl hat, in ihnen zu leben und sie für bare Münze zu nehmen. Amanda fühlte sich noch ganz benommen, hatte Schwierigkeiten, sich in der Wirklichkeit zurechtzufinden, rieb sich die Augen und versuchte die Nachtmahre durch genüssliches Strecken ihrer Glieder abzuschütteln. Dann sah sie sich um. Auf ihrem Kopfkissen lagen einzelne Federn herum, die sich bei näherer Betrachtung als Vogelfedern entpuppten. Es handelte sich um kleine, bunt schillernde Federn in verschiedenen Farben: gelbgrüne, weiße, olivfarbene und braune Vogelfedern. Als Amanda an ihrem Körper herunterschaute, bemerkte sie, dass ihre Fingernägel verdreckt waren und auch ihre Zehen und deren Nägel wiesen Spuren von Erde auf, da war sie sich ganz sicher. Es überkam sie ein mulmiges Gefühl, sie konnte sich diesen Umstand nicht erklären, sie war davon überzeugt, dass sie in der Nacht tief und fest geschlafen hatte und sie hatte noch nie unter Schlafwandeln gelitten. Und plötzlich fiel ihr wieder der merkwürdige Traum ein:

Sie konnte sich deutlich daran erinnern, dass sie geflogen war.

Geflogen wie ein Vogel, schoss es ihr durch den Kopf.

Nur, dass es in ihrem Fall nicht wie ein Vogel lauten musste, sondern als Vogel. Sie war als Vogel über eine grüne Wiese mit bunten Blumen geflogen und hatte sich vor einer Pfütze im Matsch niedergelassen, um etwas

Wasser zu trinken. Dabei hatte sich ihre Gestalt im Wasser gespiegelt und Amanda sah einen schönen kleinen Vogel mit farbenfrohem Gefieder. Im weiteren Verlauf ihrer Transformation hatte sie nach Würmern und Maden gepickt und sie verspeist. Der Geschmack dieser Vogeldelikatessen lag ihr wieder auf der Zunge und fühlte sich nicht einmal ungewöhnlich an.

Nachdem sie ausgiebig geduscht - das brauchte sie jetzt trotz aller selbst verordneten Sparmaßnahmen in der Energiekrise - und eher hastig gefrühstückt hatte, setzte sie sich an ihren Laptop. Zum Glück war Sonntag und sie konnte in den Tag hineinleben und machen, was ihr gefiel. Sie rief im Internet eine Seite zur Vogelkunde auf und versuchte ihren Vogel (*Kein Wortspiel beabsichtigt*, dachte Amanda kichernd.) zu finden. Es dauerte eine geraume Zeit, bis sie sich durch etliche Seiten gescrollt hatte und letztendlich fündig wurde. Der Vogel prangte in seiner ganzen Pracht auf dem Bildschirm: Es handelte sich offensichtlich um einen Tigerwaldsänger.

Amanda las sich den Text aufmerksam durch: Bei dem Tigerwaldsänger handelt es sich um einen kleinen Vogel der Gattung Baumwaldsänger, er gehört zur Familie der Waldsänger. Bei den männlichen Tigerwaldsängern ist die Krone am gelben Kopf dunkelgrau bis schwarz. Das Gefieder unterhalb des Auges bis zu den Ohren ist haselnussbraun. Auf den Flügeldecken befinden sich große, weiße Flügelstäbe. Das nach hinten weiß auslaufende Unterseitengefieder ist vornehmlich gelb und mit schwarzen Streifen durchsetzt. Das Oberseitengefieder ist olivgrün bis dunkelbraun. Das Weibchen zeichnet sich insgesamt durch ein stumpferes Gefieder aus, die Gelbanteile sind nur blass zu sehen, wobei die weißen Flügelstäbe auf den Flügeldecken und der haselnussbraune Fleck auf den Seiten des Kopfes fehlen.

Sie war demnach als männlicher Tigerwaldsänger in ihrem Traum unterwegs gewesen. Offenbar in Zeiten der Diversität ein der gesellschaftlichen Norm entsprechendes Zeichen. Die Fotografie des Tigerwaldsängers auf dem Monitor rief erneut lebhafte Bilder an ihren Traum wach und erzeugte ein warmes, behagliches Gefühl dem gefiederten Tier gegenüber.

Was ist nur mit mir los?, dachte Amanda, *ich war doch noch nie sonderlich an Ornithologie interessiert* und wandte sich zur eigenen Ablenkung der nächsten Recherche zu. Sie holte die SD-Speicherkarte hervor, die sie am letzten von ihr aufgesuchten Tatort in der stillgelegten Müllverbrennungsanlage unbemerkt von den Polizisten aus der Kamera genommen hatte. Sie steckte die Karte in den Kartenslot ihres Laptops und rief die Filmdatei auf. Im Schnelldurchlauf ließ Amanda die aufgenommene Sequenz aus der Müllverbrennungsanlage an ihren Augen vorbeiziehen, in der Hoffnung, sich die Szene mit der hageren, bleichen Gestalt und dem buntgefiederten Vogel ansehen zu können. Als sie zu der entsprechenden Stelle vorgespult hatte, sah sie zu ihrer grenzenlosen Enttäuschung nur sich selbst und das Innere der Müllverbrennungsanlage auf dem Filmmaterial. Verdrossen stellte Amanda erneut den Zeitraffer ein und sah sich selbst in abgehackt wirkenden Bewegungen wie in einem bizarren Tanz zu einer nicht hörbaren Musik zucken. Ansonsten konnte sie nichts weiter auf dem Video erkennen und sie wollte schon die Auswertung abbrechen, als unvermittelt drei Gestalten auftauchten. Amanda hielt das Video an, spulte zurück und hielt es am Anfang der Sequenz an, als die drei zum ersten Mal auftauchten. Bei genauerem Hinsehen erkannte Amanda einen Mann und zwei Frauen, von denen ihr eine seltsam bekannt vorkam: eine schlanke, hochgewachsene Frau mit wallend rotem Haar und grünen Augen.

Woher kannte sie diese Frau nur?

Amanda meinte, sie vor nicht allzu langer Zeit gesehen zu haben, konnte aber partout nicht sagen, wo das gewesen war.

Die Rothaarige winkte Amanda lasziv zu und lächelte sie aus unergründlich grünen Augen verführerisch an.

Wo hatte sie diese Frau nur schon einmal gesehen?

Amandas Blick glitt zu der anderen Frau und starrte sie ungläubig an. Ihr Körper schien sich in beständiger Verwandlung zu befinden, wobei sich ihre Gestalt pirouettenhaft drehend und windend zu einem oberschenkeldicken, langen Leib verformte, dann wieder die Gestalt einer Frau annahm, um sich sogleich erneut in den schlangenförmigen Körper umzuformen. Aus dem dreieckigen, mit Schuppen besetzten Kopf züngelte eine gespaltene Zunge hervor und lispelte leise säuselnd:

„Wir sehen uns, Amanda, bis gleich, mach dich bereit!"

Der Mann aus diesem ungleichen, seltsam anmutenden Trio, der Amanda mit seinem schwarzen Umhang und dem breitkrempigen Hut an einen Zauberer erinnerte, trat einen Schritt auf Amanda zu, streckte seine linke Hand und darauf den Zeigefinger aus, worauf es in demselben Moment an ihrer Wohnungstür klingelte.

Amanda zuckte unvermittelt zusammen und fuhr erschrocken hoch.

Ungeduld verströmend, fast unwirsch fordernd, klingelte es kurz darauf ein zweites Mal, jetzt jedoch lange anhaltend, während ein helles Zischen und leicht gekräuselter, weißer Rauch durch das Schlüsselloch zu Amanda drang.

Wie in Trance stand sie auf und ging langsam auf die Wohnungstür zu, sperrte die Tür auf und öffnete sie. Drei Menschen standen davor, die genauso aussahen, wie jene auf der Videodatei, die Amanda kurz zuvor betrachtet hatte.

Die Rothaarige mit den tiefen, grünen Augen, trat ein und sagte mit einschmeichelnd sinnlicher Stimme:

„Erkennst du mich wieder, Amanda? Wie geht es Nospadia, hast du ihr treu und ergeben gedient?"

Damit streckte die Frau ihre Hand nach dem Schmuckstück an Amandas Ohr aus, berührte es streichelnd liebkosend, worauf Amanda erschaudernd erzitterte.

„Amanda, meine Liebe, es ist soweit, dein Warten hat endlich ein Ende. Wir sind gekommen, um dich zu holen, deine Transformation ist abgeschlossen und der Gnorrfazz erwartet dich!"

Die unbekannt Bekannte ließ Bilder an Galway und einen Schmuckladen in Amandas Gedanken aufblitzen, während sie mit den Fingern schnippte und einen monotonen Singsang intonierte.

Amanda fühlte sich in diesem Moment wie befreit und ungemein leicht, ganz so, als wäre die gesamte Last und alles Ungemach der letzten Jahre von ihr abgefallen, so als könne sie fliegen, leicht wie eine Feder, zu der sich andere Federn gesellten, bunt und farbenfroh, sich in Flügel verwandelten, die sie spreizen wollte, um in schwindelerregende Höhen abzuheben. Sogleich wurde sie von einer erbarmungslos zupackenden Hand ergriffen, die sie dem Erdboden entgegenriss und in einen bereitstehenden Käfig steckte.

„So, mein hübsches, kleines Vögelchen, es ist Zeit, dass wir uns auf den Weg machen. Wir müssen noch eine Bestellung erledigen, bevor wir uns endgültig von dieser Welt verabschieden und in unsere Dimension zurückkehren können."

Daraufhin nahm Ilandria Londrin das zu Boden gefallene Schmuckstück Nospadia an sich und verließ mit Eve und Phringel Amanda Onkens Wohnung.

InterludiuMIV

Logbucheintrag #5974

Der Mensch ist ein Meister darin, Netzwerke zu erschaffen, die es ihm erleichtern, schwierige Situationen zu bestehen. Sei es beruflich oder privat, Seilschaften zwischen Personen mit den gleichen Zielen, die sich untereinander helfen, sind ein essentielles Element der menschlichen Existenz. Das private Netzwerk nennt der Mensch Familie.

Wie ich (LE #8) schon im LE #9 dargestellt habe, entstehen durch den menschlichen Fortpflanzungsprozess sogenannte Nachkommen, die wiederum in einer Gruppe zusammengefasst, eine Familie ergeben. Bezüglich der einzelnen Mitglieder einer Familie unterscheiden die Menschen zwischen Müttern und Vätern, Söhnen und Töchtern, Schwestern und Brüdern, Großeltern und Enkelkindern usw. und so fort. Ich werde auf die Unterschiede bezüglich dieser Begriffe in einem anderen LE eingehen, das würde an dieser Stelle zu weit führen.

Es ist zuallererst wichtig zu verstehen, dass Familienbande überaus stark sind und Verpflichtungen zur gegenseitigen Hilfe in allen erdenklichen Lebenssituationen selbstlos und selbstverständlich sind. Die Menschen sprechen in diesem Zusammenhang davon, dass Blut (LE #5) dicker als Wasser (LE #4) ist.

Zudem ist es auch noch wichtig festzustellen, dass sich Familienmitglieder untereinander durchaus streiten und uneinig sind, was im extremsten Fall sogar zu Mord und Totschlag (LE # 512) führen kann.

Logbucheintrag Ende

Elbvielharmonie?

„Mensch, Pa, wie schrecklich, das mit Amir tut mir wirklich leid. Das hat er nicht verdient. Ich meine, wer hat so einen perversen Tod schon verdient? Keiner natürlich! Aber, Amir? Ihr wart doch über viele Jahre ein tolles Team und dann so etwas", drückte Kyra ihr Mitgefühl aus, nachdem Petersen ihr in groben Zügen von Amirs Tod berichtet hatte.

Wie um seinen Katertrost auszudrücken, rieb sich Sir Winston an Petersens Bein, miaute einmal kurz in trauriger Tonlage und wedelte ermunternd mit seinem buschigen Schwanz.

„Und wie hast du dich bezüglich heute Abend entschieden?", fragte Kyra vorsichtig. „Ich hoffe, du bringst die Energie und den Anstand auf und lässt Wiebke nicht sitzen."

„Ach, ich weiß nicht, Kyra, am liebsten würde ich mich hier verkriechen, ein oder zwei Gläser Wein trinken und früh ins Bett gehen", gestand Petersen gähnend.

„Nix da, Pa, kommt gar nicht in Frage. Das kannst du weder dir noch Wiebke antun, zumal ihr in die Elbphilharmonie wollt, wodurch ein langgehegter Traum von dir in Erfüllung geht. Also, Arschbacken zusammenkneifen und durch, wie Opa Lüers immer zu sagen pflegte. Komm schon, wir suchen dir jetzt gemeinsam deine Abendgarderobe zusammen", konterte Kyra, nahm ihren zögerlichen Vater bei der Hand und zog ihn zum Ankleiden in das elterliche Schlafzimmer.

Nach einer etwa 70-minütigen Autofahrt von Kiel nach Hamburg war Petersen pünktlich am verabredeten Ort, überpünktlich sogar und wartete auf sein Date Wiebke Kleinschmidt vor der Elphie. Der dunkle Anzug, den Kyra für diesen Abend ausgesucht hatte, saß nicht mehr ganz so perfekt wie früher, da mussten mal wieder ein paar Tierchen, die sich Kalorien nannten, im Kleiderschrank ihr Unwesen getrieben und den Anzug enger gemacht haben, aber er würde seinen Zweck erfüllen.

Petersen war schon etwas erhaben, aber auch nervös zumute, als er vor dem prächtigen Konzerthaus stand und es betrachtete. Er bemerkte, wie eine gewisse Vorfreude auf den vor ihm liegenden Abend in ihm aufkeimte. Das im Stadtteil Hafen City gelegene neue, 110 Meter hohe Wahrzeichen von Hamburg, wurde unter Einbeziehung der Hülle des ehemaligen Kaiserspeichers A erbaut und im November 2016 fertiggestellt. Ein moderner Aufbau mit einer Glasfassade, in der die Fantasie des Betrachtenden Segel, Wasserwellen, Eisberge oder auch einen Quarzkristall herauslesen kann, wurde auf diesen Sockel gesetzt. Petersen konnte sich lebhaft an die ausufernden Diskussionen über die exorbitanten Baukosten erinnern, die letztendlich mit gut dem 11-fachen des ursprünglich veranlagten Preises zu Buche schlugen. Aber was für ein Prestigeobjekt dieser Güte nicht alles geopfert wurde, und im Endeffekt hatte sich der Aufwand gelohnt, zog die Elphie doch renommierte Stars aus aller Welt an und entwickelte sich zu einem Publikumsmagneten für Gäste aus aller Herren Länder. Was spielten da ein paar Millionen Euro mehr schon für eine Rolle.

Schon bald würde er im Großen Saal sitzen und den Werken des Themenabends *Magische Momente mit Mozart* lauschen.

Als Petersen sich umdrehte, sah er, dass Wiebke Kleinschmidt mit einem breiten Lächeln in ihrem Gesicht auf ihn zutrat. Sie sah einfach umwerfend in ihrem kurzen Schwarzen mit einem schicken Seidenbolero aus.

Sie drückte Petersen einen Kuss auf die Wange und sagte verschmitzt:

„Ich war mir nicht sicher, ob du wirklich kommen würdest, Peter."

„Ich auch nicht, um ehrlich zu sein. Schönen Gruß von meiner Tochter Kyra, unbekannterweise, sie hatte nachhaltig Anteil daran", erwiderte Petersen nonchalant, denn er fühlte sich in Gegenwart dieser Frau ungezwungen und gelöst.

„Umso schöner, dass du hier bist, Peter. Und eine Bitte vorweg: Lass uns einfach versuchen, den heutigen Abend zu genießen, trotz aller Widrigkeiten unserer beider Jobs. Lass uns Kraft und Energie tanken aus der magischen Welt der Musik, damit wir gestärkt den Herausforderungen der nächsten Tage entgegenblicken können. Okay, Peter?"

Petersen sah in ihre Augen und sagte leicht spitzbübisch:

„Ich werde mich bemühen, dem Folge zu leisten! Und jetzt sollten wir gehen, sonst verpassen wir noch den Anfang."

Wiebke knuffte ihn kurz am Oberarm, hakte sich bei ihm unter und sie gingen gemeinsam, gemessenen Schrittes auf den Aufgang des Konzerthauses zu.

Nach der Kartenkontrolle stiegen sie die Treppe zum Saal empor und bewunderten die Konstruktion des großen Raumes mit 2100 Sitzplätzen, die der *Weinberg-Architektur* folgt: Die Bühne liegt leicht versetzt in der Mitte des Raumes, wobei sich die nach oben ansteigenden Ränge weinbergartig darum gruppieren. Im 25 Meter hohen Saal ist kein Sitzplatz weiter als 30 Meter vom Dirigentenpult entfernt. Für die bestmögliche Klangwirkung in diesem Raum wurde der international renommierte Akustiker Yasuhia Toyota verpflichtet, dem es gelang, das Klangerlebnis so zu gestalten, dass es von jedem einzelnen Sitzplatz nahezu bestmöglich zu genießen ist. Das hatte jedoch auch zur Folge, dass jedes Hüsteln und Rascheln aus dem Publikum vielfach verstärkt wurde und das Klangerlebnis nachhaltig beeinflusste. Es war also absolute Ruhe auf den Rängen angesagt.

Kleinschmidt und Petersen nahmen ihre Plätze ein und warteten voller Spannung auf den Beginn des Programms. Mozart war schon seit jeher einer seiner Lieblingskomponisten gewesen, zumal seiner Musik gewisse Wirkungen auf den Zuhörer zugesprochen werden, wie Beruhigung und Balance als Stressausgleich aber auch Stimulans. Petersen selbst hielt nichts von dem esoterischen Schnickschnack, der auch mit der Wirkungsweise von Mozarts Musik einhergeht, wie zum Beispiel der Behauptung, dass Kühe unter dem Einfluss der Musik mehr und bessere Milch geben oder der Weinanbau besser gedeiht oder sogar der IQ von Menschen gesteigert werden kann. Seine Sichtweise des Mozart-Effektes beschränkte sich vornehmlich darauf, dass die Musik des Meisters der Töne als Stimmungsaufheller wirken kann.

Der Ablauf des Programms dieses Abends lief auf den Höhepunkt der Veranstaltung zu, die in Auszügen aus der Zauberflöte bestand. Als orgiastischem Ohrenschmaus wurden dem Publikum die Arien *Der Hölle Rache kocht in meinem Herzen* der Königin der Nacht, neben *Der Vogelhändler bin ich ja* und *Dies Bildnis ist bezaubernd schön* geboten.

Bisher hatte Petersen den Abend in der Musik schwelgend und mit Wiebke an seiner Seite unbeschwert und ausgelassen genossen, bis der Papageno die Szene betrat. Die Figur, die als seltsames Mischwesen aus Mensch und Vogel daherkam, rührte Petersen merkwürdig an.

Kleinschmidt merkte, dass ihr Begleiter immer unruhiger wurde und anfing, auf seinem Sitz nervös hin- und herzurutschen.

Sie legte ihm beruhigend eine Hand auf seinen Oberschenkel und schaute ihn aufmunternd an. Etwas gequält lächelnd, blickte Petersen zurück und bedeutete ihr, dass alles in Ordnung sei. Das war jedoch so weit von der Wahrheit entfernt, wie sein Arbeitsplatz von der Elbphilharmonie. Er konnte die aufkeimenden Gedanken an die Ereignisse der letzten Tage einfach nicht unterdrücken.

In wildem Wirbel wogten Gedanken an Professor Kneesebeck, Amanda Onken, Anja Kolperting und Ilandria Londrin auf ihn ein und vermischten sich mit der kraftvollen Stimme des Papageno, der einen Vogelkäfig bei sich trug, der einige Vögel enthielt:

Der Vogelfänger bin ich ja,
Stets lustig, heißa hoppsassa!
Ich Vogelfänger bin bekannt
Bei Alt und Jung im ganzen Land.

Ein Netz für Mädchen möchte ich.
Ich fing sie dutzendweis' für mich.
Dann sperrte ich sie bei mir ein,
Und alle Mädchen wären mein!

Wenn alle Mädchen wären mein,
So tauschte ich brav Zucker ein.
Die, welche mir am liebsten wär',
Der gäb' ich gleich den Zucker her.

Und küsste sie mich zärtlich dann,
Wär sie mein Weib und ich ihr Mann.
Sie schlief an meiner Seite ein,
Ich wiegte wie ein Kind sie ein.

Es entstand ein wirres Konglomerat, ein Sammelsurium, ein Gemenge aus hinterlegten, abgespeicherten Erinnerungsfetzen, memoriert für den späteren Gebrauch:

Papageno -
ein merkwürdiges Wesen - halb Mensch, halb Vogel -
Transformation -

Vogelkäfig -
ein Netz für Mädchen -
Was hatte Kneesebeck ihm gesagt?
Gestaltwandlerin -
Ich fing sie dutzendweis' für mich -
Metamorphose -
Dann sperrte ich sie sie bei mir ein -
Tigerwaldsänger -
Amanda Onken -
Beschwörung der Toten -
Königin der Nacht -

Petersens gradliniges, logisch strukturiert denkendes Polizistenhirn weigerte sich immer noch, sperrte sich gegen die naheliegende Schlussfolgerung:

Magie?
Magie in unserer Welt?
Das war was für Opern und Fantasyromane!
In unserer Welt gelten die Gesetze der Logik und der Ratio!

Und dann fiel Petersen seine Großmutter ein, die Kräuterkundige, und er hörte ihre Stimme zu ihm sprechen:

„Peter, mein Junge, sei unbeirrt, du bist auf dem richtigen Weg. Geh ihn weiter und gelange an dein Ziel. Morgen ist der Tag der Entscheidung."

Während Petersen auf die Bühne blickte, verwandelte sich der bunt angezogene Papageno mit dem Federkleid in eine hoch aufgeschossene, hagere, dunkel gewandte Gestalt mit bleichen Gesichtszügen und hohen Wangenknochen. Er hob eine Hand, deutete auf Petersen, schnippte mit dem Mittel- und Zeigefinger, und Petersen stand neben ihm auf der Bühne. Der Hagere senkte seinen Kopf zu ihm hinunter und flüsterte raunend:

„Hoppseidi und hoppseida,
einmal werden wir noch wach,
heissa, dann ist magischer Zahltach!
HOPPSASSA, Herr Hauptkommissar,
und Träume werden magisch wahr!

Erneut schnippte er mit den Fingern und Petersen saß wieder auf seinem Platz. Kleinschmidt sah ihn mit vor Erstaunen geweiteten Augen fragend an, aber Petersen bedeutete ihr, zu schweigen und ihre Fragen für später zurückzustellen.

Auf der Bühne wurde das große Finale eingeläutet, aber Petersen fiel es immer schwerer, sich auf die Darbietung zu konzentrieren. Er sehnte fast das Ende des Abends herbei und würde fortan gute Miene zum bösen Spiel machen müssen.

Sie standen draußen in der Dunkelheit, vor der Elbphilharmonie, schauten sich gegenseitig tief in die Augen, in dem Bemühen zu verstehen, was in dem Gebäude geschehen war.

„Peter, ich habe gesehen, wie du dich langsam aufgelöst hast, durchscheinend wurdest, wie du fast verschwunden bist, bevor du wieder Substanz annahmst und zurückkamst in die Realität. Was in aller Welt war das?", fragte eine sichtlich ratlos wirkende Wiebke Kleinschmidt.

Petersen trat verlegen von einem Bein auf das andere und schien genauso perplex zu sein, was er umgehend in Worte zu fassen suchte:

„Ich kann es mir auch nicht wirklich erklären, Wiebke, bin mir jedoch sicher, dass es mit den vorherigen Ereignissen der letzten Wochen und den zukünftigen von morgen in Zusammenhang steht. Die wahren Antworten und Aufschlüsse werde ich wohl erst am morgigen Tag finden."

„Und weißt du, was noch äußerst seltsam und geradezu unheimlich ist: Keiner der anderen Konzertbesucher hat offensichtlich etwas von dem Vorfall bemerkt, auch nicht die, die unmittelbar in unserer Nähe saßen", ergänzte Kleinschmidt.

„Auf der anderen Seite ist das natürlich sehr beruhigend, da so keine peinlichen und unbeantwortbaren Fragen entstehen", antwortete Petersen analytisch sachlich. „Außerdem könnte es darauf hinweisen, dass du ebenfalls eine Eingeweihte bist und Sachen siehst, die anderen verschlossen bleibt. Das wäre ein weiteres Bindeglied zwischen uns", ergänzte er hoffnungsvoll.

„Schön, dass du das so sehen kannst, Peter, und ich hoffe inständig, dass es so ist, obwohl mir deine Einbeziehung in die magische Welt auch etwas unheimlich vorkommt. Zugleich lässt es mich hoffen, dass wir uns privat in einem zwanglosen Rahmen wiedersehen werden, Peter", preschte Kleinschmidt vor.

„Sehr gerne, Wiebke, die Freude ist ganz auf meiner Seite. Wir sollten das Date wiederholen, wenn das Kapitel

Zafrong abgeschlossen ist", antwortete Petersen erleichtert.

Doch: Wo hatte er plötzlich diesen Namen her, den er noch nie zuvor gehört hatte? Zafrong.

Wiebke Kleinschmidt schien nichts davon bemerkt zu haben, denn sie beugte sich zum Abschied zu Petersen hinüber und küsste ihn leicht auf die Lippen:

„Schlafe gut, Peter, und wir sehen uns bald. Und gutes Gelingen auf der Bohrinsel morgen. Wird schon schiefgehen!"

Damit drehte sie sich um und begab sich zu ihrem Auto.

Petersen lächelte vergnügt in sich hinein und schlug die andre Richtung ein.

Zafrong hatte die gesamte Szene interessiert und amüsiert beobachtet und heftete sich in den Schatten der Umgebung an Kleinschmidts Fersen.

Petersen fuhr Richtung Kiel und ließ den Abend Revue passieren. Er schmeckte noch Wiebkes Kuss auf seinen Lippen und genoss das romantische Gefühl. Alles in allem war es ein gelungener und wie er fand harmonischer Abend gewesen, und er war heilfroh, dass er ihr Date nicht abgesagt hatte. Harmonisch, bis auf die Episode mit - Zafrong - war das der Name ihres gesuchten Mörders? Er würde gleich morgen früh eine E-Mail an Tamara Oskana schicken, damit sie die Datenbanken danach durchforsten konnte. Oder vielleicht sollte er das mit der Mail noch heute Abend erledigen? Petersen schaute auf die Uhr, es war 23:12 Uhr.

Der Verkehr verlief äußerst sporadisch um diese Uhrzeit, und er näherte sich schnell seinem Ziel.

Was für ein Tag, dachte er bei sich, *voller Ereignisse, hässlicher und schöner Momente, gekrönt von Wiebkes Kuss.*

Ungebeten schoben sich Gedanken an Amir dazwischen, und ein Bild seines verunstalteten Körpers flammte schmerzhaft in Petersens Kopf auf. Er würde daran arbeiten müssen, seinen Kollegen nicht auf diese Weise im Gedächtnis zu behalten.

Zafrong fühlte sich großartig, und ein Gefühl der Stärke und Allmacht durchfloss seine Adern. Er hatte bisher einen Heidenspaß mit diesem so einfach zu manipulierenden Hauptkommissar gehabt, und es war beileibe noch nicht das Ende der Fahnenstange erreicht. Zafrong fühlte, dass es an der Zeit war, ihm noch etwas Wichtiges aus dem Leben zu reißen. Die Absolutheit seines Handelns war ihm gewiss und das Gefühl der Omnipotenz wirkte sich rauschhaft und ekstatisch auf sein Gesamtbefinden aus. Auf diesem lächerlich unterentwickelten Planeten gab es nichts, was ihm gefährlich werden konnte, nichts, was ihn stoppen konnte, nichts, was seiner Magie ebenbürtig war.

Obwohl das nicht ganz richtig war: Es gab ein fellbewehrtes, relativ kleines, vierbeiniges Wesen, das ihm Paroli bieten konnte. Zwar war es nicht in der Lage, ihn zu töten, eine Begegnung mit ihm musste jedoch unter allen

Umständen vermieden werden. Die Menschen nannten das in der Magie bewanderte, mysteriöse Wesen Katze.

Ursprünglich wollte Wiebke Kleinschmidt auf dem kürzesten Weg zu ihrem Auto gehen, um umgehend nach Hause zu fahren, ohne Umwege einzulegen. Doch die ungewöhnlich milde Spätabendtemperatur hatte sie dazu verleitet, einen Umweg durch einen nahe gelegenen Park einzulegen.

Sie fühlte sich zwar seit jeher als taffe, gut durchtrainierte Frau, die sich nicht so schnell ins Bockshorn jagen ließ, aber die Schatten auf diesem schlecht beleuchteten Weg, krochen unheilvoll um sie herum. Außerdem fühlte Kleinschmidt sich seit einigen Minuten beobachtet und verfolgt. Dem Ratschlag ihrer Mutter folgend, die sie schon immer zu einer energischen, selbstbewussten jungen Frau erzogen hatte, nahm sie den Kopf hoch und richtete den Blick bei aufrechtem Gang nach vorn.

„Angst kann man riechen", hatte ihre Mutter immer gesagt. „Zeige den Dreibeinern, dass du keine Angst hast und wo der Hammer hängt!"

Zudem hörte sie eine dringliche, freundliche und sehr angenehme Stimme in ihrem Kopf, die sie anwies weiterzugehen und sich nichts anmerken zu lassen.

Meine Menschin arbeitet mit dem Menschen zusammen, den du gerade verabschiedet hast. Vertrau mir, ich werde dir hilfreich zur Seite stehen gegen den unheimlichen Widersacher.

Ohne es genau benennen zu können, verströmte die körperlose, nur ansatzweise menschlich klingende Stimme eine vertrauensvolle Präsenz, die Wiebke in flauschige

Sicherheit wiegte. Für sie klang es, als würde die Stimme menschliche Laute imitieren, um mit ihr auf diese Weise kommunizieren zu können. Sie ging betont lässig und ohne Scheu zu zeigen weiter.

Auf der Höhe eines großen am Wegesrand stehenden Busches, baute sich plötzlich ein bedrohlich wirkender, gespenstisch großer Schatten vor Wiebke Kleinschmidt auf und . . .

Petersen unterdrückte ein herzhaftes Gähnen und schaltete das Autoradio auf eine höhere Lautstärke, um die letzten noch verbliebenen Kilometer wach und heil zu überstehen. Sein Lieblingsklassiksender spielte die Ouvertüre von Mozarts *Die Hochzeit des Fig*aro, wie überaus passend, befand Petersen.

Und kein Amir, der dir den Sender verstellt, um irgendwelche Schlagermusik zu hören, schoss es ihm durch den Kopf. Reumütig und von schlechtem Gewissen geplagt, verbannte Petersen den ketzerischen Gedanken in die hinterste Ecke seiner Gedächtnisgrabkammer, schloss die Tür zweimal ab, rüttelte energisch an der Türklinke und warf den Schlüssel weit weg.

Ein erneutes Gähnen bahnte sich seinen Weg, jetzt waren es nur noch ein paar Meter bis zu seinem Haus, Petersen konnte schon die Einfahrt sehen. Er hoffte, dass Kyra schon zu Bett gegangen sein würde und er ihren bohrenden Fragen nicht mehr Rede und Antwort stehen musste. Er wollte einfach nur noch in sein Bett und sich im Schlaf Erholung und Kraft für den anstrengenden morgigen Tag holen.

Zafrong war fast erstaunt darüber, wie leicht bisher alles vonstattengegangen war. Fast schon zu leicht, einem Kinderspiel gleich, es machte ihm beinahe keinen Spaß mehr weiterzumachen. Er liebte es, seinen Blick in verängstigte Opferaugen zu versenken und den panisch gequälten Schreien zu lauschen, die das Opferlamm auf dem Wege zur Schlachtbank aussandte. Nichts von alldem war jedoch hier zu spüren, und er war dem Schlachtvieh schon sehr bedrohlich nahegekommen. Dennoch würde er sein Vorhaben durchziehen und dann seine ekstatisch perverse Freude mit der Spielgefährtin haben.

Auf der Höhe eines großen, am Wegesrand stehenden Busches baute er sich plötzlich als bedrohlich wirkender, gespenstisch großer Schatten vor seinem Opfer auf und . . .

. . . aus dem Gebüsch sprang ihn ein kreischend fauchendes, fellbesetztes Ding an, schlug nadelspitze Krallen in seinen Nacken und biss ihm in die Kehle. Zafrong versuchte mit aller Gewalt, das wie ein Berserker kämpfende Wesen abzuschütteln, was nur zu noch stärkeren Anstrengungen des Tieres führte, ihm die Kehle aufzureißen. Grünlich funkelnde Augen bohrten sich in die seinen, und über dem zischenden Fauchen des Wesens vernahm Zafrong einen aus einer anderen Dimension stammenden magischen Bannspruch, der ihn fast paralysierte und die Luft abschnürte. Mit aller ihm zur Verfügung stehenden Macht stemmte er sich gegen den Zauber, prallte jedoch wirkungslos von dem ihn wie ein Kokon umgebenden Bann ab. Zafrong setzte mächtige Gegenzauber ein, riss und zerrte an der Katze, doch die von ihr durch den Zauberspruch gewobene Hülle gab keinen Millimeter nach.

Somit blieb ihm nur die Schmach des Rückzugs. Zafrong öffnete unter Aufbietung letzter Kraftreserven ein Fluchtportal und, um nicht mitgerissen zu werden, musste die Katze den Kokon lockern, was genügte, um Zafrong blitzschnell durch das Portal entkommen zu lassen. Zischend fiel das violett schimmernde Fluchtoval in sich zusammen und hinterließ keine Spur der vorherigen Ereignisse.

Wiebke Kleinschmidt hatte das Schauspiel aufmerksam und voller Erstaunen beobachtet und wandte ihren Blick auf die Katze, die mit einem eleganten Sprung neben ihr gelandet war und erneut zu ihr sprach:

„Mein Name ist Kater Kasimir. Die Mondkatze Musch hat mich zu dir geschickt, um dir in dieser Notlage zu helfen. Ich stehe auch in Kontakt mit Sir Winston, der Katze von dem Menschen, mit dem du heute Abend zusammen warst. Musch sagt, dass du noch eine wichtige Rolle spielen wirst im kosmischen Ränkespiel und dass wir auf dich aufpassen sollen. Möge unsere Magie mit dir sein!"

Damit drehte sich der Kater um und verschwand wieder im Gebüsch. Kleinschmidt hörte nur noch ein entferntes Rascheln, bevor völlige Ruhe einkehrte. Sie rieb sich gedankenverloren die Augen und versuchte sich einen Reim auf das zu machen, dessen Zeuge sie gerade geworden war. Es wollte ihr nicht so recht gelingen, zu viele wirre Gedanken verursachten zu viel Chaos in ihrem

Kopf, worauf sie energisch den Kopf schüttelte, um wieder klarer denken zu können.

„Der Rest muss bis morgen warten, darüber muss ich erst einmal eine Nacht schlafen", sagte sie laut zu sich, wie um sich zu vergewissern, dass sie noch in der Lage war, zu sprechen und klar zu denken und ging dann schleunigst und ohne weitere Umwege zu ihrem Auto.

Pink

Der renommierte und allseits beliebte Starpianist Klang Kling hatte zu einer Pressekonferenz geladen und die Bevölkerung hatte sie sogleich zu einem Volksfest umfunktioniert. Dort gab es so viel zu erleben und zu bestaunen, dass einem jeden der Atem stockte.

Wenn die Bewohner jedoch ihren Blick auf den benachbarten Hügel gerichtet hätten, was sie freilich wegen des ihnen gebotenen Spektakels nicht taten, hätte sich ihnen folgender Anblick geboten: Aus einem grell leuchtenden, blauen Oval schritten drei Wesen, die ihnen in ihrer Physiognomie nicht unähnlich waren, wobei die eine Gestalt ein etwa 15 Zentimeter hohes Wesen auf einer Schulter trug, das wie eine Mischung aus einem Wolf und einem Drachen aussah.

Robert, Julia, Magnus und Koxomil auf der anderen Seite der Veranstaltung erblickten hingegen Folgendes: Auf einer großen Festwiese standen Buden an Buden, die die verschiedensten Attraktionen aufwiesen, wie Pfeilwerfen, Gewehrschießen, Geisterbahnen, Cartbahnen und Karussells, aber auch Essensstände, die die betörendsten Düfte von gebratenem Fleisch, Würsten, Fisch und leckerem Gebäck in die Richtung der Abenteurer schickten.

In der Mitte dieser Anordnung befand sich eine Bühne, auf der ein Krankenhausbett stand, in dem der alt und zugleich jung aussehende, weißhaarige Klang Kling mit rosafarbener Brille lag. Um ihn herum waren riesige Displays aufgestellt worden, auf denen die Aufzeichnung eines fulminanten Klavierkonzerts wiedergegeben wurde, in dem der begnadete Pianist Klang Kling alle Register zog und sein Können zum Besten gab. Er spielte ohne Noten und war so in die Musik und seine Darbietung versunken, dass man merkte, wie sehr er in der Performance aufging.

Es herrschte eine friedvolle Atmosphäre, die ihresgleichen suchte und in der die Bewohner, die sich allesamt sehr ähnelten, ausgelassen und fröhlich feierten. Das einzige, was Robert, Julia, Magnus und Koxomil fremd anmutete, war die Tatsache, dass alles, aber auch wirklich alles bis ins kleinste Detail pink aussah. Selbst die umliegenden Bäume, das Gras und die Bewohner selbst, die menschenähnlich anmuteten, waren pink, in mal heller, mal dunkler ausfallenden Nuancierungen. Wobei jedoch ihre Haare allesamt wasserstoffblond daherkamen und die offensichtlich weiblichen Wesen Taillen aufwiesen, die jede Wespe stämmig hätte erscheinen lassen, wohingegen die Kurven schwindelerregend üppig ausfielen. Die männlichen Exemplare waren allesamt groß gewachsen, sportlich durchtrainiert und muskulös. Alle lächelten fröhlich, schienen für jeden ein freundliches Wort zu haben, und es wurde viel gelacht. Zudem sprangen pinke Einhörner umher, und die eine oder andere pinkfarbene Meerjungfrau planschte im pinkfarbenen Wasser einiger Teiche.

Bei diesem Anblick stockte Julia der Atem, denn er erinnerte sie an ihre Natell-Kindheit, als sie noch mit Puppen gespielt hatte. Inzwischen hatte sie eine gesunde Distanz zur allzu heilen Natellwelt gefunden, musste jedoch zugeben, dass sich ihr Herz beim Anblick der vor ihr liegenden pinken Welt schmerzhaft nach behüteter Kindheit und sorgenfreier Adoleszenz zurücksehnte. Sie sah förmlich ihre Mutter vor sich, wie sie ein neues Kleidchen für ihre Lieblingspuppe nähte und ihr eine Gutenachtgeschichte erzählte, während Julia an ihren Lippen hing. Wohlbehütet, unbeschwert, unbekümmert, eine Jugend voller schöner Erinnerungen.

„Julia, geh nicht zu nahe an das Pinkmoos heran", wurde sie jäh von Koxomil aus ihren Träumen gerissen. „Halte bitte Abstand!"

Als Julia nach unten schaute, sah sie den ausgedehnten Teppich einer Pflanze ganz in Pink, die dem irdischen Moos sehr ähnlich war, nur eben in Pink.

„Laut der *Enzyklopädie der bekannten Welten* vom schon zitierten Gryffyus zu Schlauhderer produziert das Pinkmoos den charakteristischen Farbton dieser Welt, gibt ihn ab und färbt alles pink bei Berührung. Wir sollten jegliche Nähe zum Pinkmoos und auch den Bewohnern dieser Welt vermeiden. Ich bin mir nicht sicher, ob der Farbstoff beim Verlassen dieser Welt wieder abgeht", mahnte der Wrache.

Julia fühlte sich auf den Boden der Realität und Tatsachen zurückgeholt und wusste nicht so recht, ob sie Koxomil dafür danken oder ihm gram sein sollte. Bei einem Seitenblick auf Magnus bemerkte sie, dass er sie intensiv und etwas misstrauisch anschaute. Ihr Bruder war zu Julias Puppenzeit zwar noch recht klein gewesen, aber vielleicht hatte er doch mehr mitbekommen, als ihr nachträglich lieb war. Somit war sie Koxomil dankbar, als er wieder anfing zu dozieren:

„Ich empfehle, dass wir uns strikt an das Erstkontakt-Protokoll von Gryffyus zu Schlauhderer halten, das er in seiner Enzyklopädie aufgestellt hat. Bisher ist auf den von uns besuchten Welten alles glatt gelaufen, aber . . ."

„Aber jetzt übertreibst du maßlos, Koxomil", ging Julia dazwischen. „Das sieht hier doch alles total friedlich aus und erinnert mich zudem an unschuldige Kindheitsphantasien. Was soll da schon Schlimmes passieren?"

„Aber", setzte Koxomil seinen Gedankengang unbeirrt fort, „Schlauhderer warnt in seinem Buch ausdrücklich vor dieser Welt und ich finde, wir sollten für alle Eventualitäten gewappnet sein. Um auf das Protokoll zurückzukommen, besagt es über die Vorgehensweise bei einem Erstkontakt in seinen drei Hauptmaximen Folgendes:

1) forschend, aber nicht forsch
2) deeskalierend, aber nicht eskalierend
3) evolvierend, aber nicht involvierend

Will heißen: Wir sollten behutsam vorgehen, keine Gefahr ausstrahlen und uns nicht einmischen. Ist das konsenswürdig, meine Freunde? Abgesehen davon wäre es besser, wenn wir hier auf niemanden träfen . . ."

Weiter kam er nicht, denn von unten aus der Festwiese sahen die Abenteurer, dass einige Bewohner aufgeregt mit den Fingern auf sie zeigten und wild gestikulierten. Schon im nächsten Augenblick materialisierten sich zwei pinkfarbene Wesen direkt vor ihnen.

„Nun, da wir entdeckt worden sind, bleibt uns nichts anderes übrig, als mit den Einheimischen zu spielen", resümierte Koxomil ihre Situation. „Gebt euer Bestes und lächelt, Jungs und Mädels", und damit verfiel er wieder einmal in tiefes Schweigen.

Immer wenn es kritisch wird, dachte Robert, *als ob Methode dahinterstecken würde.*

Neugierig kamen die pinkfarbenen Humanoiden näher und nahmen strahlend lächelnd, mit perfekten, gebleicht aussehenden Zahnreihen, ihre Gegenüber in Augenschein. Dann sprachen sie unisono wie aus einem Munde mit klangvollen, wohldosierten Stimmen:

„Wir sind Karby und Ben, und mit wem haben wir das Vergnügen?"

Julia hatte zig Fragen auf dem Herzen, die sie am liebsten gleichzeitig gestellt hätte, vor allem, wie es sein konnte, dass die Pinken quasi aus dem Nichts vor ihnen aufgetaucht waren, hielt es jedoch für angebrachter, diese erst einmal zurückzuhalten.

„Wir sind als Besucher und Beobachter in eure Welt gekommen", sagte sie gemäß der Schlauhdererschen Etikette, „um von euch zu lernen und vielleicht auch mit Rat und Tat zur Seite zu stehen, wenn es nötig ist."

„Oh ja, das wird sicherlich ein Mordsspaß", entgegneten Karby und Ben einvernehmlich. „Kommt mit uns auf den Festplatz und lasst uns fröhlich feiern!"

Damit streckten beide ihre Hände aus und gingen weiter auf die vier Abenteurer zu. Diese wichen instinktiv einen Schritt zurück, was zu Irritationen auf den Gesichtern der Pinken führte, die eine Nuance weniger lächelten und auf ihrer Stirn schönheitsbeeinträchtigende Fältchen entstehen ließen. Doch fast gleichzeitig hellten sich ihre

Gesichter wieder auf und sie sagten mit Blick auf den Wrachen Koxomil:

„Wir glauben, wir verstehen. Ihr habt Angst vor einer toxischen Reaktion. Hat euch euer Haustier denn nicht erklärt, dass die heilige Verpinkisierung ein unilateraler Vorgang ist? Es passiert nur in eine Richtung, nämlich von euch zu uns und niemals umgekehrt. Wir können euch also problemlos anfassen, ohne dass ihr Gefahr lauft, auch pink zu werden, obwohl das kein Drama, sondern ein Geschenk wäre."

Und damit gingen sie flugs einen weiteren Schritt auf Robert zu, der bei der Schnelligkeit der Bewegung keine Chance zum Ausweichen hatte und streichelten Koxomils Körper.

„Der ist ja wirklich überaus niedlich und süß. Wie heißt er denn?", hauchten Karby und Ben verführerisch.

Das holte den Wrachen aus seiner Lethargie und er krächzte widerwillig unter Aufbringung seiner ganzen Autorität:

„Ich bin Koxomil, die allmächtige KI der Heliobiten und kein Haustier!", während er seine Flügel spreizte und auf Farbverunreinigungen untersuchte, aber zu seiner Zufriedenheit keinerlei Pink entdecken konnte.

„Schön, da das jetzt geklärt ist, können wir uns den Vergnügungen des Festes hingeben", lächelten Karby und Ben fröhlich. „Lasst uns alle bei den Händen fassen und im Nu sind wir schon unten mitten im Trubel."

Julia, Robert und Magnus sahen sich unentschlossen und misstrauisch an und wussten nicht so recht, wie sie sich verhalten sollen.

„Warum denn immer noch so ängstlich und zaghaft? Ihr seht doch, dass eurem Freund Koxomil nichts passiert ist", strahlten Karby und Ben Zuversicht aus.

„Ich bin mir sicher, wir können Ihnen unbeschadet folgen", stimmte Koxomil zu. „Ich habe noch einmal eingehend Schlauhderers Enzyklopädie überprüft und es muss wohl zu einem Übersetzungsfehler gekommen sein, dem ich aufgesessen bin. Tut mir leid, Freunde, soll nicht wieder vorkommen."

„Bevor wir irgendwo hingehen, muss ich erst einmal wissen, wie es kommt, dass sich diese Wesen so schnell bewegen können?", beharrte Julia auf eine Erklärung.

„Nun, sie sind im Besitz des Rakrü, des Raumkrümmers, der sie dazu befähigt, sich per Gedankenkontrolle an jeden Ort zu teleportieren, den sie möchten. Gleichzeitig können sie durch Berührung andere mitreisen lassen", entgegnete Koxomil, wobei er Robert, Julia und Magnus eindringlich mahnend ansah, keine weiteren Fragen zu stellen.

Ist das nicht genau das letzte fehlende Teil, das wir für unseren Raum-Zeit-Manipulator benötigen? Das kann ja noch interessant werden, dachte Magnus bei sich und behielt diesen Gedanken lieber für sich.

„Gut, nachdem das jetzt geklärt ist, können wir ja loslegen", strahlten Karby und Ben überschwänglich und streckten ihre Hände aus. Julia, Magnus und Robert schlugen seufzend ein und befanden sich augenblicklich unter all den anderen Pinken auf der Festwiese.

Als sie sich umschauten, sahen sie in hunderte gleich aussehende Gesichter, die Frauen sahen wie alle anderen

Frauen aus und bei den männlichen Pinken verhielt es sich ebenso. Es war kein einziges Kind zu sehen, nur erwachsene Pinke. Um sich herum hörten sie Begrüßungen, die allesamt gleich ausfielen: „Hallo, Karby!" gefolgt von „Hallo, Karby!"und „Hallo, Ben!" beantwortet mit „Hallo, Ben!" - „Wen habt ihr denn da mitgebracht, Karby?" - „Das sind Besucher und Beobachter aus einer anderen Welt, Karby!" - „Was wollen sie hier, Ben?" - „Sie wollen helfen und beraten, Ben."

Die leise im Hintergrund laufende Klaviermusik schwoll plötzlich an und das Augenmerk aller Umstehenden wurde auf das Krankenbett in der Mitte des Festplatzes gelenkt. Der jung aussehende, aber alt wirkende Mann im Bett richtete das neben ihm hängende Mikrofon auf sich aus und räusperte sich, bevor er sich an die Menschenmenge wendete, die ihn jetzt umringte:

„Liebe Freunde, Angehörige, Fans und Interessierte! Leiht mir bitte eure ungeteilte Aufmerksamkeit, denn ich möchte heute eine wichtige Ankündigung machen. Kommt näher und lauscht den Worten des „einzigartigen Magiers der fliegenden Finger", des „Pianisten mit den Zauberhänden", des „lautmalerischen Klaviervirtuosen Klang Kling", um nur einige Zitate über meine Wenigkeit zu kolportieren."

Er machte eine kurze Pause, um in die lächelnden, bewundernden und gerührten Gesichter um sich herum zu blicken, bevor er fortfuhr:

„Wie ihr seht, befinde ich, Klang Kling, mich ich in einem Krankenhausbett, denn die Ärzte sagen, ich hätte eine unheilbare, schnell fortschreitende Krankheit, die mein

Leben so stark bedroht, dass es buchstäblich mit jeder Minute vorbei sein könnte. Doch grämt euch nicht, liebe Freunde, dies ist kein schwermütiger Totentanz, sondern ein Moment der aufrichtigen Wahrheit und Wahrhaftigkeit.

Bevor ich sterbe, möchte ich ein ewiges Mysterium um meine Person lüften, ein Geheimnis, um das es schon so viele Gerüchte und Interpretationsversuche gegeben hat: Wie macht er das, dass er komplexeste Kompositionen ohne Noten spielt? Was sieht er dabei?"

Erneut machte der alt junge Klang Kling eine effekthascherische Pause, bevor er dann auf die Bilder auf den Displays um sich herum zeigte. Jedes Standbild zeigte eine Momentaufnahme von ihm, während er spielte und offenbarte sein ergriffenes, inbrünstiges, leidenschaftliches, ekstatisches, in sich gekehrtes, konzentriertes, entrücktes, von allem losgelöstes, in reiner Wollust verzücktes Gesicht, das sich nur der reinen Musik widmete und alles andere ausblendete. „Ja, meine lieben Freunde, das ist das ewige Rätsel um meine Person, das ich heute lüften möchte: Was sieht Klang Kling, während er spielt?"

Erst ging ein ehrfürchtiges Raunen durch die Menge, dann hielten die Leute den Atem an, hingen an seinen Lippen, man hätte eine der vielen Haarnadeln fallen hören können.

„Freunde der Musik, hier kommt das Geständnis. Was sieht Klang Kling, wenn er spielt? Sieht er überhaupt etwas in seinem Inneren? Oh ja, ich sehe Kinder, kleine, nicht erwachsene Pinke. Ich sehe sie vor mir und sie bluten. In ihre kleinen, zerbrechlichen Körper sind Zeichen geritzt. Ich sitze vor ihnen, ein Skalpell in der Hand und ritze Noten in ihre nackte Haut, Partituren, Musik in Notenschrift, für mich allein, für den großen, renommierten, allseits beliebten Klang Kling. Schaut in meinem Kellergewölbe nach, liebe Freunde, ihr werdet Berge an mumifizierten Leichen mit vernarbten Schnitten finden, Kompositionen des Grauens, die mir den sicheren optischen Weg in einem jeden Konzert weisen."

Nachdem Klang Kling aufgehört hatte zu reden, brauste tosender Applaus in der Zuschauermenge auf, man hörte zustimmendes Johlen und Pfeifen, das in einen ovationsartigen Singsang überging, während das Bett von vier hünenhaften Pinken von der Bühne rausgerollt wurde und das Klavierkonzert a-Moll von Eduard dem Griechen, gespielt von Klang Kling, aus den Lautsprechern erklang:

„Klang Kling ist der Größte, geheiligt sei sein Name, er ist unser Vorbild."

Die Menge war außer Rand und Band vor Begeisterung und hatte die Fremden aus einer anderen Welt vorerst vergessen.

An Robert, Julia und Magnus gewandt, sagte Koxomil mit erhobener Stimme, um sich Gehör zu verschaffen:

„Ich glaube, ich vergaß zu erwähnen, dass Schlauhderer in seiner Enzyklopädie über diese Welt schrieb, dass sie - ich übersetze es mal in eure bildhafte Filmsprache - an der Oberfläche FSK 6 und darunter FSK 18+ sei. Das macht, glaube ich, jetzt total Sinn."

„Wie kommen wir überhaupt an diesen Rakrü, den Raumkrümmer heran?", fragte Julia, die trotz ihrer Erfahrung als Hauptkommissarin etwas blass um die Nase geworden war.

„Wenn ich es richtig verstanden habe, brauchen die Bewohner hier den Rakrü für die Teleportation, sie werden also nicht auf ihn verzichten wollen. Wir können sie deshalb schlecht danach fragen oder ihn einfach stehlen, zumal sie offensichtlich ziemlich fies drauf sind", sagte Magnus.

„Und dann gibt es da noch die Maxime des Erstkontaktes, nach Schlauhderer, die wir nicht außer Acht lassen sollten", kommentierte Robert. „Wir dürfen doch in diese Welt nicht eingreifen und nichts verändern."

Alle drei schauten fragend auf Koxomil, der in sich gekehrt schien und offenbar nachdachte. Auch eine KI hatte anscheinend ihre komputativen Begrenzungen. „Koxi, was ist los?", fragte Robert. „Sind deine Bits und Bytes etwa überfordert?"

„Ich spiele gerade unsere Möglichkeiten durch und das braucht wegen der Komplexität der Materie auch bei einer KI seine Zeit, Robert. Doch jetzt bin ich zu einem Ergebnis gekommen und muss feststellen, dass Magnus' Idee mit dem Fragen die beste ist. Nach meinen Recherchen bin ich in der Lage, den Rakrü zu duplizieren, jedoch mit einem entscheidenden Defizit: Er wird nicht zu 100 Prozent funktionieren."

„Und was heißt das im Klartext?", wollte Julia wissen. „Von wie vielen Prozenten sprechen wir hier und auf was müssen wir im ungünstigsten Fall verzichten?"

„Genau das ist unmöglich zu berechnen", antwortete Koxomil, „selbst für eine geniale KI wie mich. Das ganze würde auf eine Wundertüte hinauslaufen, von der man nicht weiß, was sie beinhaltet. Sicher ist nur eines: Irgendwann würde uns das Duplikat des Rakrü im Stich lassen, wir wissen nur nicht wann."

„Ich denke, wir sollten dieses Risiko eingehen", sagte Julia. „Die Alternative wäre Diebstahl, und wenn ich dabei an unsere letzte Aktion im Mechaversum denke, wird mir immer noch ganz flau im Magen. Was meint ihr dazu, Magnus und Robert?"

„Ich stimme dir im Grunde zu, Schwesterherz, wobei mir bei dem Gedanken an das defizitäre Duplikat auch nicht ganz wohl ist. Aber doch besser als Diebstahl, oder Robert?"

„Das meine ich auch, zumal ein fehlerhafter Rakrü immer noch besser ist als gar keiner. Also, Koxi, mach dein Ding und dann nichts wie weg von dieser Horrorwelt."

„Dann müsstest du mal die Aufmerksamkeit von Karby und Ben erregen, damit sie uns zum Rakrü führen, Robert", ordnete der Wrache an.

„Wo sind denn unsere originalen Gesprächspartner? Du ragst doch aus der Menge heraus und müsstest sie ausfindig machen können."

„Meines Erachtens sehen die Pinks nicht nur alle gleich aus, sondern agieren auch gleich. Somit ist es egal, mit wem wir reden, es scheint sich bei ihnen um Schwarmbewusstsein zu handeln", antwortete Koxomil.

Mittlerweile hatten die Karbys und Bens die Bühne in Brand gesteckt und tanzten fröhlich lachend um den Scheiterhaufen der Offenbarung. Sie hatten dabei alle ihre Kleider fallen lassen und bewegten sich lasziv orgiastisch.

Als Robert zwei von ihnen ansprach, versuchten sie ihn in ihre Reihen zu ziehen und zerrten an seinen Kleidern. Mit Mühe konnte sich Robert ihnen entziehen und wandte sich von der pornographischen Szene ab.

In einer Ecke standen eine Karby und ein Ben eng umschlungen, waren jedoch glücklicherweise vollkommen bekleidet. Robert näherte sich ihnen und räusperte sich laut. Die langen Zungen der beiden Liebenden waren eng ineinander verschlungen und während sie sich aus den Mündern entwanden, sah Robert kleine Saugnäpfe auf ihnen, aus denen nadelspitze, feine Zähne wuchsen. Augenblicklich verschwanden die Zungen hinter vollen Lippen und das letzte, was Robert sah, waren die gespaltenen Spitzen, die schmatzend eingesogen wurde. Gleichzeitig erschien das breiteste, unschuldigste Lächeln, das er je gesehen hatte.

„Was führt euch zu uns, fremde Besucher? Was können wir für euch tun? Es muss schon etwas überaus Wichtiges sein, dass ihr unser Paarungsritual stört", sagten Karby und Ben unisono.

Nachdem sich Robert erneut verschämt geräuspert hatte, erklärte er ihnen ihr Anliegen mit dem Raumkrümmer, wobei er viel Wert darauflegte, immer wieder zu betonen, dass sie das Element duplizieren und nicht stehlen wollten. Karby und Ben sahen einander an und grinsten um die Wette.

„Wenn es weiter nichts ist, kommt mit uns und lasst uns sehen, was wir bewerkstelligen können."

Damit reichten sie Robert ihre Hände, der einschlug und umgehend befanden sie sich an einem anderen Ort.

Robert schaute sich um und sah, dass sie vor einer Art Werkstatt standen. Die Auslage in den Fenstern wirkte irgendwie unfertig auf ihn, oder unecht, so als seien sie nur der Abklatsch einer Realität, die als Vorlage gedient hatte. Aber auch diese Beschreibung traf das Wesen dieser Skizze nicht. Und dann hatte Robert es: Er sah eine Werkstatt im Comicstil vor sich, als Cartoon. Gemalte Werkzeuge hingen im Fenster, Hämmer, Äxte, Feilen, Schraubendreher, Sägen, neben Seilen, Leitern, Birnen, Kisten und Kästen, alles im typischen Comicstil gemalt. Dabei wiesen die einzelnen Teile durchaus Tiefe und einen 3-D-Effekt auf, was ihnen wiederum eine gewisse Realitätsnähe gab.

„Wollen wir hineingehen?", fragten Karby und Ben, wobei sie die Tür aufzogen, die sie mit dem Willkommenston einer hell klingenden Glocke empfing. Der Innenraum war komplett leer, bis auf eine mannshohe Bronzestatue, die mitten im Raum auf einem kleinen Podest stand. Die dargestellte Comicfigur kam Robert seltsam bekannt vor, aber er konnte sie nicht zuordnen. Als Kind hatte er viele Comics gelesen, gegen den bildungsbeflissenen Willen seiner Eltern, die Comics als Schund erachteten. Robert hatte insbesondere die Heftchen und Taschenbücher von Vault Destiny geliebt und über die Jahre war eine erkleckliche Sammlung zusammengekommen. Die Abenteuer der Mäuse und Enten im gleichnamigen -hausen hatten es ihm besonders angetan. Und plötzlich hatte Robert es, ihm fiel der Name ein, den die Bronzefigur darstellte: Es war der geniale Erfinder Daniel Drüsendieb mit all seinen Markenzeichen, wie Hut, rand- und gestellloser Brille, kurzer Weste, Hemd und Hose. Selbst das kleine Helferlein mit der gelben Glühbirne als Kopf stand auf der Schulter der Statue.

Dem Inschenör ist nichts zu schwör, schoss Robert ein berühmtes Zitat durch den Kopf und er musste grinsen.

Karby und Ben gingen zur Figur und drückten auf deren oberen Hemdknopf, worauf sich eine Schublade öffnete, die einen kleinen, verdrahteten Gegenstand enthielt.

„Das ist der Rakrü, liebe fremde Beobachter, er steht zu eurer Verfügung", flöteten Karby und Ben einvernehmlich und fröhlich, wobei ihre gespaltenen Zungen zischend tanzten.

Koxomil sprang unbeeindruckt von Roberts Schulter auf den Rand der Schublade und machte sich ans Werk. Nach etwa drei Minuten hielt er ein äußerlich völlig identisches Duplikat des Rakrü samt daran hängender Drähte in seinen Klauen.

„Wir sollten jetzt schleunigst zu den anderen zurückkehren, Robert und diese Welt verlassen."

Nachdem Karby und Ben ihnen auch diese Bitte erfüllt hatten, standen sie wieder mitten im Trubel der Festwiese. Robert ging zu Magnus und Julia und zeigte ihnen das Duplikat des Rakrü, das Julia an sich nahm und zu den anderen RZM-Teilen in ihren Rucksack steckte und sicher verstaute.

„Nun aber nichts wie weg!", ordnete Koxomil forsch an.

„Und wir können euch wirklich nicht dazu bewegen, noch ein bisschen zu bleiben?", fragten Karby und Ben, die ihnen gefolgt waren, lächelnd aus einem Munde, während abgrundtiefer Hass aus ihren Augen blitzte. „Die Hauptattraktion des Abends steht kurz bevor und wir sind schon ganz aufgeregt, obwohl wir gar nicht genau wissen, worum es sich handelt. Der anerkannte Wissenschaftler Doktor Hoppeneimer macht ein großes Geheimnis um sein Experiment. Er ließ uns nur wissen, dass es um explodierende Pilze gehen soll oder so. Klingt aber wirklich spannend, oder etwa nicht?"

Robert, Julia und Magnus schauten sich verwundert an, während Koxomil mit leiser, eindringlicher Stimme sagte:

„Wir sollten schleunigst von hier verschwinden, ich hab da so eine Ahnung, worauf das hier hinausläuft. Schlauderer macht in seinem Buch Andeutungen, was hier jeden Abend passiert, obwohl er es nicht aus persönlicher Erfahrung belegen kann. Er bezieht sich in diesem Zusammenhang auf einen sogenannten Kinofilm von der Erde, der *Und alltäglich grüßt das murmelnde Tier* heißt. Sagt euch der Titel irgendwas?"

Magnus zählte eins und eins zusammen und ihm wurde klar, dass Hoppeneimer und das Murmeltier eine wahrhaft explosive Mischung ausmachen würden.

„Scheiße, wir sollten wirklich sofort abhauen, sonst sitzen wir hier womöglich in einer Zeitschleife fest. Koxi, ist das Portal noch geöffnet? Das wäre sehr hilfreich, um keine Zeit zu verlieren."

„Ich habe einen Tarnzauber für das aktive Portal gewirkt, da ich von Anfang an dieser Welt insgeheim misstrauisch gegenüber war und einen hastigen Aufbruch im Bereich des Möglichen sah. Lasst uns sofort losgehen, ob mit oder ohne diplomatische Verwicklungen ist jetzt auch egal", antwortete der Wrache.

Umgehend rannten Robert, Julia und Magnus ungeachtet der hasserfüllten Protestrufe der Karbys und Bens los und liefen auf die Anhöhe zu, wo hoffentlich das noch aktive Portal auf sie wartete. Wurden sie anfänglich noch von einer Gruppe zornig johlender und zugleich freundlich lächelnder Pinker verfolgt, die wütend ihre Fäuste emporreckten oder auch lange Buschmesser und ratternde Kettensägen schwangen, so riss der Strom an Häschern schnell ab. Die Neugier und Sensationslust hatten gesiegt und die Karbys und Bens setzten sich lieber ihre Sonnenbrillen auf und fieberten dem Anfang der Show entgegen.

Nach einem energischen Spurt erreichten die vier Abenteurer das Plateau der Anhöhe, Koxomil enttarnte augenblicklich das immer noch gleißend schimmernde Portal und einer nach dem anderen ging hastig hindurch. Als Robert vom Festplatz aufgeregt bewundernde *Ohs* und *Ahs* vernahm, drehte er sich kurz um, bevor er endgültig im Portal verschwand und sah einen am Horizont aufblitzenden gigantischen Atompilz.

Ölsänger

Petersen versuchte, eine meditative Haltung einzunehmen, ruhig zu atmen und sich auf nichts zu konzentrieren, sondern die Gedanken frei fließen zu lassen. Aber es half nichts, überall um sich herum hörte er das laute, gleichmäßige und für ihn gefährlich klingende, wirbelnde Teppichklopfer-Geräusch des Hubschrauberrotors. Petersen hasste es zu fliegen, was nicht in einer gefährlichen Situation begründet lag, die er während des Fliegens einmal erlebt hatte, sondern schlicht und ergreifend darin, dass er es nicht begreifen konnte, wie die Fluggeräte überhaupt in der Luft bleiben konnten, ohne abzustürzen. Er hatte schon zig physikalische Erklärungen und Lehrstunden über sich ergehen lassen, aber es half alles nichts, die Angst vor dem Fliegen blieb.

Neben ihm saß Mommsen, der ihn auf dem Flug zur Bohrinsel begleitete, und Petersen tat der Hüne leid, da er wegen seiner Leibesfülle in dem engen Helikopter leiden musste, aber auch dieser Gedanke half ihm nicht über seine eigene Misere hinweg. In Notsituationen ist man manchmal versucht, sich an den abstrusesten Ablenkungen aufzurichten. Zum x-ten Male checkte er seine Armbanduhr, auf der sich die Zeiger noch langsamer als sonst über das Zifferblatt quälten und die Minuten schienen sich wie durch Sirup zu bewegen. Er hatte noch lange zwanzig Minuten vor sich, aber was tut man nicht alles für den Job?

Nicht zum ersten Mal während dieses Fluges, schossen ihm Bilder von der Vision aus dem Sektionssaal in den Kopf: der Anflug auf die Bohrinsel, das Feuer, der Rauch, das Aufeinandertreffen mit Zafrong und der mysteriöse Reim:

Über dem Wasser singt der Tod,
von gedrilltem Öl aus der Not,
schäumende Gischt umspielt die Form,
platt ist sie, komm, bohr nach der Norm.

Petersen schaute aus dem Fenster, sah jedoch nur die endlose Einöde der graublauen Nordsee, die unter dem Helikopter kilometerweit dahinzog. Noch 18 Minuten. Petersen verlagerte sein Gewicht auf die andere Seite und stieß an Mommsens weichen Oberkörper.

„Alles klar Chef? Sie wirken etwas unruhig und sehen ungewöhnlich blass aus", fragte Petersens Assistent besorgt.

„Alles bestens, Mommsen, ich fliege nur nicht gerne, das ist alles", erklärte Petersen möglichst ruhig und gelassen.

„Ach so, wenn es weiter nichts ist. Kennen Sie übrigens den Witz vom Passagierflugzeug in schweren Turbulenzen, wo der Pilot sagt . . ."

„Mommsen, ich glaube nicht, dass ich den jetzt hören möchte", fuhr Petersen rüde dazwischen, zog demonstrativ den Kragen seiner Jacke höher und schaute wieder aus dem Fenster, während er den Kopf an das Glas legte.

„Tschuldigung, wollte Sie einfach nur ein bisschen ablenken, Chef."

Das nächste, was Petersen wahrnahm, war ein sanftes Rütteln an seiner Schulter und wie Mommsen auf etwas zeigte. Er musste wohl kurzzeitig eingenickt sein.

„Schaun Sie mal Chef, dort ist schon die Bohrinsel, wir haben es gleich geschafft. War doch nur ein Katzensprung, oder?"

Petersen ging es nach dem Nickerchen nicht wirklich besser, er war nur heilfroh, dass einiges an Zeit vergangen war, musste aber schon mit Grauen an den kurz bevorstehenden Sinkflug denken. Glücklicherweise sah die Bohrinsel sehr intakt aus, und von Feuer und Rauch war nichts zu sehen.

Der Pilot hatte inzwischen zur Landung angesetzt, was in Petersen ein sehr mulmiges Gefühl auslöste und seinen Magen in Aufruhr versetze. Der Helikopter setzte zu einer weiten Kurve an und Mommsen zeigte aufgeregt aus dem Fenster:

„Wenn mich nicht alles täuscht, nein, ich bin mir sicher, dass dort Moos an den Schwimmpontons wächst. Wie absolut ungewöhnlich und seltsam großgewachsen, mit merkwürdigen Farbtönen. Von Moosen im Salzwasser habe ich noch nie gehört. Nach meinem Wissen eignet es sich eher zur Moosbekämpfung, da Salz ihm das Wasser als Nahrungsbasis entzieht."

Petersen fiel ein, dass er zwar nicht viel über seinen Assistenten wusste, dieser aber einmal in einer zwanglosen Runde erzählt hatte, dass er Hobbybiologe sei und sich in seiner Freizeit mit Pflanzen beschäftige.

Kurz bevor der Helikopter auf der Landeplattform aufsetzte, nahm Petersen die seltsam orangefarbenen, groß gewachsenen Pflanzen in Augenschein und musste Mommsen recht geben: Sie sahen von der Struktur her in der Tat wie Moose aus, nur anders. Er machte sich einen mentalen Vermerk, um Professor Kneesebeck bei einem späteren Treffen von dieser augenscheinlichen Anomalie zu berichten. Immerhin hatte die Moosepisode für so viel Ablenkung bei ihm gesorgt, dass Petersen fast leichtfüßig und erleichtert durch die Tür des Helikopters auf die Plattform der Bohrinsel sprang, froh, endlich wieder festen Boden unter seinen Füßen zu haben, wobei ihm der Wind gischtgeschwängert ins Gesicht peitschte. Er instruierte noch kurz den Piloten, auf jeden Fall auf sie hier zu warten, damit der Rückflug ohne Verzögerung über die Bühne gehen konnte.

Tamara Oskana hatte von Kiel aus alles perfekt organisiert und so wurden sie schon vom leitenden Ingenieur Rasmus Gunnarson erwartet, der mit seinem roten Haarschopf, dem feuerroten Vollbart und der schlanken, muskulösen, hünenhaften Figur wie die klassische Vorstellung eines Wikingern aussah. Mommsen schaute ihn bewundernd verlegen an.

Mit einem breiten Lächeln trat Gunnarson auf sie zu und sagte in nahezu perfektem Englisch:

„Hauptkommissar Petersen, wenn ich nicht irre? Willkommen auf der *SeaOil 3*, in unserer bescheidenen schwimmenden Hütte."

„Vielen Dank, Herr Gunnarson, darf ich Ihnen meinen Assistenten Mommsen vorstellen?"

Nach dem Austausch der Höflichkeiten und kräftiger Handschläge fragte Petersen:

„Herr Gunnarson, ist in den letzten Stunden außer uns noch jemand auf der Bohrinsel angekommen?"

„Nein, Herr Hauptkommissar, Sie und Ihr Kollege sind die einzigen Besucher hier seit langer Zeit. Wir werden hier nicht gerade von Gästen überrannt, wenn Sie verstehen, was ich meine, und an Bord ist mit Sicherheit alles im grünen Bereich", erwiderte ein sichtlich gut aufgelegter Gunnarson.

Nun wusste Petersen nur zu gut, dass Zafrong auch auf andere Weise unbemerkt reisen konnte, war aber erst einmal etwas beruhigter.

„Gut, würden Sie uns dann bitte zu Marc Wunderlich führen?", bat Petersen.

„Gerne, der wartet schon ganz ungeduldig in seiner Kajüte. Folgen Sie mir, bitte."

Sie gingen durch enge, verwinkelte Korridore an der Kombüse vorbei und gelangten zum Schlafbereich der Crew. Gunnarson blieb vor einer Tür stehen, klopfte an und wurde von einem ungeduldigen „Herein" zum Eintreten aufgefordert.

Als Petersen nach Gunnarson die Kajüte betrat, offenbarte sich ihm der genaue Abklatsch der Vision aus Kneesebecks Keller: In der ansonsten spartanisch eingerichteten Kabine standen an der gegenüberliegenden Wand zwei Kojen, die wie Hochbetten übereinanderstanden. Auf der einen saß ein unscheinbar wirkender Mann. Nur ein Detail war nicht vorhanden: Von Zafrong fehlte jede Spur. Visionen konnten demnach auch täuschen, wie überaus aufschlussreich.

Der Mann, vermutlich Marc Wunderlich, stand von der Koje auf, ging auf Petersen zu und echauffierte sich mit wohltönender, tiefer, aber lauter Stimme:

„Sind Sie dieser Polizist, auf dessen Geheiß ich meine Kabine nicht verlassen soll? Das ist Freiheitsberaubung, ist das! Ich hatte gedacht, dass ich wenigstens hier meine Ruhe haben würde."

„Nun mal langsam, Herr Wunderlich", versuchte Petersen die Lage zu entschärfen. „Ich bin Hauptkommissar Petersen und das ist mein Assistent Mommsen, und wir sind hier, um Ihre Sicherheit zu garantieren."

„Wie jetzt, Sicherheit garantieren? Klingt ja fast so, als wäre ich in Gefahr, oder was? Was soll der ganze Kinderkram überhaupt?", redete sich Wunderlich in Rage.

„Herr Wunderlich, wir haben ernst zu nehmende Hinweise darauf, dass heute ihr Leben in Gefahr sein könnte und deshalb ist es meine Pflicht, Sie zu beschützen."

„Jetzt ist aber mal Schicht im Schacht. Mein Leben ist in Gefahr, das ist doch völliger Mumpitz. Mir passiert schon nichts, ich fühle mich hier sicher, wie in Abrahams Schoß", haute Wunderlich dazwischen.

„Meine Herren: Vielleicht sollten wir diese Unterhaltung im großen Mannschaftsraum fortführen", mischte sich Gunnarson ein. „Dort haben wir mehr Platz, können einen Kaffee trinken und etwas Luft ablassen, damit sich unsere Gedanken freier entfalten können. Was halten Sie davon?"

„Gute Idee, Herr Gunnarson, lassen Sie uns gehen", pflichtete Petersen ihm mit einem beschwichtigenden Seitenblick auf Wunderlich zu.

„Endlich raus hier, na dann mal nix wie los!", kommentierte der Sänger.

Im Mannschaftsraum angekommen, machte sich Gunnarson am Kaffeeautomaten zu schaffen, nachdem er die Getränkewünsche der Männer in Erfahrung gebracht hatte. Wunderlich betrachtete Petersen weiterhin misstrauisch, hielt sich jedoch mit abfälligen Kommentaren zurück.

Der Hauptkommissar kam sich mittlerweile etwas fehl am Platz vor. Was war, wenn es hier auf der Bohrinsel überhaupt keine Gefahrenlage gab, wenn das Ganze nur eine ausgeklügelte Charade von Zafrongs Seite war, um von einem anderen Schachzug abzulenken? Vielleicht fand der Mord an ganz anderer Stelle statt?

Ein bisschen Smalltalk könnte die Wogen unter Umständen etwas glätten und so wandte sich Petersen an Wunderlich, während er seinen Latte Macchiato von Gunnarson im Empfang nahm:

„Was hat Sie eigentlich dazu bewogen, Ihre Karriere als erfolgreicher Sänger aufzugeben, um auf einer Bohrinsel anzuheuern, Herr Wunderlich?"

„Wollen Sie sich jetzt bei mir einschleimen und einen auf lieb Kind machen, oder was ist hier los?", polterte Wunderlich. „Das muss ich mir nun wirklich nicht gefallen lassen, muss ich nicht, Herr . . ."

Weiter kam er nicht, denn er wurde jäh von einem lauten, elektrostatischen Knistern unterbrochen, das seine gesamte Aufmerksamkeit auf sich zog.

„Was zur Hölle ist das denn?"

Die Luft in der Mitte des Mannschaftsraumes fing an zu flirren und flimmern, wobei langsam ein mannshohes, waberndes Oval aus dunkelrot violetten Rauchschwaden entstand, aus dem ein hochgewachsener Mann mit bleichen Gesichtszügen und hohen Wangenknochen trat. Als er im Raum stand, nahm er unverzüglich eine leicht gebückte Kampfpose ein, wobei sein rechter Arm wehrhaft nach vorne schoss und sein linker Arm im pulsierenden Oval verharrte.

„Guten Morgen, meine Herren, ich bin doch wohl nicht zu spät eingetroffen? Hat die Party schon angefangen?", fragte Zafrong mit einschmeichelnd sanfter Stimme.

In einer fließenden Bewegung zog Petersen seine Dienstwaffe und legte auf Zafrong an, Mommsen tat es ihm gleich.

„Aber, aber meine Herren, wer wird denn gleich gewalttätig werden? Glauben Sie wirklich, dass ich völlig unvorbereitet hier vor Ihnen auftauchen würde?", womit Zafrong seinen linken Arm auf sich zu riss und mit dieser heftigen Bewegung Petersens Tochter Kyra aus dem Portal in den Mannschaftsraum zerrte.

„Na, das nenne ich mal eine faustdicke Überraschung, Herr Hauptkommissar, oder? Sie sehen wirklich etwas blass um die Nase aus. Lassen Sie schön Ihre Waffe fallen, ehe Sie sich damit noch selbst Schaden zufügen, oder ich Ihrer hübschen Tochter mehr als ein paar Haare krümme. Das gleiche gilt natürlich auch für Ihren stattlichen Kollegen, ansonsten . . ."

Zafrong ließ den Satz unvollendet im Raum schweben und hielt Kyra einen langen Dolch mit rötlich glühender

Klinge, der durch das Schnippen mit Daumen und Zeigefinger in seiner Hand aufgetaucht war, an den Hals, während er gleichzeitig mit einem stummen Befehl das Portal schloss.

Eine gespenstische, beklemmende Stille breitete sich im Raum aus, selbst das ansonsten vorherrschende, permanente Summen der Dieselgeneratoren erschien gedrosselt und wie in Watte gehüllt. Der Mikrokosmos Bohrinsel hielt den Atem an, nur Zafrongs glühende Klinge sirrte bedrohlich.

An seinen Assistenten gewandt, sagte Petersen:

„Mommsen, nicht den Helden spielen! Wir gehen das hier buchstabengetreu nach Polizeischulen-Protokoll an, klar?"

„Klar, Chef, Sie können sich auf mich verlassen."

Petersen nickte zustimmend. Sein Verstand raste, während er blitzschnell die Lage analysierte. Er war für Situationen mit Geiselnahme ausgebildet und geschult worden. In erster Linie galt es, die Lage zu deeskalieren, den Geiselnehmer zu beruhigen und die restlichen Beteiligten zu schützen und Schaden von ihnen abzuwenden. Dass seiner Tochter in diesem Fall die Rolle der Geisel zukam, musste in seinen Überlegungen eine untergeordnete Rolle spielen. Petersen atmete einmal tief durch und ergriff das Wort:

„Zafrong, richtig? Ihr Name ist doch Zafrong, korrekt? Wir werden jetzt alle vernünftig agieren und unsere Waffen gleichzeitig auf den Boden legen, um dann besonnen miteinander zu reden. Sind Sie damit einverstanden, Zafrong?"

„Aber, aber, Herr Hauptkommissar, ich sage Ihnen, wie das hier läuft: Sie und Ihr Kollege legen Ihre Waffen ab und händigen mir den Sänger aus. Ansonsten muss Ihre hübsche Tochter sterben, denn dann nehme ich mir ihre Stimmlippen und verschwinde von hier. Das ist der Weg, den wir gehen werden, Herr Hauptkommissar."

Da Diplomatie offensichtlich nicht zum Erfolg führte, würde Petersen bluffen und sich auf die Informationen von Kneesebeck und aus den Visionen verlassen müssen.

„Ich glaube nicht, dass sie meiner Tochter etwas antun werden, Zafrong, da Sie ausschließlich auf die Stimmlippen von Marc Wunderlich angewiesen sind, um Ihre Sammlung zu vervollständigen. Zum anderen werden sie sich nicht des Vorteils der Geisel berauben wollen. Ist es nicht so, Zafrong?"

Petersen bemerkte ein kurzes Zucken in Zafrongs linkem Augenlid und wusste, dass er goldrichtig lag. Jetzt galt es dranzubleiben und einen weiteren Trumpf auszuspielen, von dem er hoffte, dass er sich nicht als stumpf erweisen würde.

„Außerdem wird in Kürze Verstärkung hier eintreffen, die ich angefordert habe. Jetzt wäre also der richtige Zeitpunkt, um aufzugeben, Zafrong!"

„Der alte Trick mit der Kavallerie, die niemals kommt", fuhr Zafrong Petersen dazwischen. „Da müssen Sie sich schon etwas Besseres einfallen lassen, Herr Hauptkommissar. Langsam werde ich dieser Unterhaltung überdrüssig und muss wohl oder übel nachdrücklicher werden und zu anderen Mitteln greifen!"

Petersen schaute in die ängstlichen, fast panisch gewei-
teten Augen seiner Tochter und wollte gerade zu erneuten
Beschwichtigungen ansetzen, als in dem Moment Marc
Wunderlich seine kraftvolle Stimme in Szene setzte und
aus voller Kehle die ersten Strophen aus Aidas
Triumpfmarsch schmetterte:

Schwarz ist die Nacht und schwarz die Zeit.
Grau ist dein Sorgenblick.
Und du, du klagst dein Leid. Und statt dich aus dem
Sumpf zu ziehen, träumst du nur vom verpasstem Glück.
Ein Stern wacht über unsere Welt oben am Himmelszelt.
Und er bringt das Glück, schau nach vorn, schau nach
vorn, nie zurück!
Der Stern wacht über unsere Welt, oben am Himmelszelt.
Willst du glücklich sein?
Habe Kraft, habe Mut, folg seinem Schein!
Er leuchtet immerdar. Er leuchtet wunderbar. Er leuchtet
hell und klar. So klar, so klar.
Ein Stern wacht über unsere Welt oben am Himmelszelt.
Und er bringt das Glück,
schau nach vorn, weit nach vorn, niemals zurück!
Er lässt dich nie allein, in seinem Schein schläft Groß und
Klein so gut.
Ja gut. Er wacht auch über mich. In seinem Licht schöpfe
ich neuen Mut.
Nur der wird froh, der eines sieht: Nur du bist deines
Glückes Schmied! Drum nimm dein Schicksal in die Hand.
Und sorge dich nie, ganz egal was auch geschieht.
Ein Stern wacht über unsere Welt oben am Himmelszelt.

Und er bringt das Glück,
Schau nach vorn, schau nach vorn, nie zurück!

Petersen und Mommsen schauten sich eindringlich um, während ihnen gleichzeitig ein charakteristischer, stechendscharfer, chlorähnlicher Geruch in die Nasen stieg. Die schlagartig flimmernde, knisternde Luft hatte sich bläulich verfärbt und nahm in der Mitte des Mannschaftsraumes eine tiefblaue Tönung an und formte sich zu einem flackernden Oval. Es erinnerte Petersen an eine Fata Morgana in der Wüste, wobei es jedoch zunehmend kälter im Raum wurde. Die zum Zerreißen angespannte Luft entlud sich in ozongeschwängerter Schwere und Zähigkeit, wobei sich das Oval nach außen wölbte und drei Menschen in den Raum spie. Mit einem Hechtsprung schnellten Ilandria, Eve und Phringel, der einen Vogelkäfig samt einem kleinen, buntgefiederten, aufgeregt hin- und herspringenden Vogel hielt, aus dem Portal und verteilten sich strategisch günstig im Raum, indem sie drei Ecken besetzten.

Zafrong überblickte die sich rasant verändernde Lage, stieß kurz entschlossen Kyra von sich auf den Boden, nahm eine Kampfpose ein und stellte süffisant fest:

„Die drei Plagegeister aus dem Synphonodrom von Uplanhaven. Jetzt wird es aber doch ein bisschen eng und stickig hier, Leute. Ich glaube, wir brauchen etwas frische Luft!"

Mit einer ausholenden Bewegung schleuderte er eine geballte, breitgefächerte Energieladung gegen die Hinterwand des Mannschaftsraumes, die sich daraufhin in Nichts auflöste und den Blick auf das graublaue Meer freigab. Während frische Seeluft in den Raum strömte, malte Zafrong mit der anderen Hand Zeichen und Figuren in die Luft, worauf sich das Meer erhob. Haushohe Wellen brandeten gegen die Bohrinsel, wobei sich die Wellenkämme in überlebensgroße Tiere verwandelten. Mit tosendem Brausen schossen zappelnd grotesk aussehende Robben, Seehunde, Schweinswale, aber auch Makrelen, Heringe, Kabeljau und Plattfische auf den Raum und die in ihm befindlichen Menschen zu.

Petersen betrachtete das apokalyptische Spektakel mit einer Mischung aus Faszination und Abscheu. Instinktiv wollte er den Mannschaftsraum auf der Stelle verlassen, nachdem er seiner Tochter Kyra aufgeholfen hatte, bemerkte jedoch zu seiner Verwunderung, dass er sich nicht rühren konnte, er war zur Salzsäule erstarrt. Nur seinen Kopf und seine Augen konnte er bewegen und sah, dass die Frau mit den wallend langen roten Haaren mit ausgestreckten Armen zum Gegenangriff überging. Ein heftiger Sturm brauste auf, der sich sogleich auf die Wellenformationen stürzte und sie zurücktrieb. Das ungestüme Ringen der Urgewalten Wasser und Luft hatte begonnen.

Kyra schaute währenddessen hilfesuchend auf ihren Vater und Mommsen, den sie nur flüchtig aus Erzählungen ihres Vaters kannte und musste feststellen, dass diese sich offensichtlich genauso wenig wie sie selbst bewegen konnten und somit keine Aussicht auf Flucht bestand. Außerdem schien sie sich beim Sturz auf den Boden einen Knöchel verknackst zu haben, er sendete jedenfalls einen stechenden Schmerz in ihr Gehirn. In was für einen Schlamassel war sie da nur geraten?

Handstreich

Wie eine mythologische Amazone aus der griechischen Antike stand Ilandria breitbeinig und kampferprobt mit schlangenartig wehendem, rotem Haarschopf im tosenden Schlachtengetümmel und heizte Zafrong mächtig ein. Sie war stark, sie war überaus mächtig, sie war furchtlos und sie kämpfte verbissen. Zafrong musste anerkennen, dass er mit einer ihm fast ebenbürtigen Gegnerin rang, aber eben nur fast gleichrangig. Dabei speiste Phringel Ilandria permanent mit Energie und Kraftreserven, das spürte und wusste Zafrong, und somit würde er mit beiden trotz oder wegen der gemeinsamen Kraftanstrengungen relativ leichtes Spiel haben.

Vehement stemmte er sich mit mächtig schäumenden Wasserwesen gegen die heranbrandenden Sturmgewalten, wirbelte immer gigantischer werdende Flutmonstrositäten gegen Ilandrias Zyklonwände . . .

. . . die Schwanzflosse eines Schweinswals peitschte vernichtend gegen Sturmwolken,

. . . ein überdimensionaler Seehund schäumte zerstörerisch auf Orkanberge zu,

. . . die Fangarme eines Riesenoktopus umschlangen würgend die Klippen einer brausenden Windböe,

. . . eine Schule hungriger Heringe stürzte sich aufopfernd destruktiv auf Ilandrias Sturmphantasmen,

. . . und die immerwährende Balance des Gleichgewichts warf alle Unbilden zurück . . .

. . . während Zafrong gleichzeitig besonnen seine Lage reflektierte.

Der Hauptkommissar hatte mit seiner Bemerkung bezüglich des Sängers Marc Wunderlich natürlich recht gehabt: Er brauchte dessen Stimmlippen für die Vervollständigung seiner Kreation, des Dekavox. Es fehlte ihm nur noch dieses eine Detail auf seinem Weg zur endgültigen Gleichstellung mit dem Gnorrfazz, dem Erschaffen seines EisGreifen Rirdnale und es war zum Greifen nah. Zafrong musste einen Weg finden, um an Marc Wunderlich heranzukommen und in den Besitz seines Kopfes zu gelangen, wenn nötig auch ohne den restlichen Körper. Dazu musste er jedoch zuerst Ilandria überwinden.

Ich muss mein Element und meine Taktik ändern, überlegte Zafrong analytisch. *Ilandria setzt Luft ein, Luft entfacht Feuer und Feuer besitzt die reinigende Kraft der katharischen Säuberung. Ich muss nur ein flammendes Fanal setzen, der Rest wird sich ohne mein Zutun quasi von alleine ergeben. Meine Gegnerin wird mit ihren eigenen Waffen geschlagen und die Tür zum Erfolg steht mir offen. Ein kleiner Funke magischen Feuers wird genügen, um ein wahrhaft apokalyptisches Inferno heraufzubeschwören, in dem meine Feinde vernichtet werden. Ich habe alles im Griff!*

Mit der einen Hand hielt Zafrong die Wasserwände aufrecht, während er mit der anderen unter Inkantation eines Zauberspruches mühsam eine kleine Flamme entfachte. Feuer war nun einmal nicht sein Hauptelement, er beherrschte das Wasser, aber seine Anstrengung würde von Erfolg gekrönt sein. Unter Aufbietung all seiner Fähigkeiten, gelang es Zafrong die Flamme durch seinen

Odem zu stabilisieren und zum Flackern zu bringen. Sein Feuer atmete und lebte, wie eine reinigende, alles verschlingende Energie.

Ilandria war dieser Wechsel in Zafrongs Strategie nicht verborgen geblieben. Sie bereitete sich auf ihre Gegenoffensive vor und gab Phringel und Eve ein Zeichen. Bisher hatte sie dank Phringels Einspeisung relevanter Kraftreserven die Sturmgewalten mühelos aufrechterhalten können und war auch weiterhin auf seine Mithilfe angewiesen. Nicht zum ersten Mal reflektierte Ilandria ihre gegenseitige, fragile Kooperation und fragte sich wiederholt, wie es nach erfolgreich abgeschlossener Mission wohl mit ihr und Phringel weitergehen könnte.

Vom Stupor-Zauber zur fast völligen Regungslosigkeit verdammt, beobachteten Petersen, Mommsen und Kyra das wuchtige Aufeinanderprallen der Naturgewalten. Petersen hasste es, der Tatenlosigkeit ausgeliefert zu sein, konnte momentan jedoch beim besten Willen nichts ausrichten. Ein Blick auf seine Tochter verriet ihm, dass sie Schmerzen zu haben schien, zudem massierte sie sich einen Knöchel, den sie sich offensichtlich verletzt hatte. Und er konnte ihr nicht helfen. Was für eine niederschmetternde Zwangslage.

Marc Wunderlich hätte gerne erneut eine Hymne intoniert, um die Situation zu ihren Gunsten zu wenden, er hatte jedoch auch keine Gewalt über seine Stimme. Von dem Mann, der Zafrong genannt wurde, ging für ihn eine nicht konkret zu benennende Bedrohung aus, er spürte aber, dass der Mann ihm nicht wohl gesinnt war. Der Hauptkommissar hatte davon gesprochen, dass Zafrong seine Stimmlippen zur Vervollständigung seiner Sammlung bräuchte. Was immer das auch heißen mochte. Befand er sich etwa doch in Lebensgefahr?

Phringel hielt weiterhin seinen Stupor-Zauber für die vier Menschen aufrecht, während er gleichzeitig am Melog-Bann tüftelte. Es würde auf ein perfektes Timing ankommen, auf die makellose Zusammenarbeit mit Ilandria, wenn ihr Plan zu hundert Prozent aufgehen sollte. Um das Problem mit Marc Wunderlich würden sie sich später kümmern müssen.

Dass er einmal mit Ilandria zusammenarbeiten würde, hätte er sich früher nicht einmal träumen lassen, und dennoch war er hier mit ihr. Der zeitlich befristete Nichtangriffspakt von Uplanhaven gereichte auch ihm zum Vorteil, vielleicht ließ sich sogar noch eine weitere Kooperation schmieden, wenn alle Parteien davon profitierten.

Der Feind meines Feindes ist mein Freund, schoss Phringel eine abgedroschene Redewendung durch den Kopf, nur würde er Ilandria nicht unbedingt als Freundin bezeichnen, das würde dann doch zu weit führen.

Eve war sich der Zwickmühle durchaus bewusst, in die sie geraten würden, wenn sie gezwungen wären, Marc Wunderlich mit in ihre Welt zu nehmen. Ihr Verstand arbeitete fieberhaft auf Hochtouren, um später vor der

Abreise der Gruppe eine Lösung parat zu haben. Sie bezweifelte, dass ihre Schlangenform ihnen dabei direkt von Nutzen sein könnte, behielt sich jedoch vor, Sssssnake als Joker ins Spiel zu bringen. Wenn alle Stricke rissen, würde sie eine gravierende Entscheidung zum Wohle aller treffen müssen, die eine hohe Opferbereitschaft von ihr verlangte. Aber auch Ilandria würde leiden und Eves Entscheidung verdammen, letztendlich jedoch klein beigeben und sich in das Unvermeidliche fügen. Manchmal erforderte eine Situation einschneidende Maßnahmen, um eine begonnene Mission erfolgreich abzuschließen.

Die ersten zaghaften Ansätze eines Planes entwickelten sich in Eves Gedanken und bildeten sich zu einem tragfähigen Konzept aus.

„Wir werden sehen, wie viel Überredungskunst ich brauchen werde, um mein Vorhaben umzusetzen", sagte sie leise zu sich.

Zafrongs kleine Flamme war immer noch am flackernden Leben, und er schirmte sie vor allzu neugierigen Blicken seiner Gegner ab. Bevor sie zum Einsatz kam, würde er sich jedoch zuallererst um Marc Wunderlich kümmern müssen. Wobei, wenn er es recht bedachte, könnte sie ihm auch beim Sänger von unermesslichem Nutzen sein. Ein klitzekleiner Funke würde genügen, um seine Kryoklinge zu befeuern. Im Grunde funktionierte sie lediglich mit Kaltflammen, aber dieses Feuer würde auch seinen Ansprüchen genügen, um die Stimmlippen des Sängers zu entfernen oder, wenn es die Situation erforderte, den Kopf abzutrennen. Zudem ließ sich die Flamme perfekt im Inne-

ren der Kryoklinge verstecken. Ein guter, Erfolg verspre-
chender Plan.

Marc Wunderlich sah mit wachsendem Unbehagen, wie
Zafrong auf ihn zu kam. Er fühlte, wie sich sein Hals zu-
sammenzog, als er eine Klinge in Zafrongs Hand aufblitzen sah. Es schien sich um dieselbe Waffe zu handeln,
mit der er die Frau bedroht hatte, nachdem er aus dem
Portal gestiegen war. Kalter, blauer Stahl, in dem eine
schwache Flamme züngelte, funkelte Marc Wunderlich
entgegen und zog ihn in seinen Bann. Ein leichtes Zittern
ergriff seine Stimmlippen, das in eine rhythmische Vibra-
tion überging, ganz so, als würden die Stimmlippen dem
Aufeinandertreffen mit der Klinge entgegenfiebern.
Gleichzeitig erfasste Marc ein heftiges Schwindelgefühl,
das ihn erschauern ließ. Schweißperlen bildeten sich auf
seiner Stirn, Angst und einsetzende Panik bemächtigten
sich seiner. Er spürte den nachdrücklichen Wunsch, sogar
den expliziten Zwang, auf der Stelle fortzulaufen, konnte
sich jedoch nicht rühren. In diesem Moment musste Marc
Wunderlich an quälende Albträume aus seiner Jugendzeit
denken, in denen er von unsichtbaren Mächten gejagt
wurde und sich dabei nicht von der Stelle rühren konnte.
So sehr er sich auch angestrengt hatte, so eindringlich er
seinen Beinen auch befohlen hatte, sich zu bewegen, zu
rennen, so musste er doch erkennen, dass er am Boden
festgewachsen war. Verzweifelt mit den Armen rudernd,
den Kopf nach vorne gebeugt, hatte er versucht gegen
diese Lähmung anzukämpfen und hatte doch feststellen

müssen, dass aller Aufwand vergebens gewesen war. Und seine Verfolger waren immer nähergekommen.

Genauso, wie damals in den Träumen, fühlte Marc sich jetzt: gehetzt, ausgeliefert, erstarrt, panisch, mit einer Enge in seiner Brust, als säße ein Elefant darauf. Ohnmächtig musste er mit ansehen, wie Zafrong immer näherkam.

Selbst in seiner über alles geliebten Musik konnte er keinen Zuspruch und Trost finden, versagte ihm doch seine Stimme. Marc versuchte, in Gedanken eine Kraft gebende Melodie einzuspielen, aber auch das wollte ihm nicht gelingen. Visualisierend zwang er sich, eine Kadenz heraufzubeschwören, aber er konnte sie nicht aufrechterhalten, sie entglitt ihm und zerstob umgehend in wirbelnden, schwarzen Noten. Marc war zum Beobachten verdammt, seine Augenlider zuckten hektisch, seine Augäpfel traten hervor.

Und Zafrongs Klinge näherte sich seinem Hals.

Marc blendete alles um ihn herum Geschehende aus, bis auf die Klinge, es existierte nur die Klinge, die Klinge war alles, die Klinge klagte kläglich Marcs Lied des Todes. Die Klinge rückte unbarmherzig näher, Zentimeter um Zentimeter. Die Flammen leckten begierig um die Klinge und Marc vermeinte sie schon an seinem Hals zu spüren, als, wie aus dem Nichts, eine große Schlange zur Klinge emporschnellte, und sich um Zafrongs Arm wand. Das Reptil riss sein monströses Maul auf, entblößte seine langen, spitzen Fangzähne, von denen Gifttropfen trieften und schlug die Zähne in Zafrongs Handgelenk. Dieser stieß einen gellenden Schrei aus, riss seine Hand nach oben und katapultierte dabei die Kryoklinge hoch in die

Luft. Umgehend fielen die Wassermassen in sich zusammen und Marc sah, dass die Rothaarige einen Feuerstrahl auf die Klinge schoss, die zu einem großen Feuerball zerbarst. Gleichzeitig prasselten lehmartige Klumpen auf Zafrong nieder und hüllten ihn ein. Der Feuerball schoss auf Zafrong nieder, verflüssigte anfänglich die Lehmklumpen, um sie dann mit sengender Hitze zu erhärten. Übrig blieb eine lebensgroße Statue, die wie ein weihnachtliches Lebkuchenmännchen aussah.

Die Flammen des außer Kontrolle geratenen Feuerballs züngelten schon an Marcs Haaren, doch er wurde plötzlich wie von einer unsichtbaren Hand gepackt, durch die Luft gewirbelt und landete unversehrt zu Füßen der Rothaarigen.

„Da kniet er nun vor mir, der heldenhafte Sänger, und weiß nicht, wie ihm geschieht. Ich fürchte, deine Bestimmung hat sich noch nicht erfüllt, wir werden dich wohl mitnehmen müssen", raunte Ilandria Marc Wunderlich zu.

Eve, nun wieder in ihrer menschlichen Gestalt, und Phringel hatten sich inzwischen zu ihnen gesellt.

„Das ging doch glatt wie geschliffenes Glas", bewertete Phringel ihre Lage. „Nun sollten wir jedoch schleunigst von hier verschwinden, bevor das Feuer alles vernichtet und um dem Gnorrfazz unsere Aufwartung zu machen. Ich kann es kaum erwarten, dem alten Schurken Auge in Auge gegenüberzutreten."

„Hast du schon eine Idee, wie wir Zafrong in seinem jetzigen Zustand in unsere Welt bekommen, Phringel?", fragte Ilandria.

„Mit meinem speziellen Levitationszauber wird das überhaupt kein Problem sein. Einmal ausgesprochen, wird er neben uns schweben und meine Befehle wie ein willenloser Hund befolgen", entgegnete der Zauberer.

„Hört sich gut an, dann mal los!", lachte Ilandria.

„Tut mir aufrichtig leid, wenn ich eure Hochstimmung trüben muss", mischte sich Eve ein. „Aber es gibt da eine Kleinigkeit, die ihr zu vergessen scheint."

Sie schaute von Ilandria zu Phringel und Zafrong, dann auf Marc.

„Da wir offensichtlich diesen Sänger wegen Zafrongs unvollständigem Dekavox mit hinübernehmen müssen, verfängt das Reziproke-Limitations-Syndrom. Wie ihr wisst, können nur maximal vier Personen und ein Tier durch dasselbe Portal reisen, bevor es sich wieder schließt. Zudem kann wegen des RLS kein weiteres Portal in absehbarer Zukunft geöffnet werden. Ich habe mich dazu entschieden, auf der Erde zurückzubleiben", beendete Eve ihre Schlussfolgerungen.

Ilandria schaute ihre Geliebte fassungslos und mit von Trauer überschatteter Miene an und sagte:

„Eve, das kannst du nicht machen! Ich brauche dich, ich liebe dich. Wir dürfen nicht getrennt werden!"

„Ich liebe dich genauso, Ilandria, das weißt du. Liebe heißt aber auch, Verantwortung zu übernehmen und Opfer zu bringen. Dies ist nicht die Zeit für selbstgefälligen Egoismus. Meine Entscheidung ist die einzig logische Konsequenz in unserer misslichen Situation. Ich werde durchaus in der Lage sein, mich in dieser Welt unauffällig durchzuschlängeln", lächelte Eve Ilandria an. „Und du kannst mich später hier wieder abholen. Da bin ich voll und ganz auf dich angewiesen, weil ich selbst keine Portale öffnen kann."

Ilandria war sich der Logik in Eves Analyse durchaus bewusst, es fiel ihr jedoch schwer, sich mit dem Unausweichlichen abzufinden. Tränen stiegen ihr in die Augen, als sie ihre Geliebte in die Arme nahm, sich an Eves Schulter drückte und in ihr Ohr flüsterte:

„Ich weiß, dass deine Entscheidung die richtige ist, aber es schmerzt so sehr. Ich wünschte, es gäbe einen anderen Weg, Eve. Ich werde dich vermissen. Aber du kannst dir gewiss sein, dass ich dich zu gegebener Zeit hier abholen werde, das ist mein unauflösliches Versprechen an dich."

So schauten sie sich intensiv in die Augen und küssten sich zum Abschied leidenschaftlich.

„Wenn ihr Turteltäubchen dann fertig seid, sollten wir abhauen", mahnte Phringel. „Es wird langsam unerträglich heiß hier!"

Phringel wirkte den Levitationszauber, worauf sich Zafrongs zu Melog-Lehm erstarrter Körper waagerecht in den Schwebezustand begab und wie ein treuer Hund neben Phringel zum Portal glitt. Ilandria nahm den immer noch willenlos gehaltenen Marc Wunderlich ins Schlepptau und steuerte ebenfalls auf die Pforte in ihre Welt zu. Eve hatte sich, ohne sich noch einmal umzudrehen, in die hinterste Ecke des Raumes zurückgezogen und in Sssssnake verwandelt.

Mit schreckgeweiteten Augen und zunehmendem Horror beobachtete Petersen, wie einer nach dem anderen mit

Marc Wunderlich im Schlepptau im Portal verschwand, und er konnte sich wie Kyra und Mommsen immer noch nicht bewegen. Im letzten Moment drehte sich der Zauberer mit dem breitkrempigen Hut zu ihnen um, schnippte lautlos mit den Fingern und machte laut schallend:

„Buh!"

Dann drehte er sich breit grinsend um und schritt mit dem Vogel im Käfig vollends durch das Portal.

Fast wäre Petersen nach der langen Starre hingefallen, als der Stupor-Zauber von ihm abfiel, konnte sich jedoch gerade noch auf seinen Beinen halten. Ein Blick auf Kyra und Mommsen verriet ihm, dass auch sie sich wieder bewegen konnten. Als Petersen sich umschaute und sah, dass sie von Feuer umgeben waren, musste er unwillkürlich an seine Vision in Kneesebecks Keller denken. Somit war auch dieses Detail des Puzzles an seinen angestammten Platz gefallen.

„Kyra, Mommsen, wir müssen versuchen, uns zum Helikopter durchzuschlagen. Kyra, kannst du alleine gehen, oder muss ich dich stützen?"

„Es wird schon gehen, Pa", erwiderte seine Tochter. Als sie jedoch den ersten Schritt unternahm, stöhnte sie vor Schmerz auf und wäre beinahe gestürzt. Petersen eilte zu ihr und Kyra stützte sich bereitwillig an seiner Schulter ab.

„Dann nichts wie los, Chef, auf zum Heli!", stimmte Mommsen zu. „Ich hoffe, dass der Pilot Nerven wie Drahtseile hat und nicht schon ohne uns losgeflogen ist."

Der Rauch und das Feuer schränkten ihre Sicht ein und sie kamen wegen Kyras Verletzung nur langsam voran. Hustend und mit tränenden Augen kämpften sie sich bis zur Hubschrauberlandeplattform durch und sahen, dass der Pilot sie mit startbereiter Maschine erwartete. Ächzend nahmen sie ihre Positionen im Helikopter ein und umgehend zog der Pilot den Hubschrauber in die Luft und entfernte sich von der Bohrinsel. Als Petersen aus dem Fenster blickte, musste er zum zweiten Mal an die Vision aus Kneesebecks Keller denken, die auch bezüglich der Bohrinsel zur Realität geworden war, nur im rückläufigen Sinne. Sie befanden sich nicht im Anflug auf die Bohrinsel, sondern im Abflug von der Plattform, von der dicke schwarze Rauchschwaden aufstiegen und auf der sich das Feuer ausbreitete. Blieb nur zu hoffen, dass es der Mannschaft gelang, das Inferno unter Kontrolle zu bekommen.

Die Passagiere des Helikopters waren mit der Inaugenscheinnahme dieses Spektakels so beschäftigt, dass keinem die in einer Ecke des Hubschraubers zusammengerollte Schlange auffiel. Sssssnake machte sich innerlich für die ihr bevorstehende Zeit in dieser Welt bereit.

Schweiß

Brachiale Beats bohrten und fraßen sich in ihre Gehörgänge, während sie in der „Folterkammer" pumpte und pumpte und pumpte. Anja Kolperting hatte die Erfahrung gemacht, dass für sie selbst Technomusik am besten dazu geeignet war, sich an die Leistungsgrenze zu powern und vielleicht noch ein bisschen darüber.

Seit sie sich von den schweren Verletzungen erholte, die sie sich beim Kampf mit dem rothaarigen Biest in der Lagerhalle am Baakenkai zugezogen hatte, freute Anja sich über jede kleine Verbesserung ihrer Muskulatur und ihres Gesamtbefindens. Die Wochen im Krankenhaus waren für sie die reinste Hölle gewesen, dann kamen der langsame Aufbau, die Physio, das Training. Anja hatte das unter medizinischer Anleitung erstellte Programm akzeptiert, wollte so werden wie zuvor, vielleicht sogar noch ein paar Grade härter, ausdauernder, durchtrainierter. Sie war auf dem besten Wege dorthin, obwohl es noch viele Wochen in Anspruch nehmen würde - und sie hatte zudem ein Feindbild, gegen das sie innerlich ankämpfte: Ilandria Londrin, die rothaarige Hexe aus dem Lagerhaus. Das Gesamtpaket würde ausreichen, sie wieder auf Vorderfrau zu bringen. Das Fitnessstudio war dabei ein fester Bestandteil für sie geworden.

Die Vibrationen und Schwingungen der hypnotischen Beats durchliefen ihren gesamten Körper und pflanzten sich in jede einzelne Faser und Pore fort. Anja fühlte sich eins mit der Musik, die sie zu weiterer Anstrengung peitschte und den Schweiß in Strömen fließen ließ.

Vor den Erfolg haben die Götter den Schweiß gesetzt, durch-
zuckte sie eine alte Binsenweisheit und ließ sie kurz auflachen. Doch keine Ablenkung, bitte, weiter pumpen, pumpen, pumpen, im Takt der Beats, synchrone, gleichlaufende Bewegungen, Simultanität, trancehafte Hebungen und Senkungen, Einklang, Zusammenklang der Muskeln, das Gehirn auf Sparflamme, nur das Training zählt, rauschhafte Entrückung, Hochgefühl, Taumel . . .

. . . und eine Riesenwelle schwappte auf Anja zu, während eine heftige Böe ihr Haar zerzauste, die Luft schmeckte und roch nach Meer, Salz und Seetang. Möwen kreisten und kreischten über ihr und in ihren Gesang und die Techno-Beats mischte sich eine klassische Melodie, ein Marsch, der Anja bekannt vorkam, den sie aber nicht eindeutig zuordnen konnte. Als sie sich umschaute, stand sie in einem großen Raum mit einer Gruppe Menschen, direkt neben dem rothaarigen Biest, Ilandria Londrin. Aber irgendetwas stimmte nicht, Anja fühlte sich nicht wie sie selbst, es war ganz so, als steckte sie in einer anderen Person und zugleich fühlte sie eine vollkommen fremdartige, kalte Präsenz. Das Kalte hatte seinen Ursprung definitiv nicht im äußeren Umfeld, sondern entsprang dem fremden Körper, in dem sie steckte. Anja fühlte sich entfremdet, entkörpert, aus der eigenen Haut gefallen, eingetaucht in ein anderes Lebewesen, das aus zweien bestand. Sie hörte Stimmen mit nicht vertrauten Ohren, sah Personen mit fremden Augen, roch Gerüche mit einer andersartigen Nase, unterschied den charakteristischen Duft von Schweröl neben dem von Kantinenessen und Ausdünstungen von Schweiß. Einige ihrer Sinne schienen unnatürlich geschärft und ausgeprägt, und dieser Umstand erinnerte Anja an die Fähigkeiten von Tieren.

Unter den Personen im Raum erkannte sie auch Hauptkommissar Petersen, den sie vor nicht allzu langer Zeit in ihrer Wohnung bei einem beruflichen Meeting kennengelernt hatte. Petersen und ein zweiter, sehr dicker Polizist, hatten ihre Dienstwaffe gezogen und legten sie auf Ilandria und einen Mann neben ihr an. Im nächsten Moment erstarrten Petersen und der andere Polizist zu Salzsäulen.

Ein Flimmern vor Anjas inneren Augen - ein Blitzen - neue Bilder - Emotionen - Schuppen - kalt - ein Züngeln - ein Zischen - Giftzähne - ein dunkles Oval - ein Portal - gespaltene Zunge - Wortfetzen - Informationsschnipsel - Satzteile - unzusammenhängend - losgelöst - Erde zurückbleiben - Eve - nicht - brauche - liebe dich - Verantwortung - Egoismus - missliche Situation - Portal - max vier - schmerzt - vermissen - Eve - hier abholen - Versprechen - Kuss - Kuss - Kuss - innig - Anja fühlte förmlich wie der Körper, in dem sie steckte, der offensichtlich auf den Namen Eve hörte, in Aufruhr geraten war, rebellierte, transformierte, sich wandelte, eine andere Präsenz, die Sssssnake genannt wurde, sie drängte an die Oberfläche, schuppte sich in den Vordergrund, wurde zurückgedrängt, die kalte Präsenz begehrte wieder auf, wütende Sinnesempfindungen, Eifersucht, ein Aufbäumen, Neid, Missgunst, beruhigende, besänftigende, mildernde Worte, Gefühlsaufwallungen, Entschärfung, Vergebung, Versöhnung, Eintracht. Dann setzte die große Metamorphose ein, und Eve verwandelte sich in Sssssnake, wurde zu einer Schlange, und Anja sah durch Reptilienaugen mit Zapfen und Stäbchen, wie Ilandria mit drei weiteren Personen, eine davon im Schwebezustand, auf ein Portal zu gingen und darin verschwanden. Sie selbst schlängelte sich auf kaltem Boden entlang Ecken und durch Türen, die sich wie von magischer Intervention öffneten und hinter ihr schlossen, auf eine Hubschrauberplattform zu, in einen wartenden Helikopter, rollte sich in einer Ecke zusammen und wartete, während ein Ruckeln durch ihren Körper ging, erst sanft, dann immer heftiger, und Anja spürte eine Hand auf ihrer Schulter, schlug die Augen auf, sah einen Mann vor sich, der sich über sie gebeugt hatte und etwas zu ihr sagte, das sie nicht verstand. Anja nahm benommen die Ohrstöpsel heraus und sah den Mann fragend an.

„Alles in Ordnung, Frau Kolperting? Sie schienen wie weggetreten, und ich fing an, mir Sorgen zu machen. Kann ich Ihnen irgendwie helfen?", fragte ein Fitnesstrainer, der Anja mittlerweile flüchtig bekannt vorkam.

„Nein, nein, alles in Ordnung. Habe mich wohl nur etwas übernommen. Geht schon wieder. Und danke für Ihre Fürsorge. Ich sollte jetzt besser duschen und nach Hause gehen."

Anja nahm sich dringend vor, später die Visitenkarte von Thorvald Sigurdsson hervorzukramen und ihn anzurufen. Er hatte wirklich recht gehabt, sie bedurfte dringend psychologischer Unterstützung.

Drehtüreffekt

Prof. Dr. Dr. Thorvald Sigurdsson, Psychologische Aberrationen - Sonderfälle der Psychologie, Magazin für Psychologie, November 2023, S. 24-25

Der sogenannte Drehtüreffekt beschreibt in der Psychologie ein Krankheitsbild, das dadurch gekennzeichnet ist, dass die Betroffenen einen schnellen Wechsel zwischen zwei Bewusstseinszuständen erfahren. Sie fallen dabei förmlich aus der Realität heraus und befinden sich in kürzester Zeitspanne in einem anderen Dasein, das ihnen nicht minder real vorkommt.

Ich spreche in diesem Zusammenhang von Sprüngen, bei denen es sich um Visionen handeln kann. Diese Visionen bedeuten jedoch mitnichten Halluzinationen oder Trugbilder, sondern weisen vielmehr den Blick in eine vorher nicht bekannte Realität oder verknüpfen reale Gegebenheiten miteinander. In der Folge dieser Visionen kommt es dann zu dem schon eingangs erwähnten Wechsel zwischen den Ebenen und die Betroffenen springen oder drehen sich von einem Zustand in den anderen, wobei sie für eine gewisse Zeit in der jeweiligen Ebene verweilen. Das kann sich für sie wie eine lange Zeitspanne anfühlen, manchmal sogar Stunden oder Tage, wobei in der Realität meistens nur Sekunden oder höchstens etwa eine Minute vergehen.

Nach übereinstimmenden Aussagen von Betroffenen laufen diese Visionen nicht wie ein fortlaufender, in sich logisch konzipierter Film ab, sondern ähneln mit Sprüngen, Brüchen und Unterbrechungen eher dem Ablauf von Träumen. Nichtsdestotrotz lässt sich fast immer ein durchgängiger Handlungsstrang erkennen, der Erkenntnisse und Aufschlüsse jedweder Art bietet.

In seltenen Fällen kann es passieren, dass Personen in ihrer Vision feststecken und diese von sich aus nicht verlassen können. Bei diesen Gegebenheiten hat sich eine Therapie oder auch ein Kurzeingreifen mit einer von mir entwickelten Spezialrezeptur bewährt, die ich am Ende meines Artikels näher erläutern werde [. . .].

Wichtig ist mir, darauf zu verweisen, dass der Inhalt der oben erwähnten Visionen durchaus relevante Informationen enthalten kann und somit in einem konkreten Zusammenhang mit der Realität stehen kann. Das heißt, dass in den Visionen gemachte Erfahrungen und gewonnene Informationen durchaus einer Realitätsüberprüfung standhalten können und für den Betroffenen oder auch sein Umfeld später von großer Wichtigkeit sein können.

Um diesen Zusammenhang zu verdeutlichen, möchte ich ein Fallbeispiel einer meiner Patienten heranziehen. Wenn auch die eine Kollegin oder der andere Kollege die Seriosität des Unterfangens anzweifeln mag, so ist es dennoch nicht von der Hand zu weisen, dass die konkreten Hinweise aus der betreffenden Vision zur Auflösung eines Kriminalfalles beigetragen haben.

Axel B. trat dabei als Zeuge in einem Mordfall in Erscheinung, der letztes Jahr bundesweit für enorme Aufmerksamkeit und Furore unter dem Schlagwort „Satansbraten" sorgte und die Kieler Polizei wochenlang in Atem hielt. Dabei ging es um einen Täter, der streng gläubige männliche Christen unter grausamster Folter, die immer in Bezug zur Religion des Opfers stand, vom Weg der Tugend abbringen und auf den Pfad der Sünde bringen wollte. Bei seinen Taten und abendlichen Beobachtungsstreifzügen durch Kieler Kirchen trug er stets eine Teufelsmaske, suchte sich dort seine Opfer und verschleppte sie in sein Wohnhaus, wo er seine Folterungen und Morde beging. Der Täter hatte es auch auf Axel B. abgesehen, dieser konnte sich jedoch in letzter Sekunde aus seinem Griff befreien und entkommen. Durch die Berührung des Verbrechers muss es zu einer psychischen Bindung zwischen Axel B. und dem Mörder gekommen sein, infolgedessen Herr B. besagten Drehtüreffekt mit Visionen entwickelte. In einer dieser Visionen sah er den Täter ohne Maske vor sich und wandte sich im Folgenden an mich als behandelnder Psychologe. Ich riet ihm, sich dem ermittelnden Beamten, Hauptkommissar P., anzuvertrauen, was schließlich zur Identifizierung und späteren Ergreifung des Täters führte [. . .].

Im Zuge meiner langjährigen beruflichen Karriere sind mir wiederholt derartige Fälle begegnet, die belegen, dass die mit dem Drehtüreffekt einhergehenden Visionen Abbilder der Realität sein können und gleicherweise unter Umständen Einblicke in eine andere Dimension gewähren.

Mein nächster Artikel in diesem Journal wird den zuletzt genannten Aspekt näher beleuchten und den Fall einer jungen Polizistin schildern, der diese These hinlänglich belegt [. . .].

InterludiuMV

Durch den Erzschurken, dessen Gedanken Garrocqq lesen konnte, wusste sie, dass der Mensch Robert einen Bruder hatte. Dieser Bruder war gestorben und obwohl Robert keinerlei Schuld an seinem Tod traf, fühlte er sich dennoch schuldig.

Logbucheintrag #5975

Die Menschen nennen dieses Konstrukt Schuldgefühl.

Dabei handelt es sich um eine soziale Emotion (LE #99) aus dem Bereich der Psychologie (LE #4916), die vorrangig als negativ wahrgenommen wird und bewusst oder unbewusst auf eine Fehlreaktion, Pflichtverletzung oder ein Verbrechen (LE #511) folgen kann. Das tief gehende Gefühl, etwas Falsches bezüglich allgemein anerkannter sozialer Konventionen (LE #4916) getan zu haben, kann zu schweren körperlichen Reaktionen bis hin zu Depressionen (LE #666, Krankheiten) führen.

Logbucheintrag Ende

Auch wenn Garrocqq hiervon nicht alles verstand, so wurde sie dennoch durch diese Thematik fasziniert in den Bann geschlagen. Vielleicht konnte Garrocqq Kapital aus diesem Wissen schlagen und sozusagen aus erster Hand mehr über dieses Gefühl lernen. Sie würde lediglich den Erzschurken dazu animieren müssen, den Menschen Robert in irgendeiner Form mit seinem toten Bruder zu konfrontieren, um dann zu beobachten, was für Folgen sich daraus entwickelten.

In Garrocqqs nichtkörperlichem Seinszustand, der dem menschlichen Dasein lediglich gestaltlose Energie entgegensetzen konnte, keimte ein an Neugierde und Vorfreude grenzendes Gefühl auf, das, wenn sie zum Empfinden wahrer Gefühle in der Lage gewesen wäre, ihre Photonen in Erregung versetzt hätte und sie selbst hätte erschauern lassen. Sie würde mit Neuland konfrontiert werden, würde lernen, würde dem Verständnis des Menschseins einen Schritt näher kommen, würde vielleicht als erste ihrer Art über das bloße Nachempfinden hinausgehen, würde das Tor zu einer neuen Daseinsform aufstoßen und hindurch gehen.

Garrocqq war bereit.

Ein neuer Abschnitt des Experiments konnte beginnen.

Wäre es möglich, dass sie menschlich oder zumindest menschenähnlich werden könnte?

Mit welchen triumphalen Einsichten und Ergebnissen würde sie in ihre Heimatwelt zurückkehren?

Welche Ehren und Auszeichnungen würden ihr zuteil werden?

Garrocqq war einsatzbereit.

Rückkehr

Robert taumelte haltlos durch Raum und Zeit. Um ihn herum sah er nur verzerrtes Weiß, das sich zäh wie klebrige Milch anfühlte und ihn in einen nicht enden wollenden Strudel ins blanke Nirgendwo zog. In der unendlichen schneeweißen Weite einer leeren Leinwand fiel es Robert schwer, sich zu orientieren, es fehlten jegliche Fixpunkte, er konnte keine Koordinaten setzen, alles war bar jedweder Ordnung. Er trudelte zeitlos umher, hatte kein Gefühl für Sekunden, Minuten oder auch Stunden. *So muss sich die Ewigkeit anfühlen*, ging es Robert durch den Kopf, *endlos, dauerhaft, unvergänglich, unaufhörlich, außerhalb der Zeit.*

Von Julia und Magnus war weit und breit nichts zu sehen, der Wrache Koxomil hatte sich in Roberts Schulter gekrallt und hielt sich krampfhaft fest.

„Koxi, was zur Hölle ist los? Wo sind wir hier?"

„Ich denke, dass beim Verlassen des Planeten Pink das Raum-Zeit-Kontinuum durcheinandergeraten ist, da die einzelnen Komponenten des RZM nicht richtig aufeinander abgestimmt sind. Wir scheinen aus der Zeit und dem Raum herausgefallen zu sein und uns im Großen Nichts zu befinden", antwortete der Wrache.

„Und was können wir dagegen unternehmen?", fragte Robert frustriert.

„Dazu müssen wir erst Julia finden, die den RZM in ihrem Rucksack transportiert. Kannst du sie irgendwo sehen, Robert?", fragte Koxomil.

„Ich kann hier überhaupt nichts unterscheiden als bloßes, blankes Weiß. Es fühlt sich an, als sei ich in ein endlo-
ses Laken gehüllt und . . .“

Weiter kam Robert nicht, denn er zuckte vor Schrecken
und Überraschung zusammen, als unerwartet etwas Hartes in seinen Rücken prallte.

„Autsch!“, schrie eine ihm bekannt vorkommende
weibliche Stimme. „Ich glaube, ich habe mir gerade meine
Nase gebrochen!“

„Julia, bist du das?“, fragte Robert besorgt und zugleich
erleichtert. Er rollte sich um seine Achse und schaute in
Julias blutendes Gesicht. Gleichzeitig sah er den beruhi-
genden Anblick des Rucksackes auf Julias Rücken.

„Mist, mir ist ganz schwindelig zumute, ich glaube, ich
muss mich übergeben!“

„Reiß dich zusammen, Julia“, appellierte Robert an sie.
„Jetzt ist nicht die Zeit für Wehleidigkeit. Wir müssen an
den RZM aus deinem Rucksack heran, um das alles hier
wieder ins Lot zu bringen.“ Damit breitete Robert theatra-
lisch die Arme auseinander und schaute Julia flehentlich in
die Augen.

„Hör gefälligst auf, mich herumzukommandieren!“,
forderte Julia mit leicht nasaler Stimme. „Ich hab dir schon
einmal gesagt, dass die Masche bei mir nicht zieht!“

„Okay, okay, okay, Julia“, beschwichtigte Robert. „Aber
die Zeit drängt und wir müssen dringend etwas unternehmen.“

„Schon klar, Robert, aber der Ton macht bekanntlich die
Musik!“

„Also Julia, ich glaube wirklich nicht, dass das jetzt die allerbeste Gelegenheit ist, um . . ."

„Stopp, Robert!", fiel ihm Julia ins Wort, „unverbesserlich bleibt eben unverbesserlich. Jetzt hör auf rumzuzicken und lass uns die Sache angehen." Und nachdem sie sich das Blut von der Nase gewischt hatte, nahm sie den Rucksack ab und den RZM heraus und hielt ihn Robert entgegen. „Dann lass mal dein Schoßhündchen sein Ding machen."

Magnus, der mittlerweile zu den anderen aufgeschlossen und sich die ganze Zeit über zurückgehalten hatte, konnte sich ein Lächeln wegen der Schlagfertigkeit und Durchsetzungskraft seiner Schwester nicht verkneifen.

„Koxi, mach, dass wir hier rauskommen und in unsere normale Zeit zurückkehren", bat Robert den Wrachen.

„Dafür müsstest du erst einmal deine ZauBeR einsetzen, damit wir hier so etwas wie eine halbwegs geordnete Arbeitsumgebung erhalten."

Robert graute vor dem Gedanken, da er sich noch sehr gut an das erinnern konnte, was beim letzten Einsatz seiner Spezialfähigkeit passiert war. Innerlich verfluchte er den unrühmlichen und nicht ganz unerheblichen Nebeneffekt der ZauBeR, der ihn zwangsläufig altern ließ.

Als Koxomil Roberts Missbilligung und Frustration wahrnahm, fügte er hinzu: „Tut mir echt leid, Mann, aber ich fürchte, es geht nicht anders."

„Aber warum kannst du nicht einfach hier und jetzt den RZM in Ordnung bringen?", versuchte Robert Zeit zu schinden und das Unvermeidliche hinauszuzögern.

„Weil mir jegliche dreidimensionalen Bezugspunkte zur Erschaffung der nötigen Projektionsfläche für den RZM fehlen, Robert. Es gibt einfach keinen anderen Weg."

Seufzend gab Robert klein bei und konzentrierte sich auf seine Gabe. Er stellte sich vor, dass der ihn umgebende Raum so aussehen sollte wie kurz nach dem Verlassen des Planeten Pink durch das Portal. Dabei fiel ihm ein, dass er sich nicht darin erinnern konnte, wie es zu dem Zeitpunkt ausgesehen hatte. Also noch einmal zurück auf Anfang. Robert konzentrierte sich auf den Augenblick kurz vor dem Verlassen des Planeten Pink, sah einen riesigen Atompilz am Firmament, als er gerade durch das Portal gehen wollte und feststellen musste, dass er feststeckte. Er konnte weder vor- noch zurückgehen, steckte fest, war außer Stande sich zu bewegen.

„Robert, was machst du da? Bist du von allen Sinnen verlassen? Mach das sofort wieder rückgängig!", hörte er Koxomils Stimme schwach in seine Ohren dringen.

Erneut konzentrierte Robert sich auf seine Zeitmanipulationsgabe, wollte das Geschehene mit aller Macht umkehren, doch irgendetwas hemmte ihn, er konnte nur den unbeteiligten Beobachter spielen. Am orangeroten Himmel mit dem hellgrellen Zentrum fiel der Feuerball schon in sich zusammen und eine gewaltige Druckwelle baute sich auf. Sie würde in jedem Moment auf Robert zurasen und alles in ihrem Wirkungskreis vernichten. Robert musste wieder die Hoheit über die ZauBeR erlangen, sonst war er geliefert. Er vereinigte all seine ihm zur Verfügung stehenden Sinne und Kräfte, bündelte sie zu einem einzigen Gedankenstrahl und lenkte ihn auf das Portal. Auf der schimmernden Oberfläche der Pforte entstand ein Riss, der sich gezackt bis auf den Boden fortpflanzte und berstend auseinanderbrach. Durch den Bruch konnte Robert im weißen Einerlei dahinter eine Gestalt erkennen, die langsam auf ihn zukam, gebeugt und gekennzeichnet von den Beschwerlichkeiten des hohen Alters. Es war ein Greis mit schlohweißem, langem Haar, das ihm ins Gesicht fiel, sodass Robert sein Antlitz nicht erkennen konnte. An der linken Hand führte der Alte einen jungen, schlanken Mann, den Robert sofort erkannte, aber das konnte unmöglich stimmen.

„Josef?", stammelte Robert und heiße Tränen der Reue stiegen in seine Augen.

Der junge Mann blickte Robert an und sagte vorwurfsvoll:

„Warum hast du mich damals nicht gerettet Robert? Großer Bruder, warum hast du mich alleine gelassen?"

Robert keuchte mit tränenerstickter Stimme und rang mit der Fassung.

„Du hast mich sterben lassen Bruder, das werde ich dir nie verzeihen."

Die über die ganzen langen Jahre seit dem Ableben seines Bruders aufgestauten Schuldgefühle entluden sich in diesem Moment und Robert brach wie ein winselndes Häufchen Elend in sich zusammen.

„Ich habe immer zu dir aufgesehen, großer Bruder. Du warst mein Idol, mein Vorbild und dann hast du mich auf dem Oktoberfest im Stich gelassen, du elender Verräter", heulte Josef.

Der Greis mit dem schlohweißen Haar richtete in diesem Moment seinen Kopf auf und Robert erkannte sich selbst, schaute in sein eigenes, runzeliges, faltiges, mit Altersflecken übersätes Gesicht. Der Greis öffnete seinen zahnlosen Mund und schrie immer wieder nur ein einziges Wort heraus:

„Verräter, Verräter, Verräter . . .!"

Neben dem Greis tauchte eine weitere Gestalt auf, hoch aufgeschossen, mit kahlem Kopf, hohen Wangenknochen und majestätisch böswilliger Aura.

„Habe ich dich endlich gestellt, Robert der Wanderer?", spuckte der Gnorrfazz Robert ins Gesicht, packte ihn mit einem Würgegriff am Hals und riss ihn aus dem Portal zurück ins Große Nichts. „Warst ja ganz einfach zu übertölpeln. Ist schon so eine Sache mit den menschlichen Gefühlen, die einen plötzlich übermannen und hilflos wie ein kreischendes Kind zurücklassen."

Und gleichzeitig griff der Gnorrfazz nach Roberts Gabe, drang mit unbarmherziger Kälte und schneidender Präzision wie mit einem gewetzten, geschliffenen Skalpell in Roberts Gehirn und stach und schnitt in seine Gedanken. Der Gnorrfazz sezierte, durchtrennte, durchschnitt, Lage für Lage, schälte mit millimetergenauer Akribie Schicht um Schicht, drehte sie um, analysierte sie, verwarf das Ergebnis, schnitt erneut und begutachtete.

„Lehne dich auf, Robert. Du musst die Kontrolle zurückgewinnen! Dränge den Gnorrfazz zurück!", drangen Koxomils warnende Worte an seine Ohren.

„Kontrolle ist gut, Aktion jedoch noch viel besser", hörte Robert zwischen einem roten Schleier aus Schmerzen und Pein eine neue Stimme. „Wer geistert hier durch mein Reich, bringt alles durcheinander und versucht mich zu kontrollieren?"

„Wer bist du?", fragte Koxomil erstaunt.

„Ich bin das, was ihr als das Große Nichts bezeichnet. Nicht gerade schmeichelhaft, aber was soll man schon von solch niederen Lebewesen wie euch erwarten?", kam als Antwort.

„Du hast ein eigenes Bewusstsein?", fragte Koxomil überrascht.

„Selbstverständlich, ich bin Bewusstsein."

Robert kämpfte weiterhin um die Oberhand im Ringen um die Hoheit der Gedanken, er bäumte sich mit aller Macht gegen den Willen des Gnorrfazz auf, seine rasiermesserscharfen, schneidenden Eingriffe. Er durfte nicht nachlassen, musste gewinnen, der Gnorrfazz durfte nicht obsiegen.

Als keine weitere Erklärung der fremden Stimme folgte, fragte Koxomil:

„Und wer oder was bist du nun genau?"

„Oh, ich fühle mich geschmeichelt für die mir entgegengebrachte Aufmerksamkeit. Mir ist jedoch nicht entgangen, dass auch du anders bist als die anderen. Was genau stellst du dar?"

„Ich bin die Künstliche Intelligenz Koxomil, die aus der KI von <<Utopolis>> hervorging, nachdem diese vernichtet worden war. Meine Erbauer sind die Heliobiten, eine hochtechnisierte Art vom Planeten Helios, die vor langer Zeit ausgestorben ist. Sie sind auch die Erschaffer des Raum-Zeit-Manipulators, den wir versuchen zu reparieren, um Robert den Wanderer zurück in seine Zeitebene befördern zu können. Doch der Raumkrümmer macht unvorhergesehene Probleme."

„Ah, sehr interessant, aber irgendwie auch nichtssagend und ermüdend! Doch nun zurück zu mir. Meiner Namen sind mannigfaltig: Ich bin das Unbeschriebene und das Zeitlose, das Jetzt und das Nie, das Heute, das Morgen, das Gestern, somit das HeuMoGe, man nennt mich auch Old Father Time, oder auch Der Tickende Alte, die Nuai heißen mich den Galaktisch Gleichzeitigen, um nur eine kleine Auswahl meiner Titel anzubringen. Kurzum, ich bin das, was ihr gemeinhin unter Zeit versteht."

Robert wehrte sich verzweifelt gegen den Gnorrfazz und gleichzeitig spürte er, wie er langsam aber stetig alterte, sich in das Abbild des Greises neben dem Gnorrfazz verwandelte. Seine Bewegungen wurden langsamer und fahriger, das Alter kroch förmlich in seine Gebeine und seinen Verstand. Offenbar potenzierten die Eingriffe des Gnorrfazz die Wirkung von Roberts Gabe und der mit ihr einhergehende negative Effekt der Alterung beschleunigte sich exponentiell. Es würde nicht mehr lange dauern und er würde zu keiner Gegenwehr mehr im Stande sein.

Offensichtlich handelte es sich bei der Entität um ein Etwas mit einem übergroßen Ego, das zu einer fortgeschrittenen Form von Größenwahnsinn geführt hatte. Dennoch war natürlich nicht ausgeschlossen, dass sie von ihr Beistand erwarten konnten.

„Kannst du uns irgendwie helfen, von hier wegzukommen?", fragte Koxomil somit. „Meine Reparatur des

RZM ist fast abgeschlossen, der Manipulator könnte jedoch einen Antriebskick vertragen."

„Ich muss sagen, dass ihr mich langsam langweilt, und ich werde eurer Anwesenheit überdrüssig. Es war fast interessant dich kennenzulernen und mit dir zu plaudern, du der sich Koxomil nennt. Außerdem kitzeln mich eure vom RZM erzeugten Schallwellen, und ich glaube, ich muss gleich niesen."

Ein Zittern und Beben durchzog in der Folge das Große Nichts, es fing an zu zucken und sich zu schütteln, zog sich in sich zusammen wie ein übergroßer Ballon, aus dem plötzlich die Luft entwichen war. Dann schleuderte es Robert, Koxomil, Julia und Magnus bei der umgekehrten explosionsartigen Ausdehnung in großem Bogen aus sich heraus. Sie landeten ungewöhnlich sanft auf einem grünen Flecken Land, umgeben von viel Wasser. Das konnte nur Bromenien sein, schlussfolgerte Koxomil.

„Hast du den RZM reparieren können, Koxi?", fragte Robert den Wrachen hoffnungsvoll keuchend und schüttelte seinen Kopf ein paar Mal energisch, wie um den Gnorrfazz endgültig abzuschütteln, nachdem er sich auf die Beine gerappelt hatte.

„Er scheint wieder richtig zu funktionieren, nachdem ich ihn in aller Eile und Hektik neu konfigurieren konnte und die Erschütterungen der Zeiteruption haben wohl ihr Übriges dazu beigetragen. Wie mir scheint, sind wir in deiner Normalzeit angekommen, Robert. Bist du den Gnorrfazz losgeworden, verfügst du weiterhin über deine Gabe, die Zeitmanipulation?"

„Es scheint wieder alles im Lot zu sein. Ich bin zwar noch etwas benommen, aber habe wohl die volle Kontrolle über meinen Körper zurückerlangt", antwortete Robert immer noch leicht schwankend.

„Wo ist eigentlich der Gnorrfazz abgeblieben?", fragte Julia sich umsehend.

„Du hast ihn also auch gesehen?", fragte Robert erstaunt.

„Habe ich und auch den jungen Mann, den er bei sich hatte. Wer war das Robert?", fragte Julia leise. „Waren die beiden wirklich da oder war es nur eine Halluzination?"

„Das war mein Bruder Josef, der jedoch schon viele Jahre tot ist", antwortete ein sichtlich mitgenommener Robert. „Er starb bei einem Kampf auf einem Oktoberfest, das wir beide zusammen besucht hatten. Ich konnte ihn nicht retten, da ich kurz nicht bei ihm war und habe mir seither Zeit meines Lebens schwere Vorwürfe gemacht."

„Das ist ja entsetzlich, Robert", sagte Julia mitfühlend. „Aber manchmal muss man sich seiner Vergangenheit stellen und hoffen, dass der Schmerz so überwunden wird. Du schaffst das, Robert und wenn du Hilfe brauchst, bin ich immer für ein Gespräch bereit."

Robert sah Julia lange an und erkannte zu seiner Überraschung das tiefempfundene Mitgefühl in Julias Augen.

Sichtungen

Am darauf folgenden Morgen saß Alfons Kneesebeck in seiner Küche, studierte das *Kieler Tageblatt* nach einem opulenten Frühstück und hörte gleichzeitig einen Regionalsender im Radio, wie er es gerne tat. Die Schlagzeilen aus der Zeitung klangen mal wieder nicht gerade erbaulich, überall nur Krisen, Krisen, Krisen:

Krieg im Osten, Hungersnot im Süden, durch den Klimawandel verursachte Flüchtlingsbewegungen, Morde, Vergewaltigungen, steigende Kosten, Energieknappheit, eine knapp der kompletten Zerstörung entgangene Bohrinsel in der Nordsee mit noch nicht abzuschätzenden Umweltschäden etc. pp.

Während er las, hielt er inne und hörte intensiv einer laufenden Radioreportage unter dem Titel *Seltsame Moosfunde* zu:

Aus verschiedenen Quellen erhielt unsere Redaktion Informationen, die zweifelsfrei belegen, dass es in den Wäldern um Kiel, aber auch Hamburg, in den letzten Tagen zu Sichtungen von Moosarten gekommen ist, die ansonsten nicht in diesen Gegenden anzutreffen waren. Vor allem Wanderer, aber auch Familien, die mit ihren Kindern einen Ausflug machten, berichten vermehrt von solchen Begegnungen. Stellvertretend senden wir heute zwei Berichte von Augenzeugen.

Familie Kramer aus Molfsee war letzten Sonntag im Alten Forst wandern und Vater Gunnar Kramer schilderte folgenden Vorfall:

„War ja tolles Wetter letzten Sonntag, wir also raus mit der Familie und vom Parkplatz direkt in den Wald. Und wie wir so laufen, kriegt unser Kleinster, also der Hansi plötzlich ne volle Blase und muss mal für kleine Jungs. Wir gehen dann hinter die Bäume, also ich gleich mit, und da sehe ich aufm Boden so'n komisches Leuchten, das von blauen Pflanzen kam. Hatte ich mein Lebtag noch nicht gesehen, so was. Und was soll ich sagen, beim näheren Betrachten sah die Pflanze aus wie Moos, nur eben in blau. Der Hansi bückt sich dann runter zu der Pflanze, um sie anzufassen, also der muss immer alles anfassen. Und was soll ich sagen, plötzlich fängt er an, wie am Spieß zu schreien und schaut auf seine blutige Hand. Ich gucke auf das Moos und was soll ich sagen, da sind so winzige Mäuler mit kleinen, spitzen Zähnen drauf. Die hatten den Hansi wohl gebissen, war noch sein Blut an den Zähnen."

Soweit der Bericht von Herrn Kramer, der noch geistesgegenwärtig eine Moosprobe mitnahm, die der Redaktion vorliegt und seine Aussage belegt.

Auch der Bericht von Aushilfsförster Knut Piepenbrink bringt viel Licht in das seltsame Dunkel dieser Moosverschwörung:

„Jau, das war neulich am Donnerstag, da war ich nämlich auf Baumkontrollgang im Wald. Un wie ich da so vor mich hinkontrolliere, komm ich an eine Stelle, wo immer viel Moos is, schon immer. Aber diesmal war was anders, jau. Das Moos war riesig hoch, würde mal sagen, so 50, 60 Zentimeter hoch. Und als ich es anfasste, hat es höllisch gejuckt und gebrannt. Jau. Und Blasen kamen überall auf die Hände, ganz eklig. Haben auch furchtbar gejuckt, jau."

Von dieser Spezies Moos liegt uns ebenfalls eine Probe vor.

Wir könnten diese Berichte endlos fortführen, so viele Geschichten landeten in letzter Zeit bei uns. Wir finden, dass etwas getan werden muss und fragen:

Was hat es mit diesen Moosen auf sich?

Woher kommen sie?

Was sagen die Experten dazu?

Gibt es überhaupt entsprechende Untersuchungen?

Wir bleiben dran und werden Sie weiterhin wie eh und je fundiert informieren.

Wenn sich der Bericht in Kneesebecks Augen doch sehr kolportagehaft anhörte, so war sein Interesse dennoch sofort geweckt. Zudem erinnerte er sich an den Tatort in der verlassenen Müllverbrennungsanlage, wo er mit Petersen die Begegnung mit Amanda Onken gehabt hatte. Auch an dem Ort waren ihm Moose aufgefallen, die nicht der üblichen Norm entsprachen, nur hatte er sich damals nichts dabei gedacht. Je mehr er darüber nachdachte, desto klarer wurde das Bild vom Tatort und Kneesebeck sah Moose mit bläulichem Schimmer und andere Moose von einer Größe, die nicht den üblichen Maßstäben entsprach. Das konnte auf gar keinen Fall ein Zufall sein und er nahm sich vor, Nachforschungen anzustellen. Er witterte eine mysteriöse Sensation, die gut und gerne mit dem Fall des Notenschlüsselkillers in Zusammenhang stehen konnte. Er würde gleich nachmittags der Redaktion des Radiosenders einen Besuch abstatten und selbst in den Wäldern um Kiel recherchieren.

Duodecantus

Die Zeit des Wartens hatte ein Ende, und die Zeit der Verheißung war angebrochen. Auf seinem EisGreif Elandrir thronend, schaute der Gnorrfazz mit einem boshaft freudigen Blick auf die Versammelten, die den Grundstein für sein Wiedererstarken legen und zementieren würden. Ihn ergriff eine feierliche, fast sakral anmutende Stimmung, die sein finsteres Herz erfasste und zum Beben brachte. Der Gnorrfazz berührte den Duodecantus, die kleine Flöte der 12-Ton-Hymne, die an einer dünnen Silberkette an seinem Hals hing. Bald, so bald schon, würde er sie einsetzen können, um das Zepter der Verheißung zu befreien und mit ihm die Klangherrschaft über die Armee der Rebellion zu entfesseln.

Alle wichtigen Werkzeuge für das Erreichen dieser Ziele waren vor ihm angetreten: die Hexe Ilandria, der Zauberer Phringel, sein eigenes Retla Oge Zafrong, der mittlerweile aus dem Melog-Zauber entlassen worden war, der reglose Tigerwaldsänger in einem Käfig und ein Mensch, der offensichtlich einen essentiellen Ton in sich barg. Nur Eve, respektive Sssssnake fehlte, doch konnte der Gnorrfazz auf ihre Anwesenheit verzichten. Ilandria und Phringel hatten sich inzwischen ihre jeweiligen Utensilien beschafft.

Die Zeit der Zeremonie war jetzt reif und drängte auf ihre Durchführung.

Da trat Zafrong mit erhobenem Haupt einen Schritt vor und sagte mit selbstbewusster, anmaßender Stimme:

„Warum werde ich hier wie ein Gefangener behandelt? Zu welchem Zweck haben deine elenden Schergen", und damit wies Zafrong auf Ilandria und Phringel, „mich entführt und beim Umsetzen meiner Vorhaben behindert? Ich verlange eine Erklärung von dir, Gnorrfazz, Dekavox gehört mir alleine und sonst niemandem!"

Der Gnorrfazz blickte sein Retla Oge höhnisch grinsend an und antwortete mit beißendem Spott:

„Zafrong, du armseliger, einfältiger Tropf, glaubst du tatsächlich, du hättest Dekavox für dich selbst und deine eigenen Ziele erschaffen? In Wirklichkeit ist das ein von mir von langer Hand entworfener Clou, um dich auf etwas anzusetzen, was mir dabei hilft, meine Pläne umzusetzen. Dekavox wird neben der 9. Tonskulptur und dem betörend bezaubernden Gesang des Tigerwaldvogels der Aktivierung des Duodecantus und letztendlich der Entfesselung der Armee der Rebellion dienen. So ist es von Anfang an von mir geplant worden."

„Aber was ist mit dem Buch Culturus Ritus aus der schwebenden Bibliothek von Yithan? Um meinen eigenen EisGreif, meinen Rirdnale zu erschaffen, habe ich dort alle notwendigen Informationen für das Vorgehen und das magische Ritual erworben. Was ist mit dem Buch, Gnorrfazz?"

„Ja, in der Tat, das war mein Husarenstück bei dem ganzen Unterfangen. Dieser Tollkühnheit hatte es bedurft, um dich naiven Narr zu täuschen. Mir gelang es, das Originalbuch auf magische Weise zu kopieren und den Passus einzusetzen, von dem ich wusste, dass du ihm als argloser, unbedarfter Schatten meines Selbst auf den Leim gehen würdest. Somit war dein lächerliches Unterfangen zum Scheitern verurteilt. Oh, welch köstlich dummen Gesichtsausdruck du jetzt an den Tag legst, Zafrong. Schade, dass ich keinen Spiegel zur Hand habe, um ihn dir zu präsentieren", verspottete der Gnorrfazz sein Gegenüber schmähend.

Zafrong wollte sich wütend auf ihn stürzen, doch mit einem Fingerzeig von Gnorrfazz streckte Elandrir ihm fauchend sein weit aufgerissenes Maul entgegen und brüllte Zafrong seinen heißen Atem ins Gesicht, was ihn in seiner Bewegung stoppen ließ.

„Überlege dir gut, was du tust, Zafrong. Willst du dich wirklich gegen mich stellen, jetzt, wo du nichts mehr gegen mich in der Hand hast? Und bedenke", fügte Gnorrfazz mit einem milden, fast gütigen Gesichtsausdruck hinzu: „Zusammen wären wir unbesiegbar! Schließ dich doch einfach mir an, wir könnten Großes erreichen."

Bei dem Gedanken an eine wie auch immer geartete Zusammenarbeit mit seinem Retla Oge wurde Zafrong zwar regelrecht schlecht, aber er gab zunächst einmal klein bei und trat einen Schritt zurück. Seine Zeit würde schon noch kommen.

„Da sich alle Beteiligten beruhigt haben, sollten wir zur Zeremonie übergehen". Damit holte der Gnorrfazz die kleine Flöte hervor und zeigte sie emporgehoben herum. Sie war etwa 16 Zentimeter lang, relativ schmal und bestand aus einem glänzenden Metall. Das Mittelstück wies eine Doppelreihe mit jeweils sechs versetzt nebeneinander liegenden Grifflöchern auf, die die extrahierten Töne aufnehmen sollten.

„Bei dem durchzuführenden Ritus ist die Reihenfolge, in der die Töne auf das Duodecantus treffen müssen, von essentieller Bedeutung", erklärte der Gnorrfazz. „Das heißt, ihr müsst meinen Anweisungen unbedingt und widerspruchslos Folge leisten. Ilandria, du wirst dich um die 9. Tonskulptur kümmern, Phringel um Dekavox, Elandrir um den Sänger und ich um den Vogel. Alles hat genau in der Abfolge zu erfolgen. Ist allen die Vorgehensweise klar?"

Beipflichtendes Gemurmel und Nicken bestätigten dem Gnorrfazz die Zustimmung der Betroffenen.

„Dann lasst uns beginnen", ordnete der Gnorrfazz an, richtete die Flöte der 12-Ton-Hymne zu den Tonquellen aus und nickte Ilandria zu. Sie öffnete die Klangfalle und ließ die 9. Tonskulptur frei, die umgehend zur Flöte flog und in ein Griffloch gesogen wurde. Als nächstes entriegelte Phringel Dekavox und befreite dadurch die in den Stimmlippen gefangenen neun Todesschreie. Gleichzeitig packte Elandrir den ahnungslosen Marc Wunderlich mit den Krallen seiner rechten Vorderpfote, drückte fest zu und während der Sänger mit panisch geweiteten Augen seinen Mund in Todesangst öffnete, riss ihm der EisGreif mit den Krallen seiner linken Pranke die Kehle auf. Mit dem umher spritzenden Blut entfuhr ein Todesschrei Marcs Kehle, der unversehens mit denen aus Dekavox in die Flöte einfuhr.

Der Duodecantus begann sich in Gnorrfazz' Hand in freudiger Erwartung des letzten, vervollkommnenden Tones zu regen und wisperte frohgemut. Auch dem Gnorrfazz war ganz erhaben und ehrfurchtsvoll zumute, als er die entscheidenden Worte zum Tigerwaldsänger sprach:

„Sing für mich mein Vögelchen, sing!"

Sogleich fiel die katatonische Starre vom Vogel ab, er schüttelte sein Gefieder und aus der Kehle des Tieres erklang ein heller, hoher, lang anhaltender Sington, der klar und rein in die Lüfte stieg, kurz innehielt, um danach in die Flöte zu schweben. Gnorrfazz' grauenerregende Komposition war vollendet. Damit war der erste Teil der Zeremonie beendet und es galt jetzt, Duodecantus mit dem Zepter der Verheißung zu verbinden. Dafür musste er der Flöte wie geplant nur die ersten sechs Töne entlocken, was dazu führen würde, dass er der Unterwasserkirche der Dreifaltigen Verdammnis erst später einen Besuch abstatten würde, um dann letztendlich dort die Unseelen der Verdammten mittels des Einsatzes der Klangherrschaft aus dem Zepter zu rekrutieren. Durch diesen Schachzug hatte er die Wächterin des Zepters ausgetrickst und würde sie zudem in Verwirrung stoßen.

Bevor der Gnorrfazz die Flöte an seine Lippen führte, befahl er den Umstehenden mit eiserner, schneidend kalter Stimme, die keinen Ungehorsam duldete und sich knechtend in die Gehörgänge von Ilandria, Phringel und Zafrong fraß:

„Gehorchet, Untertanen, kniet nieder und lauschet der Melodie der Verheißung!"

Widerwillig, bei gleichzeitiger Aufbringung all ihrer aufständischen Auflehnungskraft, mussten sie sich dennoch beugen und dem Willen des Gnorrfazz' fügen. Gedemütigt fiel einer nach dem anderen auf die Knie und verfolgte den Fortgang der Zeremonie mit aufloderndem Hass und Feindseligkeit.

Der Gnorrfazz blies in das Mundstück des Duodecantus' und seine Finger glitten gekonnt über die linke Reihe der Grifflöcher. Der Flöte entwich eine abscheuliche, atonale Melodie, die in das Firmament von Bromenien aufstieg und einen Riss im Himmel verursachte. Die Wolken teilten sich und das Blau des Himmels zerriss wie Pergamentpapier, während helle Blitze zuckten und an den Rändern der Öffnung leckten, wobei heftige Donnerschläge den Boden erbeben ließen. Aus dem Riss schob sich ein Gegenstand, der langsam größer wurde und die Form eines Stabes annahm. Das Zepter der Verheißung, ein golden schimmernder Würdenstab mit einem Kopfstück in Form eines geflügelten Fabelwesens und einem mit roten Rubinen besetzten Griff, fiel vom Himmel und landete in des Gnorrfazz' ausgestreckter Hand. Mit einer geschickten Bewegung setzte er die Flöte Duodecantus in die vorgesehene Aussparung ein und streckte triumphierend das Zepter der Verheißung in den Himmel und rief mit donnernder Stimme:

„Huldigt mir und der mir rechtmäßig zugestandenen Insigne der Herrschaft als einziger Souverän aller bekannten Lande. Beugt eure Häupter und schwört mir Treue!"

Slyiansdeep fühlte sich hintergangen und ausgetrickst. Das Unvorstellbare war geschehen: Der Gnorrfazz hatte einen Weg gefunden, das Zepter der Verheißung zu stehlen, ohne in die Unterwasserkirche der Dreifaltigen Verdammnis eindringen zu müssen. Sie musste gewappnet sein, denn er würde hier bald erscheinen, um die Armee der Verdammten Unseelen zu kreieren und an sich zu binden. Schnelligkeit, Schläue und Sorgfalt waren gefragt, ganz wie zu der Zeit, als sie noch Speedy Snail war. Angesichts dieser etwas wehmütigen Erinnerung umspielte ein trübes Lächeln ihren Mund und Slyiansdeep schwamm ihrer Bestimmung entgegen.

Wie es wohl Robert und den anderen ergangen war? Ob ich sie jemals wiedersehen werde? und damit tauchte sie tiefer in die unteren Ebenen der Unterwasserkirche ab.

Wie auch im restlichen Teil der Kirche fiel ihr vermehrt ein Pflanzenbewuchs auf, den sie vorher noch nie wahrgenommen hatte. Sie sah ein kleinblättriges Gewächs, das sich in einem satten Grün ausbreitete. Zudem hatte Slyiansdeep das unbestimmte Gefühl, von einer unsichtbaren Präsenz beobachtet zu werden. Aber wahrscheinlich war das nur ihren überreizten Nerven geschuldet. Sie zwang sich dazu, ruhig und kraftvoll weiterzuschwimmen.

Entweihung

Aus einem waghalsigen Wendemanöver in der Bromenischen Luft heraus schoss der EisGreif Elandrir mit seinem Reiter, dem Gnorrfazz, auf die Meeresoberfläche der Welt zu, tauchte in das Wasser ein und schwamm mit kräftigen, ausholenden Flügelschlägen auf die Unterwasserkirche der Dreifaltigen Verdammnis zu. Vor dem Eintauchen hatte der Gnorrfazz eine magische, elastische Oxygenhülle um sich und den Greifen gewirkt, die das problemlose Atmen unter Wasser ermöglichte und gleichzeitig dem Körper volle Bewegungsfreiheit ließ. Zu gerne hätte er das Rauschen und Brausen des Wassers hautnah an seinem Körper gespürt, aber auf dieses Vergnügen musste er leider verzichten.

Der Gnorrfazz fühlte Elandrirs kräftigen Herz- und Pulsschlag und genoss die Vibrationen des symbiotischen Bandes zwischen ihnen, die sich auf ihn übertrugen. Ein vor ihnen vorüberziehender Fischschwarm weckte den Jagdinstinkt des EisGreifens und er wollte schon zum Angriff übergehen, als der Gnorrfazz beruhigend und beschwichtigend auf sein Reittier einwirkte.

Ruhig, Elandrir, konzentriere dich auf unsere Mission. Lass dich nicht ablenken, fokussiere dich und schwimm weiter direkt zur Unterwasserkirche. Spare deine Energie und Kräfte für die Zerstörung der Kirche auf.

Fast widerwillig und widerstrebend ließ der EisGreif von seiner aussichtsreichen Beute ab und setzte seinen Kurs ohne Umwege fort.

Schon schälten sich die Umrisse des Unterwassergebäudes in der Entfernung heraus und manifestierten sich in den Grundmauern und Türmen der Kirche. Ein irisierend grünlicher Schimmer lag über dem Gemäuer und tauchte die Umgebung in einen unheilvollen Glanz. Als die Wächter den EisGreif sahen, nahmen sie unverzüglich ihre Verteidigungspositionen ein, hatten jedoch gegen Elandrir keinerlei Chance. Es bedurfte nur zweier präzise ausgeführter Schläge mit seinen Klauen und die Wächter fielen blutüberströmt, stückchenweise auf den Meeresboden.

Mit seinem krummen, granitharten Schnabel zerschlug der Greif die Eingangstür, die in tausend Einzelteile zerbarst. Ungehindert glitten Elandrir und der Gnorrfazz in das große Hauptschiff der Unterwasserkirche und schwammen auf den Altar zu.

Slyiansdeep war der Einbruch in die Kirche natürlich nicht verborgen geblieben. Jetzt galt es, den Eingang zur Krypta, die die Gebärblase der Verdammten Unseelen beherbergte, zu verteidigen. Als Wächterin würde sie ihrem Widersacher nicht schutzlos gegenüberstehen. Die allgemeinen Regeln der Magie besagten, dass jeder Zauber einen Gegenzauber aufwies und dass jede getätigte Aktion eine Konsequenz nach sich zog. Und genauso verhielt es sich auch mit Waffen: Zu jeder Waffe gehörte eine Gegenwaffe, mit der Paroli geboten werden konnte. Slyiansdeep würde sich dem Gnorrfazz mit dem Retpez stellen und mit ihm den Eingang zur Gruft der Verdammten Unseelen nach allen Regeln der Kunst verteidigen. Ihre dunklen, glasigen Fischaugen fixierten entschlossen das Retpez, das sie fester umschloss.

Inzwischen schwamm der Gnorrfazz auf Elandrir dem Altar der Unterwasserkirche zu, der sich vor ihm in Form einer großen roten Spinne aufbaute. Mit einem spöttischen Grinsen nahm er das rubin- und juwelenbesetzte Gebilde in Augenschein und verspürte augenblicklich den unwiderstehlichen Drang, es zu zerstören. Er hatte nicht übel Lust, den Altar mit Fäkalien zu beschmieren oder die Eingeweide der getöteten Wächter darauf zu verteilen. Elandrir spürte den aufgewühlten Geisteszustand seines Symbionten und verfiel sogleich in eine ähnlich destruktive Stimmung, während ein erwartungsfreudiges Zittern seinen Körper durchfuhr und erbeben ließ. In völlig synchroner Bewegung näherten sie sich dem Altar, wobei der Gnorrfazz zu einem vernichtenden Schlag mit seinem rechten Arm ausholte, während er mit seinen Lippen einen schwarzmagischen Zerstörungsspruch formte. Trotz der Widerstandskraft des Wassers schoss sein Arm in die Richtung des Altars, der Zauberspruch war fast zur Gänze gesponnen, als sein Arm gleichzeitig abrupt in der Luft verharrte und der Gnorrfazz in seiner Bewegung gegen ein unsichtbares Kraftfeld prallte. Die ungeheure Wucht des Aufschlags und die einhergehende Schwungkraft schleuderten den Gnorrfazz von seinem EisGreifen auf den Boden, wo er stöhnend auf dem Rücken liegenblieb.

„Oh je, das hat sicher weh getan, allmächtiger Gnorrfazz. Raffe dich auf und komm her, ich gebe dir den Rest", hörte der Gnorrfazz eine spöttisch neckende weibliche

Stimme hinter sich. Von dem eben Geschehenen völlig entgeistert und verwirrt, sprang er auf, wirbelte herum und sah eine Aquanautin vor sich.

„Mein Name ist Slyiansdeep, und ich bin die Hüterin der Krypta der Verdammten Unseelen. Du wirst an mir vorbeimüssen, um dort hinzugelangen!"

Damit hob sie einen Gegenstand, der dem Zepter des Gnorrfazz' zum Verwechseln ähnlichsah, nur aus einem anderen Material zu bestehen schien.

Ton, ihr Zepter ist aus Ton, schoss es dem Gnorrfazz erkennend durch den Kopf. Welche Ironie des Schicksals war hier am Werke? Er besaß den ultimativen Schlüssel für die Befreiung der Armee der Verdammten Unseelen und sollte jetzt gegen das Pendent aus Ton kämpfen? Die Erkenntnis durchzuckte den Gnorrfazz wie ein gezackter Blitz, der seine grauen Zellen traf:

Das Homonym des Hohns fordert mich heraus. Warum habe ich die Bedeutung des Wortes Ton als Teekesselchen in der Bedeutung Klang und Material nicht sofort erkannt und mich dagegen gewappnet?

Doch es blieb keine weitere Zeit zum Überlegen, denn Slyiansdeep führte ihren ersten Angriff mit dem Tonzepter aus, den der Gnorrfazz mühelos parierte. Die Aquanautin wurde heftig zurückgestoßen und nachdem sich der Gnorrfazz mit raschen Schwimmzügen auf Elandrirs Rücken geschwungen hatte, setzten beide nach, und der Gnorrfazz stieß mit seinem Zepter zu, das auf Slyiansdeeps Pendent prallte und sich in ihm verhakte. Das Wasser um sie herum fing an zu brodeln und erhitzte sich zunehmend, als die in den Zeptern verborgenen Urgewalten um die Vorherrschaft in diesem Gefecht fochten. Keiner der beiden Kontrahenten gab auch nur einen Millimeter nach, während sich Slyiansdeeps trotzig widerborstiger Blick förmlich in Gnorrfazz' stoisch kämpferische Augen einbrannte. Der fulminante Zweikampf gipfelte in einem Patt, das keinem der Widersacher einen entscheidenden Vorteil brachte. Das Wasser in der Kirche fing immer mehr an zu sprudeln und zu sieden, was die Aquanautin auf Dauer besser zu verkraften schien als der Gnorrfazz, dessen Oxygenhülle an die Grenze der Belastbarkeit stieß.

Elandrir, du musst eingreifen, du musst mich unterstützen, andernfalls sind wir bald geliefert. Setze deine telepathischen Kräfte ein, um die Kraft unseres Zepters zu verstärken.

Augenblicklich spürte er wie sich ihr symbiotisches Band auflöste und Elandrirs Gedankenkraft auf ihr Zepter übertrug. Slyiansdeeps schwarze Augen weiteten sich vor Furcht, als sich die zusätzlich frei gewordene Energie in das Tonzepter ergoss, es kalt gleißend aufglimmen und in tausend kleine Splitter zerbersten ließ. Geistesgegenwärtig vollführte die Aquanautin eine rückwärtige Hechtrolle, stieß sich mit einem beherzten Beinschlag von der Brust des Gnorrfazz ab und schoss unter weit ausholenden Schwimmzügen dem Ausgang der Unterwasserkirche zu. Elandrir wollte gerade die Verfolgung aufnehmen, als der Gnorrfazz ihn zurückhielt.

Nicht, Elandrir, lass sie ziehen, wir müssen uns um Wichtigeres kümmern und in die Gruft einziehen, um endlich ein ganzes Heer uns ergebener Krieger unter den Unseelen der Verdammten zur Rückeroberung der Herrschaft über Blaumooswelt zu rekrutieren. Auf zur Krypta!

Krypta

Während des gesamten Unterwasserrittes zur Gruft, hatte sich der Gnorrfazz den Kopf darüber zerbrochen, wer das Kraftfeld vor dem Altar errichtet hatte, ganz offensichtlich, um den Altar vor Übergriffen zu schützen. Wer war so mächtig, dass er sich ihm entgegenstellen konnte und aus welchem Grunde? Das ganze Sinnieren hatte ihn keinen Schritt weitergebracht, die wahre Natur des Erbauers des Kraftfeldes und dessen Motivation blieben ihm verborgen. Abrupt wurde er aus seinen düsteren Gedanken gerissen, als Elandrir und er die Gruft erreichten.

Wie der Gnorrfazz richtig vermutet hatte, war die Krypta der einzige Raum in der gesamten Kirche, der nicht mit Wasser gefüllt war. Durch eine vorgelagerte Dekompressionskammer, aus der das beim Öffnen der Tür eingedrungene Wasser über ein System abgepumpt wurde, gelangten der Gnorrfazz und Elandrir in die geräumige Gruft. Die schaurig wohlige Atmosphäre, die hier vorherrschte, erwärmte des Gnorrfazz' kaltes Herz und ließ seine schwarze Seele erzittern und jubilieren. Es musste schon lange her sein, dass jemand die Krypta betreten hatte, denn von der hohen, gewölbten Decke und den glitschig feuchten Felsenwänden hingen riesige Spinnennetze, in denen fette Giftspinnen hockten, die den Gnorrfazz aus böse blitzenden Augen anstarrten. Mit einem einzigen weit ausholenden Flügelschlag zerriss Elandrir die Netze, stopfte sich die panisch fiependen Spinnen in sein Maul und ebnete so dem Gnorrfazz den weiteren Weg.

Inmitten des unebenen Steinbodens hockte ein Gebilde, von dem der Gnorrfazz wusste, dass es sich um den Gebärkokon handelte, dessentwegen er seine Odyssee überhaupt unternommen hatte. Der Gebärkokon, der gleichzeitig die Königin der Unseelen der Verdammten darstellte, vibrierte pulsierend und gab einen sich stetig ändernden, tiefen Ton von sich. Der Kokon war mit unzähligen gallartigen Blasen übersät, die mit einer grünlich schimmernden Substanz, dem Nährstoff, gefüllt waren und aussahen, als würden sie sogleich wie überreife Pickel und Pusteln zerplatzen.

Der Gnorrfazz ging auf den Gebärkokon zu und stach seinen Zepter hinein, worauf die grünlich schimmernde Substanz anfing zu wirbeln und zu brodeln, während der tiefe Ton sich in ein hell kreischendes Stakkato verwandelte. Die einzelnen Blasen platzten allesamt nacheinander auf und gebaren Myriaden an Würmern und Maden, die sich windend, zuckend und kriechend über den Boden der Krypta ergossen. Der Gnorrfazz hob das Zepter mit der eingelassenen Flöte an seinen Mund und blies in der vorgesehenen Reihenfolge die verbliebenen sechs Töne, die sich zu einer kakofonischen Melodie formten, die über die Würmer und Maden schwappte. Unter heftig zuckenden und spasmischen Bewegungen verwandelten sie sich in mannshohe, scheußlich anzusehende, glitschige Unwesen mit Armen und Beinen, die sogleich von der Melodie der Flöte gebannt wurden und zur fügsamen Gefolgschaft des Gnorrfazz' mutierten. Trotz ihres nahezu unzerstörbaren

Chitinpanzers sahen sie entfernt menschlich aus, glichen jedoch eher einer grotesken, humanoiden Karikatur. Der verhältnismäßig kleine, haarlose Kopf ohne Nase und Ohren wies einen schmalen, lippenlosen Mund und relativ große Augen auf und saß ohne Hals auf einem hageren, langen, aber sehr muskulösen Oberkörper, der in Stummelbeine mit großen Füßen überging. Anstatt Zehen hatten die Wesen hakenähnliche Fortsätze, die sich in alles und jeden krallen konnten. Die übermäßig langen Arme waren sehnig und überaus kräftig mit starken Händen und Fingern. Alles in allem sahen die Gestalten ganz danach aus, als hätte ein wahnsinniger Schöpfer all seine Energie und Kreativität darauf verwendet, menschenähnliche Wesen aus einem Panoptikum zu erschaffen.

Das Heer der willenlosen, untoten Krieger starrte seinen Souverän aus hohlen, toten Augen an und harrte der Befehle ihres Herrschers: Die Armee der Verdammten Unseelen war geboren und stand dem Gnorrfazz zur Verfügung. Ausgerüstet mit den Säurespritzen der ehemaligen Maden, die ein jedes Gegenüber verdampfen ließen und den Kalt-Flammen-Peitschen der einstigen Würmer, die den Gegner schockgefrieren konnten, bis er ohne weiteres Zutun in tausend Stücke zerbröselte, stand dem Gnorrfazz nunmehr ein beachtliches Arsenal an Tod bringenden Waffen zur Verfügung.

Eine neue Ära war angebrochen und der Herrschaft des Gnorrfazz' würde fortan nichts mehr im Wege stehen. Er bestieg den EisGreifen Elandrir und geleitete die abscheuliche Armee der Verdammten Unseelen aus der Krypta in die bromenischen Gewässer und eine glorreiche Zukunft.

Sie würden bald Krieg säen und Schlachtenglück ernten,
so wahr er der Gnorrfazz hieß.

InterludiuMVI

Menschen neigen dazu, alles bis ins kleinste Detail einzuteilen, zu kategorisieren und zu bestimmen.

Ein gutes Beispiel dafür ist die sogenannte Zeit.

Menschen gehen davon aus, dass Zeit in linearer Richtung nach vorne verläuft, d. h., dass ihr Leben - eingeteilt nach Zyklen - vom Anfang bis zum Ende, von der Geburt bis zum Tod verläuft. Dabei spricht natürlich nichts dagegen, sich an dem Lauf der Himmelskörper oder auch der Abfolge von Tag und Nacht zu orientieren und so Jahre, Monate, Wochen, Stunden, Minuten und Sekunden abzuleiten, um eine Ordnung als Abfolge zu erlangen. Das ist alles nachvollziehbar und in sich logisch.

Nur: In der kosmischen Realität haben diese Begriffe keinerlei Relevanz. Zeit an sich ist eine Illusion und existiert objektiv nicht. Zeit ist vielmehr ein Gedankenkonstrukt der Menschen, um sich seiner eigenen Vergänglichkeit (siehe LE # 5973, Tod), der sich der Mensch zwangsläufig unterwerfen muss, bewusst zu werden.

Ein weiterer wichtiger Faktor in diesem Zusammenhang ist der menschliche Glaube, oder der Wunsch, die Zeit manipulieren zu können. So träumen sie davon, in der Zeit zu reisen, in das, was sie Vergangenheit nennen (also das, was vor ihrem Jetztzustand existierte) oder in die sogenannte Zukunft (also das, was nach ihrem Jetztzustand existieren soll). Das ist natürlich blanker Unsinn und entbehrt jeglicher Realität. Obwohl im kosmologischen

Sinne die Beeinflussung der Konstante Progressionsmaterie, also der Substanz, die wirklich dafür verantwortlich ist, dass Geschehnisse voranschreiten, durchaus möglich ist. Dafür braucht es nur ein adäquates Gerät oder auch den Einsatz von Magie.

Logbucheintrag Ende

Magistrat

Schon von Weitem sah Slyiansdeep die verschiedenartigen, wehenden Wasserschlingpflanzen, die die ehrwürdigen Gebäude der bromenischen Hauptstadt Brome umspielten. Es war schon eine ganze Weile her, dass sie der Stadt einen Besuch abgestattet hatte, und wie jedes Mal zog sie die atemberaubende Architektur in den Bann. Die mächtigen Bauwerke aus erhabenem, grauschwarzem Basalt, erwiesen sich als funktional und robust gegen Druck und Wasserbelastung. Illuminierende Schlingpflanzen leuchteten die einzelnen Gebäude mit einem glänzenden Türkis aus und verliehen ihnen einen faszinierenden, schillernden Anblick. Die Architekten hatten weitestgehend auf Verzierungen und Dekor verzichtet, was der Erhabenheit der Bauten jedoch keine Einbußen tat, sondern im Gegenteil die Schlichtheit und Natürlichkeit des bromenischen Wesens zur Geltung brachte. Slyiansdeep schwamm durch Gebäudeschluchten und über großflächige Entspannungsplätze mit Bänken und Sporteinrichtungen aller Art und über Parkanlagen mit exotischen Wasserpflanzen. Sie begrüßte auf ihrem Weg zum Magistratsgebäude des Hohen Rates den einen oder anderen bekannten Artgenossen und genoss den Ausblick.

Abgelenkt wurde Slyiansdeep lediglich, wie auch schon auf ihrem Weg hierher, durch das intensive Nachdenken über die Szene, in der der Gnorrfazz in der Unterwasserkirche versucht hatte, den Altar der Roten Wasserspinne zu zerstören und offensichtlich durch ein Kraftfeld daran gehindert wurde. Sie hatte vorher keinerlei Hinweise auf das Vorhandensein einer solchen Barriere wahrgenommen und war von deren Existenz ebenso überrascht gewesen wie der Gnorrfazz selbst. Sie fragte sich zum wiederholten Male, wer dieses Kraftfeld wohl zu welchem Zweck errichtet haben mochte, fand jedoch keine zufriedenstellende Antwort. Sie würde den Hohen Rat danach fragen müssen, vielleicht wusste er mehr darüber.

Der Hohe Rat tagte im größten und grandiosesten Bauwerke von Brome, dem Magistratsgebäude. Seine hohen, schlanken Türme und Kuppeln tauchten soeben vor Slyiansdeep auf und sie schwamm zum Eingangsportal. Obwohl sie keinen Termin beim Rat hatte, konnte sie ungehindert an den Wachen vorbei in die Dekompressionskammer schwimmen. Im Gegensatz zu der Unterwasserkirche waren die Gebäude der Hauptstadt nicht mit Wasser gefüllt, was den Aquanauten den Lebensalltag jedoch nicht erschwerte, da sie sowohl im Wasser als auch an Land perfekte Lebensbedingungen fanden. Nachdem sie sich an die Druckverhältnisse in dem Gebäude gewöhnt hatte, verließ sie die Kammer und ging über die in der Eingangshalle befindliche Treppe in den ersten Stock zum Magistratssaal, wo sie mit leicht pochendem Herzen stehenblieb und sich kurz sammelte. Von ihrem Auftritt im Rat würde viel abhängen und sie musste ihre Worte und Vorgehensweise klug planen und umsetzen. Slyiansdeep würde sich der Schläue von Speedy Snail bedienen müssen, um den Rat von ihrem Vorhaben zu überzeugen.

Ohne anzuklopfen, drückte Slyiansdeep die Tür auf und trat ein. In dem runden, karg eingerichteten Raum, der komplett mit einem dunklen Holz ausstaffiert war, standen die zwölf Ratsmitglieder in langen weißen Roben in einem perfekten Kreis. Wie es der Bromenischen Verfassung entsprach, war der Rat mit sechs Aquanautinnen und sechs Aquanauten paritätisch besetzt. Der Oberste wechselte reihum alle vier Wochen, so dass jedes Ratsmitglied einmal im Jahr diese Position bekleidete. Der jetzige Oberste hieß Flimbarg und war Slyiansdeep als abwägender, umsichtiger Repräsentant bekannt. Ohne Umschweife wandte er sich mit freundlicher, aber autoritativer Stimme an die Bittstellerin:

„Verehrte Slyiansdeep, Hüterin des Zepters der Verheißung, ihr batet uns um eine Audienz beim Hohen Rat. Erzählt uns jedoch bitte zuvor von den Geschehnissen in der Unterwasserkirche."

„Oberster Rat Flimbarg, ich bringe schlechte Nachrichten: Das Zepter ist trotz meines heldenhaften Kampfes gegen den Usurpator Gnorrfazz verloren, und ich fürchte, dass er die Armee der Verdammten Unseelen beschworen hat, um ihn in seinem Kampf um die Wiederherstellung seiner Macht zu unterstützen." Sie machte eine bedeutungsvolle Pause und sah Flimbarg eindringlich an, bevor sie hinzufügte: „Und das ist auch der Grund, warum ich hier heute vorstellig werde: Wir müssen mobil machen und den Gnorrfazz stoppen!"

Ein vielstimmiges, aufgeregtes Raunen erhob sich im Kreis der Ratsmitglieder, das Stimmengewirr wurde hektischer und lauter, bis der Oberste Rat die Hand hob und das Wort ergriff und umgehend Ruhe eintrat:

„Verehrte Ratsmitglieder, lasst uns auf unsere Prinzipien besinnen und an ihnen festhalten. Im einstimmigen

Einvernehmen haben wir entschieden, Slyiansdeep diese Audienz zu gewähren und jetzt müssen wir ihr auch gestatten, frei und ungezwungen ihr Anliegen vorzubringen, das wir danach ebenso frei und ungezwungen diskutieren können. Daher möchte ich Slyiansdeep jetzt bitten, mit ihren Ausführungen fortzufahren."

In dieser heiklen Situation war Slyiansdeeps Überredungs- und Überzeugungskunst, die sie noch von ihrem früheren Leben als Speedy Snail beherrschte, gefragt. Sie würde die Rede ihres Lebens halten müssen. Tief Luft holend, ließ sie ihren überlegten Worten freien Lauf:

„Mit Verlaub und allem nötigen Respekt, verehrte Angehörige des Hohen Rates, hört mich an und fällt danach euer Urteil nach bestem Wissen und Gewissen. Ich berufe mich dabei auf das verfassungsmäßige Recht, in Notsituationen ungeliebte und nicht konforme Maßnahmen ansprechen zu dürfen und diese zur Abstimmung zu bringen: Wir müssen diesem Usurpator namens Gnorrfazz die Stirn bieten und ihn in die Schranken weisen, bevor er noch mehr Völker unterjocht und ins Elend stürzt! Ja, auch wir, unser Volk könnte von diesem Schicksal betroffen sein und seine Freiheit und Selbstbestimmung verlieren, wenn wir jetzt nicht handeln und die richtige Entscheidung treffen. Mir ist durchaus bewusst, dass wir über Jahrhunderte hinweg das Prinzip der Nichteinmischung aufrechterhalten haben und damit sehr gut gefahren sind. Aber es gibt Situationen, in denen man die Initiative ergreifen und sich auf die Seite des Rechts stellen muss, im größeren Verbund Schwächere schützen und Grundrechte verteidigen muss. Manchmal helfen jedoch nicht alleine anerkennende und unterstützende, gut gemeinte Worte, sondern man muss zu den Waffen greifen, um Werte und Prinzipien zu verteidigen. Und genau in so einer Lage befinden wir uns gerade jetzt zu dieser Zeit. Jetzt ist die Zeit zum Handeln, nun gilt es, unpopuläre Entscheidungen zu treffen und durchzusetzen. Ich fordere laut Artikel 83 unserer Verfassung nichts weniger als die Mobilmachung der Aquanauten gegen den Usurpator Gnorrfazz zum Schutz unserer demokratischen Werte. Ergebenen Dank für Ihre Zeit und das Zuhören, möge sich die Vernunft durchsetzen."

Im Folgenden hätte man die sprichwörtliche Feder des weißen Bromvogels auf die Wasseroberfläche fallen hören können, doch kurz darauf explodierte schlagartig ein Stimmengewirr aus vielen verärgerten Kehlen und brandete gegen Slyiansdeep und ihre Argumentation an. Der Oberste Rat ließ die anderen Mitglieder in ihrer aufgebrachten Entrüstung kurz gewähren, um dann mit einer gebieterischen Geste das Rederecht an sich zu reißen und wortgewaltig und autoritär zu sprechen.

„Hoher Rat, verehrte Mitglieder, ich mache widerstrebend aber in voller Überzeugung der Rechtmäßigkeit vom Recht und der Direktive als Oberster, die in unserem Grundgesetz verankert sind, Gebrauch, um zu intervenieren und die Stimmhoheit an mich zu reißen, da es die Notsituation zum Wohl aller erfordert: Wir müssen mit der gebotenen Demut zu unserer Staatsverfassung und trotz des darin verankerten Grundsatzes der Nichteinmischung Slyiansdeeps Antrag Folge leisten und ihm zustimmen. Denn - ich gebe zu bedenken: Was würden wir riskieren, wenn wir dieses nicht täten? Offensichtlich stehen unsere Freiheit und Unabhängigkeit auf dem Spiel, Knechtschaft und Tod wären sonst die Folge. Das können wir nicht zulassen und dürfen uns deshalb in dieser Situation nicht hinter dem Deckmantel der Nichteinmischung verstecken. Daher appelliere ich an alle: Gebt Slyiansdeeps Anliegen statt, zum Wohle unseres Staates und der Unversehrtheit der darin lebenden Bürger."

Anfangs herrschte atemlose Stille, und die Gesichter einiger Ratsmitglieder wiesen Unbehagen und auch Missmut auf, andere wiederum wogen ihre Köpfe abwägend hin und her, bis alle in einen leisen Meinungsaustausch verfielen. Am Ende jedoch ertönte zustimmender Applaus aller Ratsmitglieder, wobei das einigen nicht leicht gefallen zu sein schien.

„Danke, verehrte Ratsmitglieder, für eure weise Entscheidung und dass ihr Vernunft und Weitsicht habt walten lassen. Somit haben wir Slyiansdeeps Petition einstimmig zugestimmt und die Umsetzung befürwortet. Damit erkläre ich die . . ."

„Oberster Rat Flimbarg, unter Aufbietung aller notwendigen Ehrerbietung und in tiefer Demut vor dem Rat erlaube ich mir, noch zwei weitere Gesuche zur Sprache zu bringen", fiel ihm Slyiansdeep ins Wort.

„Überstrapaziert meine Fürsprache und Gönnerschaft nicht, Slyiansdeep." Nach einem anhaltenden, hadernden Seufzer sagte er jedoch: „Sprecht euer Begehr!"

„Mit allem gebotenen Respekt, Oberster Rat Flimbarg, habe ich einen Plan ausgearbeitet, der uns gegen den Gnorrfazz einige Trümpfe in die Hände spielen wird.

Somit möchte ich um die Erlaubnis bitten, als Emissärin Bündnisgespräche mit einer gewissen Ilandria Londrin und einem Trebor zu führen, um ihnen einen Pakt gegen den Usurpator zu unterbreiten. Beide Fraktionen planen meines Wissens aus gut unterrichteten Quellen umfangreiche Aktionen gegen den Gnorrfazz. Diese Allianzen werden uns zum Vorteil gereichen und uns immense Vorteile im Kampf gegen den Usurpator verschaffen."

„Auch ich hatte mich schon gefragt, von welcher Seite wir Unterstützung für unser Vorhaben erhalten könnten und sehe dein Anliegen mit Wohlwollen. Unter der Voraussetzung, dass die Allianzen tatsächlich die gebotene Seriosität aufweisen, stimme ich zu. Sehen das die anderen Ratsmitglieder in gleicher Weise?"

Erneut wurde einstimmige Zustimmung signalisiert, dieses Mal durch ein knappes Kopfnicken.

„Und worum handelt es sich bei deinem zweiten Anliegen?", fragte Flimbarg.

„Hierbei geht es um ein Geschehen in der Unterwasserkirche, und ich hoffe, dass ihr Licht in das Dunkel meiner Erkenntnis scheinen lassen könnt."

„Sehr wohl, lasst hören, Slyiansdeep!", ordnete der Oberste Rat an.

„Der Gnorrfazz hat bei seinem Entweihungszug in der Unterwasserkirche versucht, den Altar der Roten Wasserspinne zu zerstören und wurde offensichtlich durch ein Kraftfeld daran gehindert. Ich hatte zuvor keinerlei Kenntnis von solch einer Barriere und kann mir keinen Reim darauf machen, wer sie installiert haben mag. Hat der Oberste Rat eventuell Kenntnis in diesem Zusammenhang?"

Flimbarg und die anderen Ratsmitglieder verfielen umgehend in brütendes Schweigen, das Slyiansdeep wie eine halbe Ewigkeit vorkam. Dabei hatte sie das unbestimmte Gefühl, dass sich die einzelnen Ratsmitglieder in einer Form der nonverbalen Kommunikation austauschten. Endlich richtete Flimbarg wieder das Wort an sie:

„Was ich dir jetzt unterbreite, Slyiansdeep, muss als absolut vertrauliche Information behandelt werden und bedarf der strengsten Geheimhaltung." Er sah die Emissärin mit ernsten Augen an, die ihre Zustimmung bekundete, bevor Flimbarg fortfuhr: „Wie du weißt, steht die Rote Wasserspinne in Zusammenhang mit unserer Religion, die letztendlich in ihrer Existenz darauf fußt. Es gibt Gelehrte, die darauf beharren, dass die Rote Wasserspinne von einer omnipotenten Existenz implementiert wurde, die nicht von dieser Welt ist. Das ist weit mehr als ein Gerücht, wobei dich die Quellen und Forschungsbelege nicht zu interessieren haben. Was offenbar nicht von der Hand zu weisen scheint, ist, dass der Altar der Roten Wasserspinne von einer allmächtigen Präsenz geschützt wird. Diese Informationen müssen dir genügen, Slyiansdeep. Damit erkläre ich diese Audienz für beendet."

Mit einer tiefen Verbeugung und Worten des Dankes verabschiedete sich Slyiansdeep vom Hohen Rat und machte sich auf den Weg, um ihren Auftrag als Emissärin in die Tat umzusetzen. Dabei hallten Flimbargs letzte Worte bedeutungsschwer nach und gaben ihr viel Stoff zum Nachdenken.

Feindesfreunde

Nach der Demütigung durch den Gnorrfazz hatten sich Ilandria, Phringel und Zafrong an einem geheim gehaltenen Ort unweit der ehemaligen Unterwasserkirche auf dem Festland zu einer Unterredung unter sechs Augen getroffen. Frei nach dem Motto „der Feind meines Feindes ist mein Freund", wollten sie sich zu einer aus der Not geborenen Zweckgemeinschaft gegen den Gnorrfazz zusammenschließen.

„Ich hasse Gnorrfazz von ganzem Herzen, er hat mein Lebenswerk zerstört und mir jegliche Hoffnung auf einen eigenen EisGreif genommen. Du kannst auf mich zählen, Ilandria, machen wir mein Retla Oge fertig!", erklärte Zafrong.

„Der Gnorrfazz und ich sind alte Feinde", bemerkte Phringel. „Ich könnte abendfüllende Geschichten über unsere gegenseitige Abneigung erzählen, aber das würde hier zu weit führen. Ich bin ebenfalls dabei!"

„Das hört sich doch alles schon sehr vielversprechend an", stimmte Ilandria zu. „Was mich angeht, so könnt ihr bei diesem Unternehmen vollends auf meine Fähigkeiten zurückgreifen. Ich möchte meine Mitarbeit jedoch mit einer Bedingung verknüpfen."

„Hört, hört!", begehrte Phringel auf. „Das schwächste Glied in unserer Kette, das zumindest als Doppelagentin mit dem Gnorrfazz gemeinsame Sache gemacht hat, knüpft ihre Hilfe an Konditionen. Aber lass hören, Ilandria: Was schwebt dir denn genau vor?"

„Herrschen bei dir immer noch die alten Ressentiments gegen mich vor, Phringel? Es muss dir genügen, wenn ich erkläre, dass ich den Gnorrfazz bedingungslos als meinen Feind erachte und ihn genauso wie ihr entmachten will. Doch jetzt zu dir, Phringel: Wie war das überhaupt in Uplanhaven, als sich unsere Wege zum ersten Mal gekreuzt haben? Zu welchem Zweck wolltest du denn die 9. Tonskulptur entwenden? Steckt da etwa ein geheimnisvoller Auftraggeber dahinter, von dem wir noch nichts wissen?"

„Ich bin dir keinerlei Rechenschaft schuldig, Ilandria", verteidigte sich Phringel. „Mein Auftraggeber muss geheim bleiben, das ist von kosmischer Bedeutung, zu viel steht auf dem Spiel."

„Aber wie sollen wir uns denn gegenseitig vertrauen, wenn du nicht mit offenen Karten spielst? Wenn diese Allianz von Erfolg gekrönt sein soll, muss ich darauf bestehen, dass es keine losen Enden gibt und dass alle Fakten auf den Tisch kommen", beharrte Ilandria auf ihrem Standpunkt.

„Da muss ich zustimmen", schaltete sich Zafrong ein. „Nur schonungslose Offenheit wird uns weiterhelfen."

„Na schön", stimmte Phringel widerwillig zu. „Aber wundert euch nicht, wenn euer Weltbild aus den Fugen gerät und ihr euch wünschen würdet, dass ich besser nichts gesagt hätte." Er schaute Ilandria und Zafrong ernst und bedeutungsvoll an. „Wirklich alles, was ich in diesem Zusammenhang sagen kann und darf, ist, dass ich im Auftrag von Cetacerisch in Uplanhaven unterwegs war. Jegliche Hintergründe sind auch mir nicht bekannt."

„Du stehst in Kontakt mit einem der Fünf Großen?", fragte Ilandria ungläubig. „Ich habe die Existenz der Walschlange Cetacerisch und der anderen Gottheiten immer nur für eine Legende gehalten. Und jetzt willst du uns erzählen, dass du in Verbindung mit ihnen stehst? Schwer vorstellbar, Phringel. Ich erwarte eine Erklärung."

„Sie existieren wirklich, wenn auch in anderer Form, als gemeinhin angenommen", entgegnete Phringel und fügte hinzu: „Wie schon gesagt, verfüge auch ich über kein Hintergrundwissen bezüglich der Absichten der Fünf Großen. Ich kann lediglich wiederholen, dass ich für den genannten Auftrag angeheuert wurde, mehr weiß ich nicht. Und um mit deinen Worten zu sprechen, Ilandria: Es muss dir genügen, wenn ich das erkläre."

Ein bedeutungsschweres Schweigen kehrte in die Runde ein, wobei jeder seinen eigenen Gedanken nachhing, bis Zafrong die Stille durchbrach, indem er sagte:

„Wie mir scheint, müssen wir uns alle mit unausgesprochenen Wahrheiten begnügen, wenn wir diese Allianz mit Leben füllen wollen und sie erfolgreich sein soll. Ich von meiner Seite bin gewillt, das zu akzeptieren und uns eine Chance zu geben. Was sagst du, Ilandria?"

Nach reiflicher Überlegung und ausgewogener Abwägung aller ihr wichtigen Kriterien sagte Ilandria:

„In Ordnung, ich stimme zu. Da bleibt jedoch meine schon angesprochene Bedingung." Jetzt war es an ihr, ihre beiden Mitstreiter nachdrücklich anzublicken, bevor sie fortfuhr: „Wenn ich euch gegen den Gnorrfazz helfen soll, müsst ihr mir bei der Befreiung von Eve zur Seite stehen, die ich auf der Erde zurücklassen musste."

„Das ist für mich ein akzeptabler Deal", erklärte Zafrong. „Wie siehst du das Phringel?"

„Ist okay", stimmte er kurz angebunden zu. „Aber sag, Ilandria. Wie genau sieht überhaupt dein Plan aus, mit dem es gelingen soll, den Gnorrfazz zu entmachten?"

„Gut, dass wir endlich bei diesem Punkt angekommen sind. Ich bin der Meinung, dass wir weitere Verbündete ins Boot holen sollten. Da bieten sich Trebor und seine Gefährten unumwunden an, zumal sie über eine Ampulle Graunebel verfügen, wie ich aus sicherer Quelle weiß."

„Da spricht wieder einmal die Doppelagentin", fiel ihr Phringel ins Wort. „Aber fahre bitte fort, ich bin schon sehr gespannt auf deine weiteren Überlegungen."

Ilandria musterte ihn mit einem düsteren, mysteriösen Blick, bevor sie fortfuhr:

„Danke für die Blumen und das uneingeschränkte Vertrauen, das du in mich setzt, Phringel. Um mit meinem Plan fortzufahren, würde ich mich anbieten, ein Treffen mit Trebor und seinen Freunden zu vereinbaren, um sie auf unsere Seite zu ziehen und nach erfolgreichen Verhandlungen von ihren Vorteilen zu profitieren."

„Und was genau können wir ihnen bieten, damit sie von einer Zusammenarbeit mit uns überzeugt werden können?", fragte Gnorrfazz' Retla Oge.

„Gute Frage, Zafrong. Und genau an dieser Stelle kommst du ins Spiel. Lasst mich den Plan im Detail erklären . . ."

Allianzschmiede

„Was glotzt du mich so unverblümt an?", fragte Schnatt die Mondkatze Musch aufgebracht. Seit ihrer letzten, nicht ausgefochtenen Kabbelei, herrschte immer noch dicke Luft zwischen ihnen und keiner wollte so recht klein beigeben.

„Du trägst etwas an deinem Schnabel, was mir gehört", entgegnete die Mondkatze unverschämt grinsend.

„Und was sollte das bitte schön sein? Was in aller Welt sollte ich wohl mit einem wie auch immer gearteten Katzenteil anfangen?", fragte Schnatt schnippisch.

Ailuj und Kraa(l) hatten interessiert den Schlagabtausch verfolgt und nahmen Schnatt sehr genau ins Visier, bis beide sich das Lachen kaum verkneifen konnten.

„Was ist denn so überaus lustig?", erkundigte sich Schnatt aufgebracht. „Ihr tut ja fast so, als hätte ich etwas Ungebührliches im Gesicht."

„Ist ja auch genau so!", konterte Musch. „Wenn ich nicht so viele davon hätte, würde ich die Schnurrhaare glatt vermissen."

Schnatt versuchte ihre Unsicherheit zu kompensieren, da sie Muschs Behauptung nicht überprüfen konnte, indem sie die Mondkatze intensiv musterte und konterte:

„Hast du etwa gegen ein Federkissen gekämpft, um deine stumpfen Krallen zu schärfen? Wenn mich nicht alles täuscht, sind zwei Federn auf deinem Schwanz gewachsen, die dich nicht so recht zieren."

„Ich lass mich nicht von dir provozieren, Schnatt! Du musst dir schon etwas Besseres einfallen lassen, um dich zu revanchieren."

Gleichzeitig hob Musch ihren Schwanz, begutachtete ihn eingehend und sah tatsächlich zwei Gänsefedern, die aus dem Katzenfell herauswuchsen. Sie wollte gerade zu einer Tirade gegen die Schallwellen von Gohngh im Allgemeinen und Schnatt im Besonderen ansetzen, als Trebor sich vermittelnd einschaltete:

„Kinder, hört auf zu streiten! Das bringt doch nur böses Blut. Unser Besuch wird zudem in Kürze eintreffen und ihr wollt doch sicherlich nur den besten Eindruck hinterlassen, oder etwa nicht?"

Schnatt und Musch sahen sich mürrisch an, verzichteten jedoch fürs Erste auf einen weiteren verbalen Schlagabtausch.

„Wen erwarten wir überhaupt, Trebor und zu welchem Zweck?", fragte Ailuj.

„Die erste Teilnehmerin an unserer Konsultation wird die Emissärin der Aquanauten sein, die gerade in diesem Moment den Hügel dort erklimmt und sich zu uns gesellen wird", erklärte Trebor.

Und in der Tat kam eine hoch aufgeschossene, muskulöse Gestalt auf sie zu und stellte sich ihnen vor:

„Ich bin Emissärin Slyiansdeep von den Aquanauten und freue mich, in eurer Mitte sein zu dürfen. Sind wir schon vollzählig, können wir umgehend mit der diplomatisch überaus wichtigen Unterredung beginnen?"

„Noch nicht, verehrte Slyiansdeep, die andere noch gut unter dem Namen Speedy Snail kennen dürften. Wir erwarten noch eine weitere Person, die jeden Moment eintreffen und zu uns stoßen wird", antwortete Trebor salbungsvoll.

Bei dem Namen Speedy Snail ging ein Murmeln durch die Reihen der Versammelten und manch einer erinnerte sich an ihren heldenhaften Einsatz beim letzten Kampf gegen den Gnorrfazz, als sie das magische Auge in der Burg Ukrat Tross mit einem gezielten Säurestrahl zerstört hatte.

„Speedy, du lebst, ich hatte dich nach deinem lebensgefährlichen Einsatz in der lebenden Burg für tot gehalten", platzte es aufgeregt aus Schnatt heraus. „Schön zu sehen, dass es dir gut geht, wenn ich mich auch erst an dein neues Aussehen gewöhnen muss. Bin ich vielleicht aufgeregt, Speedy ist wieder da!"

„Wirklich rührend, dass du dich so lebhaft und wohlwollend an mein früheres Ich erinnerst, Schnatt. Aber das gehört der Vergangenheit an und jetzt bin ich die Aquanautin Slyiansdeep, obwohl mir gewisse Charaktereigenschaften von Speedy geblieben sind, die sich schon als sehr nützlich erwiesen haben."

In diesem Moment erleuchtete ein farbenfrohes, durch Magie erzeugtes pyrotechnisches Feuerwerk mit sprühenden, glitzernden Sternen, rubinrot funkelnden Kometenschweifen und glühenden Flammensäulen den Nachthimmel. Begleitet von zuckenden Blitzen und grünlich phosphoreszierenden Rauchschwaden, grollten Donnerschläge über das Tal und ein riesiges Portal baute sich in der Mitte des Feuerwerkes auf, aus dem sodann eine Gestalt schritt.

„Wow! Was für ein überaus effektvoller Auftritt", überschlug sich Schnatt begeistert. „So etwas Grandioses hab ich ja noch nie gesehen. Wenn das unsere zweite Besucherin ist, Trebor, dann haben wir ja wohl mit einer mächtigen Person zu rechnen, oder etwa nicht?"

Doch als die Gestalt näherkam und für alle erkennbar wurde, änderten sich Schnatts Anerkennung und Zuversicht zusehends und sie klagte:

„Oh je, oh je, oh je, das ist eine Falle! Es ist Ilandria Londrin, mit der will ich nichts zu tun haben! Sie ist eine Verräterin, hat als Spionin für den Gnorrfazz gearbeitet. Pfui, eine Doppelagentin. Wir machen keine gemeinsame Sache mit ihr!"

„Wenn es mir auch schwer fällt, das zuzugeben, muss ich dir ausnahmsweise recht geben, Schnatt", stimmte ihr Musch zu. „Keine Kooperation mit diesem Subjekt!"

„Komm, Musch, Pfote und Gänsefüßchen darauf! Schwamm über unsere Meinungsverschiedenheiten, was sagst du? Wir müssen zusammenhalten und uns nicht auseinanderdividieren lassen."

Musch erkannte die Ernsthaftigkeit von Schnatts Vorhaben und willigte mit einem Pfotenschlag ein, wobei Ailuj und Kraa(l) etwas verwirrt zuschauten.

„Freunde, lasst uns bezüglich Ilandria nicht voreilig entscheiden. Ich bin mir sicher, dass sie mit lauteren Absichten zu uns gekommen ist. Wir sollten ihr eine Chance geben, Schnatt und Musch", appellierte Trebor. Mittlerweile war Ilandria in ihrer Mitte angekommen und sah sich im Kreis der Versammelten um.

„Oh, eine Aquanautin, wie überaus attraktiv", bemerkte sie mit einem lasziven Augenaufschlag.

„Gib dir keine Mühe, Schätzchen, da bist du bei mir an der falschen Adresse", entgegnete Slyiansdeep kühl.

„Wer wird denn gleich so abweisend sein? Wer sich nicht traut, weiß nicht was sie verpasst", konterte Ilandria einschmeichelnd. „Doch genug mit dem Geplänkel, lasst uns mit den Verhandlungen beginnen."

„Falsche, doppelzüngige Schlange, wie sollen wir mit dir einen vertrauensvollen Umgang erreichen? Geh lieber dorthin zurück, woher du gekommen bist, zu deinem wahren Herrn und Meister!", klagte Schnatt Ilandria an.

„Stopp, so kommen wir doch nicht weiter!", sagten Trebor und Kraa(l) wie aus einem Munde und schauten sich verblüfft an.

„Entschuldigung, Trebor, ich wollte deine Autorität als Anführer nicht untergraben. Es ist nur so, dass wir meines Erachtens nur gemeinsam zum Ziel kommen und uns gegenseitig mit Respekt begegnen sollten", rechtfertigte sich Kraa(l).

„Schon in Ordnung, Kraa(l), ich schätze unsere Situation genauso ein. Lasst uns gemeinsam nach einer Lösung für unser Problem suchen. Schnatt und Musch: Ab jetzt erwarte ich von euch nur noch konstruktive Lösungsansätze. Ist das klar?"

Etwas widerwillig und zögerlich drückten beide durch ein kurzes Nicken ihre Zustimmung aus und Trebor fuhr fort:

„Nun denn, Ilandria. Was hast du uns zu unterbreiten?"

„Werter Trebor, vielen Dank, dass ich als Vertreterin der neu formierten Dreierallianz die hoch geschätzte Gelegenheit erhalten habe, hier vor euch zu sprechen und mein

Anliegen vorzubringen", adressierte Ilandria die Umstehenden.

„Dreiste Süßholzrasplerin", kommentierte Schnatt leise aber durchaus vernehmlich.

Trebor mahnte sie mit einem strengen Blick zur Ruhe.

„Ist doch wahr! Alles nur aufgesetztes Getue, Trebor!", geriet die Blaugans außer sich.

„Schnatt, halte dich bitte an unsere Regeln, so wie alle anderen auch! Es gibt für dich keine Extragans. Wenn du später in der Diskussion etwas beizutragen hast, bringe das mit der gebotenen Höflichkeit an und spar dir bis dahin deine abwertenden Zwischenbemerkungen", belehrte sie Trebor.

„Ja, ja, ist ja schon gut", murrte Schnatt klein beigebend.

„Tut mir leid für die unangebrachte Unterbrechung. Bitte fahre fort, Ilandria", entschuldigte sich Trebor.

„Kein Problem, Trebor. Aber sieh zu, dass du das vorlaute Federvieh in Zukunft im Zaume hältst", akzeptierte Ilandria Trebors Rechtfertigung.

Mit einem unterwürfigen Blick in Trebors strenge Augen, versagte Schnatt sich eine angemessene Erwiderung und wackelte frustriert von einem Bein auf das andere.

Höchst zufrieden mit sich und dem Verlauf der bisherigen Debatte fuhr Ilandria fort. „Wie vorhin schon erwähnt, bin ich als Abgesandte der Dreierallianz dazu befugt diese Gespräche zu führen. Zu unserem Bündnis gehören neben meiner Wenigkeit der Zauberer Phringel und Gnorrfazz' Retla Oge Zafrong."

„Wenn ich kurz unterbrechen darf", warf Trebor ein. „Ich muss schon sagen, dass das eine seltsame Allianz ist, die du hier anbringst, Ilandria. Außer Phringel, der meines Wissens schon seit jeher zu Gnorrfazz' Feinden zählt, kann man das von den beiden anderen nicht gerade behaupten."

„Geschätzter Trebor, euer Verstand ist nach wie vor scharf und gescheit", hierbei verdrehte Schnatt unmerklich ihre Augen. „In der Tat mutet unser Bündnis auf den ersten Blick ungewöhnlich an. Aber lass dir gesagt sein, dass uns unerfreuliche Ereignisse zusammengeschweißt haben. Ohne in abschweifende Details zu verfallen, kann ich sagen, dass alle drei Beteiligten unserer Allianz durch erlittene Demütigungen von Seiten des Gnorrfazz' zu erklärten Feinden dieses Subjekts geworden sind."

Diese Feststellungen Ilandrias führten umgehend zu einem durchdringenden Stimmengewirr unter Kraa(l), Musch, Ailuj und Schnatt, bei dem Trebor Mühe hatte, für Ruhe und Einvernehmen zu sorgen. Nur Slyiansdeep stand etwas abseits und beteiligte sich nicht an der allgemeinen Aufregung.

„Freunde, lasst uns diese sicherlich außerordentlichen Aspekte in einer gemeinsamen Diskussion erörtern und uns nicht in Einzelgesprächen verzetteln. Zuallererst sollte Ilandria jedoch die Gelegenheit erhalten, zu Ende zu sprechen."

„Danke für eure Besonnenheit und Weitsicht, wertester Trebor. Im Grunde genommen habe ich nur noch einen einzigen Satz meinen Ausführungen hinzuzufügen." Damit sah Ilandria die Versammelten einer nach dem anderen eindringlich an: „Wir, die Dreierallianz, bieten euch ein Bündnis zum gemeinsamen Kampf und der Unterwerfung des Gnorrfazz an."

Als ob sie auf ein imaginäres Stichwort gewartet hätte, mischte sich genau in dem Augenblick Slyiansdeep, die jeden Wortwechsel genauestens verfolgt hatte, in die Debatte ein.

„Um das Allianzgeschmiede perfekt zu gestalten, unterbreite ich euch als Emissärin der Aquanauten unsere volle und umfängliche militärische und logistische Unterstützung bei der Bekämpfung des Gnorrfazz."

„Somit hätten wir neben unserem Graunebel eine ganze Armee an Aquanauten zur Verfügung. Was genau bietest du uns, Ilandria, mit deinen Bündnispartnern?"

„Schaut her und staunt, Freunde", sagte Ilandria und schnippte mit den Fingern. Das bis dahin im Standby-Modus verharrende Portal flammte dunkel violett auf, und gleichzeitig kam eine wohl bekannte hagere, hochaufgeschossene Person mit bleichen Wangenknochen heraus und näherte sich den Allianzmitgliedern.

„Alarm, Alarm, Feind im Anmarsch!", schrien Musch und Schnatt aus einem Munde. „Die Verräterin Ilandria hat den Gnorrfazz auf uns gehetzt. Wir müssen uns in Sicherheit bringen!"

Ein hochmütiges, spöttisches Lächeln umspielte Ilandrias Lippen, während sie sagte: „Ihr Kleinmütigen, habt ihr so wenig Vertrauen in die neu geschmiedete Allianz, dass ihr, geblendet von Zweifel und Ungläubigkeit, nur Verrat wittern könnt, wenn sich euch eine herausfordernde, taktische Gelegenheit bietet, die das Schlachtenglück entscheidend auf unsere Seite verlagern kann?"

„Aber seht doch nur, wer da auf uns zukommt! Trebor, warum zögerst du, entsprechende Gegenmaßnahmen zu ergreifen?", überschlug sich Schnatt.

„Schnatt, beruhige dich", versuchte Trebor zu besänftigen, der die Situation offensichtlich richtig eingeschätzt hatte. „Wenn wirklich Gefahr im Verzug wäre, hätte ich schon längst das Nötige veranlasst. Doch in Wirklichkeit nähert sich dort eine ungeahnte Verstärkung unserer Allianz. Was für ein genialer Schachzug, Ilandria. Ich denke, du möchtest uns mit Zafrong, dem Retla Oge von Gnorrfazz bekannt machen?"

„In der Tat, Trebor, wieder einmal überraschen mich dein Scharfsinn und deine Klugheit. Darf ich den Versammelten vorstellen? Zafrong, die perfekte Verkörperung des Usurpators, der sich in unsere Reihen eingliedert und für uns intervenieren wird."

Schnatt und Musch schauten sich bedröppelt an, nachdem ihr Argwohn entlarvt worden war, während Kraa(l) und Ailuj leicht belustigt dreinschauten. Slyiansdeep, der vor Schreck sichtlich die Farbe aus dem Gesicht gewichen war, hatte sich wieder im Griff und strahlte ihre ursprüngliche Selbstsicherheit und Zuversicht aus.

„Meine verehrten Freunde, ich möchte die durch mein Auftauchen entstandenen Unannehmlichkeiten entschuldigen, aber eure Reaktion auf mein Erscheinen hat mich darin bestärkt, dass meine Maskerade vollends geglückt ist und offensichtlich als die perfekte Verkörperung des Gnorrfazz durchgeht", sagte Zafrong mit einschmeichelnder, sonorer Stimme, die im krassen Gegensatz zu Gnorrfazz' gebieterischem und herrischem Auftreten stand.

„Damit ist es wohl an der Zeit, euch in unseren Plan einzuweihen, dessen Codewort BlauGreen heißen soll", erklärte eine sichtlich selbstzufriedene Ilandria Londrin, die kühn in die Runde schaute. „Mit eurer Ampulle Graunebel, die bei Freisetzung den Gnorrfazz vollständig lähmen wird und im Zusammenspiel mit Zafrong, wird es uns gelingen, den Gnorrfazz auszuschalten und ihn gleichzeitig durch sein Retla Oge zu ersetzen. Dadurch haben wir alle Asse im Ärmel und können sie so ausspielen, wie es unserem Nutzen entspricht."

„Ein Anagramm zu Graunebel, ein höchst passendes Codewort für einen ausgeklügelten Plan", lobte Trebor für seine Verhältnisse fast überschwänglich. „Ich denke, dass Kraa(l) den Transport und den Einsatz des Graunebels übernehmen kann. Was meinst du, getreuer Mitstreiter?"

„Durchaus machbar, Trebor. Es wird mir eine Ehre sein, den Gnorrfazz mit einer simplen List auszuschalten", pflichtete Kraa(l) ihm bei.

„Das würde ja bedeuten, dass wir gar keine kriegerischen Mittel einsetzen müssen. Das klingt zu schön, um wahr zu sein", kommentierte Slyiansdeep.

„Umso besser", ergänzte Ailuj. „Das rettet Leben und bringt uns Sympathien beim Fußvolk."

„Dennoch hört sich das alles viel zu einfach an, um wahr zu sein", merkte Musch an.

„Aber in der Einfachheit liegt bekanntlich das Überraschungsmoment", fasste Kraa(l) die Gesamtsituation zusammen.

„Sehr gut, dann ist der Plan BlauGreen für gut befunden worden und beschlossene Sache", beendete Trebor die Verhandlungen.

Nur Schnatt hatte sich in der Diskussion komplett zurückgehalten, da sie zum einen noch an ihrer Schmach zu knabbern hatte, und zum anderen ein nagender Teil Restzweifel an Ilandrias lauteren Absichten in ihr erhalten blieb. Sie traute ihr immer noch nicht über den Weg, aber offensichtlich interessierte sich niemand für ihre Meinung und Befürchtungen.

Auch gut, sollen die anderen doch sehen, wohin sie das führt. Es soll nur keiner später ankommen und sagen, er habe nichts davon gewusst. Ich werde jedenfalls keine Zehe krümmen, um denen noch einmal zu helfen, schmollte Schnatt vor sich hin.

Bosslevel

Der Gnorrfazz hatte seine Armee um sich versammelt und war wütend. Oh ja, er war zornig, hatte sich jedoch zugleich im Griff. Er musste schließlich als Feldherr funktionieren und ein ganzes Heer befehligen. Während er die Phalanx der vage humanoid aussehenden Verdammten Unseelen auf Elandrir abschritt, hatte er das dringende Bedürfnis sich abzureagieren, er musste etwas zerstören, töten, um sein inneres Gleichgewicht wieder vollkommen herzustellen. Dass er etwas Untotes gar nicht töten konnte, spielte dabei überhaupt keine Rolle, wichtig war nur, Dampf abzulassen. Er würde ein paar Köpfe zerquetschen und Rückgrate herausreißen und sich an den knackenden Geräuschen berauschen, die seine starken Hände hervorbrachten. Bei den Myriaden an Kämpfern, die ihm zur Verfügung standen, konnte er getrost auf ein paar Hundert verzichten.

Gleichzeitig musste der Gnorrfazz an seine letzte Begegnung mit Robert dem Wanderer denken. Es war ein überragend niederträchtiger und heimtückischer Schachzug gewesen, ihn mit seinem toten Bruder Josef zu konfrontieren, und der Gnorrfazz genoss noch immer Roberts ohnmächtige Trauer und seine überschwänglich heftigen Gewissensbisse als schwarzen Balsam für sein düsteres Ego. Nur schade, dass die egomanische Zeitentität das Treffen so schnell beendet hatte, aber sei es drum, es würde sich schon bald eine weitere Gelegenheit bieten, um Roberts Seelenheil in selbstzerstörerische Unruhe zu versetzen. Gleichzeitig schmerzte natürlich sein Versagen bei der Beschaffung von Roberts Gabe. Der Gnorrfazz war sich sicher gewesen, dass sein überfallartiger Angriff von Erfolg gekrönt sein würde. Aber auch da hat ihm die Zeitentität einen Strich durch die Rechnung gemacht. Dennoch war es ihm gelungen, ein Fitzelchen von Roberts Gabe einzuheimsen. Damit stand der Gnorrfazz in stetigem Kontakt mit dem Wanderer, war mit ihm verbunden, auf Gedeih und Verderb. Ihm würde schon ein sinnvoller Gebrauch von Roberts Gabe zum seinem ureigensten Nutzen einfallen.

Unter den knackenden Geräuschen der zerquetschenden Köpfe und der berstenden Rückgrate verflüchtigte sich der Frust des Gnorrfazz mehr und mehr, er genoss seinen Auftritt. Nach dem Gemetzel würde er sich wieder der Inspektion seines Heeres widmen können, mit verflogenem Groll, überwundener Verstimmung und zurückgewonnener Überlegenheit.

Die Mitglieder der neu geschmiedeten Allianz, die sich unter dem Deckmantel BlauGreen zusammengefunden hatten, waren vollzählig in Bromenien angekommen. Trebor, Musch, Ailuj, Schnatt, Ilandria und Phringel näherten sich dem Treffpunkt, den sie mit Slyiansdeep vereinbart hatten.

„Ich hoffe nur, dass wir Slyiansdeep schnell finden werden und hier nicht allzu viel herumlaufen müssen", nörgelte Schnatt. „Andererseits gefällt es mir an diesem

Ort richtig gut, bei so viel Wasser bekomme ich echt Lust auf ein ausgedehntes Bad. Was meint ihr? Seid ihr dabei?"

„Mondkatzen haben es nicht so mit Wasser, Schnatt. Außerdem sollten wir nicht herumtrödeln, sondern schnurstracks weitergehen, um an unser Ziel zu gelangen", entgegnete Musch.

„Ich meine ja nur. So ein Bad wäre schon was Feines. Ailuj, was meinst du als Frau dazu?", fragte Schnatt.

„Es gibt momentan dringlichere Dinge zu erledigen als ein Bad zu nehmen", antwortete Ailuj diplomatisch.

„Und mich hältst du nicht für eine Frau, geschweige denn erachtest mich einer Frage für würdig?", beklagte sich Ilandria lautstark.

„Trebor, würdest du bitte diesem Subjekt ausrichten, dass ich nicht vorhabe, mit ihr direkt zu reden", konterte Schnatt.

Trebor seufzte grollend und wollte gerade zu einer erneuten Rüge ansetzen, als Phringel, der schon ein geraumes Stück vorausgeeilt war, seine Hand hob und den anderen bedeutete, zu ihm aufzuschließen.

„Hört ihr den Trommelwirbel? Ich verwette die magische Macht meines Zauberumhangs darauf, dass uns die Schläge zur Armee des Gnorrfazz bringen werden. Kommt, Freunde, wir sind unserem Ziel schon sehr nahe."

Gemeinsam setzten sie ihren Weg fort, und Schnatt war doch irgendwie froh, dass die Keiferei mit Ilandria ein Ende gefunden hatte.

Kraa(l) flog auf seiner Mission die Ampulle Graunebel zu ihrem Bestimmungsort, wobei sie sicher zwischen seinen Füßen eingeklemmt war. Er konnte nur hoffen, dass sein Überraschungsangriff nicht entdeckt werden würde, wobei er nicht so sehr den fiesen Gnorrfazz als vielmehr seinen EisGreif Elandrir und dessen Ortungs- und Wahrnehmungsfähigkeiten fürchtete.

In Momenten wie diesen wünschte sich Kraa(l) die Zauberfertigkeit der Unbegrenzten Verschleierung, doch selbst ihm als großer Magier waren Grenzen gesetzt. Er konnte lediglich Lebendiges unsichtbar machen, was demnach nicht für die Ampulle Graunebel galt. Und eine von sich aus fliegende Ampulle, auch wenn sie ziemlich klein war, war schon sehr verdächtig und würde den forschenden Augen Elandrirs sicherlich nicht entgehen. Nein, da würde er sich etwas anderes überlegen müssen, um an sein Ziel zu kommen. Schließlich hatte er den Gnorrfazz und seine Armee an Halbriesen schon einmal erfolgreich genarrt und mächtig zwischen ihren Reihen aufgeräumt.

Währenddessen war Zafrong in eigenem Auftrag unterwegs, obwohl ihm das zu diesem Zeitpunkt noch nicht klar war. Vielleicht schwang unterschwellig schon ein Hauch Vorahnung mit, zumal er vermehrt an Rirdnale und die durch den Gnorrfazz zunichte gemachte Chance auf seinen eigenen EisGreif denken musste. Zorn und Wut wallten bei diesen Gedanken in Zafrong auf, und er zwang sich, noch schneller zu gehen, um an seinen Bestimmungsort zu gelangen.

Gleichzeitig versuchte er, telepathischen Kontakt zu Elandrir aufzunehmen. Vielleicht würde er ihn jetzt davon überzeugen können, mit ihm gemeinsame Sache zu machen.

Er hoffte inständig, dass Kraa(l)s Timing perfekt mit seinem Eintreffen einhergehen und der geplante Austausch reibungslos vonstattengehen würde. Ein neuer Gedanke flammte in ihm auf: Was würde nach dem Transfer mit Elandrir passieren? War er wegen der symbiotischen Beziehung zum Gnorrfazz ohne diesen überhaupt über längere Zeit lebensfähig? Außerdem erschien Zafrong der Verzicht auf so ein edles Tier wie den EisGreif als überflüssige Verschwendung. Erneut musste er an Rirdnale denken, driftete in seinen Grübeleien ab, erwägte die vergebenen Möglichkeiten, die verpasste Gelegenheit, gegen sein Retla Oge aufzubegehren und zu bestehen. In die sofort einsetzende Wut und den Zorn mischte sich zu Zafrongs Überraschung zudem ein warmes Gefühl der Geborgenheit, dessen Ursprung er jedoch nicht lokalisieren konnte. Begleitet von diesen widersprüchlichen Gefühlsaufwallungen setzte Zafrong seinen Weg fort.

Mit dem einstimmigen Votum des Magistrats ausgerüstet, war Slyiansdeep nach der Audienz bei General Voltan Widovski vorstellig geworden. Nachdem er von Slyiansdeep über den Magistratsbeschluss instruiert worden war, rief Widovski umgehend die Generalmobilmachung aus, was zu einer personellen und materiellen Verstärkung der aktiven Truppen führte. Mit der Sondervollmacht einer Stabsoffizierin Summa Cum Arbitratum (SCA) ausgestattet, lag die Koordinierung der unterschiedlichen Allianzstreitkräfte in Slyiansdeeps Verantwortung.

Am Vormittag des 39. Noctembers erreichte das bromenische Heer mit der Unterstützung der Marinestreitkräfte - eine Luftwaffe gab es in der bromenischen Armee nicht - seine vorgesehene Gefechtsposition an den Gestaden des Bromos, wo es laut Generalität zum entscheidenden Gefecht mit der Armee des Gnorrfazz' kommen sollte. Der Magistrat hatte die Entscheidung verhängt, dass der Generalität von Slyiansdeep her aus Gründen einer möglicherweise erlahmenden Kampfmoral und der Gefahr eines nicht auszuschließenden Geheimnisverrats nichts über Zafrongs Austauschplan mitgeteilt werden sollte. Die Soldaten sollten davon ausgehen können, bald das ausüben zu dürfen, wozu sie ausgebildet wurden und worin ihre Daseinsberechtigung bestand: zu kämpfen.

Stabsoffizierin SCA Slyiansdeep erwartete am ausgemachten Treffpunkt Trebor, Musch, Ailuj, Schnatt, Ilandria und Phringel, um sie zu den Gestaden des Bromos zu geleiten.

„In dieser Wasserwelt, die sich Bromenien nennt, spüre ich eine mir völlig fremde Präsenz. Sie steht in einem mir unbekannten Zusammenhang mit einer Großen Roten

Wasserspinne. So etwas ist mir zuvor noch nie begegnet", stellte Koxomil fest.

Robert schaute Koxomil verwundert an, da die KI erneut eine Wissenslücke aufzuweisen schien, die er als merkwürdig empfand. Aber vielleicht waren Künstliche Intelligenzen doch nicht so allwissend wie generell angenommen wurde.

„Erinnert ihr euch noch an die Prophezeiung, die der Schädel Flüstertod nach unserem Abenteuer im Mechaversum für Robert ausgesprochen hat? Es hat sich mir zwar nicht der genaue Wortlaut eingeprägt, aber es ging um eine irgendwie geartete Weltenspinnerin, glaube ich", sagte Julia.

„Richtig", stimmte Koxomil zu. „Ich habe die Prophezeiung wortwörtlich abgespeichert. Sie lautet: Robert der Wanderer begibt sich auf eine Expedition in die wundersam entlegene Dimension der Weltenspinnerin. Was könnte es mit dieser Prophezeiung auf sich haben? Welche Dimension ist darüber hinaus wohl gemeint? Bezieht sich der Begriff auf Bromenien oder wird vielleicht auf etwas noch Entlegeneres angespielt? Ich muss Nachforschungen anstellen."

Daraufhin verfiel der Wrache in grüblerisches Schweigen, meldete sich jedoch kurz darauf wieder zu Wort.

„In meiner Datenbank bin ich unter dem Stichwort Große Rote Wasserspinne darauf gestoßen, dass sie im Zentrum der bromenischen Religion steht. Ich zitiere: ‚Sie fußt im Wesentlichen auf der Anbetung der Großen Roten Wasserspinne, die auf und in dem Bromenischen Meer leben soll. Die Bromenier glauben, dass diese Spinne ihre

Welt erschaffen hat, obwohl sie von ihrer tatsächlichen Existenz keinerlei Beweis haben. Den überlieferten Zeugnissen des ersten Bromeniers zufolge, hatte dieser eines Nachts die Eingebung und Vision von eben dieser besagten Großen Roten Wasserspinne, die ihm den Auftrag gab, ihre Heilslehre über die Generationen weiter zu verbreiten und den Glauben an sie zu zementieren. Obwohl die Spinne selbst unsichtbar ist, wird ihr weitumfassendes Spinnennetz für die blinden Seher von Bromin an den sogenannten unregelmäßig stattfindenden Roten Spinnentagen sichtbar. An den Knotenpunkten dieses Netzes finden in der Folge sakrale Ereignisse statt und die betreffenden Orte werden zu Pilgerstätten'. Zitat Ende."

„Das ist ja alles höchst interessant, aber wie genau hilft uns das jetzt weiter?", fragte Magnus um Erleuchtung suchend.

„Nun, es muss doch einen Grund geben, warum wir gerade hier in dieser Welt gelandet sind", antwortete Robert. „Zudem haben wir doch überhaupt keine Ahnung, was wir hier machen sollen."

„Richtig", pflichtete Julia ihm bei. „Deshalb sollten wir alle uns zur Verfügung stehenden Fakten zusammentragen und uns dann ein Gesamtbild erstellen, Koxomil. Gibt es in deiner Datenbank noch weitere Anhaltspunkte, die für uns von Interesse sein könnten?" Sie wunderte sich dabei, wie leicht es ihr mittlerweile fiel, sich an den Wrachen um Rat zu wenden, dem sie zuvor so viel Misstrauen entgegen gebracht hatte. Julia konnte nur hoffen, dass das ein gutes Zeichen war.

„In der Tat. Dem sogenannten Magistrat mit Sitz in der Hauptstadt Brome liegen Berichte vor, dass der Ursprung der Präsenz, der sich hinter dieser sogenannten Großen Roten Wasserspinne befindet, jenseits dieser Welt liegen könnte. Ich zeige euch jetzt einen Ausschnitt einer 3D-Projektion einer Magistratsaudienz unter dem Vorsitz des Obersten Rats Flimbarg, die eine gewisse Slyiansdeep, vormals unter dem Namen Speedy Snail bekannt, unlängst hatte, die weiteren Aufschluss geben könnte. Es werden nur die Szenen mit wörtlicher Rede wiedergegeben.“

„Moment, Koxi, erwähntest du gerade den Namen Speedy Snail?“, fragte Robert.

„Ja, wieso ist das von Belang?“

„Speedy Snail ist eine ehemalige Weggefährtin, die uns in mancherlei Hinsicht bei unseren Abenteuern geholfen hat und die wir für verschollen oder tot hielten. Und sie hat sich jetzt einen neuen Namen zugelegt?“

„Offensichtlich nicht nur das“, ergänzte Koxomil. „Allem Anschein nach ist aus der ehemaligen Nachtschnecke Speedy Snail die Aquanautin Slyiansdeep geworden, ein Exemplar, der auf dieser Welt beheimateten Spezies. Soll ich jetzt mit der Projektion anfangen, Robert?“

„Klar, schieß los, Koxi“, entgegnete Robert, der immer noch seinen Gedanken an Speedy Snails Transformation und ihren gemeinsamen Erlebnissen nachhing.

Aus Koxomils Klaue floss ein klares, originalgetreues, dreidimensionales Bild, das vor Robert, Julia und Magnus in der Luft schwebte. Es zeigte eine Gruppe von Aquanauten, die in einem runden, karg eingerichteten Raum standen, der komplett mit einem dunklen Holz ausstaffiert war. Es handelte sich offensichtlich um zwölf Ratsmitglieder in langen, weißen Roben und die Aquanautin Slyiansdeep. Plötzlich fing die Szene an sich zu bewegen und zeigte in fortlaufenden Bildern eine exakte Kopie der letzten Minuten von Slyiansdeeps Audienz beim Magistrat:

„Oberster Rat Flimbarg, unter Aufbietung aller notwendigen Ehrerbietung und in tiefer Demut vor dem Rat, erlaube ich mir noch zwei weitere Gesuche, zur Sprache zu bringen." [. . .]

„Überstrapaziert meine Fürsprache und Gönnerschaft nicht, Slyiansdeep." [. . .] „Sprecht euer Begehr!"

„Mit allem gebotenen Respekt, Oberster Rat Flimbarg, habe ich einen Plan ausgearbeitet, der uns gegen den Gnorrfazz einige Trümpfe in die Hände spielen wird. Somit möchte ich um die Erlaubnis bitten, als Emissärin Bündnisgespräche mit einer gewissen Ilandria Londrin und einem Trebor zu führen, um ihnen einen Pakt gegen den Usurpator zu unterbreiten. Beide Fraktionen planen meines Wissens aus gut unterrichteten Quellen umfangreiche Aktionen gegen den Gnorrfazz. Diese Allianzen werden uns zum Vorteil gereichen und uns immense Vorteile im Kampf gegen den Usurpator verschaffen."

„Auch ich hatte mich schon gefragt, von welcher Seite wir Unterstützung für unser Vorhaben erhalten könnten und sehe dein Anliegen mit Wohlwollen. Unter der Voraussetzung, dass die Allianzen tatsächlich die gebotene Seriosität aufweisen, stimme ich zu." [. . .]

„Und worum handelt es sich bei deinem zweiten Anliegen?" [. . .]

„Hierbei geht es um ein Geschehen in der Unterwasserkirche, und ich hoffe, dass ihr Licht in das Dunkel meiner Erkenntnis scheinen lassen könnt."

„Sehr wohl, lasst hören, Slyiansdeep!" [. . .]

„Der Gnorrfazz hat bei seinem Entweihungszug in der Unterwasserkirche versucht, den Altar der Roten Wasserspinne zu zerstören und wurde offensichtlich durch ein Kraftfeld daran gehindert. Ich hatte zuvor keinerlei Kenntnis von solch einer Barriere und kann mir keinen Reim darauf machen, wer sie installiert haben mag. Hat der Oberste Rat eventuell Kenntnis in diesem Zusammenhang?"

[. . .]

„Was ich dir jetzt unterbreite, Slyiansdeep, muss als absolut vertrauliche Information behandelt werden und bedarf der strengsten Geheimhaltung." [. . .] „Wie du weißt, steht die Rote Wasserspinne in Zusammenhang mit unserer Religion, die letztendlich in ihrer Existenz darauf fußt. Es gibt Gelehrte, die darauf beharren, dass die Rote Wasserspinne von einer omnipotenten Existenz implementiert wurde, die nicht von dieser Welt ist. Das ist weit mehr als ein Gerücht, wobei dich die Quellen und Forschungsbelege nicht zu interessieren haben. Was offenbar nicht von der Hand zu weisen scheint, ist, dass der Altar der Roten Wasserspinne von einer allmächtigen Präsenz geschützt wird. Diese Informationen müssen dir genügen, Slyiansdeep. Damit erkläre ich diese Audienz für beendet."

Mit der letzten Sequenz fror die Szene mit einer Großaufnahme von Slyiansdeep ein, die Robert eingehend studierte: Groß, sehnig und muskulös ragte die Aquanautin vor ihm auf, mit ausgeprägten Wangenknochen, eleganten WaLa-Kiemen, die sie befähigten, sowohl im Wasser als auch an Land zu atmen und gelartig eng am Kopf klebenden Haaren stellte sie eine imposante Erscheinung dar.

„Schau, was aus dir geworden ist, Speedy, was für eine Transformation. Ich hoffe, dass sich unsere Wege eines nicht so fernen Tages kreuzen werden, Slyiansdeep!"

Magnus kratzte sich grüblerisch am Hinterkopf und sagte zu Julia:

„Puh, so viele Informationen auf einem Haufen. Schwesterchen, tu uns doch mal den Gefallen und lass dein analytisches Polizeiwissen spielen und filter uns die wichtigsten Elemente heraus."

Julia holte einmal tief Luft, sortierte ihre Gedanken, musterte Koxomil mit einem abschätzenden Blick und legte los, wobei sie nacheinander drei Finger abspreizte:

„Okay, so wie sich die Faktenlage mir gegenüber darstellt, komme ich zu folgender Einschätzung: Erstens verdient die Große Rote Wasserspinne besondere Beachtung, auf der die Existenz der bromenischen Religion fußt. Zweitens haben wir da die als allmächtig bezeichnete Weltenspinnerin, die augenscheinlich aus einer entlegenen Dimension kommt. Gelehrte und gläubige Bromenier gehen davon aus, dass diese Weltenspinnerin ihre Welt Bromenien erschaffen hat. Spinne und Spinnerin haben in diesem Zusammenhang sicherlich eine entscheidende Bedeutung, das kann kein Zufall sein. Zudem soll Robert laut einer Prophezeiung diese Weltenspinnerin aufsuchen. Drittens und letztens spielt die Aquanautin Slyiansdeep eine entscheidende Rolle. Als Emissärin hat sie offensichtlich Gespräche mit Trebor und Ilandria Londrin über eine Allianz im Kampf gegen den Gnorrfazz geführt."

Julia schaute selbstbewusst in die Runde, aus der sich kein Widerspruch regte, auch nicht von Koxomil.

„Somit komme ich zu dem Schluss, dass für uns Slyiansdeep die Schlüsselrolle in diesem Puzzle zukommt. Finden wir sie, werden alle anderen Teile zueinanderfallen und passgenau sein."

„Das klingt alles sehr überzeugend und logisch, Julia. Aber wie und wo sollen wir diese Slyiansdeep nur finden?", fragte Magnus.

„Bezüglich des Wo sind wir meiner Meinung nach schon am richtigen Ort. Es muss ja eine Bedeutung haben, dass wir vom Großen Nichts direkt hierher nach Bromenien in Slyiansdeeps Heimatwelt katapultiert worden sind", schlussfolgerte Julia.

„Ich stimme Julia uneingeschränkt zu", meldete sich Koxomil nach langem Schweigen zu Wort. „Für das Wie kann ich mit einer zusätzlichen Information aufwarten, die aus dem übrigen, euch nicht gezeigten Audienzgespräch hervorgeht. Slyiansdeep ist vom Obersten Rat damit beauftragt worden, eine Mobilmachung der bromenischen Truppen in die Wege zu leiten. So wie es sehe, wird es auf dieser Welt zur entscheidenden Schlacht mit der Armee des Gnorrfazz kommen."

„Wir müssen also nur dem Schlachtenlärm und den Rauchschwaden der Zerstörung folgen? Ist es das, was du uns sagen willst, Koxi", fragte Robert.

„Ganz so einfach wird es wohl nicht werden, da die Schlacht meiner Einschätzung nach noch nicht begonnen haben dürfte. Aber prinzipiell hast du recht, Robert. Lasst uns nach einem Areal Ausschau halten, an dem eine solche kriegerische Auseinandersetzung Sinn machen würde.

Meine kartographischen Aufzeichnungen werden uns dabei helfen."

Damit ließ Koxomil eine dreidimensionale topographische Karte von Bromenien mit ihren Höhen, Tiefen, Unregelmäßigkeiten und Formen in der Luft entfalten. Alle vier nahmen die Karte in Augenschein und glichen die gezeigten Gegebenheiten mit den für sie wichtigen Kriterien ab.

„Die Gestade des Bromos scheinen mir der einzig logische Ort für die Ausrichtung zweier Heere der zu erwartenden Größenordnung zu sein", schloss Koxomil seine blitzschnelle Auswertung der Karte ab. „Nach meiner Analyse müssten wir in etwa zwei Stunden an unser Ziel gelangen."

„Lasst uns keine Zeit verlieren und sofort aufbrechen", mahnte Robert zur Eile. „Je eher wir Slyiansdeep und die Gestade des Bromos finden, umso besser."

Als sich von Julia und Magnus kein Widerspruch erhob, machte sich die Gruppe auf den Weg, nachdem Koxomil auf Roberts Schulter geflogen war.

Der Gnorrfazz peitschte seine Soldaten ein, seine Unseelen, seine Verdammten. Flankiert von 400 handverlesenen Adjutanten mit riesigen Trommeln und Pauken aus aquanautischen Köpfen und Gebeinen, stieg der Gnorrfazz unter bebendem Trommelwirbel auf ein Podest, das aus den Überresten der malträtierten Unseelen errichtet worden war, während Elandrir hoch über ihnen schwebend seine Kreise zog und Ausschau nach Feinden hielt. Der

Usurpator reckte beide Arme beschwörend der Masse an Kämpfern entgegen und brüllte ihnen zu:

ICH, der GnorrFAZZ, euer Herrscher,

ICH, der GNORRFAZZ eure Majestät,

Der GNORRFAZZ OBSIEGT,

DER GNORRFAZZ TRIUMPHIERT.

FOLGT BEDINGUNGSLOS MEINEN BEFEHLEN,

MARSCHIERT MIT MIR,

UNTERWERFT DIE FEINDE,

UNTERJOCHT DIE SCHWACHEN,

SIEGT, MEINE VERDAMMTEN UNSEELEN,

SIIIIIIIIIIEEEEEEEEEGGGGGGGGGGGGTTTT!!!

Kraa(l) näherte sich unaufhörlich den Koordinaten, die er von Trebor erhalten und abgespeichert hatte. Wachsam hielt er nach Feinden Ausschau, ließ seinen Blick stetig von links nach rechts und von unten nach oben gleiten. Ihm entging keine noch so geringfügige Bewegung, er registrierte jede Schwingung der Blätter, der unter ihm vorbeiziehenden Bäume, jedes Zucken einer umherhuschenden Felsgraus, jedes Biegen des Bromschilfs in der sanften Luftströmung. Seine wachsamen Ohren lauschten aufmerksam in alle Richtungen, vernahmen das Knacken der Äste im Wind, jedes Blubbern der Bromfische in den ausgedehnten Seen unter ihm, selbst das ruhige Plätschern des Wassers entwischte nicht seinen geschärften Sinnen.

Von Weitem hörte Kraa(l) dumpfen Trommelwirbel und er wusste, dass er es bald geschafft haben würde, der

471

Gnorrfazz und seine Armee waren nah. Er richtete seinen Flug nach dem Schlagen der Trommeln aus, indem er seine Bahn minimal nach Westen korrigierte.

Kraa(l) überprüfte pflichtgemäß den ordnungsgemäßen Sitz und Halt der Ampulle Graunebel, war mit dem Ergebnis überaus zufrieden und setzte seinen Flug fort.

Zafrong spürte das Schlagen der Trommeln, das er wie das sich nähernde Grollen eines aufziehenden Gewitters hörte, bis in seine Fingerspitzen, und es ließ ihn erschauern. So klang die aufpeitschende Melodie des Krieges, die die donnernden Salven der Geschütze vorwegnahmen, wie auch das Geschrei und Gebrüll der Krieger, siegesgewiss und gleichzeitig den Gegner einschüchternd und zermürbend. Zafrong wähnte sich fast am Ziel seiner Reise.

Kraa(l) erblickte Elandrir, der nach wie vor seine Kreise über dem Schlachtfeld zog, zuerst und ließ sich wie einen Stein dem Boden entgegenstürzen, bevor der EisGreif auch nur den Hauch einer Chance hatte, ihn zu wittern, geschweige denn zu sehen. Im letzten Moment bremste Kraa(l) seine Geschwindigkeit ab und segelte knapp über der Wasseroberfläche weiter. Sorgenvoll blickte er nach oben zu Elandrir, doch der hatte, wie gehofft, nichts von Kraa(l)s Manöver mitbekommen. Der Gnorrfazz war zum Greifen nahe.

Die Armee der Verdammten Unseelen erwartete den Beginn des Gefechts. Die Myriaden abscheulicher, mannshoher, glitschiger Unwesen reckten ihre Säurespritzen und Kalt-Flammen-Peitschen dem bromenischen Himmel entgegen und skandierten stakkatoartig aus leblosen, zahnlosen Mäulern den Namen ihres Herrschers: GNORRFAZZ, GNORRFAZZ, GNORRFAZZ!!!

Der Usurpator sonnte sich im Glanz seiner siegessicheren Kreaturen und schaute voller Verachtung und Abscheu auf das gegnerische Heer. Zahlenmäßig waren sie seinen Kämpfern sicherlich unterlegen, obwohl er nicht wusste, wie viele Einheiten noch zusätzlich in den umliegenden Seen verborgen auf das Zeichen zum Angriff warteten. Aber schließlich war er der Gnorrfazz, der Befehlshaber der Armee der Verdammten Unseelen. Sollten sie doch kommen, die Aquanauten mit ihren lächerlichen Harpunen und albernen Geschützen, er musste keinen Gegner fürchten. Die aufpeitschende Melodie des Krieges aus 400 Trommeln wogte über ihn hinweg und stachelte den Gnorrfazz auf. Die Zeit des Angriffes stand kurz bevor.

Elandrirs sechster Greifensinn signalisierte ihm, dass irgendetwas nicht stimmte und der EisGreif verdoppelte seine Wachsamkeit, ohne jedoch genau sagen zu können, wovon eine etwaige Gefahr ausgehen könnte. Er wusste, dass er sich auf seine Sinne bedingungslos verlassen konnte, stellte jedoch partout nichts Ungewöhnliches fest. Gleichzeitig wurde er immer unruhiger und zog enger werdende Kreise um das Schlachtfeld, um die Überwachung zu verfeinern. Die symbiotische Beziehung zum Gnorrfazz meldete ihm, dass sein Symbiont wohlauf und siegesgewiss war. Trotzdem wurde Elandrir das Gefühl nicht los, dass etwas ganz und gar nicht in Ordnung war. Er würde noch wachsamer sein müssen.

Zudem fühlte er eine weitere symbiotische Schwingung, als Zafrongs Gedanken in ihn drangen. Elandrir versuchte, sich davor abzuschotten, aber der süße, verlockende, stetig stärker werdende Gedankenstrom verfing sich in seinen Gehirnwindungen und ließ nicht locker.

Schließ dich mir an! Verlasse Gnorrfazz und verbünde dich mit mir!

General Voltan Widovski inspizierte durch ein Fernglas die gegnerische Armee und ihm gefiel gar nicht, was er dort sah. War schon der Klang der Trommeln schwer zu ertragen, so war der Anblick von 400 Trommeln und Pauken aus aquanautischen Gebeinen eine grausame Demütigung, die ihres gleichen suchte. Doch das alles durfte seinen strategischen Verstand nicht benebeln und er musste kühlen Kopf bewahren. Der taktische Vorteil, dass er das sie umgebende Terrain wie seine Kiemenhöhle kannte, würde sich im Kampf sicherlich als sehr nützlich erweisen und die im Bromenischen Meer verborgenen Marine-

Eliteeinheiten als Hinterhalt eine nicht zu unterschätzende Wirkung erzielen.

Als erfahrener Kommandeur und siegreicher Befehlshaber in unzähligen Schlachten wusste General Voltan Widovski natürlich um die Wichtigkeit solch kleiner Gegebenheiten, die das Schlachtenglück in die eine oder andere Richtung lenken konnten. Seine Armee war jedenfalls für alle Eventualitäten gewappnet.

Als der General sein Fernglas nach links ausrichtete, sah er, dass sich soeben Stabsoffizierin SCA Slyiansdeep mit einer Gruppe von sechs Fremden näherte. Damit war auch die Allianz der Verstärkung im Anmarsch.

Das letzte Stück zu den Gestaden des Bromos mussten Robert, Koxomil, Julia und Magnus schwimmend zurücklegen, wobei Koxomil es sich natürlich einfach auf Roberts Kopf bequem machte und sich bewegen ließ. Als sie aus dem Wasser stiegen, sahen sie die beiden Heere, die sich in Schlachtaufstellung gegenüberstanden und marschierten auf die Aquanauten zu. Die Zeit des Kampfes schien unmittelbar bevorzustehen.

Doppelspiel

Auf das jeweilige Angriffssignal ihres Oberbefehlshabers hin stürmten die Armeen unter Kampfgebrüll los ...

... während Kraa(l) unbeirrt auf den Gnorrfazz zuflog, der sich an der Spitze seines Heeres befand. Er wollte gerade Elandrir das verabredete Zeichen geben, das ihn auffordern würde, sich wieder zu ihm zu begeben, als der Gnorrfazz aus den Augenwinkeln sah, dass etwas auf ihn zugeflogen kam ...

... und Kraa(l) beschleunigte seinen Flügelschlag, als er beobachtete, dass der Gnorrfazz ihn bemerkt zu haben schien ...

... worauf der Gnorrfazz umgehend seine 400 Adjutanten anwies, mit ihren Körpern einen Schutzwall um ihn herum zu errichten, um sein Leben zu schützen ...

... unterdessen wartete Elandrir auf das verabredete Signal, um sich wieder zu seinem Symbionten begeben zu können und beobachtete gleichzeitig die Szene unter ihm am Boden. Er konnte sich keinen rechten Reim darauf machen, wie er die Situation deuten sollte, witterte jedoch eine eindeutige Gefahrenlage. Er würde eigenmächtig eine Entscheidung treffen müssen und zwar bald ...

... während die Schlacht erbarmungslos tobte und Körper der Aquanauten und der Verdammten Unseelen aufeinanderprallten, Harpunen Körperteile aufspießten und abtrennten und Säurespritzen und Kalt-Flammen-Peitschen in den Reihen der Aquanauten wüteten und Schneisen der Zerstörung hinterließen ...

... derweil kam Kraa(l) zu der Erkenntnis, dass er ohne einen Kampf den Gnorrfazz nicht außer Gefecht würde setzen können, die Zeit des Überraschungsmoments war ein für alle Male vorbei. Nachdem er hastig die Ampulle Graunebel mit einigen ausgerissenen Schnabelhaaren festgezurrt hatte, verwandelte er sich mittels eines Zauberspruches in den Stab der Erkenntnis ...

... wobei Zafrong, der soeben an den Gestaden des Bromos angekommen war, seine Chance erkannte und auf den Gnorrfazz zustürzte ...

... während Kraa(l) in der Form des goldenen Stabs der Erkenntnis eine Energiesalve nach der anderen in die Leiber der Adjutanten des Gnorrfazz schoss und eine breite Schneise in den Schutzwall riss ...

... als Elandrir im selben Moment die Entscheidungsgewalt an sich riss, seine Flügel anlegte und in halsbrecherischem Tempo nach unten stürzte ...

... derweil stampfte der Gnorrfazz durch abgetrennte Gliedmaßen und aufgebrochene Eingeweide seiner Adjutanten. Er beorderte weitere Elitetruppen zu sich, um die in Stücke gerissenen Leiber durch frische Kämpfer zu ersetzen und den Schutzwall so zu erneuern. Gleichzeitig schoss er wahllos Feuerbälle in die Luft, in der Hoffnung, den Angreifer zu treffen und zu vernichten ...

... und Kraa(l) sah die Zeit des Handelns gekommen, verwandelte sich zurück in seine Krähengestalt, beschleunigte mit kräftigen Flügelschlägen sein Tempo, steuerte seinen Körper geschickt manövrierend und den Feuerbällen ausweichend, direkt über den Gnorrfazz, riss mit seinem Schnabel den Korken von der Ampulle Graunebel

477

und ließ sie nach unten trudeln. Kraa(l) beobachtete die wie in Zeitlupe fallende Ampulle, sah in die schreckgeweiteten Augen des Gnorrfazz', spürte gleichzeitig, wie ihn ein mächtiger Flügelschlag des EisGreif Elandrir streifte und wurde zur Seite geschleudert, jedoch nicht ohne vorher mit Genugtuung gesehen zu haben, wie die Wolke Graunebel den Gnorrfazz einhüllte . . .

. . . und der Gnorrfazz war außer sich vor Wut. Er konnte sich nicht mehr bewegen, er war zur Tatenlosigkeit verdammt, konnte keinen Körperteil mehr regen, nur seine Augen verrichteten noch ihren Dienst, wobei er seine Augenlider nicht schließen konnte und dazu verdammt war, mit ansehen zu müssen, wie sein verhasster Retla Oge Zafrong seinen EisGreif Elandrir bestieg. Sie schienen inmitten einer innigen Diskussion zu sein und ihm dämmerte, dass er soeben ausgetauscht worden war . . .

. . . wobei Zafrong Elandrir lockte, mit ihm gemeinsame Sache zu machen und nicht nur den Gnorrfazz zu ersetzen, sondern der neue Herrscher über die Armee der Verdammten Unseelen zu werden, sich an Ruhm und Glorie zu berauschen, eins mit ihm zu werden, eine neue Symbiose einzugehen, das zu verwirklichen, von dem er schon immer geträumt hatte . . .

. . . und der Gnorrfazz merkte in hilfloser und ohnmächtiger Panik, wie sich das Fitzelchen von Roberts ZauBeR trotz Aufbietung seiner gesamten Willenskraft verselbständigte, sich aus seinem Körper stahl und in Zafrong überging, der ihn triumphierend auslachte, Elandrir die Sporen gab und mit ihm in die Lüfte entschwand . . .

478

. . . während Robert der Wanderer merkte, dass etwas ganz und gar nicht stimmte, wahrnehmen musste, dass jenes Teil seiner ZauBeR-Gabe, das er an den Gnorrfazz verloren hatte, auf jemand anderes übergegangen war, um genau zu sein, in Zafrong gefahren war, der soeben auf dem Rücken von Elandrir davongeflogen war und seine Kreise über dem Schlachtfeld zog. Robert wandte sich an Koxomil und sagte ernst: „Koxi, ich glaube, es ist an der Zeit, dass wir wieder in den Kampf ziehen. Wir können Zafrong und Elandrir nicht schalten und walten lassen, wie sie wollen. Du musst dich erneut in den Drachen verwandeln, der im Mechaversum an unserer Seite gekämpft hat."

Umgehend sprang Koxomil von Robert herunter, und er wurde erneut Zeuge der einmaligen Transformation des 15 cm kleinen Wrachen hin zu einem etwa 15 Meter großen, majestätisch aussehenden Ungetüm. Vor Robert stand ein erhaben anmutender Drache mit einem großen Wolfskopf.

„Na, dann mal los, Robert, schwing dich zu mir auf! Lass uns die Verfolgung aufnehmen und Elandrir mächtig einheizen", brüllte der Drache furchterregend.

Luftkampf

Währenddessen war die blutige und hohe Opferzahlen fordernde Schlacht ins Stocken geraten, und die Aquanauten sahen sich einem Gegner gegenüber, dem die befehlshaberische Führung fehlte, jetzt, nachdem der Gnorrfazz durch den Graunebel gelähmt und handlungsunfähig geworden war. Die Armee der Verdammten Unseelen fiel in sich zusammen und die Übriggebliebenen der Myriaden an Ungeheuern zerfielen in einen ekelerregenden Pool aus Schleim und Ausscheidungen.

Inmitten des Kampfgetümmels hatte es Wiedersehensfreuden gegeben, als befreundete Kombattanten Rücken an Rücken kämpften, bis sie sich erschöpft, blutbesudelt, aber glücklich in den Armen lagen oder wie Ailuj und Magnus kraftlos zu Boden gesunken waren. Musch putzte aufwändig und genüsslich ihr Fell, um die letzten Kampfspuren zu beseitigen und Kraa(l) reinigte sein Gefieder.

Hoch über sich sahen sie zwei Flugriesen, die einander umkreisten und kurz davor waren, zum Angriff überzugehen.

„Komm her, du Schwächling, und zeig, was du draufhast!", höhnte Zafrong dem ihn umkreisenden Wolfsdrachen entgegen. „Oder hast du so viel Schiss, dass du jetzt schon die Schuppen voll hast?"

Gleichzeitig umkreisten sich Elandrir und Koxomil wie bei einem Tanz auf Sicherheitsabstand, ohne direkt in

Körperkontakt zu geraten. Wie zwei Schwergewichtsboxer in der Abtastphase umtanzten sie sich abschätzend, den Gegner genau studierend, taxierend, um wunde Punkte und Schwachstellen herauszufiltern und so im Kampf Kapital aus den Ergebnissen zu schlagen. Hier und da setzte einer der Kombattanten zielgerichtete Nadelstiche, um den Gegner aus der Deckung zu locken und darauf sogleich wieder in den Tanzmodus zu verfallen.

„Hör auf mit dem Versteckspiel und greif endlich an! Wie lange soll das noch so weitergehen, du Feigling?", spottete Zafrong und spornte Elandrir zugleich an, einen Angriff auf die ungedeckte Flanke des Wolfsdrachen zu fliegen, was dieser jedoch mühelos mit einer Ausweichparade konterte.

Gleich einem Brettspiel mit festgelegten Regeln folgte Zug auf Zug, Elandrir schoss zielgerichtet vor und Koxomil parierte mit einem Wendemanöver, stieg danach bis fast zur Wolkendecke hoch, um sich anschließend auf seinen Gegner fallen zu lassen, der problemlos auswich und eine ausgedehnte Schleife flog.

„Mehr hast du nicht drauf? Mir wird langsam langweilig. Lass uns ernst machen, die Zeit des Vorgeplänkels ist vorbei. Komm, spiel mit mir!", forderte Zafrong und feuerte gleichzeitig eine Salve Kugelblitze auf den Wolfsdrachen ab. Koxomil baute umgehend einen Energieschild auf, von dem die Geschosse wirkungslos abprallten, ging seinerseits zum Angriff über und musste mit ansehen, wie schadlos seine Energiesalven an Elandrirs Panzer abprallten. Im Zuge dessen ließ sich Elandrir elegant nach unten dem Boden entgegenfallen, um im letzten Moment vor der

Kollision mit der Erde hochzuziehen, um in halsbrecherischem Tempo in einer weiten Flugschleife hinter seinen Gegner zu gelangen und aus allen ihm zu Verfügung stehenden Kanälen zu feuern. Glühendheiße, sengende Hitze schwappte gegen Koxomil und Robert, die geschützt und sicher im Kokon des Energieschildes ausharren konnten, bis die Hitzewelle abflaute.

„Wir müssen uns etwas Besseres einfallen lassen, Koxi", sagte Robert. „Das kann sonst stundenlang so weitergehen, ohne dass eine Partei die Überhand gewinnen und so einen entscheidenden Vorteil erringen würde."

„Das sehe ich genauso, unsere Kräfteverhältnisse sind einfach zu ausgeglichen. Ich fürchte, du musst deine sogenannte Zeitmanipulationsgabe als Überraschungsmoment einsetzen, Robert. Das ist die einzige Chance, die wir haben, um unseren Gegner auszuschalten. Wir sind uns einfach zu ebenbürtig."

„Ich könnte die Zeit für zwei Sekunden anhalten, würde das ausreichen, Koxi?", fragte Robert in der Hoffnung, die negativen Auswirkungen des Zaubers auf seinen Alterungsprozess so niedrig wie möglich halten zu können.

„Ich bin zwar schnell, aber etwas mehr Spielraum musst du mir schon zugestehen, Robert", antwortete der Wolfsdrache.

„Und du hast wirklich nichts Weiteres zur Verfügung Koxi, keine KI-Spezialfähigkeit, die du einsetzen kannst, damit wir hier siegreich aus dem Gefecht hervorgehen . .?"

Weiter kam Robert nicht, denn in diesem Moment streifte ihn ein Flügelschlag von Elandrir, der mühelos durch Koxomils Energiebarriere gebrochen war, hart an der Seite und hätte ihn fast vom Rücken des Wolfsdrachen gerissen. Im letzten Augenblick konnte er sich an einer Drachenschuppe festkrallen und unter Aufwendung seiner gesamten Kraft in Sicherheit ziehen. Das Herz war Robert in die Hose gerutscht, sein Magen hatte sich soeben umgekehrt und seine Nerven lagen blank. Das war knapp gewesen, und es schwindelte ihn, als er kopfunter auf das weit entfernte Schlachtfeld sah, wo sich die Krieger winzig wie Ameisen ausnahmen.

„Okay, das hat mich überzeugt, dass wir dringend handeln müssen, Koxi. Wie gehen wir gemeinsam vor, um die Zeit auf unsere Seite zu bekommen?", fragte Robert.

„Du weißt aber schon, dass Zeit an sich eine Illusion und eine von euch Menschen erfundene Einheit ist, damit ihr euch besser zu Recht findet. Zeit ist objektiv nicht vorhanden", antwortete Koxomil.

„Aber wenn Zeit nur eine Illusion ist, wie kann ich sie dann manipulieren?", wollte Robert verwirrt wissen.

„Du hältst auch nicht wirklich die Zeit an, sondern die Progressionsmaterie im universellen Sinne, die dafür verantwortlich ist, dass Dinge sich entwickeln", erklärte der Wolfsdrache.

„Aber ist es nicht letztendlich egal, welchen Namen man etwas gibt, wenn dasselbe gemeint ist?", wendete Robert ein.

„So, wie du es gerade ausgedrückt hast, ja. Aber die mit der sogenannten Zeit und der Progressionsmaterie einhergehenden Prinzipien sind nicht miteinander vergleichbar, sondern basieren auf völlig unterschiedlichen Grundlagen", dozierte der Wolfsdrache.

„Und was bedeutet das für meinen Alterungsprozess?"

„Nichts ist irreversibel, Robert, du musst nur die zugrunde liegende Macht völlig auf deine Seite ziehen. Du zapfst die Progressionsmaterie an und krümmst den Raum, das ist es, was dir gegeben wurde. Und jetzt entfessele deine Fähigkeit auf begrenztem Raum und lehre unseren Feind das Fürchten", instruierte Koxomil.

Robert war sich immer noch nicht völlig sicher, wie er seine Gabe beherrschen und wie er sie zielgerichtet einsetzen konnte. Vieles basierte immer noch auf Intuition und Imagination. Und so konzentrierte er sich auf Elandrir und Zafrong und stellte sich vor, dass sie in ihren Bewegungen wie in Zeitlupe eingefangen und dann eingefroren wurden. Gleichzeitig spürte er ein Zerren und Zurren in sich, und er hatte das Gefühl, dass etwas in ihn eindringen wollte. Die Luft um ihn herum verdichtete sich, verwandelte sich, schien zu erstarren, zu einem zähen Brei zu werden, hing wie klebriger Honig an ihm und in seinem Kopf. Es fiel Robert schwer, seinen Gedankenfluss zu kontrollieren, er hing wie Blei in der Luft und ließ sich nicht steuern. In die Schwere und Zähigkeit seiner Gedanken mischte sich eine körperlose Stimme, die eindringlich zu ihm sprach:

„Robert, lass mich herein. Deine Gabe sehnt sich nach Vervollkommnung, will wieder eins sein, nicht mehr getrennt sein. Vereine dich mit mir!"

Das Zerren und Zurren in Roberts Innerem wurde immer stärker und ihm wurde erneut schmerzlich bewusst, dass er beim letzten Ringen mit dem Gnorrfazz einen kleinen Teil seiner Gabe an ihn verloren hatte, die nach dessen Lähmung durch den Graunebel auf sein Retla Oge Zafrong übergegangen sein musste. Und jetzt wollte das Wenige das Gros übernehmen und Robert vernichten. Koxomil spürte den Aufruhr im Inneren seines Reiters und griff ein. Er verstärkte Roberts Konzentration und führte ihm Energie zu, die augenblicklich den klebrigen Honig in Roberts Kopf schmelzen und zerfließen ließ. Robert stellte sich das Fitzelchen Gabe in Zafrong wie ein Gefäß vor und griff mit körperlosen, geistigen Fingern danach. Zafrongs Gedanken wehrten sich gegen die Übernahme und seine spirituelle Kraft wurde durch Elandrirs Macht gesteigert. Das Ringen um die Hoheit der Gewalten steigerte sich zu einer wilden Raserei, Energieblitze zuckten über den Köpfen der vier Kämpfer, und Robert schleuderte seine Fähigkeit in einem konzentriert gebündelten Strahl auf Zafrongs Fitzelchen, ließ das imaginäre Gefäß zersplittern und saugte die zusammengeführte Gabe in sich auf. Zafrong schrie frustriert auf, als Robert seine nunmehr wieder in sich komplett vereinte Gabe gebündelt auf ihn zuschoss und sowohl Elandrir als auch seinen Reiter in der zum Stillstand gebrachten Progressionsmaterie einfror. Zeitgleich schoss Koxomil schwere Salven an Energieblitzen auf Elandrir und seinen Reiter, die in einer gewaltigen Explosion zerbarsten.

Tief unter Robert, vom weit entfernten Schlachtfeld, brandete Applaus auf und drang leise verhalten an seine Ohren. Der Wolfsdrache verübte eine Luftrolle der Freude und des Triumphes, segelte mit majestätischen Flügelschlägen zu Boden, setzte Robert sanft auf dem Boden ab und verwandelte sich zugleich wieder in den 15 Zentimeter kleinen Wrachen.

Schnatt watschelte aufgeregt zwischen den Gefährten und alliierten Aquanauten hin und her und schnatterte:

„Unglaublich, habt ihr das gesehen? Ungeheuerlich! Das war so cool, als mein Robert den Feind in einem großen BUMM ausgeschaltet hat! Ungeheuerlich!"

Als Robert sich umdrehte, stand er Julia gegenüber, die einen Schritt auf ihn zumachte, ihn unvermittelt in die Arme nahm, an sich drückte und mit sanfter Stimme sagte:

„Das hast du vorhin wirklich hervorragend gelöst, Robert. Ich bin stolz auf dich!", worauf sie ihre Umarmung löste und einen sichtlich verdatterten Robert zurückließ. Gleichzeitig fühlte es sich für ihn warm und richtig an.

Trebors malmende Stimme riss ihn aus seinen Gedanken, als er lässig an einem Baumstamm ruhend, zu ihm enigmatisch sagte:

„Robert, mein Retla Oge, weit bist du gekommen auf deinen Reisen. Doch bald schon wirst du mit deinen Gefährten aufbrechen in eine andere Dimension. Die Weltenspinnerin ruft und wir müssen und werden ihrem Aufruf mit den Fünf Großen Folge leisten."

Daraufhin verfiel Trebor in tiefes Schweigen und Robert begab sich zu seinen anderen Gefährten, wobei er tief in Gedanken versunken über die rätselhafte Botschaft Trebors nachdachte, während Ilandria und Phringel sich unbemerkt von den anderen vom Schlachtfeld entfernten. Einer Eingebung Ilandrias folgend, wollten sie sich gleich durch ein Portal auf den Weg zur Erde machen. Sie mussten Eves Befreiungsaktion jetzt ohne Zafrongs Hilfe durchziehen. Als sie durch das Portal schritten, bemerkten Ilandria und Phringel nicht, dass sich ein kleiner Vogel, ein Tigerwaldsänger zu ihnen gesellt hatte, und als blinder Passagier mitreiste.

Cetacerisch verfolgte die gesamten Ereignisse mit einer Mischung aus Wohlwollen und großer Besorgnis.

Roberts Entwicklung und die Entfaltung seiner Fähigkeiten erfüllten die Walschlange mit Hoffnung und bestätigten zugleich ihre Annahme und Einschätzung bezüglich Roberts Person und seines Charakters.

Der Walschlange war bisher die umfassende Beteiligung der Weltenspinnerin, respektive Garrocqqs, in diesem kosmischen Ränkespiel verborgen geblieben. Cetacerisch hatte die Fähigkeiten der Gestaltlosen und die Tragweite ihrer Aktionen maßlos unterschätzt.

Cetacerisch würde zeitnah ein Treffen der Fünf Großen einberufen müssen, um die weiteren Schritte und Maßnahmen zu erörtern.

Garrocqq beobachtete das Geschehen und sinnierte noch immer über die Gefühlsaufwallungen, die beim Aufeinandertreffen von Gnorrfazz und Robert entstanden waren. Gewissensbisse, Schuldgefühle, ganz großes Theater, ganz großes Drama war das gewesen, als sich Robert, initiiert durch den Gnorrfazz, seinem toten Bruder Josef gegenübersah.

Die neue Entwicklung hatte die Weltenspinnerin jedoch nicht kommen sehen, sie traf sie völlig unvorbereitet. Ihre ureigene, abgrundtief böse Kreation Gnorrfazz war durch sein Retla Oge Zafrong ersetzt worden. Welch eine Ironie des Schicksals. Aber wie sagt man so schön: Zwei Bösewichte sind besser als keiner. Garrocqq fing an, den Dreh zu dieser Sache mit dem Humor zu bekommen, fing an, Gefallen an dem Prinzip zu finden.

Leider war Zafrong im Kampf gegen Roberts Drachen getötet worden, aber wie heißt es doch in dem Sprichwort der Menschen, das Garrocqq in einem Anflug poetischer Inspiration weitergesponnen hatte?

Wie gewonnen, so zerronnen,

Blut nicht geronnen, Leben genommen.

Gleichzeitig war sie zu einer Entscheidung bzgl. eines Sachverhaltes gelangt, der schon lange durch ihr Bewusstsein geisterte: Ja, sie würde den Gnorrfazz, ihre ureigenste Kreation eines Bösewichtes mitnehmen in ihre Heimatwelt. Seine Lähmung hatte sie inzwischen aufgehoben und ihn stattdessen in eine lebenserhaltende Energieblase eingeschlossen.

Garrocqq hatte den Gnorrfazz schon einmal als die Personifizierung des Bösen im shakespeareschen Sinne bezeichnet. Aber da war noch mehr, was sie so sehr an Gnorrfazz faszinierte. Auch darüber hatte sie in ihrem Televisor gelesen. Die Protagonisten zweier gegensätzlicher Lager stehen sich als Liebespaar gegenüber, das Liebesdrama schlechthin. Nur das Ende würde überarbeitet werden müssen, vielleicht nach dem Motto: Gnorr und Garr lebten zufrieden miteinander bis ans Ende ihrer Tage.

Ja, das gefiel ihr, das war das, was die Menschen unter Romantik verstanden. Wenn Garrocqq das Gefühl und den inneren Antrieb dieser Idee auch nicht letztendlich nachvollziehen konnte, so durchflutete sie der Gedanke von Schwärmerei und Poesie mit Wucht und Kraft.

Gnorr und Garr ein Liebespaar, wie wahr, wie wahr.

Ganz im Sinne von Romeo und Julia, Gnorr und Garr erwiesen sich eines Shakespeare würdig, das war durch und durch großes Drama.

Göttergrauen

Cetacerisch hatte den Treffpunkt mit Bedacht gewählt, das Plateau von Strolmbooh eignete sich vorzüglich für ihr Vorhaben. Die Abgeschiedenheit dieses Hochlandes würde die Sicherheit und Verborgenheit ihres Treffens garantieren. Die Walschlange hatte das Meeting einbestellt, da sie die Erschütterung im Zeitgefüge gespürt und die fremdartige Präsenz wiederholt wahrgenommen hatte. Und somit waren mit ihr alle Fünf Großen auf diesem riesigen Areal versammelt:

Xymomorph, das Quallenwesen aus dem Norden, der Fledervogel Yhooghami aus dem Osten, Vruul, der Elefanther aus dem Süden und aus dem Westen Dasypodar, das Gürtelschuppentier. Cetacerisch selbst repräsentierte die Mitte.

„Bevor wir zum wichtigsten Tagesordnungspunkt unseres Treffens kommen, habe ich eine pragmatische Frage, Cetacerisch", sagte Vruul. „Wie ist es überhaupt um den Einsatz unseres Antriebes, der Veloci-Orgel bestellt? Sind wir mittlerweile im Besitz der letzten Komponente, sodass wir von hier verschwinden können?"

„In der Tat hat mir unser Gesandter Phringel unlängst die 9. Tonskulptur, die er aus den Klauen des Gnorrfazz gerissen hat, gegeben. Damit können wir diese Galaxie, in der wir vor langer Zeit gestrandet sind, endlich verlassen. Und das bringt mich gleich zu unserem vorrangigen Diskussionspunkt: Wir müssen uns einschalten, müssen unsere Neutralität aufgeben und in der Auseinandersetzung mit der außergalaktischen Macht Position beziehen und

Widerstand leisten! Ich habe Robert im Morklus getestet und nach dem Kampf meine ich sagen zu können, nein, ich bin mir sicher, er ist es: Er ist der Wanderer", sagte Cetacerisch. „Der Wanderer zwischen allen Welten."

„Nun gut, das klingt alles sehr beeindruckend", begehrte Xymomorph auf, „aber inwiefern hilft das in Gänze weiter? Unsere Problematik stellt sich doch weitaus komplexer dar."

„Zweifelsohne", pflichtete ihm Cetacerisch bei, „doch da kommt Roberts zweite Fähigkeit ins Spiel: Er ist der Gebieter über die Zeit und kann diese manipulieren."

Ein vielstimmiges Raunen ging durch die Reihen und es zeichneten sich Zweifel und Ungläubigkeit bei den übrigen Wesen ab.

„Mit Verlaub, ehrfürchtiger Cetacerisch, wie soll dieses Unterfangen genau vonstattengehen", brachte Vruul ihre Bedenken auf den Punkt.

„Auch da können wir uns von zwei Seiten der Problematik nähern. Zum einen ist Robert der Wanderer im Besitz der ZauBeR-Fertigkeit, die ihm die Manipulation der Zeit auf engstem Raum ermöglicht. Zum anderen hat er nun den völlig intakten RZM, das Gerät, das Zeitreisen und andere Beeinflussungen des Raum-Zeit-Gefüges erlaubt", erklärte Cetacerisch. „Und vor allem: Wir müssen die Gestaltlose Garrocqq, wie sie sich jetzt selbst nennt, aufhalten, bevor sie noch mehr Welten in den Abgrund stürzt."

„Und wie sollen wir Garrocqqs Welt finden?" fragte Dasypodar.

„Da kann uns Robert der Wanderer ebenfalls helfen", fügte Cetacerisch hinzu. „Durch den Zeitsplitter, den er in sich trägt, kennt er die Koordinaten von Garrocqqs Planeten und wird somit als unser Lotse fungieren."

„Aber was kümmert uns dieser entlegene Winkel des Universums, den wir endlich nach Beendigung unserer Beobachtungsmission verlassen dürfen, um unsere Ergebnisse dem Obersten Kontrollorgan des Universums vorzulegen?" echauffierte sich Yhooghami.

„Ihr wisst genauso gut wie ich, dass nicht nur dieser Teil des Universums in seiner Existenz bedroht ist, sondern ebenso der Rest der bewohnten Galaxien. Wir müssen den Expansionsdrang dieser Spezies, der Gestaltlosen, stoppen und das gesamte Universum von dieser Geißel befreien. Der Bedrohung des freiheitlichen Grundprinzips und der Individualität aller freidenkenden Spezies muss ein für alle Male ein Ende bereitet werden", erläuterte Cetacerisch wortgewaltig.

„Wäre es nicht sinnvoller und effektiver, die Antriden bei ihrem Kampf gegen die Gestaltlosen weitergehender zu unterstützen, da sie den Gegner und dessen Vorgehensweisen am besten kennen und einschätzen können?", gab Xymomorph zu Bedenken.

„Auch das muss ich entschieden verneinen, da keine nennenswerte Veränderung im Großen Galaktischen Patt, das nun schon seit Äonen anhält, zu erwarten ist. Verehrte Gesandte des Obersten Kontrollorgans, ich appelliere eindringlich an euch: Nehmt eure Befugnis und Bevollmächtigung als Botschafter der Universellen Souveränität ernst und handelt nach den Maximen und Direktiven des

Globalen Kodex - schützen, helfen, verteidigen!", beschloss Cetacerisch sein Plädoyer.

„Nach Einbeziehung aller Fakten und Evaluation sämtlicher Einzelheiten stimme ich Cetacerisch zu", lenkte Vruul ein. „Uns obliegt die gemeinsame Verantwortung und gleichzeitig die unumwundene Kompetenz, dem intergalaktischen Tauziehen zwischen den Gestaltlosen und den Antriden ein Ende zu setzen und simultan die aggressiven Expansionsbestrebungen der Gestaltlosen letztendlich in die Schranken zu weisen. Wir können es uns einfach nicht mehr erlauben, nur aus sicherer Entfernung zuzusehen und anderen die aktive Initiative zu überlassen."

Dieses Mal war kein Raunen und Murren von den restlichen drei Gesandten zu hören und somit meldete Cetacerisch sich erneut zu Wort.

„Kann ich das Schweigen von Xymomorph, Dasypodar und Yhooghami als einvernehmliche Zustimmung zu meinem Vorschlag werten, aktiv in die Annihilation der Gestaltlosen einzugreifen?"

Fünf schwarze Rauchwölkchen entstiegen den Mündern der Gesandten und schwebten zustimmend über ihren Köpfen.

„Damit ist die Angelegenheit einstimmig beschlossen und wir können unseren Beschluss in die Tat umsetzen. Wir werden schnellstmöglich zusammen mit Robert dem Wanderer und seinen Getreuen zur Heimatwelt der Gestaltlosen aufbrechen und aktiv in die Geschehnisse eingreifen", beschloss Cetacerisch das Treffen der Fünf Großen.

Epilog

. . . . und die Weltenspinnerin, die Außerirdische, die manchen auch unter dem Namen Garrocqq bekannt war, lachte und lachte und lachte - zumindest äußerlich ahmte sie diese menschliche Emotion, die ihr nach wie vor wegen ihrer unerklärlichen Komplexität Rätsel aufgab, oberflächlich nach. Es war wieder ein vergnüglicher Tag gewesen, insoweit davon bei einer nichtfühlenden, anorganischen Spezies gesprochen werden konnte.

Garrocqq war vom Kollektiv mit der Mission betraut worden, die Erde und deren Bewohner zu erkunden und Bericht zu erstatten. Nach insgesamt mehr als 10000 Logbucheintragungen und einer gefühlten Ewigkeit des Beobachtens und Studierens, blieben die Menschen für sie nach wie vor ein Buch mit sieben Siegeln, um eine menschliche Floskel zu bemühen. Wenn Garrocqq einmal den Eindruck hatte, etwas Essentielles verstanden zu haben, öffneten sich umgehend neue Wissenslücken, und ihr wurde klar, dass sie erneut nur an der Oberfläche des Erfahrungsschatzes gekratzt hatte.

Die nicht autorisierte und in höchstem Maße unbefugte Erschaffung ihrer eigenen Welt hingegen, die sie nicht nur als schnöde Kopie der Erde, sondern als leidenschaftliche Kreation ihres schöpferischen Selbst betrachtete, war zur Gänze gelungen. Besonders die Moose in all ihren Ausführungen, aber auch die Bewohner und sämtliche Einrichtungen von Blaumooswelt hatten es ihr angetan. Vielleicht könnte und sollte sie das eine andere Element ihrer Kreation vor der völligen Auslöschung retten, wenn diese Unternehmung auch mit erheblichen Risiken verbunden wäre.

Das Kollektiv hatte sie unlängst zurückbeordert, zufrieden mit den übermittelten Analysen und Fakten. Für Garrocqq selbst wurde es nunmehr Zeit, die verräterischen Spuren zu verwischen, eine neue Welt und etwas völlig Anderes zu erschaffen und noch mehr Spaß zu haben, ehe Routine zu Langeweile erstarrte. Ihr waren die umfassenden Implikationen dieser Gedankengänge nicht vollends klar, aber die Weltenspinnerin Garrocqq vermeinte, menschliche Züge an sich auszumachen.

Bevor sie das Netz zerstörte, hielt sie kurz inne und dachte an ihre Kreation Bromenien. War es den Bewohnern dieser Welt mit ihrer abergläubigen Art doch gelungen, sehr nahe an die Wahrheit heranzukommen. Die Weltenspinnerin fühlte sich geschmeichelt, ein Gefühl, das ihr bisher völlig fremd gewesen war. Aber es fühlte sich irgendwie gut an - auch das war eine neue Erfahrung - verehrt und gehuldigt zu werden. Sie fühlte sich gepriesen.

Kurz entschlossen webte sie einen schützenden Kokon um Bromenien. Mal sehen wozu diese Wesen noch in der Lage waren, was sie noch alles erreichen würden, sie würde die Entwicklungen aus großer Distanz im übertragenen Sinne im Auge behalten.

Doch nun war es endgültig genug mit selbstbeweihräuchernden Sentimentalitäten und Garrocqq, die Weltenspinnerin, wischte mit einer lässigen Handbewegung das

Spinnennetz und damit die Hubwelten beiseite und zerstörte ihre Welten.

Sie war bereit für ein neues Abenteuer.

Als Letztes betrachtete Garrocqq die nun unverschlossenen, frei in der Luft schwebenden, abgrundtief dunklen, gierigen Schlünde der Verbindungstunnel zur Erde, aus denen noch abgetrennte Moosstränge herausragten und fragte sich, was für Auswirkungen und Erschütterungen wohl an den Tunneleingängen auf der anderen Seite zu spüren sein würden.

Garrocqq wandte sich um und steuerte per Gedanken die Energieblase an ihrer Seite, in der der Gnorrfazz sicher verwahrt war. Sie war schon gespannt darauf, wie ihre Artgenossen auf diese Spezies reagieren würden.

Das in bunter Farbenvielfalt schillernde Energiewesen Garrocqq, das sich von innen nach außen von dunklen Nuancen bis zu hellstrahlenden Farbtupfern stetig veränderte, machte sich mit ihrem Anhängsel auf seine Reise zur weit entfernten Heimatgalaxie.

Alfons Kneesebeck hatte sich an diesem schönen Herbstmorgen seinen Wanderstock geschnappt und war zu einem Gang in den Wald aufgebrochen. Bei 11 Grad Celsius schien die Sonne von einem intensiv blauen Himmel, den fast kein Wölkchen trübte und hatte noch viel übrig gebliebene Kraft des zu Ende gegangenen Sommers, um Kneesebecks stetig wachsende Glatze zu wärmen. Seine Knochen fühlten sich an diesem Morgen etwas mehr eingerostet an als sonst, aber er schritt beherzt voran, in dem Bestreben, so die untrüglichen Anzeichen des körperlichen Zerfalls im ergrauenden Lebensabend zu vertreiben.

Die sich mehrenden Berichte über untypische Moosarten und deren teilweise noch untypischeren Verhaltensweisen hatten Kneesebeck in den letzten Tagen unruhiger denn je werden lassen. Zudem hatte ihn der nächtliche Anruf seines Kumpels Bernie Hoogestraat aufgeschreckt. Bernie war Forstwirt für den Bereich Kiel und Umgebung und musste vorletzte Nacht infolge des ersten schweren Herbststurmes und der einhergehenden Schäden ausrücken, um die Lage zu sondieren. Da er von Kneesebecks Marotte bezüglich allem Mysteriösem und Obskurem gegenüber wusste, hatte er ihn gleich über Handy angerufen und hanebüchene Geschichten von „außer Kontrolle geratenes Moos" - wie er sich ausdrückte - vom Stapel gelassen. Bernie Hoogestraat, ein notorischer Eigenbrötler und eingefleischter Junggeselle, hatte schon immer zu Übertreibungen geneigt und war für seine wilden, haarsträubenden Storys bekannt, aber das hatte selbst für seine Verhältnisse dem Fass den Boden ausgeschlagen. Er hatte am Telefon völlig nüchtern geklungen, war jedoch sehr aufgeregt und Kneesebeck meinte einen fast panischen Unterton in Bernies Stimme vernommen zu haben.

Doch nun wollte er dem Ganzen selbst auf den Grund gehen und näherte sich der letzten Position, die Bernie ihm durchgegeben hatte.

Ich hoffe inständig, dass dir nichts Schlimmes zugestoßen ist, alter Haudegen, dachte Kneesebeck noch, als er unweit des Waldweges ein Gebilde sah, das auf den ersten Blick wie ein ausgestreckter menschlicher Körper aussah. Es musste sich um eine optische Täuschung handeln, dennoch ging Kneesebeck näher heran. Aber bei genauerem Hinschauen verstärkte sich der Eindruck, es mit einem menschlichen Körper zu tun zu haben. Kopf, Rumpf und Beine waren über und über mit einem roten Gewächs überzogen, das an Moos erinnerte. Beide Arme waren wie in einer eindringlichen Abwehrhaltung in den Himmel gereckt und ebenfalls gänzlich mit rotem Moos überzogen. Kneesebeck meinte Bewegung auf dem Körper zu sehen, ganz so, als würde das Moos darüber kriechen.

„Du, Alfons, du wirst es ja nicht glauben, aber hier wimmelt es nur so von rotem Schling- und Würgemoos. Die ganze Lichtung ist voll von dem Zeug, und es leuchtet auch seltsam", hörte Kneesebeck erneut Hoogestraats Worte von gestern Abend aus dem Telefonhörer an sein Ohr dringen.

Er wollte den Körper gerade in engeren Augenschein nehmen, als er ein Reh sah, das völlig bewegungslos in etwa 20 Metern Entfernung vor ihm auf einer kleinen Anhöhe stand. Es war umzingelt von rotem Moos, das langsam auf das Reh zukroch. Wie gelähmt stand das Tier festgewurzelt da und rührte sich nicht. Als das Moos seine Hufe erreicht hatte, beschleunigte es blitzschnell seine Bewegungen und schoss in unglaublichem Tempo über das ganze Reh und hüllte es komplett ein. Kneesebeck hörte ein saugendes und schmatzendes Geräusch, während Knochen knackten und barsten. Gleichzeitig entstanden große, lange Risse im Waldboden, der sich urplötzlich auftat. Angrenzende Bäume und Sträucher wurden in die entstandene breite Spalte gerissen und auch das Reh und

Hoogestraats Körper verschwanden gänzlich in dem Graben, der sich auf Kneesebeck zu ausbreitete. Mit vor Schreck geweiteten Augen sprang er zur Seite, rollte sich keuchend ab und kam ächzend wieder zum Stehen. Dann rannte er vom roten Moos verfolgt, so schnell es seine alten, schmerzenden Beine erlaubten nach Hause.

Händchen haltend saßen sie nebeneinander auf der bequemen Wohnzimmercouch und warteten gemeinsam auf den Beginn ihrer Lieblingsserie. Nach einem anstrengenden Arbeitstag und einem delikaten Abendessen wollten Wiebke Kleinschmidt und Peter Petersen den Abend harmonisch ausklingen lassen. In den letzten Wochen hatten sie festgestellt, dass sie noch weit mehr verband als die Liebe zur klassischen Musik. So eben auch ein Faible für Anwaltsserien.

Nachdem die Abspannfanfare der Nachrichtensendung verklungen war, wurde unter der rockig angehauchten Titelmelodie eine 15-minütige Sondersendung unter dem reißerischen Titel „Welt der Moose am Abgrund?" angekündigt.

Die junge Moderatorin in einem schlichten, weißen Hosenanzug berichtete mit ernster Miene und besorgter Stimme über schier außerordentliche Phänomene, die sich in den letzten Stunden im gesamten Bundesgebiet zugetragen hatten. Es wurden kurze Reportagen aus Nürnberg, Großbierseidel, Hamburg und auch Kiel eingespielt, in denen sowohl Augenzeugen als auch Reporter über Dinge berichteten, die unglaublich und zugleich apokalyptisch anmuteten: Vor allem in den Wäldern nahe der genannten

Städte, aber auch mitten in Nürnberg und Hamburg hatte sich der Erdboden geöffnet und aus den entstandenen Spalten und Gräben waren fremdartige, aggressive Moose von unbekannter Herkunft gesprossen, die Menschen, Bäume, Sträucher und sogar ganze Gebäude verschlungen und mit sich in die Tiefe der Gräben gerissen hatten. Die Bilder zeigten schreiende, vor Panik fliehende Menschen, einstürzende Gebäude und aufplatzende Asphaltdecken, aus denen wild wuchernde Pflanzen emporschossen und erinnerten Petersen an Katastrophenfilme, die er früher gerne mit seinen Kumpeln im Kino gesehen hatte.

Bezüglich Hamburg und Nürnberg wurde ein Zusammenhang mit ominösen Lagerhallen hergestellt, die vor nicht langer Zeit die Polizei und die Presse beschäftigt hatten. In diesen Hallen waren seltsame Apparaturen von unbekannter Herkunft und Wirkungsweise gefunden worden, deren Untersuchungen noch nicht abgeschlossen waren und unter strengster Geheimhaltung fortgesetzt wurden.

Am Ende der Sendung richtete die Moderatorin an die Bewohner der betroffenen Landstriche den dringenden Appell, zu Hause zu bleiben, auf Warnhinweise zu achten und ihnen Folge zu leisten und ansonsten Ruhe zu bewahren. Man ging davon aus, die Lage bald wieder in den Griff zu bekommen. Schließlich wurde noch eine Notfallnummer eingeblendet, unter der Informationen und Hilfe angefordert werden konnten.

Kleinschmidt und Petersen schauten sich vielsagend und zugleich hoffnungslos fassungslos an, während im Hintergrund die Intromusik zu „Der Anwalt und wir" erklang. Petersen würde sich gleich am nächsten Morgen mit Kneesebeck in Verbindung setzen und mit ihm die Lage erörtern. Vielleicht wusste der Meister des Ominösen ja mehr mit diesem Fall anzufangen.

Die Schlange bewegte sich vorsichtig auf den Zaun zu, der sie eigentlich davon abhalten sollte, auf das Gelände zu gelangen. Doch Sssssnake war viel zu gewandt, als dass sie sich von so einem bisschen Draht abhalten lassen würde. Geschickt wand sie sich durch eine engmaschige Öffnung und schlängelte sich durch den Außenbereich des Tierparks auf einige Gehege zu. Die sich darin befindlichen Tiere wurden unruhig, als sie Sssssnakes fremdartige Gegenwart spürten und fingen an, verängstigt umherzulaufen und furchtsame Laute von sich zu geben. Sollten die anderen Tiere sie ruhig fürchten, recht so, dann würde sie ihren Platz hier nicht erst mühsam erkämpfen müssen. Und um Futter musste sie sich auch keine Sorgen machen.

Diese Anlage sollte Eves zukünftiger Aufenthaltsort in Gestalt von Sssssnake sein, bis ihre geliebte Ilandria sie abholen würde.

In Anja Kolpertings Wohnung rannte Kater Kasimir unruhig umher, viel unruhiger als sonst, wenn er seine witzigen zehn Minuten hatte und jagte imaginären Katzendämonen hinterher. Mit einer Mischung aus Erheiterung und Besorgnis schaute Anja dem Kater dabei zu, wie er unermüdlich hin und her lief und besonders eine Ecke in der Wohnzimmerwand anmiaute, ja regelrecht kätzisch anzubeten schien. Anjas Blick fiel auf die gemusterte Tapete der Außenwand, und sie meinte kurz eine Bewegung in der Rosenblütenverzierung der Wandbekleidung auszumachen, als Kasimir sich auf die Hinterbeine stellte und anfing, an der Tapete hochzuspringen, wobei er kehlig fauchende Laute ausstieß. Mit seinen Pfoten schien er genau die Stelle erreichen zu wollen, an der Anja kurz zuvor die Bewegung wahrgenommen hatte. Die Wandabdeckung hatte sich leicht gewölbt und schien Risse zu bekommen. Sie ging näher an die Wand heran, streckte ihre Hand nach der Tapete aus, wollte die merkwürdige Stelle gerade mit dem Zeigefinger berühren, als ihre Hand urplötzlich mitten in der Bewegung verharrte und in der Luft schwebte. Anja verengte ihre Augen zu dünnen Schlitzen und starrte auf die Tapete: Etwas wuchs aus ihr heraus. Aufgeregt drängte sich Kasimirs kleiner Körper enger an Anjas Beine, wobei er zitterte und sein Herz zu rasen begann. Gleichzeitig versuchte er immer wieder hochzuspringen und das zu erreichen, was aus der Wand wuchs. Sein Gebaren wurde immer wuseliger und zappeliger.

„Ist ja schon gut, mein Dicker, aber du hast natürlich recht, irgendetwas stimmt hier ganz und gar nicht."

Kasimir führte sich wie damals auf, als er zum ersten Mal mit Katzenminze in Kontakt gekommen war. Er hatte sich um die Pflanze auf dem Boden gerollt und sich wie berauscht benommen, fast tollwütig.

Inzwischen war eine starke Ranke der giftig grün aussehenden Pflanze aus dem Mauerwerk der Wohnzimmerwand herausgewachsen, wobei Putz auf den Fußboden rieselte und kroch langsam die Wand herunter, während schon eine zweite und dritte Ranke aus der Mauer drängte.

Sieht aus wie Moos, dachte Anja, *aber solch ein Moos habe ich noch nie gesehen.*

Kasimir hatte sich an der Wand wieder auf die Hinterpfoten gestellt, reckte seinen Körper der Pflanze entgegen, wobei seine Nase das Moos fast berührte und seine Schnurrbarthaare kräftig vibrierten. Beim Kontakt mit der Pflanze riss der Kater umgehend seinen Kopf zurück, stieß ein heftiges, markerschütterndes Fauchen aus, machte einen Katzbuckel und schoss darauf in Windeseile aus dem Zimmer.

Anja öffnete das am nächsten stehende Fenster und schaute hinaus. Die komplette Hauswand war mit dem giftig grünen Moos überwuchert und kroch in die Fugen des Mauerwerks.

Gleichzeitig schoss ein stechender Schmerz durch Anjas linkes Bein und ihren Brustkorb, der sie aufstöhnen ließ und sie krümmte sich qualvoll zusammen. Anja hatte das Gefühl, als würden ihre mühsam verheilten Wunden aus dem Kampf in der Lagerhalle wieder aufbrechen. In ihrem Inneren schien etwas zu zerbrechen, und als sie an ihrem Körper herunterschaute, sah sie feine Blutströme aus allen Poren spritzen. Gleichzeitig tauchte vor ihr das Gesicht der Rothaarigen aus der Lagerhalle auf, und aus ihrem Mund mit den formvollendeten vollen Lippen geiferte giftig, voll blankem Hohn, Folgendes heraus:

„Sei gegrüßt, Schlampe, das letzte Mal bist du noch davongekommen. Mach dich bereit für ein Wiedersehen und dein endgültiges Ende!"

Damit versank Anja in eine rettende Ohnmacht.

Die Bewohner von Bromenien, unter denen sich auch Trebor, Slyiansdeep und Ailuj befanden, hielten in ihrem Tagewerk inne, als sich plötzlich der Himmel verfinsterte. Wie in der Großen Prophezeiung vorhergesagt, erschien ein gigantischer Kokon am Firmament, der ihre gesamte Welt umschloss.

Nun galt es, die heiligen Weisungen des Hohepriesters umzusetzen und kollektiven Suizid zu begehen.

Nachdem Robert Weininger den Raum-Zeit-Manipulator in Verbindung mit seiner Gabe, der ZauBeR, zur Rettung aller Beteiligten eingesetzt hatte, litt er immer noch an den unmittelbaren Auswirkungen auf seinen Körper und seinen Geist. Dabei wurde er unverhofft für kurze Zeit von einem Raum in einen anderen oder in der Zeit vor oder zurückgeschleudert.

Zudem meldete sich der Zeitsplitter in letzter Zeit vermehrt als brennendes Kribbeln in seiner Magengrube, ohne dass Robert jedoch von dessen wahrer Identität wusste. Der Begriff Weltenspinnerin spukte durch seinen Kopf, Bilder von Spiralnebeln flackerten auf, Galaxien tauchten auf, Sternenhaufen. Dabei entstand ein warmes, anheimelndes Gefühl der Zugehörigkeit, von einem Kollektiv, einer Gemeinschaft, Heimat. In diese Behaglichkeit mischte sich ein durchdringendes Summen, das seinen Ursprung ebenfalls in Roberts Magengrube hatte: Ein klangvoller, klarer, tönender Sternengesang, der von Sehnsucht, Verlangen und Begierde erzählte. Von Rückkehr, Heimreise und dem Aufgenommenwerden. In diesen Momenten fühlte Robert sich ganz, einheitlich, vollkommen, wie nie zuvor in seinem Leben. Er versuchte das Gefühl festzuhalten, doch es erwies sich immer als sehr flüchtig, entzog sich ihm, kehrte jedoch stets zurück. Robert beschlich eine leise Ahnung, dass er bald wissen würde, was es mit diesem Gefühl auf sich hatte.

Momentan steckte er gedanklich in seiner Kindheit fest und stand im Garten seiner Eltern. Wie schon so häufig als kleiner Junge, blickte Robert Weininger auch jetzt auf das blinkende und blitzende Himmelszelt über ihm, in dem Millionen und Abermillionen Sterne vor dem Schwarz der Nacht leuchteten - das Universum: Endlose Dimensionen, bisher unerreichte Grenzen, mit den Verlockungen und Verheißungen von Erforschung und Abenteuern. Und wie schon so oft, stellte er sich die immer wieder gleichen Fragen: Ob es da draußen wohl irgendwie geartetes Leben auf fremden Planeten gab? Wie vermessen war es anzunehmen, dass die Menschen die einzige intelligente Spezies im Universum waren? Waren sie überhaupt bereit, die Antworten zu verkraften oder zu verstehen?

Heute würde er diese Fragen sicherlich nicht beantwortet bekommen - aber wer weiß, wer weiß . . .?

Und Robert fiel der Song *To the Stars* der Rockband *Profound Violet* ein, den er als Jugendlicher über alles geliebt hatte. Die Vorliebe für Rockmusik hatte er schon immer mit seinem Vater geteilt, sie war sozusagen sein Vermächtnis an seinen Sohn. Die erste Strophe mit dem Refrain des Songs rockte und schwappte durch seine Gehirnzellen:

We're breaking free from the chains of the ground,
With fire in our hearts, we're ready to astound.
The engines roar, we're leaving it all,
Chasing the night, we'll answer the call.

To the stars, we'll rise and shine,
In the cosmic dance, we'll redefine.
With every heartbeat, we'll touch the sky,
Together we'll soar, will we ever say goodbye?

Ende des Zweiten Buches

Glossar

Personen, Orte und Weiteres

9. Tonskulptur, auch bekannt unter den Namen 9. Bildklang oder 9. Fortissimoklang: Den in dieser Skulptur gefangenen Ton braucht der Gnorrfazz als Schlüssel für die Befreiung des Zepters der Verheißung in der Unterwasserkirche von Bromenien. Das Zepter wiederum wird für die Befreiung der Klangherrschaft über die Armee der Rebellion gebraucht.

A

Ailuj: eine Retla Oge, die zu einer Getreuen von Robert Weininger wird

Alfons Kneesebeck: schrulliger Professor der Parapsychologie, der sich als wertvoller Helfer für Hauptkommissar Peter Petersen erweist

Amir: langjähriger Assistent von Hauptkommissar Petersen und eingefleischter Schlagerfan, den ein Geheimnis umgibt

Anja Kolperting: Julia Hansens Kollegin und Freundin

Aquanauten: eine Spezies, die in der Wasserwelt Bromenien beheimatet ist und sowohl im Wasser als auch an Land leben kann

B

Bludomir: einer von Gnorrfazz letzten Getreuen, ein Blutscherge, der nicht in Eismooswelt das Zeitliche segnete

Blutscherge: Elitekampfgruppe und Schutzeinheit, die Gnorrfazz zu absolutem Gehorsam verpflichtet ist

BoB: Black of **B**lood = Planetenwelt, in der sich Robert, Julia, Magnus und Koxomil umgeben von Giganten behaupten müssen

Bromenischer Kalender: Er besteht aus 15 Monaten zu jeweils 27 Tagen und ist eng an die Existenz der Großen Roten Wasserspinne gebunden, wobei sich die Herkunft der Maße der Einheiten auf die Anzahl der Eier und den Hauptknotenpunkten ihres Netzes ableiten lässt.

C

Cetacerisch: eine Walschlange und eine der Fünf Großen, die als Gottheit in Blaumooswelt verehrt werden, repräsentiert die Mitte des Reiches

D

Dasypodar: das Gürtelschuppentier vertritt als Mitglied der Fünf Großen den Westen

Dekavox: In dieser hermetisch abgeriegelten Klangbox aus einem seltenen, mit Magie geformten Metall, ruhen die Stimmlippen von Zafrongs Opfern und dort werden die ihnen entnommenen Todesschreie konserviert.

Dilaminar: ein Zauberspruch, der bei richtiger Anwendung Gegenstände in gleiche Teile aufspalten kann

Duodecantus: eine kleine Flöte der 12-Ton-Hymne, in der die von Zafrongs Opfern geraubten Todesschreie, der Ton der 9. Tonskulptur und Marc Wunderlichs Todesschrei gefangen sind

Die Pockenpauls: Urgestein des deutschen Garagenpunks um den charismatischen Sänger, Gitarristen und Bandleader Paul Pocke. Gegründet 1977, zählen außerdem Bassist Siffi Syfilis und Schlagzeuger Zecki Zecke zu den Gründungsmitgliedern. Ihre vornehmlich sozialkritischen Texte behandeln mit ausgeklügeltem Wortwitz Themen rund um den Naturschutz und prangern soziale Ungerechtigkeiten aller Art an. Neben *Scheine neue Welt* zählen *In memoriam Mosi* und *Moos, Moos, Moos, ganz famos* bis heute zu von der Presse gelobten und viel gespielten Clubhits. Es halten sich weiterhin hartnäckige Gerüchte, dass es sich bei Paul Pocke um einen frühzeitig enterbten Sohn eines deutschen Möbelherstellers handelt.

Dunkelschein: eine magische Laterne, die niemals erlischt und ihre Energie aus dem Dunkel zieht, um dieses dann zum Leuchten zu bringen

Dunzd: sprechender Turm, in dem der garstige Giftmischer Gogglwogg haust und zu dem Ailuj, Musch, Schnatt und Kraa(l) in Trebors Auftrag geschickt werden, um eine Ampulle Graunebel zu besorgen

E

Elandrir: Gnorrfazz' EisGreif

Enzyklopädie der bekannten Welten: Standardnachschlagewerk und einziges je veröffentlichtes Werk des bekannten Chronisten Gryffyus zu Schlauhderer

Eve: siehe Sssssnake

F

Flüstertod: ein Orakel mit einem Identitätsproblem, dem seine Profession wegen Auftragsmangels zu schaffen macht

Fünf Große: Fünf Außerirdische, die wie Gottheiten verehrt werden. Zu ihnen gehören: die Walschlange Cetacerisch aus der Mitte, Xymomorph, das Quallenwesen aus dem Norden, der Fledervogel Yhooghami aus dem Osten, Vruul, der Elefanther aus dem Süden und aus dem Westen Dasypodar, das Gürteltier

G

Garrocqq: Eine Außerirdische, von der bisher nicht viel bekannt ist, nur dass sie anorganisch und materielos und somit nur körperloses Bewusstsein ist. Weiterhin wissen wir, dass sie die Erbauerin der Hubwelten ist und ein besonderes Verhältnis zu Moosen hat.

Gnorrfazz: der ehemalige Herrscher über Eismooswelt, ein Usurpator und Bösewicht

Gogglwogg: garstig galliger Giftmischer, der im sprechenden Turm Dunzd auf Nebelgrau haust

Gryffyus zu Schlauhderer: Er ist die allgemein anerkannte Koryphäe, wenn es um die Beschreibung und Katalogisierung der bekannten Welten geht. Um seine Geburt und seinen Lebenslauf ranken sich viele Legenden, weder Datum noch Ort sind verlässlich zu ergründen. Die wohl am ehesten ernst zu nehmende Überlieferung besagt, dass Gryffyus zu Schlauhderer - oder GeZetEs, wie ihn engste Vertraute liebevoll nennen - als Findelkind im Genesismoos auf dem Planeten Quell gefunden und von den Einheimischen aufgezogen wurde. Das würde auch seine Faszination für und innige Bindung an diese Pflanzen erklären. Er selbst bezeichnet sich gerne als „Kind und Spross der Sterne". Fest steht allerdings, dass seine *Enzyklopädie der bekannten Welten* sich im Laufe der Jahre zu dem Standardwerk unter den Nachschlagewerken dieser Art entwickelt hat.

H

Heliobiten: Eine hochtechnisierte Art vom Planeten Helios, die vor langer Zeit ausgestorben ist. Sie sind Koxomils Erbauer und die Erschaffer des RZM.

I

Ilandria Londrin: rothaarige Femme fatal und mächtige Zauberin, die für viel Verwirrung und Wirbel sorgt

ITBOTB: In The Belly Of The Beast = mitten im schlimmsten, zentralsten Teil von etwas zutiefst Unangenehmen oder Bedrohlichen

J

Jörg Mommsen: Hauptkommissar Petersens Assistent

Julia Hansen: Hauptkommissarin vom LKA Hamburg und die Exfreundin von Robert Weininger

K

Kater Kasimir: Anja Kolpertings Kater, der vielleicht nicht der Schlaueste, aber mit absoluter Loyalität und einem großem Kämpferherz ausgestattet ist

Koxomil: eine Künstliche Intelligenz, die aus der KI von <<Utopolis>> hervorgegangen ist

Kraa(l): die ehemalige weise Nebelkrähe Kraa, die aus der Vereinigung mit dem Stab der Erkenntnis hervorgegangen ist und einen Getreuen Roberts darstellt

Kryoklinge: Da hatte Petersens Assistent Amir doch recht gehabt mit seiner Vermutung, dass es sich bei der Tatwaffe des Notenschlüsselkillers um eine extrem kalte Klinge handeln könnte. Er hatte nur das kalte Feuer nicht bedacht. Quod errat demonstrandum, denkt sich Amir, wo immer er sich jetzt auch befinden mag!

Kyra Petersen: Peter Petersens Tochter

L

Larynx: der Kehlkopf, in dem u.a. die Stimmlippen sitzen, die bei Säugetieren den Strom der Atemluft regulieren und durch ihre Schwingungen Töne und auch die menschliche Stimme erzeugen

M

Magnus Hansen: Julia Hansens Bruder, der aus den Klauen des Gnorrfazz' befreit und zu einem Gefährten von Robert Weininger wurde

Marc Wunderlich: Sänger, der im Zusammenhang mit Zafrongs Duodecantus eine wichtige Rolle spielt

Melog: eine Art Gegenentwurf zum Golem, einer Figur aus der jüdischen Literatur und Mystik, die ein mittels Buchstabenmystik aus Lehm gebildetes, stummes, menschenähnliches Wesen darstellt, das oft enorme Größe und Kraft aufweist

Mooslande: Ursprungsland und Idealzustand, aus der durch Gnorrfazz' Geburt Blaumooswelt und Eismooswelt entstanden

Musch: eine Mondkatze, die von Robert als Joker für nahezu alle Gegebenheiten eingesetzt werden kann

N

Nospadia: Amanda Onkens Schmuckstimmgabel, die sie einst von Ilandria Londrin in Irland erstand und die verantwortlich für Amandas grundlegende Wandlung ist

Nuai: Wesen, die nur aus Köpfen bestehen, deren Sprache keine Tempora kennt und die daran glauben, dass Gegenwart, Vergangenheit und Zukunft gleichzeitig existieren

P

Peter Petersen: Hauptkommissar des LKA Kiel

Phringel: ein Zauberer, der aus dem Runenstab Elphring hervorgegangen ist - ob er ein Guter oder ein Böser ist, muss sich noch zeigen

R

Rebekka Petersen: Alfons Kneesebecks tote Ehefrau, die in seinem Haus ein spezielles Eigenleben führt

Retla Oge: Angehörige(r) einer kastenähnlichen Gemeinschaft von Gemeinen in Mooslande, die sich durch Klugheit und Gerissenheit auszeichnen, wobei die Reflexion eines Spiegels auf die rückwärtsgewandte Bedeutung des Begriffes schließen lässt

Rirdnale: Elandrirs Retla Oge, der von Zafrong erschaffen werden soll

RLS: das Reziproke Limitations-Syndrom - ein magisches Naturgesetz, das es erlaubt, nur maximal vier Menschen und ein Tier gleichzeitig durch ein und dasselbe Portal reisen zu lassen

Robert Weininger: der Protagonist und Held unserer Geschichte, ein Immobilienmakler mit besonderen Fähigkeiten

Rückgrat der Nacht: Die afrikanischen San, was eine Sammelbezeichnung für einige indigene Ethnien in Südafrika darstellt, nennen die Milchstraße „Rückgrat der Nacht".

RZM: ein Raum-Zeit-Manipulator, mit dem man Raum und Zeit verändern kann, wie es der Name schon sagt

S

Schallwellen von Gohngh: Sie entstehen durch das Schlagen der Klangschale, dem Gohngh, und funktionieren als eine Art Schallwellentransporter. Die Wellen des Schalls befördern Personen und auch Gegenstände von einem Ort zu einem anderen. Der Größe der Klangschale kommt dabei keinerlei Bedeutung zu, wie so oft im Leben.

Schnatt: eine ständig aufgeregte Blaugans, deren Spezialfähigkeit Glück ist und die eine von Roberts Gefährten darstellt

Sir Winston: Kyra Petersens Kater, der eine besondere Beziehung zu Kater Kasimir hat

Slyiansdeep: ehemals Speedy Snail, die in ihrer jetzigen Gestalt als Aquanautin eine wichtige Mission in Bromenien zu erfüllen hat

Smaragdkäfer: giftgrüne Käfer, die im Inneren vom Orakel Flüstertod leben, deren einzige Aufgabe darin besteht, jede einzelne von Flüstertods Prophezeiungen mit ihrem leuchtend grünen Sekret auf seiner Schädeldecke einzugravieren

Ssssssnake: Ilandria Londrins Schlange und Wegbegleiterin, die zugleich auch Eve ist

Stab der Erkenntnis: überaus mächtiges Artefakt, das dem Träger Reichtum und Weisheit zukommen lässt - siehe Kraa(l)

T

Tamara Oskana: Hauptkommissar Petersens zweite Assistenten und die Computerspezialistin in seinem Team

Thanatos: In der griechischen Mythologie gilt Thanatos als der Gott des Totenreiches, die wörtliche Übersetzung lautet Tod.

Tigerwaldsänger: Amanda Onkens metamorphische Inkarnation in der Gestalt eines kleinen Vogels

Thorvald Sigurdsson: Prof. Dr. Dr. der Psychologie, der Anja Kolperting in einer verzweifelten Lage hilft

Trebor: Steinwesen, das Robert nach Blaumooswelt holt, Kraft ist seine Spezialfähigkeit

U

<<Utopolis>>: durch KI gesteuerte Welt, die von ihren Erbauern vor Äonen verlassen wurde

V

Veloci-Orgel: Aus der Sprache der in unserer Galaxie gestrandeten Fünf Großen notdürftig übersetzter Fachbegriff, der das Antriebssystem des „Alienschiffes" beschreibt. Dabei handelt es sich jedoch nicht um ein Raumschiff im klassischen Sinne, denn es ähnelt vielmehr einer Energieblase, die durch eine komplizierte Verbindung von Tönen und Licht angetrieben wird.

VisuChimär: eine visuelle Klangoper, die Ilandria und Sssssnake auf Uplanhaven besuchen, um in Gnorrfazz' Auftrag eine Tonskulptur zu stehlen

Vruul: der Elefanther aus dem Süden, einer der Fünf Großen

W

Wrache: ein Wolfs-Drache; in dieser Gestalt tritt Koxomil auf

Wiebke Kleinschmidt: Forensikerin des LKA Kiel

X

Xymomorph: das Quallenwesen aus dem Norden, auch eine der Fünf Großen

Y

Yhooghami: der Federvogel aus dem Osten, gehört ebenfalls zu den Fünf Großen

Z

Zafrong: Gnorrfazz' Retla Oge, der von seinen Absichten her zwielichtig anmutet und durchaus sein eigenes Süppchen zu kochen scheint

ZauBeR: Roberts Gabe: die Zeitmanipulation auf begrenztem Raum; deswegen die ZauBeR

Zepter der Verheißung: Das Zepter, das in der Unterwasserkirche von Bromenien gelagert wird, wird von Gnorrfazz für die Befreiung der Klangherrschaft über die Armee der Rebellion gebraucht.

Worte des Werdens

Einzelne Wörter formen sich aus dem Urschlamm der Imagination zu Gedanken, entfachen ein Feuerwerk an Geistesblitzen und eine Idee wird geboren. Ideen werden zu Geschichten. Geschichten weiten sich aus und fügen sich zu einer größeren Einheit zusammen, einem Roman. Neue Charaktere treten hinzu, wollen beachtet und mit Leben gefüllt werden, schreien, um Gehör zu finden. Schauplätze drängen sich auf, behaupten sich, beharren auf Einbindung in das große Ganze. Und so weiter und so fort - das ist der Prozess des Werdens, kurz beschrieben, ich möchte schließlich niemanden langweilen.

Doch dann tritt eine neue Figur auf den Plan und sagt mit der Selbstverständlichkeit eines eingebildeten Schnösels: „Ich bin der Teufel, und ich stecke bekanntlich im Detail."

Oh ja, der Teufel, der Fehlerteufel, und er zerrt an den Worten, sät Zweifel oder blockiert Gedanken, wiegelt auf und flüstert Unwägbarkeiten ins Ohr, hält den Schreibprozess auf, lenkt vom großen Ganzen ab, treibt seine Detailverliebtheit bis in schwindelerregende Höhen und abgrundtiefe Schlünde.

Es gilt, ihn bei der Gurgel zu packen und herauszureißen, aus dem Detail zu entfernen, den Teufel zu entsorgen. Dann kann befreit weitergeschrieben werden. Nach dem Durchlaufen all dieser Phasen kann ich nunmehr festhalten:

Es ist vollbracht - vorerst zumindest.

Der zweite Teil der Mooslande-Geschichte ist zu Papier gebracht und der dritte wirft seine kosmischen Schatten voraus - bei mir zumindest und ist, Stand heute, zu einem Drittel abgeschlossen.

Wie erwartet, hat die Bearbeitung des zweiten Teils länger in Anspruch genommen als der erste. Ich verweise in diesem Zusammenhang auf obige Erläuterungen zum detailverliebten Teufel, aber he, mich hetzt ja keiner und gut Ding (Ich überlasse es der Leserschaft zu entscheiden, ob es das auch geworden ist.) braucht bekanntlich Weile.

Neben der Arbeit am finalen Teil der Mooslande-Trilogie widme ich mich einer zusätzlichen Geschichten-sammlung, die unter dem Namen *MoosVersuM* veröffentlicht wird, in der wir vielen Charakteren aus den Haupt-büchern in neuen Abenteuern begegnen werden.

Zudem ist ein professionell gesprochenes Hörbuch des ersten Teils in Arbeit. Ich habe bereits eine längere Hör-probe auf meiner Website

www.mooslande.com

veröffentlicht. Dort findet man darüber hinaus viele span-nende Details über und rund um die Mooslande.

Für weiteren Lesestoff, der über die Mooslande hinaus-geht, verweise ich auf eine andere, ältere, von mir gestalte-te Website:

www.wolfs-abgruende.de

Was bleibt, ist erneut mein Dank an die großen und kleinen Helferlein - oder wie würde es Hauptkommissar Petersen ausdrücken, „die üblichen Verdächtigen" - ohne die es auch dieses Buch in dieser Form nicht geben würde. Somit sollten sich neben meiner über alles geschätzten Ehefrau explizit und herzlichst Christine, Gaby, Hannelore, Moni, Sylvia und Thomas angesprochen fühlen.

Und immer daran denken: Der Teufel steckt im Detail!

April 2025

Quellen:

https://www.lieder-archiv.de/-notenblatt_710013.html
(Das Lied „Der Vogelfänger" stammt aus Wolfgang Amadeus Mozarts Oper „Die Zauberflöte" (1791))

https://www.opera-arias.com/verdi/aida/libretto/deutsch/
(Aida Libretto, Triumpfmarsch, Deutsche Übersetzung)